Charlotte McGregor

HIGHLAND HAPPINESS
Die Weberei von Kirkby

CHARLOTTE McGREGOR

HIGHLAND Happiness

DIE WEBEREI VON KIRKBY

ROMAN

Charlotte McGregor
Highland Happiness – Die Weberei von Kirkby

Carin Müller
c/o Die Bücherfee Karina Reiß, Heiligenhöfe 15 c, 37345 Am Ohmberg

www.charlottemcgregor.de
www.carinmueller.de

1. Auflage, Januar 2023

Umschlaggestaltung: Sabine Albrecht, www.benisa-werbung.de
Unter Verwendung von:
©Depositphotos.com/Shaiith79
©Depositphotos.com/steveheap
©Depositphotos.com/tepic
©Depositphotos.com/stig.alenas@gmail.com
©Depositphotos.com/dpp2012
©Freepik/lifeforstock

Lektorat/Korrektorat: Julia Funcke

Druck und Bindung:
Smilkov Print Ltd, Blagoevgrad

Bestellung und Vertrieb:
NovaMD GmbH, Vachendorf

INHALT

DEN FADEN VERLOREN

»NEIN, ICH BIN MIR NICHT SICHER, dass das eine wirklich gute Idee ist, aber ich habe momentan keine bessere. Deine Argumente waren ja auch nicht gerade brillant.« Mit diesen harschen Worten beendete Harriet Harper das Telefonat und schaltete ihr Telefon stumm. Sie hatte noch mehrere Stunden Zugfahrt vor sich und keine Lust auf weitere sinnlose Gespräche mit ihrem … Ex? … Freund? Mit Tom! Der Status ihrer Beziehung zu ihm war jedenfalls genauso ungeklärt wie ihre berufliche Zukunft. Sie schnaubte genervt.

»Das klingt ominös«, befand eine weißhaarige Frau, die seit Edinburgh mit ihr zusammen im Abteil saß, bisher jedoch scheinbar konzentriert auf ihrem Laptop geschrieben hatte. Nun funkelte sie Harriet interessiert-amüsiert durch ihre Brille an.

»Hmpff.« Mehr gab es aus Harriets Sicht nicht zu sagen. Außerdem hatte sie nicht die geringste Lust, mit wildfremden Menschen ihr verkorkstes Leben zu diskutieren. Bis Inverness waren es immer noch fast zweieinhalb Stunden Fahrt, und seit dem Umstieg in Edinburgh zuckelte sie mit ScotRail noch gemütlicher durch die Gegend als auf der ersten Etappe von London aus. Vermutlich war es tatsächlich eine saublöde Idee gewesen, Hals über Kopf in den Norden zu fliehen. Tom war zwar in London zurückgeblieben und auch ihre Praktikumsstelle, doch sich selbst und ihren Kopf, der ihr seltsame Ideen einflüsterte, hatte sie immer noch dabei. Ihr entfuhr ein tiefer Seufzer, dann stellte sie fest, dass die andere Frau sie weiterhin neugierig musterte. Musste das sein?

»Sie müssen Lorelais Zwillingsschwester sein«, bemerkte die Weißhaarige schließlich.

»Ähm, ja …«, stammelte Harriet überrascht.

»Ich bin Betty Murray«, stellte sich die Frau vor. »Ich lebe in Kirkby und bin Lila ein paarmal begegnet. Heather hat neulich erwähnt, dass Lila und Cameron den Januar in einem Trainingslager in Spanien verbringen. Daraus habe ich geschlossen, dass Sie die Zwillingsschwester sein müssen. Sie sehen sich wirklich unglaublich ähnlich.«

»So sagt man es«, murmelte Harriet – zu überrumpelt, um mehr zu sagen. Bei dem Namen »Betty Murray« klingelte jedoch etwas. Sie war eine bekannte Thriller-Autorin und außerdem die neue Partnerin von Marlin Fraser, der wiederum ein Bruder von Tante Heather war. Die eigentlich nicht Harriets Tante war, sondern die Frau des Sohnes ihres Großonkels … aber das alles war ihr jetzt schon wieder zu kompliziert. Beim Neujahrsbrunch mit ihren Eltern, ihrer Großmutter, dem kleinen Bruder Henry, ihrer Schwester Lila und deren Freund Cameron war die entfernte Highland-Verwandtschaft zwar ausführlich diskutiert worden, doch sie selbst hatte kaum zugehört. Viel zu sehr war sie in ihren eigenen Gedanken gefangen gewesen.

»Besuchen Sie jetzt auch mal Ihre Verwandten?«, fragte Betty.

»Ja, nachdem Lila mir so von Kirkby vorgeschwärmt hat, dachte ich …« Harriet beendete den Satz nicht. Nur weil Lila vor anderthalb Jahren ausgerechnet in diesem verschnarchten Kaff am Ende der Welt ihr großes Glück gefunden hatte, bedeutete das noch lange nicht, dass es ihr genauso ergehen würde. Und doch hatte sie sich darauf eingelassen – weil sie keine Alternative hatte. Keinen Tag länger hätte sie es bei ihrem Praktikum ausgehalten, und Tom … war ebenfalls kein Grund, zu bleiben. Jedenfalls im Moment nicht. Und wenn sie erst an die Sprüche ihrer Eltern dachte, die ihr bei jenem Neujahrsbrunch vor einer guten Woche wenig verbrämt die Pistole auf die Brust gesetzt hatten! Sie solle sich doch bitte schön endlich ihrem Schicksal und der Tradition fügen und ins Familienbusiness einsteigen.

Ganz konkret war dieses Business eine seit Generationen familiengeführte, elegante Herrenschneiderei an der Savile Row. Doch die Aussicht, zukünftig Hemden und Anzüge für neureiche Geschäftsmänner oder snobistische Adelige herstellen zu müssen, fand Harriet fast genauso unerträglich, wie folienbedampfte Stoffe für ihren aktuellen Designer zu konzipieren. Wofür hatte sie sich eigentlich so krummgelegt im Studium? Sie hatte erwartet, dass ihr Abschluss als Jahrgangsbeste in Textildesign am Londoner Central Saint Martins College ihr Tür und Tor zu den aufregendsten Jobs öffnen würde, aber stattdessen hangelte sie sich seit zwei Jahren von Praktikum zu

Hospitanz bei den unterschiedlichsten Designern. Sie war in Paris und Mailand gewesen, doch richtig Spaß hatte es ihr nirgendwo gemacht. Nicht nur, dass diese Jobs lausig bezahlt waren und sie in den Modehäusern permanent am untersten Ende der Hackordnung stand, sie begriff auch nicht, warum die großen Modeschöpfer so wenig Wert auf die Qualität der Ausgangsmaterialien legten.

Wobei das nicht ganz richtig war: Sie verwendeten durchaus absurd teure Stoffe – aber eben keine guten. Warum musste man handgesponnene Wildseide mit Kupferfolie »verzieren«? Nachhaltig und ökologisch sinnvoll war das alles nicht, auch wenn etliche Designer massives »Greenwashing« betrieben und absurde Kreationen aus Meeresplastik herstellten. Das kam auf Instagram gut an und womöglich auch im Geschäftsbericht, aber mit der Stoffkultur, die Harriet vorschwebte, hatte es nichts gemein. Sie hatte es geliebt, im Studium mit allen möglichen Materialien zu experimentieren – unter anderem tatsächlich mit aus Altplastik hergestellten Kunstfasern –, aber es war ihr zudem immer wichtig gewesen, dass ihre Stoffe alltagstauglich, haltbar und recycelbar waren. Ihre Masterarbeit hatte sie über die Herstellung von CO_2-neutralen Textilien geschrieben und dafür möglichst schonende und wenig invasive Prozesse erforscht. Und wozu das Ganze?

Jedenfalls war sie aktuell derart frustriert, dass sie eine Auszeit brauchte, um über ihr Leben und ihre Karriere nachdenken zu können. Ihre Schwester hatte ihr von Monroe Manor erzählt, dem riesigen Herrenhaus in Kirkby, in dem ihre Verwandten lebten. Dort hatte Lila bei ihrem Aufenthalt einige Truhen mit historischer Bekleidung auf dem Dachboden gefunden. Ihre Tante Heather hatte vorgehabt, die Sachen von einem Museum begutachten zu lassen, aber Harriet wusste nicht, ob das schon geschehen war. Jedenfalls war sie neugierig auf die gut erhaltenen alten Kleidungsstücke. Da konnte sie bestimmt einiges lernen. Und vielleicht kam sie in der Einsamkeit des schottischen Winters auf eine alternative Karriere-Idee. Sie fand es selbst merkwürdig, dass sie mit siebenundzwanzig und ohne jemals einen echten, voll bezahlten Job gehabt zu haben, schon völlig ausgebrannt war. Nicht gut.

»Es geht nichts über die Highlands im Winter«, redete diese Betty weiter, und Harriet war sich nicht sicher, ob sie es ernst oder ironisch meinte.

»Der Sommer wäre mir lieber, doch blöderweise habe ich *jetzt* eine Sinnkrise und nicht …« Mist, das hatte sie nicht sagen wollen. Harriet ärgerte sich über sich selbst.

»Die kommen immer zur Unzeit«, entgegnete die ältere Frau jedoch erstaunlich mitfühlend. »Lilas Sinnkrise hat sich ja aufgelöst. Sie scheint mit Cameron Sinclair sehr glücklich zu sein und sich auch in ihrem Job wohlzufühlen.«

»Sie wissen erstaunlich gut Bescheid«, sprach Harriet erneut unbedacht ihre Gedanken aus. Sie fühlte sich ertappt, denn genau das war ihre Hoffnung. Also, nicht wie ihre Schwester für ein Reitsportmagazin zu arbeiten oder dem Charme eines Profireiters zu verfallen, sondern einen guten Weg für ihr Leben zu finden. Und falls ein attraktiver

Kerl ... Nein, da war ja auch noch Tom. Wie konnte sie da überhaupt über andere Männer nachdenken?

»Ihr Mienenspiel ist wirklich beeindruckend«, befand Betty mit einem Schmunzeln. »Ich wüsste zu gern, was gerade in Ihrem Kopf vor sich geht.«

»Das ist nicht besonders aufregend, fürchte ich. Sondern vor allem chaotisch.«

»Manchmal lichtet sich das Chaos, wenn man sich einem Außenstehenden anvertraut.« Betty klappte ihren Laptop zu, nahm die Brille ab und wandte Harriet ihre volle Aufmerksamkeit zu. Und auch wenn die das eigentlich nicht wollte, sprudelten die Worte nur so aus ihr hervor.

»... deshalb habe ich auch das Gefühl, meine Seele zu verkaufen, wenn ich so weitermache wie bisher«, schloss sie ihren Bericht mit einem tiefen Seufzer. »Darum habe ich meinen Praktikumsplatz gekündigt. Vermutlich werde ich in der Branche keinen weiteren mehr bekommen, weil sich garantiert rumspricht, dass ich unzuverlässig und eigensinnig bin. Dinge, die im Modebusiness gar nicht gehen.«

»Ich glaube, Sie haben sich die Antwort gerade schon selbst gegeben«, sagte Betty weise. »Verbrannte Erde in einer Branche, mit der Sie ohnehin nichts zu tun haben wollen, ist übrigens nicht weiter tragisch. Ganz im Gegenteil, das sorgt für klare Verhältnisse.«

»Das sehen meine Eltern, mein Ex-Chef und mein Ex... mein Freund ganz anders.«

»Mag sein, aber es ist ja *Ihr* Leben und nicht das Ihrer Eltern und der anderen Herren – Ex oder amtierend.« Sie zwinkerte Harriet zu, die prompt errötete.

»Stimmt«, gab sie zu. »Sie halten mich bestimmt für total überspannt, weil ich in meinem Alter schon von einer Lebenskrise spreche, aber …«

»Ich halte Sie für sehr scharfsinnig. Sie haben schon früh erkannt, dass der Weg, den Sie geplant haben, nicht der richtige ist. Das wird den meisten Menschen erst viel später im Leben klar.«

»Hm.«

»Seien Sie nicht so streng mit sich.« Betty lächelte sie aufmunternd an. »Aber wo wir jetzt schon so intensiv über wichtige Dinge philosophiert haben, wüsste ich doch gerne Ihren Namen. Ich kann Sie ja schlecht ›Lilas Schwester‹ nennen, oder?«

»Sorry.« Harriet merkte, dass ihre Wangen noch heißer glühten. »Ich heiße Harriet, werde aber eigentlich nur Ria genannt. Außer von meinen Eltern und meinem Bruder, die nennen mich Harri.«

Betty musterte sie nachdenklich und sagte dann lediglich: »Interessant.«

Interessant? Was sollte das denn bitte schön heißen? Harriet fühlte sich von dieser Ein-Wort-Replik ihrer Gesprächspartnerin endgültig aus dem Tritt gebracht. »Wenn Sie meinen«, entgegnete sie schließlich gedehnt.

»Mit welchem Namen identifizieren Sie sich denn am ehesten?«, fragte Betty nach, und Harriet hatte das unangenehme Gefühl, einem Test unterzogen zu werden.

Sie sah aus dem Fenster. Darüber hatte sie sich bisher nie Gedanken gemacht. Als Kinder hatten Lila und sie ihre Taufnamen gehasst. Harriet und Lorelai Harper – waren ihre Eltern betrunken gewesen, oder warum hatten sie ihnen das angetan? Jede der Schwestern hatte gefühlt Dutzende Spitznamen gehabt – alberne und weniger alberne –, doch Harriet war mit keinem wirklich glücklich gewesen. Wenn sie an ihre Schwester dachte, dann als Lila. Der Name war einfach perfekt für sie – auch wenn Lilas Freund Cameron sie fast immer Lorelai nannte. Die meisten von Harriets Kinderfreundinnen nannten sie nach wie vor Harri, genau wie ihre Familie. Sie war schon immer die Wildere und Burschikosere in dem Zwillingsduo gewesen, aber als sie aufs College gegangen war, hatte sie den Namen nicht mehr passend gefunden. Dort hatte sie sich vom ersten Tag an als Ria vorgestellt. Das war ihr cool und mysteriös erschienen – Selbstzuschreibungen, die zu ihr jedoch genauso schlecht passten wie »elegant« und »diplomatisch«. Und doch hatte sie es jahrelang geschafft, diese Fassade irgendwie aufrechtzuerhalten. Es war ihr auch gar nicht wie eine Fassade vorgekommen – bis eben. Bis diese ihr unbekannte und erschreckend übergriffige Autorin sie auf dumme Gedanken gebracht hatte. Oder anders formuliert: mit einer kleinen Frage den Finger gezielt in die Wunde gelegt hatte.

Unwillkürlich entfuhr ihr ein krächzendes Geräusch. Schock, Entsetzen, gepaart mit einer plötzlichen Erkenntnis. »Hier liegt ja Schnee!«, sagte sie dann – weil das erstens stimmte und zweitens sicherer war, als noch mehr Seelenstriptease zu riskieren.

»Im Winter passiert das gelegentlich«, bemerkte Betty trocken. Sie kramte ihr Handy aus der Tasche, auf dem offenbar gerade eine Nachricht eingegangen war, und las sie stirnrunzelnd. »Wie kommen Sie von Inverness nach Kirkby?«, fragte sie dann.

»Tante Heather wollte mich abholen.«

»Prima, dann könnt ihr mich sicher mitnehmen. Mein Transferplan hat sich nämlich zerschlagen. Anscheinend gibt es eine Gin-Krise bei Shona, die nur Marlin lösen kann.«

»Ähm … sicher.«

»Wenn ich darüber nachdenke, sind wir ja beinahe verwandt«, fuhr Betty fort, und ihr Lächeln wurde noch breiter. »Marlin ist Heathers Bruder, und somit bin ich als Marlins Lebensgefährtin …« Sie zögerte und analysierte offensichtlich die definitiv nicht vorhandene Beziehung. »Ist ja auch egal. Das muss kein Label haben. In Kirkby sind wir irgendwie sowieso alle eine große Familie.«

»Hm«, brummte Harriet. So etwas Ähnliches hatte Lila auch gesagt. Genau wie Heather, als Harriet vor ein paar Tagen mit ihr telefoniert hatte, um ihr Kommen anzukündigen. Sie war sich nur nicht sicher, ob sie tatsächlich mehr Familie brauchte.

»Und da wir Familie sind, wie soll ich dich nun nennen?« Verdammt. Betty war zurück beim Thema.

»Harriet!« Sie war selbst erstaunt, wie bestimmt ihr das über die Lippen gekommen war. »Auch wenn ich immer noch nicht weiß, von welchem Teufel meine Eltern bei unserer Geburt besessen waren, passt das doch irgendwie am besten zu mir.«

• • •

»Wir haben in den letzten Monaten einige großartige Innovationen vorantreiben können«, verkündete Bürgermeister Collum McDonald bei der ersten Gemeinderatssitzung im neuen Jahr. »Die alte Schule hat sich als Veranstaltungsort etabliert, wir haben endlich einen neuen Pub, eine Destillerie mit Alpakas, Islas Restaurant hat einen zweiten Stern, und auch der Marktsamstag läuft gut. Damit können wir sehr zufrieden sein, doch …«

»Sag jetzt bitte nicht, dass das nichts ist, worauf man sich ausruhen kann«, blökte Marlin Fraser dazwischen.

Collum grinste. Es war ein rares Ereignis, wenn sich der Fraser-Patriarch bei den Sitzungen im Gemeindesaal des Rathauses die Ehre gab, und er hatte von ihm nichts anderes als Widerstand erwartet. »Doch es ist nichts, worauf wir uns ausruhen *dürfen*«, sprach er weiter. »Wir haben die einmalige Chance, als Premium-Touristendestination an Fördergelder zu kommen und gleichzeitig Kirkby als lebendige Gemeinde weiter auszubauen. Für meinen Geschmack arbeiten immer noch zu viele Bewohner in anderen Orten, auch wenn in den letzten Monaten zahlreiche neue Arbeitsplätze entstanden sind. Ich sehe da noch Potenzial für viel mehr.«

»Das habe ich befürchtet«, kam es mit einem Knurren von Marlin, was für kaum unterdrücktes Gelächter im Raum sorgte.

Die Fehde zwischen dem Bürgermeister und dem größten Mäzen im Ort war schon fast legendär, doch Collum war sich sicher, dass Marlin inzwischen nur noch aus nostalgischen oder sportlichen Gründen ständig Kontra gab. Im Grunde seines Herzens war er genauso an Kirkbys Wohlergehen interessiert wie Collum selbst. Und seit im letzten Herbst das große Geheimnis aufgeflogen war, dass Marlin nicht nur der verschrobene Großgrundbesitzer, Hobbyschäfer und Nebenerwerbshufschmied war, als den ihn alle kannten, sondern der totgeglaubte Mega-Popstar »Lin« von der wahnsinnig erfolgreichen Band »Starlight Lin«, gab es auch keinen Grund mehr, sich vor Touristen zu fürchten. Die Geschichte war vor ein paar Wochen durch alle Medien gegangen, aber niemand hatte Marlin ernsthaft belästigt – von seiner schockierten Familie wohl abgesehen. Doch da kannte Collum keine Details, und sie interessierten ihn auch nicht. Für ihn war nur entscheidend, dass Marlin inzwischen mit seinem Sohn Lennox ein Musikstudio am Ort betrieb. Noch machten die beiden Männer dort ausschließlich ihre eigene Musik, doch es war bestimmt nur eine Frage der Zeit, bis auch andere Musiker kämen, um im Studio Alben aufzunehmen. Diese Menschen würden zweifellos Hotelzimmer brauchen, von denen es für Collums Geschmack immer noch zu wenige in Kirkby gab.

»Der Fokus für die folgenden Monate sollte meiner Meinung nach auf drei Bereichen liegen«, fuhr er fort.

»Wie kann der Fokus auf drei Dingen gleichzeitig liegen?«, mischte sich Marlin wieder ein. »Das klingt eher nach einem Streufeuer als nach wahrer Konzentration.«

»Wir können gerne über Formulierungen diskutieren, Marlin, aber tatsächlich wäre es unsinnig oder gar fatal, wenn wir nur eine Sache im Auge behalten und die anderen vergessen. Wenn du mich also mal ausreden lassen würdest?«

»Bitte, du hast meine vollste Aufmerksamkeit!«

»Ich fände es schön, wenn wir noch mehr Gewerbetreibende nach Kirkby holen könnten«, begann er. »Wir haben das Zentrum für Reitsport und Pferdetherapie, wir haben ein Sternerestaurant, ein Luxus-Bed-&-Breakfast, einen Pub, eine Destillerie und eine Bäckerei. Das ist wunderbar – auch weil all diese Betriebe für Einwohner und Besucher attraktiv sind. Noch besser wäre es, wenn sich weitere Kleinbetriebe hier niederlassen würden. Wir haben seit ein paar Jahren eine Schreinerei, wir haben einen Bauunternehmer, diverse Bauern und sogar einen Keramikkünstler. Wir haben einen Tierarzt und eine Landärztin«, zählte er weiter auf, und das große »Aber« schwebte über allem im Raum. Er sah in die Runde. Lauter interessierte Gesichter erwiderten seinen Blick.

»Aber?«, fragte Kristie Fraser schließlich, der die Pause zu lang wurde. Kristie betrieb die Bäckerei und überlegte aktuell, eine Tanzschule für Highland Dancing zu eröffnen.

»Aber es gibt noch reichlich ungenutztes Potenzial und Versorgungslücken, die uns zwingen, weiterhin nach Inverness zu fahren.« Collum räusperte sich. »Ich bin mit einem Zahnarzt im Gespräch, der hier gern eine Praxis eröffnen würde, und ich fände es gut, wenn wir eine Hebamme am Ort hätten. Damit würden wir noch attraktiver für junge Familien werden.« Er schaute zu Colleen Murray, die ihre winzige Tochter im Arm hielt und heftig nickte. Colleen war die Eventkoordinatorin von Kirkby und hatte extra für diese Sitzung ihre Elternzeit unterbrochen.

»Woran hätten wir sonst noch Bedarf?«, fragte er in die Runde und gab sich die erste Antwort schon selbst. »An einem Lebensmittelladen natürlich.« Er seufzte. »Wir sind uns einig, dass wir keinen großen Supermarkt am Ortsrand haben wollen, aber an romantischen Tante-Emma-Läden sind die Ketten und Großhändler nicht wirklich interessiert. Alternativ wäre eine Art Bauernhof-Laden denkbar, wo die Erzeuger vor Ort ihre Waren anbieten können. Aber das decken wir eigentlich schon mit dem Marktsamstag ab. Das Thema Lebensmittel müssen wir also weiter schieben.«

»Ich könnte mir vorstellen, dass Kirkby ein guter Standort für kleine Start-ups sein könnte, die ihre Waren oder Dienstleistungen übers Internet vertreiben«, sagte Michael Cunningham, Biobauer und Maître d' im Sternerestaurant von Isla Fraser. »Programmierer, Webdesigner, kleine Handmade-Labels, solche Dinge. Die Frage ist nur, inwieweit Kirkby für die Betreiber dieser hippen jungen Unternehmen attraktiv ist. Die bevorzugen doch eher ein kreatives, urbanes Umfeld.«

»Willst du damit andeuten, dass Kirkby nicht kreativ ist?« Collum schnaubte. Ausgerechnet von Michael, der sonst für alles offen war, hätte er so einen Kommentar nicht erwartet.

»Nein, das will ich ganz und gar nicht. Ich bin mir sogar sicher, dass es auf der Welt kaum einen Ort mit einer höheren Dichte an Kreativität gibt. Aber das wird Menschen nicht überzeugen, die ihre Nächte gern in coolen Clubs und Bars verbringen und auf der Suche nach dem nächsten Date sind.«

»Dann müssen wir das eben ändern.«

»Du willst in Kirkby eine Club-Szene etablieren?« Michael lachte laut, und Marlin grunzte verächtlich.

»Natürlich nicht, aber wir könnten Vorurteile abbauen und die Vorteile unseres Dorfes herausstellen. Den Zusammenhalt, die rauschenden Dorffeste, die günstigen Mieten, den gründerfreundlichen Spirit. Wie oft braucht man schon lange Clubnächte? Und so weit ist Inverness ja nicht entfernt. Wir haben so viele junge Leute hier, die auch nicht vor Langeweile zugrunde gehen.« Spontan kam ihm Shona Fraser in den Sinn. Die war die Inkarnation eines wilden Partygirls gewesen, als sie vor einem Jahr nach Kirkby zurückgekehrt war. Doch inzwischen hatte sie sich zur Unternehmerin gemausert und betrieb eine Whisky-und-Gin-Destillerie und einen Alpakastall. »Wo ist Shona eigentlich?«, fragte er stirnrunzelnd. Sie hätte bestimmt etwas Sinnvolles beizutragen.

»Sie hat heute Abfülltag«, erklärte Marlin. »Und eigentlich hatte ich versprochen, ihr zu helfen. Dauert das hier noch lang?«

»Wir sind gerade erst zwanzig Minuten hier«, bemerkte Collum.

»Echt? Fühlt sich deutlich länger an.« Marlin stöhnte gespielt melodramatisch und ging in Deckung, als ihn seine Schwester Heather in die Seite knuffen wollte.

»Na schön, dann will ich kurz die beiden anderen Eckpfeiler skizzieren, die für unseren Ort wichtig sind. Zum einen brauchen wir dringend mehr Fremdenzimmer. Das Bed & Breakfast, der Pub und die Handvoll Privatzimmer decken den Bedarf längst nicht.«

»Das kann man so pauschal nicht sagen«, schaltete sich Colleen ein, deren Verlobter Alex Fraser das erwähnte B&B *The Cosy Thistle* betrieb. »Ausgebucht sind wir nur in den Sommermonaten, in der Nebensaison ist es sehr ruhig. Ich gebe dir recht, dass wir im Sommer deutlich mehr Betten bräuchten, aber übers Jahr gerechnet lohnt es sich dann eben doch nicht.«

»Weshalb mein drittes Thema mit dem zweiten Hand in Hand geht«, sprach Collum weiter. Mit diesem Einwand hatte er selbstverständlich gerechnet. »Wir müssen das ganze Jahr über attraktive Angebote für unsere Besucher haben. Die Weihnachts-Events im letzten Jahr haben ja schon ganz gut funktioniert, aber warum nicht ein kulinarisches Winterfestival im Januar oder ein großes Musik-Event im Februar?«

»Weil Isla im Januar immer Urlaub macht«, brummte Marlin ungehalten. Collum war sich jedoch nicht sicher, ob der Unmut seinem Vorschlag galt oder der Tatsache, dass Marlins ältere Tochter Winter für Winter wochenlang verschwand.

»Das war auch nur so dahingesagt, uns fallen bestimmt noch ganz andere Dinge ein. Was ich damit vor allem ausdrücken will, ist, dass wir eine bessere Verteilung unserer Events brauchen, eine Ausdehnung der Tourismussaison.

Die Alpaka-Wanderungen können ja beispielsweise das ganze Jahr über stattfinden. Denkbar wären auch spezielle Überlebenskurse in der Wildnis – so was ist sehr begehrt.«

»Diese Leute brauchen aber kein Quartier«, wandte Kristie ein. »Meine Tanzschule dagegen …«

»Sehr gutes Stichwort«, nahm Collum den Faden auf. »Wie ist da der Stand der Dinge?«

»Meine Ausbilderlizenz habe ich, ich brauche nur noch ein gutes Konzept.«

»Und einen Trainingsort?«

»Ich denke, ich könnte fürs Erste die Räume in der alten Schule nutzen. Das sollte kein Problem sein. Ich weiß ja noch gar nicht, wie groß der Bedarf ist. Also, lokal gesehen – wie viele Leute hier im Ort Lust haben, Highland Dancing zu lernen. Workshops würde ich auf jeden Fall vollkriegen. Ich nehme an, die hast du auch im Sinn, oder?«

»Genau. Wenn auswärtige Tänzerinnen und Tänzer kommen, müssen die ja auch irgendwo schlafen. Ich habe letztes Jahr schon mit Jon gesprochen. Er will unter Umständen die große Scheune hinter der alten Schule umbauen. Da wäre Platz für bestimmt zehn weitere Zimmer.«

»Alex und Jon überlegen, ob sie das zusammen machen. Das wäre für beide ein geringeres Risiko«, berichtete Colleen und gähnte dann heftig. »Sorry, richtig viel Schlaf kriege ich derzeit nicht.« Sie streichelte das Köpfchen ihrer kleinen Tochter, die friedlich in ihrem Arm schlummerte und keinen Mucks machte.

»Das kann man sich bei der kleinen Maus kaum vorstellen.« Collum lächelte Mutter und Kind an. Als Colleen vor einem guten Jahr nach Kirkby gekommen war, hatte er selbst ein Auge auf sie geworfen und hatte sie sogar zu einem Date überreden können. Nur war ihnen beiden recht schnell klar geworden, dass sie sich mochten, aber niemals mehr als Freunde sein könnten. Colleen war im Handumdrehen zu einer unersetzlichen Stütze der Gemeinde geworden. Nicht nur wegen ihres Engagements als Eventkoordinatorin und der Organisation des großartigen Tauschladens, sondern auch wegen ihrer warmherzigen und ausgleichenden Art, die stets die Wogen glättete, wenn die Gemüter mal wieder hochkochten. Mit letzterer Tugend hatte sie reichlich zu tun, denn sie hatte sich Hals über Kopf in Alex verliebt, Marlins ältesten Sohn, und bei Familie Fraser ging es ständig hoch her. Collum gönnte Colleen von ganzem Herzen ihr Familienglück, das am Weihnachtstag von der Geburt der kleinen Roya gekrönt worden war, doch er konnte nicht ganz abstreiten, dass es ihm auch einen kleinen Stich gab. Wäre es nur ein winziges bisschen anders gelaufen, könnte Roya seine Tochter sein.

»Was?« Collum sah verwundert auf die fragenden Gesichter im Saal. Das war ihm auch noch nie passiert, dass ihn seine heimlichen Sehnsuchtsfantasien von der Arbeit abgelenkt hatten. Irgendjemand hatte wohl etwas gesagt oder gefragt, und er hatte es nicht mitbekommen. Peinlich.

»Ich habe gefragt, was nun aus dem lange angekündigten Outlander-Erlebniscenter wird«, wiederholte Michael seine Frage mit einem gutmütigen Lächeln und ignorierte genau wie Collum die genervten Grunzgeräusche von Marlin. »So eine Einrichtung würde sicher das ganze Jahr über für Besucher sorgen.«

Noch so ein wunder Punkt. Nicht nur sein nicht vorhandenes Privatleben wurmte Collum, sondern auch, dass sein heiß ersehntes Prestigeprojekt nicht vorankam. »Ich habe es nicht aus den Augen verloren«, entgegnete er so knapp wie möglich. »Das steht immer noch ganz oben auf meiner Agenda, aber es gibt erstaunliche Hürden bei der Lizenzierung. Anscheinend haben andere Gemeinden ähnliche Konzepte an der Hand.«

»Damit konnte ja keiner rechnen«, rief Marlin mit beißendem Sarkasmus.

Collum presste die Lippen aufeinander. Auf diese Diskussion hatte er gerade gar keine Lust, und schon gar nicht mit Marlin. »Wie auch immer. Derzeit liegt das Projekt auf Eis. Das heißt aber nicht, dass wir keine anderen Optionen haben, aus Kirkby das Herz der Highlands zu machen.« Sein Blick fiel auf Heather Stewart, die sich bisher betont zurückgehalten hatte.

Marlins Handy gab einen lauten Signalton von sich, und auch wenn Collum einen lieb gewonnenen Körperteil darauf verwettet hätte, dass es sich um einen vorausgeplanten Alarm handelte, musste er seinem alten Widersacher zugestehen, dass er ein talentierter Schauspieler war. Marlin las die vermeintliche Nachricht, stieß einen unterdrückten Fluch aus und sprang auf. »Sorry. Krise in der Destillerie. Offenbar spinnt die Abfüllanlage.

Ich muss da sofort hin.« Mit diesen Worten verließ er hastig den Gemeindesaal.

»Coole Ausrede«, murmelte Collum stirnrunzelnd. »Und eine Eins-a-Performance.«

»Da scheint tatsächlich was im Argen zu liegen«, sprang Colleen ihrem zukünftigen Schwiegervater jedoch bei. »Alex sollte erst in ungefähr zwanzig Minuten anrufen und Marlin und mich nach Hause beordern.«

»Wie hältst du es nur mit dieser Familie aus?«, fragte Collum kopfschüttelnd, wartete die Antwort aber nicht ab. »Sieh zu, dass du nach Hause kommst. Du hättest heute wirklich nicht dabei sein müssen. Heather kann ich mir auch ohne dich vorknöpfen.«

Colleen ließ sich das nicht zweimal sagen. Sie band sich ihr Baby mit einem kompliziert gewickelten Tragetuch vor die Brust, zog ihren Mantel darüber und verabschiedete sich.

Als die Unruhe wieder abgeklungen war, wandte sich Collum an Heather, die vergeblich versucht hatte, sich unsichtbar zu machen. »Habt ihr über meine Idee nachgedacht?«

»Welche denn genau?«, entgegnete sie zögerlich und wollte offensichtlich Zeit gewinnen.

»Alle.« Collum seufzte. »Ihr habt dieses riesige Anwesen und nutzt es gar nicht richtig.«

»Das stimmt doch nicht. Wir hatten allein im letzten Jahr zwanzig Hochzeiten«, widersprach Heather heftig. »Wir haben nur dafür zwei neue Mitarbeiter angeheuert, plus einen weiteren Gärtner. Du kannst also wirklich nicht behaupten, wir würden nichts für Kirkby tun.«

»Das stimmt, und das ist ja auch fantastisch. Aber was ist mit dem Kino? Vor anderthalb Jahren habt ihr den Projektor und die Popcornmaschine reparieren lassen und angekündigt, dass es regelmäßige Kinoabende geben soll. Ich kann mich an exakt drei erinnern. Und was ist mit dem angedachten Indie-Film-Festival? Ich verstehe wirklich nicht, warum wir da noch nicht weiter sind. Es wäre ja auch keine Extra-Arbeit für euch, sondern vielmehr ein zusätzliches Einkommen. Wir würden uns um alles kümmern.«

»Ja schon, aber …«

»Was aber? Tu doch nicht so, als hättest du Angst, die Leute würden bei euch durchs Wohnzimmer laufen. Erstens hätten sie da einiges zu tun, bis sie das richtige Zimmer finden, um euch zu belästigen, und zweitens ist das Kino im selben Flügel wie der Ballsaal. Den man übrigens auch für andere Events als Hochzeiten nutzen könnte. Es gibt doch sogar eine separate Zufahrt und einen Parkplatz. Ihr würdet davon gar nichts mitbekommen.«

»Das stimmt alles, aber …«

»Du hast doch selbst mehrfach gesagt, wie sehr du es genießt, wieder mehr Leben in der Bude zu haben. Früher waren Herrenhäuser wie Monroe Manor der gesellschaftliche Mittelpunkt einer Gemeinde – und nicht ohne Grund so groß. George und du, ihr seid nur zu zweit mit euren Hunden. Das ist doch vollkommen unnatürlich.« Collum wurde immer leidenschaftlicher, aber er ahnte, dass er Heather mit diesen Argumenten knacken konnte.

»Molly und Hamish wohnen auch im Haus«, entgegnete sie schwach.

»In einer Einliegerwohnung. Das zählt also nicht.« Collum räusperte sich. »Ich kann akzeptieren, dass ihr kein Schlosshotel haben wollt, und ich finde es gut, dass Monroe Manor weiter im privaten Familienbesitz bleiben soll. Aber es ist doch regelrecht eine Sünde, dass ihr die tollen Möglichkeiten, die ich euch auf dem Präsentierteller serviere, nicht nutzen wollt.«

»Die Kinoabende können wir wirklich ausweiten, das fände ich auch schön. Und falls du es schaffst, ein Filmfestival zu organisieren, dann meinetwegen. Wir sind auch durchaus offen für Partys und Bälle außerhalb der Hochzeitssaison. Aber die Highland Games …« Sie seufzte schwer und sah sich Hilfe suchend im Raum um, erntete allerdings nur verwunderte Blicke. Er hatte seine großartige Idee noch nicht allgemein publik gemacht, und Heather und George hatten sie offenbar ebenfalls noch nicht in größerer Runde diskutiert, sonst wüssten die übrigen Teilnehmer bereits davon.

»Highland Games?«, sprang Kristie prompt auf den Köder an. »Richtig mit allem Drum und Dran?«

Collum unterdrückte ein Lächeln, denn mit dieser Reaktion von Kristie hatte er insgeheim gerechnet oder zumindest darauf gehofft.

»Selbstverständlich mit Tanzwettbewerben«, betonte er. »Das wäre doch eine schöne Werbung für deine Tanzschule. Und natürlich auch mit den üblichen Wettkämpfen und Dudelsackbläsergruppen. Zudem schwebt mir eine Art Historienspiel vor, mit Markttreiben in Kostümen und einem Ritterturnier. Das wäre ein unglaublicher

Touristenmagnet und gut für Kirkby. Das ganze Dorf könnte involviert sein. Und die Ländereien von Monroe Manor wären dafür geradezu prädestiniert.«

»Klingt toll«, sagte Michael. »Aber ich sehe tatsächlich auch ein Problem. Highland Games gibt es im ganzen Land. Einige etablierte Veranstaltungen und etliche kleine, die meist nach dem ersten Mal wieder in der Versenkung verschwinden. Das wird seine Gründe haben. Ich denke nicht, dass es einfach wird, so ein Event groß genug aufzuziehen, dass es überregionale Bedeutung bekommt, und darunter braucht man meiner Meinung nach gar nicht erst anzufangen.«

»Ich habe nie behauptet, dass es einfach wird. Aber andererseits haben die meisten Gemeinden, die einen solchen Versuch starten, kein so brillantes Team im Hintergrund wie wir in Kirkby. Außerdem habe ich ein paar Kontakte, die …« Er ließ den Rest des Satzes unausgesprochen im Raum stehen und beobachtete lieber das Mienenspiel der Anwesenden. Tatsächlich war er sich seiner Sache ziemlich sicher. Er hatte beste Kontakte und den Ruf, große Dinge vollbringen zu können. Sarah von VisitScotland war begeistert von seiner Idee und hatte versprochen, ein derartiges Event ganz groß zu promoten.

»Du hast ein tolles Team, aber das kann eine Veranstaltung in dieser Größenordnung doch unmöglich stemmen«, gab Michael den Mahner, doch Collum konnte deutlich erkennen, dass die Idee bereits auf fruchtbaren Boden gefallen war.

»Wir würden dafür extra Leute anheuern. Ich denke, es gibt ein paar Menschen hier im Ort, die lieber einen Job in Kirkby hätten, statt nach Inverness zu fahren. Oder gar keine Arbeit zu haben.«

»Man könnte vielleicht im Vorfeld oder parallel auch eine Landwirtschaftsausstellung machen. Damit wären ganz bestimmt alle Bauern an Bord«, sprach Michael weiter.

»Das könnte man alles machen, aber dafür brauchen wir die Genehmigung der Stewarts, dass wir das auf ihrem Land durchführen dürfen.« Collum lächelte Heather freundlich an und hatte das Gefühl, dass sein Plan aufgegangen war. »Ihr habt nichts zu verlieren. Sollte es schiefgehen, habe nur ich mich zum Gespött der Region gemacht, aber ich bin mir ziemlich sicher, dass es großartig werden wird.«

»Lass mich das noch mal in Ruhe mit George besprechen«, sagte Heather. »Mich hast du jedenfalls schon überzeugt.« Sie sah auf die Uhr. »Sei mir nicht böse, aber ich müsste mich auch langsam verabschieden. Ich muss nachher noch nach Inverness und einen Gast abholen.«

»Wir waren ohnehin mit so gut wie allem durch.« Collum rieb sich zufrieden die Hände. »Lasst uns alle darüber nachdenken, wie wir noch mehr Unternehmen nach Kirkby locken könnten, aber ich habe das sichere Gefühl, dass wir bald mit einem tollen weiteren Argument aufwarten können: die buntesten Highland Games der Neuzeit! Heather, ich komm die Tage mal bei euch vorbei, dann besprechen wir den Termin. Einverstanden?«

»Einverstanden. Aber jetzt muss ich wirklich los.« Heather winkte noch einmal kurz in die Runde und verließ den Raum.

»Du bist echt ein alter Fuchs!« Michael klopfte ihm anerkennend auf die Schulter und verabschiedete sich dann ebenfalls, genau wie nach und nach die restlichen Teilnehmer.

Am Ende waren nur noch Collum und Leslie da, die patente Gemeindesekretärin. »Du hast dich ja vornehm zurückgehalten«, sagte Collum zu seiner Mitarbeiterin, die ansonsten meinungsstark ihre Argumente vortrug – auch wenn sie seinen Ideen entgegenstanden.

»Ich habe einfach die große Collum-Show genossen«, entgegnete sie lächelnd. »Dafür hast du meine uneingeschränkte Bewunderung. Und deine Pläne sind allesamt großartig. Allein wie Heather in die Falle getappt ist, war ein Schauspiel.«

»Aber?«, fragte er, denn er witterte ein großes Aber.

»Nichts.«

»Ich glaub dir kein Wort.«

»Du willst es nicht hören«, behauptete Leslie.

»Raus mit der Sprache«, forderte er, obwohl sich ein seltsames Gefühl in seiner Magengrube breitmachte.

»Na schön. Ich finde, du solltest dir für dieses Jahr noch andere Ziele setzen, als Kirkby zur Nummer-eins-Destination in den Highlands zu machen«, fing sie an und wischte sich eine grau melierte braune Locke aus der Stirn.

Collum ahnte, wohin die Reise ging, doch nun kam er nicht mehr aus der Nummer raus.

»Ich habe gesehen, wie du Colleen und ihr Baby angeschaut hast. Wir alle haben das gesehen. Collum, du bist fünfunddreißig, und so löblich es ist, wie du dich auf das Wohl der Gemeinde konzentrierst, du brauchst jemanden an deiner Seite. Eine First Lady oder meinetwegen auch einen First Husband …«

»Ich bin nicht schwul!«, entfuhr es ihm heftiger als geplant.

»Ich hab mir halt gedacht, dass du vielleicht nicht ganz so festgelegt bist«, fuhr Leslie milde fort. »Es ist auch völlig egal, in welcher Liga du dich herumtreibst, ich finde nur, du hast lange genug allein gespielt. Es gibt mehr im Leben als Arbeit.«

»Mir macht meine Arbeit aber verdammt viel Spaß. Es ist der beste Job auf der ganzen Welt«, beharrte er störrisch.

»Das ist auch schön und geradezu beneidenswert. Aber die Arbeit hält dich abends nicht warm. Mit der Arbeit kannst du nicht deine Sorgen und Freuden teilen …«

»Dafür gibt es Freunde«, unterbrach er sie erneut.

»Ja, aber denk nur an Weihnachten. Wer saß da zwei Tage lang allein in seinem eingeschneiten Häuschen? Weil er zu stolz war, um zuzugeben, dass er es nicht rechtzeitig vor dem großen Schneesturm zu seinen Eltern oder irgendwelchen Freunden geschafft hatte?«

Collums Wangen brannten. Es war mehr als unfair, dass Leslie ihm das jetzt unter die Nase rieb. Er hatte ihr in einer schwachen Minute von seinem traurigen Weihnachtsfest erzählt, und prompt hielt sie es ihm jetzt vor.

»Keine Sorge, ich habe es niemandem verraten«, beruhigte sie ihn. »Aber ich weiß es, und vor allem: Du weißt es! Collum, du bist ein toller Kerl, der einem anderen Menschen viel bieten könnte. Öffne dein Herz für die Liebe!«

»Mein Herz ist sperrangelweit offen, aber es will ja keiner«, presste er halb ärgerlich, halb traurig hervor. Das war nämlich die verdammte Wahrheit. Er hätte nichts lieber als eine eigene Familie, aber die Frauen, die ihm gefielen, interessierten sich nicht für ihn. Das war schon sein ganzes Leben lang so. Oder zumindest in den letzten zehn oder fünfzehn Jahren. Warum sollte sich das plötzlich ändern?

Leslie schüttelte den Kopf. »Nein, das stimmt nicht. Du machst dich immer nur an Frauen ran, bei denen von vornherein klar ist, dass sie nichts für dich sind. Das ist einfach, denn dann kannst du ja den Frauen die Schuld in die Schuhe schieben, wenn es nicht klappt. Vielleicht solltest du das Thema Partnersuche einfach mal genauso methodisch angehen wie die Projekte für Kirkby?«

»Methodisch? Rätst du mir zu einer Flirt-App, oder was?« Collum starrte seine Mitarbeiterin fassungslos an. Mal abgesehen davon, dass Tinder und Co. in Kirkby keine besonders hohe Erfolgsquote versprachen – es gab einfach zu wenig Singles, und er kannte sie alle –, hätte er Leslie eher im Lager »Liebe muss ganz natürlich passieren« verortet.

»Natürlich nicht. Das funktioniert ja doch nicht. Ich meine damit, dass du an deiner Einstellung arbeiten musst.

Am Mindset, wie ihr jungen Leute doch heutzutage dazu sagt. Genau wie du es mit Kirkby machst. Ich glaube, wenn du es wirklich, also so richtig wirklich willst und wahrhaft offen bist, wird es auch klappen.« Sie tätschelte ihm mit einer seltsam mütterlichen Geste den Arm und verließ dann ebenfalls den Gemeindesaal.

GEDANKENSTOPFEN

EINE SELTSAM PRICKELNDE VORFREUDE MACHTE SICH in Harriet breit, als der Zug am frühen Abend schließlich in den Bahnhof von Inverness einrollte. Vorfreude und ein nicht zu knappes Maß an Nervosität. Sie und Betty hatten sich noch ein Weilchen nett unterhalten, doch den Großteil der Fahrt hatten sie schweigend hinter sich gebracht. Betty hatte wieder ihren Laptop aufgeklappt und sich in ihr neues Manuskript vertieft, Harriet in ihre Gedanken.

Sie wusste immer noch nicht, was genau sie sich von einem Aufenthalt in Kirkby versprach, bei Menschen, die sie kaum kannte, und in einer Jahreszeit, die nicht gerade dazu einlud, die zweifellos spektakuläre Landschaft der Highlands zu erkunden. Es war inzwischen stockdunkel und schneite wie verrückt. Wann hatte sie das letzte Mal so viel Schnee erlebt? Sie konnte sich nicht erinnern.

»Wow, das sieht nach einem längeren Aufenthalt aus«, bemerkte Betty lächelnd, als Harriet neben einem riesigen Rollkoffer auch noch eine gigantische, zum Bersten vollgestopfte Reisetasche aus der Gepäckablage zerrte. Außerdem hatte sie noch einen großen Rucksack und eine Handtasche dabei.

»Ich weiß ehrlich gesagt auch nicht, welcher Teufel mich da geritten hat«, entgegnete Harriet keuchend. »Richtige Pläne habe ich jedenfalls keine.«

»Dein Unterbewusstsein offensichtlich schon.« Betty schnappte sich resolut den Rollkoffer und ging in Richtung Zugtür. Ihre eigene schicke kleine Tasche hatte sie sich über die Schulter gehängt.

Tja, Harriets Unterbewusstsein führte derzeit tatsächlich ein seltsames Eigenleben. Es hatte ihr eingeflüstert, bei ihren schottischen Verwandten anzurufen und ihr Kommen anzukündigen. Sie hatte sich nicht einmal die Mühe gemacht, ihnen einen Grund vorzugaukeln. Sie hatte einfach gefragt, ob sie ein Weilchen auf Monroe Manor unterschlüpfen dürfte, und dann nur noch ihre Ankunft mitgeteilt. Tante Heather hatte auch nicht nachgefragt, sondern sich aufrichtig gefreut und ihr versichert, sie könne bleiben, solange sie wolle. Das war sehr nett und sehr gastfreundlich, aber auch … Ja, was eigentlich?

Darüber würde sie irgendwann nachdenken, jetzt musste sie erst mal ihren Hausstand aus dem Zug hieven und ihre Tante überhaupt finden. Es war eisig kalt, und sie zog sich rasch ihre Mütze an und lief dann hinter der energisch ausschreitenden Betty her.

»Herzlich willkommen in den Highlands!«

Harriet hatte sich kaum umschauen können, da fand sie sich schon in der innigen Umarmung von Heather Stewart wieder.

»Ich freu mich so, dass du hier bist. Meine Güte, du siehst wirklich ganz genauso aus wie Lila«, plapperte

Heather weiter und schob Harriet auf Armlänge von sich weg, um sie gründlich zu mustern. »Zwillinge sind schon etwas ganz Besonderes.«

»Hm«, murmelte Harriet nur, aber mehr Gesprächsbeteiligung war ohnehin nicht gefragt, denn Heather wandte sich gleich darauf an Betty.

»Wie war die Lesung gestern in Edinburgh? Bestimmt ein großer Erfolg. Marlin hat mich gebeten, dich mitzunehmen. Irgendwas ist an der Abfüllanlage in der Destillerie kaputt, und er muss für seine Prinzessin den Retter in der Not geben. Aber jetzt kommt mal mit.«

Harriet verkrümelte sich auf die Rückbank und tauchte bei der angeregten Unterhaltung der beiden älteren Frauen bald wieder in ihre eigene Gedankenwelt ab. Doch da fand sich nicht mehr als verwirrende und auch recht widersprüchliche Ideenfetzen. In den letzten Tagen hatte sie vorwiegend ein Ziel gehabt: ihrem Job, ihrer ungeklärten Beziehung und London zu entfliehen. Das hatte sie jetzt geschafft, aber was die nächsten Schritte betraf, herrschte ziemliche Leere in ihrem Kopf. Am Rande nahm sie wahr, wie Heather von der Gemeinderatssitzung erzählte, bei der sie heute gewesen war, und sich über die wilden neuen Ideen des Bürgermeisters ausließ, die in hohem Maße Monroe Manor betrafen.

»Aber ihr wollt doch auch wieder mehr Leben in der Bude haben«, sagte Betty. »Gerade nachdem eure Kinder wieder abgereist sind.«

»Ja schon, aber …« Heather seufzte und suchte im Rückspiegel Harriets Blick. »Wir werden sehen, was aus

Collums Ideen wird, aber ich habe das untrügliche Gefühl, dass wir mit Harriet wieder richtig frischen Wind im Haus haben werden. Nicht wahr, meine Liebe?«

Harriet wusste nicht, was sie darauf antworten sollte. Da war sie nun, die Frage nach dem Grund ihres Aufenthalts.

»So zugig, wie das alte Gemäuer ist, braucht ihr euch um frischen Wind ohnehin nicht zu sorgen«, stellte Betty mit einem ironischen Lächeln fest.

Heather lachte laut auf, vertiefte das Thema aber glücklicherweise nicht weiter. Stattdessen brachte sie Betty mit den neuesten Klatschgeschichten aus dem Dorf auf den aktuellen Stand, und Harriet driftete wieder ab. Wegen des Schneefalls und des Berufsverkehrs, der Abend für Abend die Pendler aus Inverness in die umliegenden Dörfer brachte, kamen sie nur langsam voran, doch die warme Heizungsluft im Auto und das Geplapper der beiden Frauen machten Harriet schläfrig. Das leichte, aber unverkennbare Aroma von nassem Hund im Auto machte das Gefühl von Heimeligkeit komplett. Erinnerungsfetzen poppten vor ihrem geistigen Auge auf, an damals, als sie zu einem großen Familienfest nach Kirkby gefahren waren. Da war sie vielleicht neun oder zehn gewesen. Sie erinnerte sich an die schier endlose Autofahrt, ebenfalls im Winter, und an das magische Gefühl, als sie endlich auf Monroe Manor eingetroffen waren. Erschöpft und gleichzeitig aufgekratzt. Seitdem war sie nicht mehr dorthin zurückgekehrt, doch nun war sie sich absolut sicher, dass es genau dieser Ort war, den sie brauchte. Sie wusste zwar nicht, was sie suchte, aber es war klar, dass sie es finden würde. Und mit diesem guten Gefühl nickte sie ein.

Bis sie gefühlt drei Minuten später durch ein heftiges Holpern aus dem Schlaf gerissen wurde. Heather hatte rasant die Bodenwelle an der Einfahrt zum Anwesen genommen und hielt kurze Zeit später knirschend auf der schneebedeckten, gekiesten Fläche vor dem Portal. Betty war nicht mehr im Wagen. Offenbar hatte Harriet doch tiefer geschlafen. Ein bisschen tat es ihr leid, dass sie sich nicht von der beeindruckenden älteren Dame verabschiedet hatte, doch sie nahm an, dass sie sie in den nächsten Tagen noch öfter treffen würde.

»Willkommen auf Monroe Manor«, sagte Heather und drehte sich mit einem strahlenden Lächeln zu ihr um. »Ich freu mich wirklich sehr, dass du hier bist.« Mit diesen Worten stieg sie aus dem Auto, und Harriet tat es ihr gleich.

Nach der warmen Luft im Wagen fühlte sich die schneidende Kälte im Gesicht wie ein eiskalter Wasserguss an. Mit einem Mal war Harriet wieder hellwach. In der Dunkelheit und bei dem dichten Schneefall konnte sie nicht viel von dem imposanten Gebäude erkennen, nur dass einige Fenster hell erleuchtet waren und nun auch die Tür aufging. Zwei Hunde stürmten laut bellend heraus, gefolgt von zwei Männern. Der aufrechte alte Herr mit den schlohweißen Haaren war zweifellos der Bruder ihrer Großmutter, also ihr Großonkel Angus Stewart. Der andere, etwas jüngere Mann musste sein Sohn George sein – Heathers Ehemann. Doch ehe sie die beiden Männer begrüßen konnte, galt es erst mit dem vierbeinigen

Begrüßungskommando klarzukommen. Lila hatte ihr von den stürmischen Airedale-Terrier-Hündinnen berichtet, die sich enthusiastisch und reichlich übergriffig über jeden Besuch freuten. Eine der beiden sprang ständig an ihr hoch und rammte ihr die Pfoten in den Bauch, die andere bohrte ihr die Schnauze in die Manteltasche.

»Abby, Joy, Schluss jetzt!«, rief George, und die Hunde ließen tatsächlich von ihr ab und begrüßten stattdessen Heather. »Herzlich willkommen«, sagte er zu Harriet und zog sie in eine väterliche Umarmung.

»Vielen Dank, dass ich hier sein darf.« Sie lächelte scheu und fühlte sich ein klein wenig überwältigt von allem.

»Ich freue mich auch, dass du hier bist, Harriet«, sagte nun der stattliche Angus und nahm sie ebenfalls kurz in den Arm. »Darf man dich Harriet nennen? Deine Schwester bevorzugt ja ihren seltsamen Spitznamen.«

»Harriet ist vollkommen in Ordnung«, erwiderte sie. »Aber Lila passt tatsächlich besser zu ihr als Lorelai«, verteidigte sie ihre Zwillingsschwester.

»Wie auch immer«, winkte der alte Mann ab. »Jetzt kommt mal rein, sonst holen wir uns alle den Tod.«

Harriet wandte sich zum Auto, um sich um ihr Gepäck zu kümmern, doch ein weiterer Mann im dunklen Anzug, der von ihr unbemerkt aus dem Haus getreten sein musste, hievte bereits den Rollkoffer heraus und schulterte dann ihre Reisetasche. »Ich kann das auch …«, begann sie, doch der Mann unterbrach sie mit einem freundlichen Lächeln.

»Ich habe das alles im Griff, Miss Harriet«, versicherte er ihr.

»Auf Hamish ist immer Verlass«, sagte Harriet und lächelte dem Mann zu, der wohl der Butler war.

In einem Anwesen wie Monroe Manor gab es natürlich Hauspersonal. Das hatte Lila erwähnt – erst ein wenig irritiert, später jedoch mit einer erschreckend entspannten Selbstverständlichkeit. Harriet war sich allerdings nicht sicher, ob sie sich an einen derartigen Service wirklich gewöhnen wollte. Oder sollte. Doch jetzt war sicher nicht der richtige Zeitpunkt dafür, irgendwas infrage zu stellen. Leicht fröstelnd folgte sie, flankiert von Tante Heather und den beiden Hunden, ihren Onkeln ins Haus. Wieder zuckten Erinnerungen durch ihren Kopf. Die dunkel getäfelte Eingangshalle hatte sie als kleines Mädchen extrem beeindruckt. Sie war ihr damals riesig und ein bisschen unheimlich vorgekommen, ein Eindruck, den sie heutzutage etwas revidieren musste. Imposant wirkte es immer noch, aber glücklicherweise nicht so steif und förmlich, wie man es von anderen Herrenhäusern kannte – aus Fernsehbeiträgen oder von Bilderstrecken in Hochglanzmagazinen. Die Halle von Monroe Manor unterschied sich lediglich durch ihre beeindruckende Größe von dem chaotischen Flur in Harriets Londoner Elternhaus. Alles war ein wenig »shabby« und wild zusammengewürfelt. Sie sah zwei riesige Hundebetten, und auf einem Sofa stapelten sich alte Zeitungen, ein paar Plaids, die nach Pferdedecken aussahen, und zwei Pakete, die darauf warteten, dass sie jemand zur Post brachte. Sie fühlte sich spontan wohl.

Statt einer unter Jacken und Mänteln ächzenden Garderobe gab es hier natürlich einen Extraraum, in den Heather sie nun lotste, damit sie ihren Mantel loswerden konnte. »Magst du dich kurz frisch machen vor dem Essen?«, wollte sie wissen.

»Das wäre schön.« Harriet nickte und hörte dann, wie ihr Magen laut knurrte. Sie hatte auf der langen Fahrt nur ein Sandwich und einen Apfel gegessen, und jetzt war sie wirklich sehr hungrig.

Heather lachte. »Ich hoffe, du magst Shepherd's Pie. Das ist eine von Mollys absoluten Spezialitäten. Sie hat heute allerdings die vegetarische Version mit Linsen und Auberginen statt mit Lammhackfleisch gemacht.«

Wieder grummelte Harriets Magen, und sie lachte verlegen. »Das ist wohl eine eindeutige Antwort.«

Sie stiegen die Treppe hoch. »Im ersten Stock wohnen George und ich, und dort liegen außerdem die Zimmer von unseren Kindern. Dich haben wir in dem Gästezimmer im zweiten Stock untergebracht, in dem auch Lila gewohnt hat. Ich hoffe, das ist dir recht?« Sie waren angekommen, und Heather öffnete die Tür zu einem behaglich beheizten, gemütlichen Zimmer, das Harriet schon von Lilas Fotos kannte.

»Es ist perfekt«, freute sie sich. Butler Hamish hatte ihre Sachen bereits hochgebracht. »Ich wasch mir nur schnell die Hände, dann bin ich gleich wieder unten.«

»Mach ganz in Ruhe, das Essen läuft nicht davon.«

Als Heather das Zimmer verlassen hatte, ließ Harriet sich erst einmal rücklings auf das Himmelbett fallen.

Die Bettwäsche roch leicht nach Lavendel und fühlte sich unter ihren Händen gleichzeitig glatt und weich an. Zweifellos edles Halbleinen und vermutlich schon viele Jahre oder gar Jahrzehnte in Gebrauch. Sie atmete tief den wundervollen Geruch ein. Am liebsten hätte sie sich sofort ins Bett gekuschelt und geschlafen, doch das nagende Hungergefühl wurde minütlich stärker. Also raffte sie sich auf, ging in das direkt an ihr Zimmer angrenzende Bad und wusch sich gründlich die Hände, mit einem Seifenstück, das handgemacht aussah. Neben flauschigen Frotteehandtüchern gab es auch dünnere, grob gewebte Baumwolltücher, wie man sie früher verwendet hatte und wie sie heutzutage in ähnlicher Form noch als Küchenhandtücher benutzt wurden. Harriet kannte solche Handtücher nur noch aus dem Haus ihrer Großmutter und fragte sich, warum diese Stoffe in den Badezimmern so aus der Mode gekommen waren. Sie waren saugstark und trockneten schnell – also eigentlich perfekt geeignet –, und doch waren sie längst vom dicken Frottee abgelöst worden. Warum dachten die Menschen eigentlich immer, dass Neues zwangsläufig besser war als Altes?

Wieder kamen ihr die seltsamen Wünsche der Designer in den Sinn, für die sie in den letzten Jahren gearbeitet hatte. Für diese Leute waren Stoffe lediglich der Werkstoff, aus dem sie ihre kühnen Kreationen herstellten, und dafür verlangten sie besondere Eigenschaften. Harriet hielt sich selbst für eine moderne Frau, aber sie mochte den traditionellen Ansatz, nach dem sich bestimmte Stoffe für gewisse Funktionen und Formen geradezu anboten.

Warum sollte ein Mensch das Bedürfnis haben, sich in ein mit Metallic-Folie bedampftes Kunstgewebe zu zwängen, wenn es doch wunderschöne Designs aus weichen Naturmaterialien gab?

Dieser Widerspruch hatte sie irre gemacht – denn selbst bei Designern, die angeblich größten Wert auf Nachhaltigkeit legten, war der Drang nach immer extremeren Formsprachen stärker als der Wunsch nach echten Werten. Sie lachte über sich selbst. War sie am Ende viel konservativer, als sie es für möglich gehalten hatte? War sie deshalb nach Schottland gereist? Ihr Magen knurrte wieder, und sie beschloss, dass sie weitere Überlegungen besser gesättigt und ausgeschlafen anstellen sollte. Heute musste sie gar nichts mehr entscheiden.

• • •

Hatte er ernsthaft ein »Mindset-Problem«, wie Leslie diagnostiziert hatte? Das konnte und wollte Collum nicht glauben. Auch zwei Tage später spukten ihm die Worte der Gemeindesekretärin noch durch den Kopf. Was höchst irritierend war, weil es ihn von seiner Arbeit ablenkte – etwas, was ihm sonst nie passierte. Er saß in seinem Büro im Rathaus und hatte die Datei mit dem groben Konzept für das »Kirkby Clan Gathering« vor sich, wie er die Highland Games nennen wollte, doch er konnte sich einfach nicht darauf konzentrieren.

Sollte es tatsächlich an seiner inneren Einstellung liegen? Und falls ja, was genau war an seiner inneren Einstellung so falsch? Er wünschte sich eine Partnerin, die ihn nahm, wie er war, und mit der er alles teilen konnte. Alles, was ihn bewegte, und alles, was sie antrieb. War das utopisch? Für die meisten Leute, die er kannte, offensichtlich nicht. In den letzten Monaten hatten sich allein in Kirkby zahllose Paare gefunden. Selbst die ziemlich spröde Brut von Marlin Fraser war ausnahmslos unter die Haube gekommen – was Collums Einschätzung nach einem mittleren Weltwunder gleichkam. Gegen Alex, Isla, Lennox und Shona war er geradezu unkompliziert und konventionell. Und doch hatte sich Colleen nicht für ihn, sondern für den eher wortkargen Alex entschieden. Die Tatsache, dass es zwischen ihm und Colleen einfach nicht ernsthaft gefunkt hatte, ignorierte er sicherheitshalber.

»Du weißt, dass du in einer halben Stunde den Termin mit Anna, dem Zahnarzt und Annas Wunschhebamme hast?«, unterbrach Leslie seine Gedanken.

»Was?« Er hatte seine Mitarbeiterin gar nicht reinkommen gehört. »Wofür braucht Anna eine Hebamme? Ist sie etwa auch schon schwanger?«

Leslie bedachte ihn mit einem Blick, den sie sonst für besonders begriffsstutzige Bürger von Kirkby reserviert hatte, die das ausgeklügelte Mülltrennungssystem der Gemeinde nicht verstanden. »Du und Anna – unsere Ärztin, du erinnerst dich? – trefft euch mit der Hebamme und dem Zahnarzt, die das medizinische Zentrum unserer schönen Kommune vervollständigen sollen«, erläuterte sie in einem kaum ironischen Lehrerinnentonfall.

»Äffst du mich etwa nach?«, erkundigte er sich misstrauisch.

»Selbstverständlich nicht, mein lieber Bürgermeister. Ich helfe dir nur ein wenig auf die Sprünge. Du scheinst ja etwas … nun ja … neben der Spur zu sein.«

»Und bei wem kann ich mich dafür bedanken?«, brummte er leise, doch natürlich hörte sie es.

»Was habe ich diesmal verbrochen?«

»Ach …« Collum machte eine wegwerfende Geste und wollte das Thema ein für alle Mal auf sich beruhen lassen, doch blöderweise war sein Mund schneller: »Weißt du, ob Marlins neuer Sohn vergeben ist?« Hatte er das wirklich gesagt? Am liebsten würde er auf eine Rückspultaste drücken und den letzten Satz, ach was, die letzten drei Tage löschen, doch so eine Technologie war leider immer noch nicht erfunden worden. Darum sollte sich mal jemand kümmern, statt mit doofen Thesen über sein nicht vorhandenes Liebesleben um die Ecke zu kommen.

»Ich habe nicht die leiseste Ahnung, was da Sache ist«, entgegnete Leslie jedoch ganz cool und ließ offen, was genau sie damit meinte: ob sie über den Beziehungsstatus von Paul Starling sprach, der vor knapp drei Wochen am Weihnachtstag plötzlich bei den Frasers auf der Matte gestanden und behauptet hatte, Marlins leiblicher Sohn zu sein – eine Neuigkeit, die sich selbstverständlich in Windeseile im ganzen Ort verbreitet hatte –, oder ob sie eher Collums Geisteszustand meinte, der derzeit, offen gestanden, mindestens verhandelbar war.

Collum schüttelte unwirsch den Kopf. »Vergiss es«, murmelte er. »Diese Frage war auf mehreren Ebenen vollkommen unangemessen.«

»Wenn du das sagst, Chef.« Sie lächelte nachsichtig, doch das Flackern in ihren Augen verhieß nichts Gutes. »Ich kann es aber gerne rausfinden. Soll ich mich auch erkundigen, ob er auf Frauen steht oder schwul ist?«

»Du sollst gar nichts dergleichen machen!«, rief er. »Ich habe vorhin nur darüber nachgedacht, dass alle vier Kinder von Marlin unter der Haube sind, obwohl sie allesamt zweifellos viel verkorkster sind als ich. Was bei dem Vater ja kein Wunder ist.«

»Aha.«

»Aha? Was heißt hier ›Aha‹? Du hast mir doch vorgestern den blöden Wurm ins Ohr gesetzt, dass ich eine First Lady brauche.«

»Floh.«

»Floh?«, blaffte er sie konsterniert an.

»Wenn überhaupt, habe ich dir einen Floh ins Ohr gesetzt und keinen Wurm, und ich habe lediglich angedeutet, dass es mich für dich freuen würde, wenn du einen Menschen an deiner Seite hättest, der nicht nur deine Sekretärin ist, sondern auch andere Bedürfnisse befriedigt. Ob das eine First Lady oder ein First Husband …«

»Noch mal, ich bin nicht schwul!«, fauchte er aufgebracht und wusste gar nicht so genau, warum er sich derart aufregte.

»Ist ja gut«, beschwichtigte sie ihn. »Ich dachte nur, weil du dich nach Paul erkundigt hast.«

»Ja, aber doch nur, um zu wissen, ob wirklich alle Kinder von Marlin vergeben sind oder ob ich wenigstens einen überholen könnte.« War das wirklich so schwer zu verstehen? Nach Leslies Gesichtsausdruck zu urteilen, schon.

»Wenn du dich mit Paul zusammentust, fängst du zwei Fliegen mit einer Klappe«, schlug sie vergnügt vor und schien das alles wahnsinnig witzig zu finden.

»Ich habe ihn ja noch nicht mal getroffen. Mal abgesehen davon, dass ich keinerlei wie auch immer geartete … Was rede ich da? Ehrlich, Leslie, du treibst mich komplett in den Wahnsinn!«

»Das hört jede Frau gerne«, kicherte sie.

Collum schloss kurz die Augen. Er musste sich dringend wieder in den Griff bekommen. »Was ich damit sagen will: Ich bin nicht schwul, ich stehe eindeutig und zweifellos auf Frauen. Daher ist es mir vollkommen egal, ob Paul Starling homo- oder heterosexuell ist. Ich hatte lediglich den irrationalen Gedanken, dass ich eventuell die Chance hätte, mein Glück zu finden, ehe alle Kinder von Marlin vergeben sind. Aber das ist natürlich eine total idiotische Idee, und ich flehe dich an, dass du bitte den Mantel des Schweigens über dieses Gespräch legst.«

»Das ist aber nicht fair. Damit könnte ich endlich mal ein wenig punkten und Betty und dem Pfarrer den Rang ablaufen.« Leslie zog eine Schnute, doch Collum wusste, dass sie – wenn es hart auf hart kam – diskret sein konnte. Und viel härter konnte es kaum werden, oder? Obwohl das auch ein Gedankenpfad war, den er jetzt nicht einschlagen wollte.

»Bitte«, sagte er nur leise.

»Natürlich, Chef, ich zieh dich doch nur auf. Aber ganz ehrlich, in den letzten Minuten hast du nur bewiesen, dass ich mit meiner These recht habe. Du brauchst dringend eine bessere Hälfte. Doch ich würde vorschlagen, dass du die Suche für den Moment zurückstellst, denn aktuell stehen konkrete Termine an: Zahnarzt und Hebamme, und dann wolltest du noch den Stewarts wegen der Highland Games auf den Zahn fühlen.«

»Ich suche ja gar nicht, ich arbeite an meinem Mindset«, erwiderte er mit einem leichten Grinsen. Langsam fand er seine gute Laune wieder. »Meinst du, es wäre ein guter Aufriss-Spruch, wenn ich die Hebamme frage, ob sie mein Baby zur Welt bringen möchte?«

»Wenn du einen Todeswunsch hast, solltest du das unbedingt ausprobieren.« Leslie verdrehte die Augen. »Aber jetzt husch, husch, sonst kommst du zu spät.«

Collum geriet glücklicherweise nicht in Versuchung, dumme Sprüche abzulassen, denn Martha Millner war zweiundsechzig und seit vierzig Jahren solide verheiratet. Sie und ihr Mann lebten zwar seit fünf Jahren in Kirkby, aber sie arbeitete derzeit noch in einer Geburtsklinik in Inverness. Ihre letzten beruflich aktiven Jahre wollte sie lieber in einem entspannteren Umfeld verbringen. Collum kannte sie natürlich, hatte aber keine Ahnung gehabt, was sie beruflich machte und dass sie sich nach einer Veränderung sehnte. Das fand er gleichermaßen irritierend – schließlich rühmte er sich doch, seine Schäfchen gut zu kennen – wie beglückend. Martha kannte sich in Kirkby aus, war ein beliebtes Gemeindemitglied und würde zweifellos gut mit den zukünftigen Müttern klarkommen. Anna jedenfalls sang das Hohe Lied auf sie, und so war die Sache im Handumdrehen geritzt.

Auch das Gespräch mit Brodie Henderson lief gut – wenn auch unter anderen Vorzeichen. Der junge Zahnarzt arbeitete derzeit noch in einer großen Praxis in Edinburgh, doch da seine Eltern, die in Kirkbys Nachbarort Drumnadrochit lebten, langsam auf Hilfe angewiesen waren, zog es ihn in seine Heimatregion zurück.

Das Haus direkt neben Annas Praxis war Ende des Jahres frei geworden und bot sich als weiterer Praxisstandort geradezu an. Vor allem, wenn man eine Wand zwischen den Häusern durchbrach und einen gemeinsamen Rezeptionsbereich schuf – dann könnte sich Kirkby tatsächlich mit einem richtigen Gesundheitszentrum brüsten. Martha würde ihre Praxis ebenfalls dort einrichten. Collum verabschiedete sich mit einem guten Gefühl. Das Trio würde harmonieren, da war er sich sicher, auch wenn Brodie sichtlich enttäuscht gewirkt hatte, als er Annas Verlobungsring bemerkte. Doch Dr. Henderson würde sich um Interessentinnen und Patientinnen nicht sorgen müssen, so blendend, wie er aussah. Andererseits, wollte man mit seinem Zahnarzt liiert sein? Jemand, der beim Küssen mit der Zunge die gegnerischen Zahnreihen entlangfuhr und sie auf Löcher scannte? *Nicht mein Problem*, dachte Collum und machte sich recht vergnügt auf den Weg nach Monroe Manor.

Er ging zu Fuß, denn frische Luft und Bewegung taten gut und würden hoffentlich seine Gedankengänge beflügeln, die jetzt tagelang in seltsame Richtungen abgedriftet waren. Nachdem die medizinische Versorgung für Kirkby in trockenen Tüchern war, wollte er sich endgültig dem großen Thema Highland Games widmen. Wenn er ein derartiges Event erfolgreich etablieren konnte, wäre das ein riesiger Meilenstein – für Kirkby und ihn selbst.

Collum lief am Friedhof vorbei und verließ dann den Ortskern. Ohne den Schutz der Häuser fühlte es sich gleich noch mal kälter an, doch das störte ihn als waschechten Schotten kein bisschen. Er zog sich die Mütze tiefer über die Ohren und schlug den Mantelkragen hoch. Heather und George würden ihn zweifellos zum Tee einladen, und da konnte er sich wieder aufwärmen. Der Weg führte nun durch ein kleines Waldstück, es ging merklich bergauf, und am Saum der Bäume öffnete sich ein prächtiges Panorama. Mitten in der dick verschneiten Hügellandschaft stand das ungewöhnliche Herrenhaus Monroe Manor. Nach gängigen Standards war es nicht wirklich schön, aber zweifellos architektonisch interessant. Die bisherigen Eigentümer waren über die Jahrhunderte jedenfalls ziemlich hemmungslos gewesen, was An- und Umbauten betraf. Von einer Seite betrachtet wirkte Monroe Manor wie eine trutzige Burg, aus einem anderen Blickwinkel wie ein kitschiges Märchenschloss und von einer weiteren Seite wie ein eleganter Landsitz. Kein Wunder, dass es bei Hochzeitspaaren so beliebt war. Nicht nur konnte man im Ballsaal des Westflügels rauschende Feste feiern, die Außenanlagen boten auch die perfekte Kulisse für stimmungsvolle Fotos.

Vor seinem geistigen Auge sah Collum schon die Arena für die Sport-, Tanz- und Dudelsack-Wettbewerbe, die bei Highland Games zum Grundprogramm gehörten. Es gab genug Platz, um ein mittelalterliches Hüttendorf aufzubauen, mit Verkaufsständen und Gastronomie aller Art. Selbst für einen Trailerpark für die Athleten und mobile sanitäre Einrichtungen war Platz genug. Das Herrenhaus konnte dabei eingebunden werden, doch das musste nicht sein, wenn Heather und George damit ein Problem hatten. Collum hatte gründlich recherchiert, worauf man alles achten musste und in welchen Dimensionen man planen sollte, um einerseits ein prominentes Starterfeld anzulocken und andererseits genügend zahlende Gäste für das Spektakel. Es waren große Summen im Spiel, keine Frage, aber nichts, was Kirkby nicht stemmen konnte. Er brauchte nur noch eine Zusage von den Stewarts, dann stand einem Erfolg nichts mehr entgegen.

LOCKSTOFF

HARRIET DREHTE SICH MIT GESCHLOSSENEN AUGEN mehrfach um die eigene Achse, bis ihr ein bisschen schwindelig wurde. Sie lachte, als sie mit dem Gleichgewicht kämpfte, und spürte gleichzeitig den Empfindungen in sich nach. Sie fühlte sich so lebendig und voller Energie wie schon lange nicht mehr – und das in einem vollkommen leeren Raum.

Gestern war sie mit ihrer Tante durch den privaten Teil des Hauses gestromert, in dem die Familie lebte und in dem die zahlreichen Gästezimmer untergebracht waren. Schon das war für sie ein wahres Schlaraffenland gewesen. In manchen Räumen hingen noch antike Vorhänge, und die Wände waren mit kunstvoll gewebten Intarsientapeten aus Seide bespannt. Das war ganz hohe Handwerkskunst. Vorhin hatten sie mit der Besichtigung des Westflügels angefangen. Im Keller war das legendäre Kino untergebracht, von dem schon ihre Großmutter immer geschwärmt hatte und das auch Lila in Begeisterungsstürme versetzt hatte. Es war mit fast einhundert roten Plüschsesseln bestuhlt, und vor der Leinwand hing ein schwerer Samtvorhang. Im Vorraum gab es eine Original-Popcornmaschine aus den Fünfzigerjahren des vergangenen Jahrhunderts und einen Marilyn-Monroe-Schrein. Angus' Vater Malcolm war ein Riesenfan der platinblonden Schauspiel-Ikone gewesen und hatte ihr zu Ehren das Anwesen von Montrose Manor zu Monroe Manor umgetauft und seinem Idol so ein Denkmal gesetzt.

Das Erdgeschoss des Westflügels bestand vor allem aus einem riesigen Ballsaal mit wunderschönen Sprossenfenstern und gegenüberliegenden Spiegeln, die den Raum noch größer und luftiger wirken ließen. Zwei ausladende Kamine hatten ihn früher beheizt, heutzutage dienten sie nur noch als Dekoration. Allerdings war derzeit auch die Zentralheizung ziemlich gedrosselt, und so war es hier ungemütlich kalt. Das galt auch für die Nebenräume und die wundervoll ausgestatteten Gästesuiten im ersten Stock. Heather hatte stolz erzählt, dass sie letztes Jahr einiges an Geld investiert hatten, um die Zimmer zu modernisieren und sachte umzugestalten, sodass sie auch für verwöhnte Gäste keine Wünsche offenließen. Das war eindeutig gelungen, und Harriet konnte sich gut vorstellen, dass Monroe Manor eine beliebte Hochzeitslocation war.

Doch dann waren sie die abgetretene, knarzende Holztreppe zum zweiten Stock hochgestiegen, und Harriet hatte trotz der Kälte plötzlich ein ganz warmes Gefühl in sich gespürt. Die hohen, schlicht weiß gestrichenen Räume waren vollkommen leer, aber dank der großen Fenster lichtdurchflutet. Durch große, weiß lackierte Flügeltüren waren sie von einem Zimmer ins nächste gewandert. Besonders bemerkenswert waren die unterschiedlichen

Parkettmuster: Fischgrät, Chevron, Würfelmuster, feine Stäbchen, schlichter Schiffsboden und aufwendige Intarsienmuster. Da hatten sich die Bauherren wirklich ausgetobt. Im letzten Raum, dem Eckzimmer mit Fenstern an zwei Seiten, war sie schließlich stehen geblieben, hatte die Augen geschlossen und sich mit ausgebreiteten Armen im Kreis gedreht. »Das ist die pure Magie«, raunte sie lachend, als sie ihr Gleichgewicht suchte.

»Was sagst du, meine Liebe?«, wollte Heather wissen.

»Ich habe keine Ahnung, was das zu bedeuten hat, und noch weniger Ahnung, was ich hier machen könnte, aber ich bin mir absolut sicher, dass dieser Raum mein Schicksal ist!«, sagte Harriet schließlich mit fester Stimme zu ihrer Tante.

»Das höre ich gern«, entgegnete Heather amüsiert. »Ich weiß leider nicht, wofür diese Räume früher genutzt wurden, sie waren schon immer komplett leer – zumindest seit der alte Malcolm das Haus gekauft hat. Ich könnte mir vorstellen, dass man hier wunderbar ein Malatelier oder so etwas in der Art einrichten könnte.«

»Oder eine Weberei …«, murmelte Harriet und hatte keinen Schimmer, woher dieser Einfall gekommen war.

»Spannende Idee.« Heathers Lächeln wurde immer warmherziger. »Ich weiß nichts darüber, wie einfach oder kompliziert das zu realisieren ist. Dafür braucht man einen Webstuhl, oder?«

Harriet nickte und dachte an das eine Semester in ihrem Studium zurück, in dem sie tatsächlich mit den unterschiedlichsten Webstühlen – antiken und ganz modernen – gearbeitet hatten. Das hatte ihr mit Abstand am meisten Spaß gemacht. Sie hatte dann auch ein kurzes Praktikum bei einem Tweedhersteller machen dürfen, der die Maßschneiderei ihres Vaters belieferte, und am liebsten wäre sie gleich dortgeblieben. Es war gleichermaßen offensichtlich wie irrsinnig, aber eine eigene Weberei war genau das, was sie sich immer gewünscht hatte. Oder zumindest ihr Unterbewusstsein, denn bis eben war es ihr nicht wirklich klar gewesen.

»Es ist interessant, dir beim Nachdenken zuzuschauen«, bemerkte Heather. »Was kann ich tun?«

»Ich bin mir ehrlich gesagt nicht sicher …« Harriet blickte sich um und schloss dann wieder die Augen. Es war total faszinierend, denn irgendwie sah sie alles schon vor sich. Einen alten Webstuhl, mit dem man traditionelle Tartans in Handarbeit herstellen konnte, und vielleicht noch einen weiteren, modernen, der etwas günstigere Stoffe computergesteuert produzierte. Es war zweifellos eine Schnapsidee, denn woher sollte sie das Geld für derartige Investitionen nehmen? Mal abgesehen davon, dass der Markt für gut funktionierende historische Webstühle praktisch nicht existent war, wie sie von dem Tweedhersteller wusste, kosteten die modernen Geräte ein Vermögen. Und sie hatte keinen Schimmer, wer ihr die Stoffe abnehmen sollte. Das warme Glücksgefühl in ihr kühlte sich merklich ab.

»Panik ist jedenfalls kein guter Ratgeber«, befand Heather, die Harriets Gemütszustand haarscharf analysiert hatte.

»Das stimmt, aber …« Sie wusste nicht, was sie eigentlich sagen wollte. Zum ersten Mal seit sehr langer Zeit, genau genommen zum ersten Mal überhaupt, war sich Harriet absolut sicher, was sie mit ihrem Leben anfangen wollte. Doch die Wucht dieser Erkenntnis und die finanziellen Konsequenzen schockten sie gerade über Gebühr.

»Du hast ja nie verraten, warum du zu uns kommen wolltest«, begann Heather sachte. »Wir haben nicht danach gefragt, aber irgendwie hatte ich das Gefühl, dass du hier etwas suchst. Und nun scheinst du es gefunden zu haben.«

Harriet nickte stumm.

»Das ist ein großes Glück, nicht wahr, denn viele Menschen suchen ihr halbes oder gar ganzes Leben lang nach ihrer Aufgabe. Du hattest gerade einen Moment der Klarheit und einen sehr eindeutigen Hinweis auf das, was deine Berufung sein könnte. Lass da jetzt nicht praktische Überlegungen und Hürden die Vorherrschaft übernehmen. Dafür gibt es ganz bestimmt Lösungen. Erzähl mir lieber, was du dir genau vorstellst.«

»Aber …«

»Lass eine alte Frau mitträumen!«

Harriet zögerte einen Moment, doch was hatte sie zu verlieren? »Ich würde hier wahnsinnig gerne hochwertige Tartanstoffe herstellen. Am liebsten handgewebt auf einem historischen Webstuhl. Und zusätzlich stelle ich mir noch einen modernen Webstuhl vor, der vollautomatisch und computergesteuert etwas günstigere Stoffe produziert. Vielleicht könnte ich als Rohstoffe ausschließlich

Wolle von lokalen Produzenten nehmen? Hier gibt es doch massenhaft Schafe, allerdings habe ich keine Ahnung, ob die eher wegen ihrer Wolle oder wegen Milch und Fleisch gehalten werden.«

»Wir haben neuerdings sogar eine kleine Alpakaherde«, warf Heather ein. »Das wäre vielleicht auch etwas.«

»Alpakawolle ist natürlich ein Traum«, schwärmte Harriet. »Ich müsste mich erkundigen, ob es hier irgendwo eine Spinnerei und Färberei gibt, denn das sind Verarbeitungsschritte, die ich in meinem Studium zwar kennengelernt habe, die mich aber längst nicht so faszinieren wie die eigentliche Stoffherstellung. Aber dann ist da auch noch die Frage, was ich mit den Stoffen anfangen könnte. Wer würde sie mir abkaufen? Und zu welchen Preisen? Ich weiß, dass handgemachte Harris-Tweeds wahnsinnig begehrt sind und sehr gut bezahlt werden, aber ob das auch für Tartans gilt? Die sind ja erheblich spezieller und längst nicht so mainstreamtauglich.«

»Es klingt aber so, als könne man das alles recherchieren. Und ich bin mir sicher, dass es einen Markt gibt. Gerade hier in der Region ist man ja sehr traditionsbewusst. Du musst unbedingt mal in den Pub gehen. Jon hat dort das komplette Design auf einen Grant-Tartan ausgelegt. Er und seine Servicejungs tragen immer Kilts, die Frauen haben Hosen oder Röcke aus demselben Stoff bekommen, und auch alle Textilien im Restaurant sind entsprechend angepasst. Er hat dafür bei einem Stoffhändler ein Vermögen bezahlt. In Islas Restaurant war es ähnlich. Und die beiden sind nicht die Einzigen. Viele Menschen hier legen Wert auf regional produzierte Waren aller Art. Aus einem gewissen Lokalpatriotismus heraus, aber auch aus dem Bedürfnis nach Qualität und Nachhaltigkeit.«

»Das klingt sehr optimistisch, was du da sagst, doch offen gestanden habe ich reichlich andere Erfahrungen gemacht. Ich habe meine Masterarbeit über die Herstellung von CO_2-neutralen Textilien geschrieben, und dafür gab es sogar eine besondere Auszeichnung und Erwähnungen in Fachpublikationen. Auch weil die Stoffe, die ich hergestellt habe, allesamt alltagstauglich, haltbar und recycelbar sind. Zusammen mit zwei Kommilitonen habe ich Herstellungsprozesse entwickelt, die möglichst schonend und wenig invasiv sind. Oder nicht wirklich entwickelt, wir haben uns einfach angesehen, wie man es früher gemacht hat. Da waren die Rohstoffe viel wertvoller, und man hat sich genau überlegt, wie man welche Wolle behandelt und färbt, um das bestmögliche Ergebnis zu erzielen. Heute wird das alles maschinell gemacht, mit endlos viel Chemie, damit man immer ein einheitliches Produkt bekommt.« Sie winkte ab, weil sie sich nicht in Details verlieren wollte, die ihre Tante kaum interessieren dürften und sie selbst nur aufregten. »Für das alles habe ich sehr viel Lob und Anerkennung bekommen – und das hat mir auch die Türen zu vermeintlich tollen Jobs geöffnet. Doch die haben sich erstens als mies bezahlte Praktika herausgestellt, und zweitens interessieren sich die allermeisten Designer nicht wirklich für nachhaltige Materialien, die die Umwelt nicht oder nur minimal belasten. Da geht es höchstens mal um ein, zwei

Stücke, die zum Greenwashing der gesamten Kollektion dienen.«

»Vielleicht hast du bisher schlicht für die falschen Leute gearbeitet?«, schlug Heather vor.

»Bestimmt sogar, aber ich zweifle ehrlich gesagt daran, dass es richtige in dieser Branche überhaupt gibt.«

»Oder es scheitert daran, dass die Materialien bisher nicht verfügbar sind? Ich kenn mich in der Modebranche nicht wirklich aus, aber für mich klingt es so, als hättest du den falschen Ansatz gewählt. Als Textildesignerin musst du doch unabhängig von irgendwelchen Modelabels arbeiten. Du sollst die Stoffe produzieren, die die Modedesigner oder Schneider der Welt dann so unwiderstehlich finden, dass sie ihre Kreationen daraus herstellen wollen. Oder habe ich das falsch verstanden?«

Harriet sah ihre Tante verblüfft an. »Du hast vollkommen recht. Ich hätte nicht für Designer arbeiten sollen, sondern für Hersteller.« Sie schüttelte den Kopf über ihre eigene Engstirnigkeit. Auf diese Idee war sie gar nicht gekommen, obwohl es absolut offensichtlich war. Doch klassischerweise heuerten frischgebackene Textildesigner bei großen Modelabels an, wo sie dann dafür zuständig waren, die Visionen der kreativen Masterminds umzusetzen und im zweiten Schritt Hersteller zu suchen, die die Stoffe produzierten. Von den großen Marken mal abgesehen, gab es aber bestimmt auch Designer, die einen anderen Weg einschlugen. Die sich von vorhandenen Stoffen zu ihren Stücken inspirieren lassen wollten. Das war vielleicht nicht die erste Garde der Labels, die bei den großen Modewochen in London, Paris, Mailand und New York eine Rolle spielten, doch ehrlich gesagt hatte Harriet darauf ohnehin keine Lust. Sie liebte das Handwerk und wollte ihre Stoffe lieber an echten Menschen sehen als an Models. Oder in Häusern, in denen wirklich gelebt wurde, denn natürlich waren auch Möbelstoffe und Heimtextilien eine echte Option. Ein schickes Sofa im Tartanmuster – warum nicht? Und warum war sie so lange derart verbohrt gewesen, dass sie das alles nicht erkannt hatte? »Ich habe keine Ahnung, aber in diesem Raum habe ich gerade ein Erweckungserlebnis nach dem anderen. Verrückt«, sagte sie leicht fassungslos.

»Womöglich hat die zweite Etage nur auf dich gewartet?« Heather lächelte. »George und ich überlegen schon lange, was wir mit den Räumen anfangen sollen. Unsere Kinder haben über die Feiertage vorgeschlagen, dass wir die Zimmer doch an irgendwelche Start-ups vermieten könnten, und vermutlich wäre das auch eine gute Idee, aber die Sache mit der Weberei finde ich viel aufregender.«

»Start-ups wären aber womöglich lukrativer für euch. Webstühle machen ja auch Krach. Das hört man bestimmt auch im ersten Stock, wo die Hochzeitssuiten sind.« Dieser Gedanke war ihr gerade in den Sinn gekommen, und er trübte ihren Enthusiasmus gehörig, doch Heather winkte ab.

»Die Hochzeiten finden ja nur an den Wochenenden statt, und da wirst du vielleicht nicht arbeiten, oder? Und selbst wenn, dann nur tagsüber. Benutzt werden die Suiten aber nur nachts. Da sehe ich wirklich überhaupt kein Problem. Und überhaupt …« Sie kam nicht dazu, den Satz zu vervollständigen, denn in diesem Moment klingelte ihr Handy. »Was gibt's?«, fragte sie den Anrufer umstandslos. »Oh? Heute? Das ist ja ein blödes Timing.« Sie seufzte. »Nein, schon gut. Dann lass es uns hinter uns bringen. Er gibt ja doch keine Ruhe. Ich bin gleich da.«

»Probleme?«, erkundigte sich Harriet.

»Nein, nur Besuch. Collum ist gerade gekommen und will mit George und mir über seine Pläne reden.«

»Ist doch nicht schlimm. Wir sind hier ja fertig, und ich habe jetzt reichlich Stoff zum Nachdenken.«

»Aber wir waren noch gar nicht ganz oben. Da sind zum Teil die ehemaligen Dienstbotenzimmer, aber es gibt auch einen großen, luftigen Speicher.«

»Das läuft uns nicht davon.« Harriet lächelte ihre Tante an. »Collum ist der Bürgermeister hier, oder?« Lila hatte ihn mal erwähnt. Er hatte wohl ein Auge auf Lila geworfen und hatte sie unbedingt zum Essen ausführen und zum Schreiben einer Dorfchronik überreden wollen. Was daraus geworden war, wusste Harriet aber nicht mehr.

»Ja genau«, bestätigte Heather mit einem tiefen Seufzen. »Und er hat große Pläne mit Monroe Manor – und leider auch sehr gute Argumente, denen wir nicht viel entgegenzusetzen haben.«

»Ich bin gespannt.« Harriet hakte sich grinsend bei ihrer Tante unter, und gemeinsam verließen sie den magischen Ort.

• • •

»Plant ihr demnächst wieder Welpen?«, erkundigte sich Collum bei George. Sein Plan war aufgegangen, denn George Stewart hatte ihn herzlich willkommen geheißen und ihn in ein gemütliches Kaminzimmer geführt, wo er prompt von den beiden Hündinnen Abby und Joy belagert wurde. Er mochte Hunde, hatte sich aber nie vorstellen können, selbst einen zu haben. Irgendwie war er immer der Meinung gewesen, dass ein Hund nicht zu seinem Lebensstil passen würde. Doch auf dem Marsch von Kirkby hierher war ihm aufgefallen, wie dämlich diese Annahme war. Die meisten Bewohner des Ortes hatten Hunde, und viele ließen sich von ihren Vierbeinern überallhin begleiten. Es verging kein Tag, an dem nicht mindestens ein Hund durchs Rathaus sprang. Warum dann nicht auch sein eigener? Ein Hund würde ihm Gesellschaft leisten – wenn er unterwegs zu einem Termin war, wie jetzt, oder vor allem an einsamen Abenden zu Hause. Ein Hund wäre sicher eine bessere Option als eine Partnerin und …

»Mal sehen, vielleicht im Sommer. Je nachdem, wann Joy heiß sein wird. Abby hatte letztes Jahr Welpen, die hat dieses Jahr auf jeden Fall Pause. Mit ihr gehen wir vielleicht im nächsten Jahr noch einen Wurf an, aber das ist auch noch nicht sicher. Warum? Willst du dir endlich einen Hund zulegen?«

»Irgendwie habe ich das Gefühl, dass es an der Zeit ist«, gab Collum vage zurück und kraulte die Lockenköpfe der beiden Hündinnen, die sich begeistert an ihn schmiegten. Seine etwas erschreckende Selbsterkenntnis, was die Gründe für seinen Tierwunsch betraf, wollte er lieber nicht teilen.

»Ein Hund ist auf jeden Fall eine Bereicherung, aber auch eine große Verantwortung.«

»Traust du mir etwa nicht zu, dass ich mich angemessen um einen Hund kümmern könnte?«

»Ich trau dir alles zu, auch dass dein Hund im Handumdrehen die besten Kunststücke draufhat, ich habe dich nur bisher nicht als ausgemachten Tierfreund erlebt. Du hast keine Haustiere, du reitest nicht, du ...« George zuckte mit den Schultern.

»Das ist Unsinn. Ich mag Hunde. Eigentlich alle Tiere, aber bisher war ich der Meinung, dass es nicht passt.«

»Und was hat sich geändert?«

»Nichts. Zumindest nicht an den äußeren Umständen, aber vielleicht an meiner Einstellung.« Collum gab den Hündinnen noch jeweils einen freundschaftlichen Klaps und nahm dann auf einem der behaglichen Sessel Platz. »Das spielt aber auch keine Rolle. Ich denke nur darüber nach, mehr ist es im Moment nicht.«

»Verstehe«, entgegnete George. »Ich ruf mal eben Heather an, damit sie zu uns kommt. Du willst ja sicher mit uns beiden sprechen, oder?« Er wartete nicht auf eine Antwort, sondern klingelte bei seiner Frau durch, die nicht allzu begeistert zu sein schien.

»Wenn es euch zu einem anderen Termin besser passt, können wir es gerne verschieben«, sagte Collum und wollte sich schon wieder aufrappeln.

»Nein, schon gut. Sie kommt gleich. Ich gehe Molly Bescheid sagen, dass sie Tee für uns machen soll.«

Collum starrte in die munter flackernden Flammen des Kamins und fühlte sich sonderbar verlassen. Die beiden Hunde waren ihrem Herrn auf dem Fuß gefolgt, und er war wieder allein. Wie immer. Es hatte ihn nie groß gestört, und ernsthaft einsam hatte er sich selten gefühlt – auch weil er stets dafür gesorgt hatte, dass sein Leben ausgefüllt war. Mit Dingen, die es zu organisieren galt, und Menschen, die er überzeugen musste. Oder instrumentalisieren konnte – für den höheren Zweck selbstverständlich. Der Gedanke widerte ihn plötzlich an. War er tatsächlich ein Manipulator? Er dachte an Jon, dem er den Floh mit dem Pub ins Ohr gesetzt hatte, weil er gewollt hatte, dass Kirkby wieder eine florierende Kneipe bekam, und weil er sicher gewesen war, dass Jon der richtige Mann dafür sein könnte. Er hatte mit beidem recht behalten, und Jon fühlte sich augenscheinlich wohl. Doch galt das auch für alle anderen Menschen, die er in die Gemeinde gelockt hatte? Anna hatte es wohl ebenso wenig bereut, sich hier niederzulassen, wie Davie Tomlinson, der Schreiner, dem er vor ein paar Jahren ein gutes Angebot gemacht hatte. Tatsächlich konnte er sich über eine beeindruckende Erfolgsbilanz freuen, doch irgendwie fühlte es sich plötzlich falsch an. Wer war er schon, dass er sich ernsthaft einbildete, anderen Leuten zu ihrem Glück verhelfen zu können? Wahrscheinlich waren es bislang lediglich erfreuliche Zufälle gewesen, und vermutlich sollte er dringend aufhören, um den Bogen nicht zu überspannen.

Brauchte Kirkby tatsächlich Highland Games? Er war der Meinung, ja, doch war es wirklich sein Job, die Stewarts davon zu überzeugen?

Seine Vision von den Spielen, die noch vor wenigen Minuten auf dem Weg hierher überdeutlich gewesen war, erschien ihm auf einmal völlig schal und falsch. Was um Himmels willen war mit ihm los? Egal, es war eine blöde Idee, und er würde sie auf der Stelle beerdigen und nie wieder davon sprechen. Er sprang auf und rannte fast zur Tür. Ehe er noch nach der Klinke fassen konnte, ging sie auf. Er hatte jedoch so viel Schwung drauf, dass er gegen eine blonde junge Frau prallte, die ihm ziemlich bekannt vorkam. Um einen Sturz zu vermeiden, schlang er instinktiv die Arme um ihren zierlichen Körper und schaffte es gerade so, sie beide aufrecht zu halten. Das Ganze dauerte nur wenige Sekunden, und doch schien es für ihn in Ultrazeitlupe abzulaufen. Erstaunlicherweise nahm sein eben noch von Panik beherrschtes Gehirn jede Nuance wahr. Die Frau sah genauso aus wie Lila, die vor anderthalb Jahren ein paar Wochen auf Monroe Manor verbracht und ihn kurzfristig ziemlich gereizt hatte. Doch sie hatte sich rasch in den Springreiter Cameron Sinclair verliebt, und auch sein eigenes Interesse war kaum mehr als ein Strohfeuer gewesen. Und eines war klar: Die Frau, die er jetzt unangemessen eng an sich gepresst hielt und die einen frischen, zitronig-kräuterigen Duft verströmte, war nicht Lila.

Sie war sein Schicksal.

Diese Erkenntnis erschreckte ihn derart, dass er sie losließ wie eine heiße Kartoffel, sodass sie wieder ein wenig ins Straucheln geriet. »Sorry«, krächzte er und war sich nicht sicher, wofür genau er sich entschuldigte – für den Zusammenstoß oder all das, was noch passieren würde.

»So stürmisch heute, Collum?«, fragte Heather mit milder Ironie in der Stimme, ehe die Frau seines Lebens überhaupt reagieren konnte. »Musst du aufs Klo?«

»Was?« Er sah seine Gastgeberin völlig entgeistert an.

»Na, weil du hektisch aus dem Zimmer gerannt kamst und so einen gequälten Gesichtsausdruck hast. Die Toilette ist da vorne links.« Sie deutete auf eine Tür.

Kurz überlegte er, ob er diese zwar etwas unangenehme, aber gute Ausrede nutzen sollte, um sich auf dem stillen Örtchen zu sammeln, doch er entschied sich dagegen. »Ich …«, fing er an und rang um Worte. Etwas, was ihm schon sehr lange nicht mehr passiert war, aber ihm wollte keine sinnvolle Erklärung für seinen rasanten Beinahe-Abtritt einfallen. Vermutlich, weil es keine gab. Also entschied er sich für die Wahrheit: »Ich bin ein Idiot!«

»Nun sei nicht so streng mit dir«, sagte Heather tröstend, aber eindeutig amüsiert.

»Doch, mir ist eingefallen, dass ich mich vollkommen zum Narren mache, wenn ich weiterhin auf der Idee der Highland Games beharre«, erklärte er mit rauer Stimme. »Deshalb wollte ich gehen und euch nicht weiter damit belästigen.«

Aus den Augenwinkeln nahm er wahr, wie ihn sein blondes, elfengleiches Schicksal aus blauen Kulleraugen interessiert musterte. Heather dagegen rang nun endgültig um Fassung und musste sich mit aller Macht das Lachen verkneifen. »Bist du sicher, dass du dir nicht den Magen verdorben hast?«, fragte sie grinsend und legte ihm dann eine Hand auf die Schulter. »Komm wieder rein, dann besprechen wir alles. Darf ich dir übrigens unsere Nichte Harriet vorstellen?«

»Lilas Zwillingsschwester?«, hakte er nach, obwohl es offensichtlich war.

»Dieselbe«, entgegnete Harriet mit einem vergnügten Lächeln. Offensichtlich nahm sie ihm den Beinahe-Unfall nicht weiter übel. »Und du bist dann wohl der engagierte Bürgermeister Collum, was?«

Dein zukünftiger Ehemann, der dir die Welt zu Füßen legen wird! Doch das dachte er glücklicherweise nur. »Der bin ich, und ich fürchte, ich habe mich gerade völlig zum Affen gemacht. Verzeihung für den Zusammenstoß.« Zitterte seine Stimme etwa?

»Kein Ding. Schön, dich kennenzulernen.« Sie klang jedenfalls vollkommen unbeeindruckt und schien von der magischen Verbindung zwischen ihnen beiden nichts zu merken. Collum wusste nicht, ob er darüber froh oder traurig sein sollte.

Heather scheuchte ihn und Harriet – was für ein zauberhafter Name! – zur Sitzgruppe vor dem Kamin, und Augenblicke später betrat George mit den beiden Hunden im Schlepptau wieder das Zimmer und nahm ebenfalls Platz.

»Willst du uns vielleicht verraten, warum du plötzlich der Meinung bist, dass die Highland Games eine blöde Idee sind?«, wollte Heather wissen.

»Ich habe nicht gesagt, dass ich sie für eine blöde Idee halte, ich habe nur gesagt, dass es falsch ist, wenn ich darauf beharre«, versuchte es Collum mit einer besseren Erklärung.

»Hab ich was verpasst in den letzten Minuten?« George schaute verwirrt zwischen seiner Frau und Collum hin und her.

»Ich bin lediglich zu dem Entschluss gelangt, dass es nicht meine Rolle sein darf …«, setzte Collum erneut an und klappte den Mund dann wieder zu. Er hatte sich in eine verdammte Sackgasse manövriert und hatte keine Ahnung, wie er da unbeschadet wieder herauskommen sollte.

Glücklicherweise tauchte gerade Hamish mit dem Teewagen auf, und Collum konnte sich einen weiteren Versuch sparen. Die Sandwiches und Kuchen sahen köstlich aus und sorgten für einige weitere Minuten Aufschub.

»George und ich haben ausführlich über das Thema gesprochen und haben entschieden, dass wir es mit den Highland Games versuchen wollen«, kündigte Heather schließlich an, als sich Collum gerade eine Karamellschnitte in den Mund schob. »Und auch mit so einer ›Country Show‹ mit Landwirtschaftsausstellung und Verkaufsständen, wie Michael sie vorgeschlagen hat. Ihr habt ganz sicher recht, dass das nicht nur die Gegend, sondern auch das Haus aufwerten würde. Wir haben viel zu lange in unserem eigenen Saft geschmort, das muss sich jetzt ändern. Robin und Ian sind auch der Meinung, dass wir mehr aus der alten Bude machen müssen«, schloss sie und blickte Collum erwartungsvoll an.

Der hatte einige Mühe, den Kuchen und die neuesten Entwicklungen hinunterzuschlucken. Damit hatte er nicht gerechnet. Eher mit noch reichlich Überzeugungsarbeit von seiner Seite, zu der er sich nicht mehr in der Lage gefühlt hatte. »Ich bin beeindruckt«, brachte er schließlich mit einiger Mühe hervor. »Apropos Robin und Ian – wollen die wirklich für immer in San Francisco bleiben? Es wäre doch schön, wenn eure Kinder und Enkel wieder hier leben würden.«

Heather seufzte. »Das wäre es in der Tat, aber da mache ich mir keine Hoffnungen. Ian ist immer noch mit dem Ausbau der US-Niederlassungen beschäftigt, und Robin ist ständig viel unterwegs – auch wenn ich nicht verstehe, wie sie das mit zwei kleinen Kindern dauerhaft organisieren will.«

»Lass die beiden ihr eigenes Leben leben«, fiel ihr George ins Wort. »Wir sollten uns da nicht einmischen.«

»Aber du hast es doch auch genossen, als sie über Weihnachten hier waren.«

»Natürlich habe ich das, aber ich habe mir auch geschworen, dass ich dem Lebensglück meiner Kinder niemals im Weg stehen möchte. Auch wenn sie es am anderen Ende der Welt finden.«

Collum war beeindruckt, wie bestimmt George klang. So kannte er den sonst so verschmitzten und umgänglichen Schlossherrn gar nicht.

Doch Heather ließ sich nicht so leicht aus dem Konzept bringen. »Auch dein Vater wünscht sich, dass einer von beiden zurückkommt und seine Nachfolge antritt«, beharrte sie.

»Warum sollten mich die Wünsche meines Vaters mehr interessieren als die meiner Kinder?«, gab er zurück, und die Schärfe in seinem Tonfall war nun auch für Heather unüberhörbar.

»Wo ist Onkel Angus überhaupt?«, schaltete sich Harriet ein, die die ganze Zeit nichts gesagt hatte. Collum fand, dass ihre Stimme so sanft wie Seide klang, und verschluckte sich heftig, als ihm auffiel, dass er offenbar gerade bilderbuchmäßig den Verstand verlor.

»Er ist heute Vormittag nach Edinburgh gefahren, um sich um die Kanzlei zu kümmern. Mit dreiundneunzig!«, antwortete Heather knapp, doch das, was sie nicht aussprach, dröhnte lauter als alle Worte.

»Glaubst du an Liebe auf den ersten Blick?«, wandte sich Harriet nun an Collum, der sie vollkommen konsterniert anstarrte.

Fühlte sie es also doch? »Ähm«, japste er, obwohl er am liebsten laut »Jaaaa!« gebrüllt hätte.

»Ich habe das bis vor einer Stunde auch nicht für möglich gehalten, doch dann ist es passiert«, fuhr sie in schwärmerischem Tonfall fort.

Moment – vor einer Stunde? Sie waren sich doch erst vor ungefähr fünfzehn Minuten begegnet. Hatte sie eine Vorahnung gehabt? Das wäre ja noch magischer. Am Ende war sie tatsächlich eine Fee oder ein anderes geheimnisvolles Wesen aus der schottischen Sagenwelt. »Was ist vor einer Stunde geschehen?«, presste er mühsam beherrscht hervor. Vor seinem inneren Auge sah er sie schon an seiner Seite vor Pfarrer Jack McTavish am Altar stehen, wo sie einander ewige Liebe und Treue schworen. Gemeinsam würden sie Kirkby …

»Ich weiß endlich, was ich mit meinem Leben anfangen soll!« Ihre Stimme klang wie ein Jubeln, und er hätte am liebsten mit eingestimmt.

Nie wieder würde er die Macht des Schicksals in Abrede stellen. Er war so lange Single gewesen, weil er auf diesen Moment hier gewartet hatte, auf diese Frau. Jetzt ergab alles einen Sinn. Collum merkte, wie sich ein strahlendes Lächeln auf seinem Gesicht breitmachte.

»Ich werde auf Monroe Manor eine Weberei gründen und traditionelle Tartans produzieren!«, fuhr sie euphorisch fort. »Ich war in diesem Raum und wusste plötzlich, dass er nur auf mich gewartet hat.«

Eine eiskalte Dusche hätte kaum ernüchternder sein können. »Was?«, fragte er verwirrt und hatte Mühe, die Fassung zu wahren.

»Das sind ja aufregende Neuigkeiten«, sagte George freudig. »Im zweiten Stock des Westflügels?«

»Ja. Die Räume da sind der absolute Wahnsinn«, schwärmte Harriet. »Ich habe so etwas noch nie gespürt – dass sich ein Ort so richtig angefühlt hat. Es war wirklich so, als hätten diese Zimmer auf mich gewartet. Vor einer Stunde kam ich mir noch total orientierungs- und nutzlos vor, und jetzt habe ich einen echten Plan. Ich hätte nie in Erwägung gezogen, mich mit einer eigenen Stoffherstellung selbstständig zu machen, und ganz ehrlich, es macht mir auch eine Scheißangst, aber gleichzeitig fühle ich mich wie frisch verliebt.«

Das konnte Collum fast wortgleich von sich selbst behaupten, mit dem Unterschied, dass er sich in Harriet verliebt hatte und nicht in einen Raum oder einen Lebensplan. Und dass seine Liebe offensichtlich einseitig war, denn der Glanz in ihren blauen Augen und die leicht geröteten Wangen hatten leider nichts mit ihm zu tun. Zugegeben, er wusste nicht, ob das fragliche Zimmer bereit war, sich ihr hinzugeben, doch da war wohl kein Widerstand zu erwarten. Diffus nahm er wahr, dass sich ein munteres Gespräch zwischen Onkel, Tante und Nichte entsponnen hatte. Ihm war klar, dass er langsam wieder aus der Achterbahn seiner Gedanken und Gefühle aussteigen sollte, um nicht als vollkommener Idiot dazustehen, aber es wollte ihm einfach nicht gelingen.

»Alles in Ordnung, Collum?«

»Was?« Er starrte mich leicht irrem Blick in die Runde und fand sich drei fragenden Gesichtern gegenüber.

»Wir wollten wissen, was du von der Idee eines Kirkby-Tartans hältst«, wiederholte Heather geduldig ihre Frage, doch ihre gerunzelte Stirn zeugte von Irritation. »Ich hätte eigentlich damit gerechnet, dass du allein bei der Idee spontan in Ekstase verfällst, aber irgendwie bist du heute ziemlich seltsam.«

An Ekstase wollte er gerade nicht denken. Viel zu riskant. Er räusperte sich heftig und dann noch ein weiteres Mal. »Tut mir leid, ich bin heute tatsächlich nicht ganz auf der Höhe. Selbstverständlich fände ich einen eigenen Tartan für Kirkby großartig. Damit könnte man so viel machen. Beispielsweise das Design für die Highland Games darauf abstimmen und die Teilnehmer aus unserem Ort entsprechend ausstatten.« Collum freute sich, dass er sich beinahe normal anhörte. Sein innerer Marketingguru war also noch ansprechbar und hatte das Ruder übernommen. Besser war das! »Dann ist das also ein rundum erfolgreicher Tag für uns alle: Die Stewarts haben erkannt, dass Monroe Manor das gesellschaftliche Zentrum Kirkbys sein sollte, und Harriet wird eine Weberei eröffnen und einen eigenen Dorf-Tartan designen.« Er rieb sich die Hände und hoffte, dass sein Lächeln nicht so gezwungen aussah, wie es sich anfühlte.

»Und Collum hat für Kirkby mal wieder einen Coup gelandet«, schloss George vergnügt. »Ich finde, darauf sollten wir anstoßen.« Er erhob sich und ging zu einem antiken Barschrank, der lauter edle Tropfen enthielt, wie Collum von früheren Anlässen wusste.

»Ein Coup ist mir nicht wichtig«, behauptete er und zögerte einen Moment. Er wollte etwas Großmütiges sagen, doch ihm fiel nichts ein. Es war ihm tatsächlich vollkommen gleichgültig, ob es Highland Games gab oder nicht, ob es eine Country Show gab oder nicht und ob es ein eigenes Karomuster für Kirkby gab oder nicht. Das alles interessierte ihn im Moment kein bisschen.

»Das wäre das erste Mal«, behauptete Heather lachend. »Sei nicht so bescheiden, sondern freu dich.«

»Ich freue mich sogar sehr.« Er schluckte und sah zu Harriet, die nun mit einem leicht verhangenen Blick in den Kamin starrte. Vermutlich gingen auch ihr eine Menge Gedanken durch den hübschen Kopf. »Welche Art von Ausrüstung bracht man denn, um Stoffe herstellen zu können?«, wollte er wissen, und ihre Augen verschatteten sich noch mehr.

»Webstühle«, erwiderte sie knapp. »Am liebsten einen alten, manuell betriebenen und einen modernen, computergesteuerten. Aber das ist genau der Punkt, der mir Sorgen macht. Diese Dinger sind verdammt teuer und schwer zu bekommen. Also die historischen Webstühle. Dafür gibt es keinen Markt, und wenn mal einer zu haben ist, dann meist zu krassen Preisen. Das gilt auch für die modernen Geräte, die sind aber wenigstens zu kriegen.«

»Ich bin mir sicher, da finden wir eine Lösung«, sagte Heather und legte ihrer Nichte eine Hand auf die Schulter.

»Selbstverständlich«, behauptete George im Brustton der Überzeugung und verteilte Whiskygläser. »Frag Collum, der ist ein derartiger Fuchs, der findet unter Garantie alles, was du brauchst – und das zweifellos zu Schnäppchenpreisen.«

»Echt?« In ihrem Blick spiegelten sich achtzig Prozent Hoffnung und zwanzig Prozent Skepsis – und Collum hatte ab sofort eine brandneue Mission.

»George ist vielleicht eine Spur zu optimistisch, was meine Fähigkeiten betrifft, aber ich werde alles in meiner Macht Stehende tun, um zu helfen. Ich kenne ein paar Leute, die vielleicht hilfreiche Tipps geben könnten. Denn eines ist klar, wenn sich junge Geschäftsleute in Kirkby ansiedeln wollen – noch dazu mit einer so großartigen Idee, die auch das Gemeinwohl stärkt –, dann werden wir tun, was wir können. Ich kann ganz sicher auch über unsere Bank ein günstiges Gründerdarlehen organisieren. Die brauchen dafür lediglich einen soliden Businessplan.«

»Oh.« Sie sah verlegen zur Seite. »Ähm …«

»Da die Idee ja erst frisch geboren ist, hast du vermutlich noch keinen, aber auch dabei kann ich dir helfen, wenn du magst.«

»Das würdest du tun?« Warum musste er bei ihrem Blick an Bambi denken?

»Ich schätze, du brauchst meine Hilfe gar nicht, aber ja, ich würde es selbstverständlich tun.« Sein Herz klopfte wieder ein bisschen schneller. Vielleicht hatte sie sich nicht so spontan in ihn verliebt wie er sich in sie, aber wenn er sich unentbehrlich für sie machte, könnte das ein guter Anfang sein.

IN TROCKENEN TÜCHERN

HARRIET SPRÜHTE AUCH NOCH TAGE SPÄTER vor Tatendrang – und genoss jede Sekunde mit diesem Gefühl. Die bleierne Schwere und die dauernde Müdigkeit, die sie während der letzten Monate fast permanent gespürt hatte, waren wie weggeblasen. Das lag sicher zum einen an der frischen Winterluft, die ihren Kopf regelrecht freipustete, zum anderen aber vor allem daran, dass sie einen Plan hatte. Einen Plan, der ihr Leben verändern würde. Grundlegend und nachhaltig. Sie war sich da so sicher, dass sie gestern bereits ihrer Familie davon erzählt hatte. Deren Reaktion war erstaunlich positiv ausgefallen, auch wenn sich ihre Eltern endgültig von dem Traum verabschieden mussten, dass eine ihrer Töchter ins Familiengeschäft einsteigen würde. Und doch hatten sie ihr Mut gemacht und ihre Unterstützung angekündigt. Dad wollte sich bei all seinen Stoffherstellern nach Webstühlen erkundigen oder zumindest nach Tipps. Außerdem versprach er, ihre Stoffe zu kaufen und zu verarbeiten. Ihre Großmutter war entzückt, dass die Enkelin ins Haus ihrer eigenen Kindheit zog, und hatte versprochen, bald zu Besuch zu kommen. Auch Lila war begeistert – auch wenn es bedeutete, dass sie sich in Zukunft noch seltener sahen, denn sie lebte mit Cameron in einem kleinen Ort südlich von London, wo der Trainingsstall seiner Pferde war.

Harriet hatte bereits eine schier endlose Liste von Dingen angelegt, die sie noch klären musste, und eine andere, erheblich übersichtlichere mit dem, was sie schon in Erfahrung gebracht hatte. Mit zwei Wollspinnereien hatte sie Termine vereinbart und sich auch schon kurz bei Shona nach ihren Alpakas erkundigt. Mit ihr war sie nachher verabredet. Ihr Businessplan jedoch bestand bislang vorwiegend aus Leerstellen, weil sie keine Ahnung hatte, was sie alles reinschreiben sollte. Die größten Posten – die Webstühle – waren ohnehin noch offen, zumindest der historische. Einen modernen zu bekommen war nicht so schwierig, und vielleicht konnte sie sogar ein gut erhaltenes Modell gebraucht kaufen. Da musste sie aber noch deutlich intensiver recherchieren und sich gut informieren, denn die Webstühle waren der Kern ihres Unternehmens. Ohne sie ging gar nichts. Vielleicht sollte sie in den nächsten Tagen doch mal auf Collum McDonalds Angebot eingehen, ihr bei der Erstellung des Businessplans zu helfen?

Harriet musste grinsen, als sie an die Begegnung am vergangenen Mittwoch dachte. Da war ihr der Kerl reichlich konfus vorgekommen. Charmant konfus, aber eben ganz schön wirr – und das war so ziemlich das Gegenteil dessen, was sie bisher über ihn gehört hatte. Zupackend, geradlinig, immer das Ziel im Auge und stets gewillt, eine Chance zu ergreifen: So hatte ihn Heather dargestellt, und Lila hatte das mehr oder wenig bestätigt – nur dass sie mit einigem Schaudern berichtet hatte, wie Collum sie dazu überredet hatte, Kirkbys Dorfchronik zu schreiben. Ein Unterfangen, das immer noch nicht ganz abgeschlossen war. Einen solchen Eindruck hatte Harriet gar nicht von ihm gehabt, und sie konnte sich beim besten Willen nicht vorstellen, dass Collum sie zu irgendetwas überreden könnte, worauf sie keine Lust hatte. Er hatte seine Hilfe angeboten, und vermutlich wäre sie blöd, wenn sie auf diese Unterstützung verzichten würde. Schließlich war er wohl tatsächlich bestens vernetzt in der Gegend, und auch wenn er von Stoffherstellung keine Ahnung hatte, kannte er womöglich Menschen, die ihr nützlich sein und ihr weiterhelfen konnten.

Sie räkelte sich gemütlich und sah dann auf die Uhr. Es war halb acht Uhr morgens – am Samstag! –, und sie war schon seit anderthalb Stunden wach und aktiv. Jedenfalls dann, wenn man Internetrecherche mit dem Laptop im Bett als »aktiv« bezeichnen konnte. In London hatte sie um diese Zeit am Wochenende immer noch geschlafen, weil sie am Vorabend meist mit Tom und ihren Freunden ausgegangen war. Tom – an ihn hatte sie die ganze Woche nicht gedacht, fiel ihr gerade auf. Und er hatte sich seit dem Telefonat im Zug auch nicht mehr gemeldet. Schlechtes Gewissen, gepaart mit leichter Verärgerung, nagte an ihr. Was sagte es aus, dass sie ihren On-off-Lover so komplett aus ihrem Bewusstsein verdrängt hatte? Genau wie er sie offensichtlich auch. War es nicht Zeit, dieses Kapitel endgültig abzuschließen?

Harriet nahm ihr Handy und betrachtete es unschlüssig. Sollte sie ihm einfach eine Textnachricht schreiben? Schäbiger ging es wohl kaum, oder? Seit sie sich vor fast vier Jahren an der Uni kennengelernt hatten und nach einer ausschweifenden Party direkt im Bett gelandet waren, gab es ein ständiges Auf und Ab. Sie hatten sich x-mal getrennt und wieder versöhnt, hatten einmal beschlossen, Freunde mit Extras zu sein, und dann wieder ein richtiges Paar. Als er aus seiner WG rausgeflogen war, hatte er sich bei ihr eingenistet, bis er vor einem halben Jahr glücklicherweise wieder ausgezogen war. Eigentlich war die Beziehung doch schon längst beendet, oder? Außer gutem Sex hatten sie ohnehin kaum eine gemeinsame Basis gehabt, und das war nun wahrlich nicht die beste. Aber streng genommen der einzige Grund dafür, dass sie es so lange mit ihm ausgehalten hatte. Oder fairerweise: sie miteinander, denn vermutlich war sie für Tom auch nicht die Traumfreundin. Sie dachte an seine Vorhaltungen am Telefon und kam zu dem Schluss, dass er jedenfalls alles andere als ein Traummann war.

Seufzend legte sie das Handy wieder weg. Anrufen hatte um diese Zeit keinen Sinn. Zweifellos hatte er bis zum Morgengrauen gefeiert und schlief noch – ob allein oder in Begleitung, da konnte sie sich ohnehin nicht sicher sein. Es war ihr auch egal. Sie hatte mit ihrer Abreise nach Schottland ein klares Signal gesendet, das musste reichen. Und falls er einen offiziellen Schlussstrich brauchte, sollte er ihn doch ziehen. Mit diesem Gedanken stand sie auf und schlurfte ins Bad.

»Na, was steht bei dir heute auf dem Programm?«, erkundigte sich Heather eine halbe Stunde später, als Harriet zum Frühstück erschien.

»Ich bin mit Shona verabredet. Ich will sie dazu überreden, mir die Wolle ihrer Alpakas zu verkaufen.« Harriet nahm Platz und goss sich eine Tasse Tee ein. »Dann hätte ich schon mal etwas Material, das ich nur noch spinnen und färben lassen muss, um es dann auf meinen nicht vorhandenen Webstühlen zu verarbeiten.« Sie lächelte. »Das ist vielleicht nicht die schlaueste Vorgehensweise, aber zumindest die naheliegende. Und nächste Woche besuche ich zwei Wollmühlen in der Gegend, die die Rohwolle zu jeder gewünschten Garnstärke verspinnen.«

»Irgendwo muss man ja anfangen, warum also nicht bei den Alpakas? Und mit Shona wirst du viel Spaß haben.« Heather butterte ihren Toast und kleckste Marmelade darauf.

»Eben. Das habe ich mir auch gedacht.«

»Rührei, Miss Harriet?«, fragte Molly, die gerade ein Omelett für Tante Heather brachte.

»Total gerne.« Harriet fand es etwas erschreckend, wie schnell sie sich an die Annehmlichkeiten auf Monroe Manor gewöhnt hatte. Es fühlte sich fast an wie in einem Hotel. Molly, die Köchin, sorgte für drei leckere Mahlzeiten am Tag und hatte außerdem immer Kuchen oder Kekse für den kleinen Hunger oder eine spontane Teestunde parat. Das war unglaublich luxuriös – und verdammt verführerisch. Zumal Heather und George sie eingeladen hatten, kostenlos hier zu wohnen, solange sie wollte. Ob sie das dauerhaft annehmen konnte und wollte, wusste sie zwar noch nicht, aber für den Moment genoss sie es schamlos.

»Gehst du reiten?«, erkundigte sie sich bei ihrer Tante, als Molly wieder in der Küche verschwunden war. Das war eine blöde Frage, denn Heather trug eine braune Cordreithose und einen dunkelgrünen Rollkragenpulli, und es war unwahrscheinlich, dass sie in diesem Outfit einkaufen ging oder so.

»Ja, ich muss meiner alten Mella mal wieder etwas Bewegung gönnen – und mir auch. Magst du mitkommen? Ich bin mir sicher, es findet sich ein Pferd für dich. Wir könnten gemeinsam ausreiten.«

»Ich habe seit bestimmt zehn Jahren auf keinem Pferd mehr gesessen«, entgegnete Harriet. »Ich weiß gar nicht, ob ich es noch kann. Außerdem habe ich ja meine Verabredung mit Shona.« Sie war froh um diese Ausrede, denn der Reitenthusiasmus ihrer Kinder- und frühen Jugendzeit war längst verglüht. Damals waren Lila und sie begeisterte Ponyreiterinnen gewesen und sogar bei einigen Turnieren gestartet, doch irgendwann waren andere Dinge in ihrem Leben interessanter geworden – Partys und Jungs – und die Reiterei immer mehr in den Hintergrund geraten. Mal abgesehen davon, dass sie auch einen fiesen Sturz erlebt hatte, der ihr lang in den Knochen gesteckt und den sie womöglich immer noch nicht ganz überwunden hatte.

»Man verlernt es nicht«, behauptete Heather erwartungsgemäß. »Aber das läuft dir nicht davon. Ich dreh mit

Mella eine gemütliche Runde bei dem schönen Wetter. Wer weiß, wie lange es hält?«

Der Schneefall der letzten Tage hatte aufgehört und war einer klirrend kalten Nacht gewichen. Harriet hatte es schon gereicht, vorhin kurz das Fenster zu öffnen. Richtig in die Natur zog sie wenig. »Ich find's arschkalt«, erwiderte sie daher und unterdrückte ein Frösteln. Das kleine Esszimmer, das für informelle Familienessen genutzt wurde, war zwar gut geheizt, doch in dem großen alten Gemäuer zog es eigentlich immer irgendwoher.

»Mir sind der Frost und die trockene Kälte lieber als die feuchtkalten Regentage«, erklärte Heather ungerührt. »Ich wette, dass heute die Sonne richtig rauskommt und wir uns über einen Traumtag freuen können. Machst du mit Shona und ihren Alpakas einen Spaziergang?«

»Ähm …« Sie hatte keine Ahnung. »Wir sind an der Destillerie verabredet, und ich bin davon ausgegangen, dass wir uns im Stall unterhalten.«

»Wenn sie Zeit hat, müsst ihr unbedingt eine Runde drehen. Das ist ein großer Spaß, denn die Alpakas sind wirklich sehr putzig. Ihr könnt ja zum Stall kommen.«

»Wir werden sehen«, sagte Harriet vage, beschloss aber, sich sicherheitshalber entsprechend auszustatten. Im Geiste dankte sie ihrer Schwester Lila dafür, dass sie sie gedrängt hatte, robuste Wanderstiefel einzupacken – die sie erst hatte kaufen müssen, denn an solchem Schuhwerk hatte sie in London eher keinen Bedarf gehabt.

»Was ist eigentlich mit deiner Londoner Wohnung?«, erkundigte sich Heather plötzlich.

»Nachdem Lila ausgezogen ist, habe ich mir eine neue Mitbewohnerin gesucht, die dort wohnen bleibt und eine Freundin als Untermieterin für mein Zimmer gefunden hat.« Das war eine Erleichterung, denn so konnte sie sich die Mietkosten sparen. Sie und Lila hatten die winzige Schuhschachtel von einer Wohnung vor acht Jahren zu halbwegs erträglichen Konditionen von einer netten alten Dame mieten können, deren verstorbener Ehemann ein langjähriger Kunde ihres Vaters gewesen war. Erstaunlicherweise hatte es in all den Jahren nie eine Mieterhöhung gegeben, was für Londoner Verhältnisse einem mittleren Wunder gleichkam. Trotzdem war sie froh, dass sie sich diese Ausgaben sparen konnte. Sie würde jeden verfügbaren Cent für ihre Weberei benötigen.

»Hast du noch Sachen da, die du holen möchtest?«, wollte ihre Tante weiter wissen.

Harriet schüttelte den Kopf und strahlte Molly dankbar an, die gerade ihr frisch zubereitetes, fluffiges Rührei brachte. »Vielen Dank.« Sie probierte und schloss genießerisch die Augen. Wie konnte etwas derart Simples wie Rührei so lecker sein? »Ich habe eigentlich alles mitgebracht, was mir wichtig ist«, antwortete sie schließlich, nachdem sie einige Bissen gegessen hatte. »Es sind nur noch ein paar Möbel und Küchenutensilien da, die ich aber der Untermieterin überlassen werde. Die Sachen brauche ich ja im Moment auch nicht, und wenn ich irgendwann …«

»Du bist hier herzlich willkommen, so lange, wie du bleiben willst, das weißt du«, fiel ihr Heather ins Wort.

»Ich habe nur gefragt, falls wir einen Transport organisieren sollten. Die Kanzlei meines Schwiegervaters hat ja auch eine große Dependance in London, und gelegentlich werden Akten im großen Stil hin- und hergeschickt, da könnte man sicher ein paar Dinge von dir dazupacken.«

»Danke, aber das ist wirklich nicht nötig. Wie gesagt, ich hab hier alles. Und ich bin wahnsinnig dankbar dafür, dass ich einfach so bei euch wohnen darf.«

»Was heißt hier ›einfach so‹? Du bist Familie, und Platz haben wir mehr als genug. Das ist doch völlig normal.« Heather sah sie tatsächlich einigermaßen verwundert an, fuhr dann aber fort: »Außerdem freuen wir uns so, dass wieder junges Leben im Haus ist – und erst recht, wenn du deine Weberei eröffnet hast. Da wird bestimmt noch mehr los sein.« Sie lächelte, seufzte aber wehmütig, und Harriet ahnte, wo der Schmerz herrührte.

»Gibt es wirklich keine Chance, dass Robin oder Ian mit ihren Familien zurückkommen?« Heather hatte ihr ausführlich von den schönen Weihnachtstagen im Kreise der gesamten Familie erzählt, zu denen auch ihre Tochter Robin mit Mann und zwei kleinen Kindern sowie ihr Sohn Ian mit seiner Frau, dem kleinen Sohn und einem Riesenhund angereist waren. Außerdem war noch die Großmutter des Schwiegersohns mit dabei gewesen. Harriet konnte sich lebhaft vorstellen, dass das aufregende, bunte und laute Tage gewesen waren, gegen die die beschauliche Stille geradezu dröhnte. Sie war selbst der totale Familienmensch und hatte noch nie viel Zeit außerhalb Londons verbracht – von einigen Praktika mal abgesehen. Fast jeden Sonntag war sie in ihrem Elternhaus beim Familienbrunch oder -mittagessen gewesen. Trotzdem hatte sie jetzt den Absprung gewagt – und es war die absolut richtige Entscheidung gewesen. Manchmal brauchte man wohl Abstand. Und abgesehen davon waren Heather und George ja auch irgendwie Familie.

»Unwahrscheinlich.« Heather seufzte erneut tief. »Und es ist ja auch gut so, dass beide ihr Glück gefunden haben – nur dass es unbedingt am anderen Ende der Welt sein muss! Die Zeitverschiebung zu San Francisco killt mich. Da kann man nicht einfach mal anrufen, wenn einem danach ist, und ich bekomme nicht mit, wie meine Enkelkinder aufwachsen. Wenn man sich nur ein-, zweimal im Jahr sieht, kann man doch keine Bindung aufbauen.« Sie schluckte und nippte an ihrem Tee. »Ich weiß auch nicht, was neuerdings mit mir los ist. Die Kinder sind ja schon so lange weg von hier. Erst Internat, dann Studium, und als sie jahrelang in Edinburgh und London gearbeitet haben, waren sie ja auch nicht ständig da. Es ist nur …« Sie schüttelte den Kopf. »Ach, vermutlich bin ich nur ein bisschen eifersüchtig auf meine Brüder, deren Kinder jetzt alle wieder hier sind – oder nie weggegangen sind, wie Kristie und Hailey.«

Harriet hatte schon alles über Alex, Isla, Shona und Lennox gehört, die alle vier jahrelang woanders gelebt und gearbeitet hatten und erst nach und nach in ihre Heimat zurückgekehrt waren, um sich dann aber fest hier in Kirkby anzusiedeln. Sie konnte es kaum erwarten, die entfernten Cousins und Cousinen richtig kennenzulernen und deren Geschichten zu hören. Shona, die sie heute traf, war die Erste aus dieser Riege, mit der sie mehr zu tun haben würde. »Vielleicht wird das mit Robin und Ian auch so laufen?«, meinte sie tröstend. »Man kann doch nie wissen, was das Leben so bereithält, oder? Vor drei Wochen hätte ich auch nicht geglaubt, dass ich mal in die Highlands ziehen würde. Ja, selbst vor ein paar Tagen war ich noch ganz sicher, dass ich nur hier bin, um kurzfristig meine Batterien wieder aufzuladen.«

»Du hast recht, man kann so etwas nie wissen, und es ist müßig, über Dinge zu spekulieren, die man nicht beeinflussen kann. Jedenfalls freuen wir uns wahnsinnig darüber, dass du hier bist – und bleibst. Und solange du hier auf Monroe Manor wohnen magst, bist du herzlich willkommen.« Heather tupfte sich den Mund mit der Serviette ab und stand dann energisch auf. »Aber jetzt wartet Mella auf mich. Hab viel Spaß mit Shona und den Alpakas, und vielleicht sehen wir uns später am Stall.«

»Oh Gott, die sind ja wirklich zuckersüß«, entfuhr es Harriet eine Stunde später, als Shona sie in den glücklicherweise warmen Stall geführt und in die große Laufstallbox gelotst hatte. Dort standen sie nun, umringt von der neugierigen neunköpfigen Herde – darunter ein niedliches, dunkelbraunes Fohlen, das erst vier Monate alt war.

»Ja, ich bin auch ganz verliebt in meine Schnuffis«, sagte Shona, strahlte stolz und kraulte ein graues Tier, das sich besonders vertrauensvoll an sie schmiegte. »Das ist übrigens Nessie – mit ihr fing alles an«, erklärte sie. »Letzten Mai haben Isla und Jon sie aus dem Loch Ness gerettet, und ich habe mich auf der Stelle in sie verliebt. Nach und nach kamen dann die anderen dazu, und Platz hätte ich sogar noch für einige mehr. Allein in diesem Laufstall könnte ich zwei, drei weitere Tiere unterbringen, und ich habe ja noch einen, der sogar ein bisschen größer ist.« Die deutete auf die andere Seite der großen Scheune, in der früher für die Destillerie gemälzt worden war.

»Sie sind wirklich wahnsinnig weich«, stellte Harriet fest und konnte sich kaum von den flauschigen Hälsen losreißen. »Aus dem Fell könnte man garantiert ganz feine Wolle herstellen – und du würdest sie mir wirklich verkaufen?«

Shona zuckte nur mit den Schultern. »Klar, warum nicht? Ich habe mir noch keine Gedanken darüber gemacht, was ich mit der Wolle anfangen soll. Bisher habe ich sie nicht geschoren. Kendrick meint, dass wir damit bis Mai oder Juni warten sollen. Ich bin froh, wenn ich einen Abnehmer habe, und fände es total cool, wenn du daraus etwas Schönes machst.«

»Bis dahin gibt's noch einiges zu tun. Die Idee ist ja brandneu, und ehrlich gesagt weiß ich nicht, ob es am Ende nicht doch eine Schnapsidee ist.« Sie lächelte ein wenig verzagt. Hier, zwischen den Alpakas, wurde ihr Traum gleichermaßen greifbarer und surrealer. Ob sie das wirklich stemmen konnte?

»Also, für Schnapsideen bin in Kirkby immer noch ich zuständig«, entgegnete Shona grinsend. »Aber ich kann mir vorstellen, was in dir vorgeht. Glaub mir, vor ziemlich genau einem Jahr war ich in einer ähnlichen Situation.«

»Echt?«

»Ja. Ich hatte kurz vor Weihnachten meinen Job in London geschmissen und bin nach Hause gekommen, ohne wirklich einen Plan zu haben, was ich mit meinem Leben anfangen sollte.«

»Kommt mir sehr bekannt vor«, murmelte Harriet.

»Ich bin ja ausgebildete Brennmeisterin, habe aber mein Geld als Whisky-Sommelière in einer schicken Londoner Bar verdient. Mein Job bestand darin, ignoranten Gästen die Feinheiten und Nuancen schottischer Single Malts und Blends näherzubringen. Ganz ehrlich, das hätte jeder gekonnt, denn die Kerle – die Gäste waren zu fast neunzig Prozent Männer – waren meist schon derart angeschickert, dass sie ohnehin keine Feinheiten mehr rausschmecken konnten. Von den Klugscheißerkommentaren will ich gar nicht erst anfangen.« Shona verdrehte die Augen – und auch das konnte Harriet bestens nachempfinden. »Im Grunde war ich also eine bessere Kellnerin und meilenweit von meinem eigentlichen Beruf entfernt, den ich ja gelernt habe, weil ich ihn als Berufung empfand. Mein ehemaliger Ausbilder hat mir irgendwann den Floh ins Ohr gesetzt, doch eine eigene Destillerie zu gründen, und da es in Kirkby eine stillgelegte Brennerei gab, wollte ich das Abenteuer wagen.«

»Und du hast es auch geschafft. Sehr cool.«

»Ja, aber glaub mir, es hat mich Nerven gekostet. Meine Familie auch. Und reichlich Geld. Aber glücklicherweise hat mich mein Vater großzügig unterstützt, und außerdem habe ich über die Gemeinde ein günstiges Gründerdarlehen bekommen. Es wird dauern, bis ich alles zurückgezahlt habe, aber ich bin total glücklich mit der Entscheidung und mache jetzt genau das, was ich im Grunde meines Herzens immer wollte.«

»Ehrlich, ich habe gerade das Gefühl, als würdest du meine Geschichte erzählen – plus Happy End.« Harriet sah ihre entfernte Cousine bewundernd an. Sie waren fast gleich alt und hatten ganz ähnliche Wege beschritten. Shona war mit ihrem Job unglücklich gewesen und hatte den Schritt in die Selbstständigkeit gewagt – und ihn offensichtlich nicht bereut. »Du bist echt ein Vorbild.«

»Ich, ein Vorbild?« Shona lachte laut auf. »Könntest du das bitte all meinen Geschwistern, meinem Vater und Kendrick erzählen? Die halten mich nämlich vor allem für eine verwöhnte Prinzessin. Na ja, Kendrick vielleicht nicht.«

»Was macht Kendrick nicht?«, unterbrach sie eine dunkle Männerstimme.

Harriet fuhr herum und entdeckte einen gut aussehenden brünetten Kerl mit kantigem Kinn und fröhlichem Augenzwinkern auf der anderen Seite des Laufstalls – flankiert von zwei riesigen Irischen Wolfshunden.

»Mich für eine verwöhnte Prinzessin halten. Jedenfalls nicht mehr.« Shona ging zur Absperrung und drückte dem Mann, der zweifellos jener oft erwähnte Kendrick und somit ihr brandneuer Ehemann war, einen Kuss auf die Wange.

»Ich glaube, dafür hält dich schon lange niemand mehr. Die meisten haben viel zu viel Respekt vor deiner Arbeit.« Er blickte sie mit einem stolzen Glänzen in den Augen an.

»Du meinst wohl, vor meinem Gin.« Shona kicherte leise. »Aber ist ja auch ganz egal, ich bin echt dankbar für das, was ich im letzten Jahr geschafft habe.«

»Das kannst du auch sein«, betonte Kendrick mit einem derart verliebten Lächeln, dass sich Harriet völlig überflüssig vorkam.

So hatte Tom sie nie angeschaut – sie ihn aber auch nicht. Doch das war eine Richtung, die sie gedanklich gerade nicht einschlagen wollte. Sie räusperte sich, und das turtelnde Paar ließ voneinander ab.

»Harriet sagt jedenfalls, ich sei ein Vorbild«, nahm Shona den Faden wieder auf.

»Das ist doch ein schönes Kompliment«, befand Kendrick und besann sich dann auf seine Manieren. »Ich bin übrigens Kendrick McIntosh, aber das hast du dir bestimmt schon gedacht.« Er reichte Harriet die Hand. »Und du bist Lilas Schwester Harriet und damit eine weitere entfernte Cousine von Shona und den anderen Frasers.«

»Richtig.« Harriet nickte. »Du kennst Lila?«

»Ja, ich hab sie ein paarmal getroffen, wenn sie mit Cameron hier war, um Artemis und ihr Fohlen zu besuchen. Die beiden sind gerade mit Mister Spock im Trainingslager in Spanien, oder?«

Harriet nickte langsam, auch wenn sie lieber den Kopf geschüttelt hätte. Hier wusste tatsächlich jeder alles, was im Ort passierte, aber dass der Tierarzt von Kirkby im

Blick hatte, wo sich der Freund ihrer Schwester gerade mit welchem Pferd herumtrieb, war schon mehr als erstaunlich.

»Ich gehöre zum Betreuungsteam von Artemis«, erklärte er und schien ihre Gedanken gelesen zu haben. »Daher spreche ich ungefähr einmal pro Woche mit Cameron.«

»Verstehe«, murmelte sie, fühlte sich jedoch seltsamerweise ein wenig aus dem Tritt gebracht.

»Harriet will auf Monroe Manor eine Weberei gründen und die Wolle meiner Alpakas verarbeiten«, kam Shona aufs Thema zurück.

»Das ist ja toll, aber richtig viel wird man mit den paar Tieren nicht machen können.«

»Ich werde auch vorwiegend Schafwolle verarbeiten – also, falls ich es überhaupt durchziehen werde. Es ist nämlich alles ein bisschen überwältigend.«

»Natürlich wirst du es durchziehen!«, beharrte Shona und legte ihr freundschaftlich den Arm um die Schultern. »Wenn ich das geschafft habe, wirst du es erst recht hinkriegen. Ich kann auch gerne mal mit Dad reden. Der investiert immer gerne in vielversprechende Projekte.«

»Echt? Aber das kann ich doch nicht annehmen. Meine Eltern wollen mich auch unterstützen, aber vor allem werde ich wohl einen Bankkredit aufnehmen müssen. Und vorher brauch ich erst einen richtigen Businessplan.« Sie verzog das Gesicht. »Leider gehören Zahlen nicht gerade zu meinen Spezialdisziplinen.«

»Das ist alles machbar«, behauptete Shona. »Auch da könnte dir mein Dad helfen. Oder Alex oder natürlich

Collum. Hast du schon mit ihm gesprochen? Ich wette, er wird begeistert sein.«

»Ich hab ihn am Mittwoch kurz gesehen, als er mit Heather und George über die Highland Games reden wollte.« Harriet konnte das Lächeln nicht unterdrücken, das sich bei der Erinnerung daran auf ihrem Gesicht breitmachte.

»Lass mich raten: Er hat die beiden in Grund und Boden getextet und damit ihren Widerstand gebrochen.« Shona lachte. »Er ist ein wenig übermotiviert, unser Bürgermeister, aber ansonsten ein feiner Kerl.«

Harriet zuckte mit den Schultern. »Ich weiß nicht, was ihr alle habt. Ich fand ihn längst nicht so forsch, wie jeder sagt. Vielmehr erschien er mir etwas konfus und ein bisschen verunsichert. Aber sehr nett – und er hat mir seine Hilfe angeboten.«

»Konfus und verunsichert?« Shona sah sie verblüfft an, und Kendrick lachte. »Bist du sicher, dass wir von derselben Person sprechen?«

»Ich denke schon. Aber ist ja auch egal. Ich muss noch ein paar Dinge herausfinden, dann werde ich sein Angebot annehmen und mir beim Businessplan von ihm helfen lassen.«

»Mach das, und sobald der steht, sprechen wir mit Dad. Wenn er ebenfalls davon überzeugt ist, gibt er dir bestimmt ein bisschen Startkapital.«

»Das klingt toll, aber das kann ich echt nicht annehmen. Ich meine …« Harriet suchte nach den richtigen Worten.

»Was redest du da? Erstens bist du Familie, und zweitens unterstützt er alle möglichen Projekte hier im Ort. Das macht ihm Spaß und gibt ihm ein gutes Gefühl.«

»Streng genommen sind wir überhaupt nicht verwandt. Ich bin ja nur mit den Stewarts verwandt, und das auch nur relativ entfernt und …«

»Diskutiere nie mit Schotten über Familienverhältnisse«, fiel ihr Kendrick ins Wort. »Wir versuchen immer, mit allen eine verwandtschaftliche Beziehung herzustellen, und ich wette, dass dich Marlin genauso als Nichte betrachtet wie Kristie, Hailey und Robin.«

»Ist ja auch egal, so weit bin ich noch lange nicht. Erst muss ich noch gründlich recherchieren. Ein Schritt nach dem anderen.« Diese Worte sprach Harriet mehr zu sich selbst als zu den beiden anderen, die schon davon ausgingen, dass die Weberei in trockenen Tüchern war. So weit war sie selbst noch lange nicht und schwankte permanent zwischen Panik wegen der Mammutaufgabe und unbändiger Vorfreude, denn vor ihrem inneren Auge sah sie alles schon genau vor sich.

»Was habt ihr noch vor?«, erkundigte sich Kendrick, der den Themenwechsel glücklicherweise akzeptierte.

Shona zuckte mit den Schultern. »Ich würde mit den Tieren eine Runde laufen. Was meinst du, hast du Lust?«, fragte sie Harriet.

»Klar, warum nicht? Ich hab noch nicht viel von der Umgebung zu Gesicht bekommen.« Harriet war froh, dass sie auf Tante Heather gehört und sich entsprechend angezogen hatte.

»Dann viel Spaß«, wünschte Kendrick. »Ich geh noch kurz auf den Markt. Wir sehen uns dann später zu Hause.« Er küsste Shona kurz zum Abschied und verließ mit den beiden Riesenhunden, die ihm wie Schatten folgten, den Stall.

»Die beiden sind ja gigantisch«, sagte Harriet, als die Schiebetür erstaunlich sanft ins Schloss glitt.

»Findest du? Mir kommen Orla und Higgins gar nicht mehr so groß vor – und im Herzen sind sie wirklich Lämmer.« Shona lächelte versonnen. »Dad und ich haben sie letzten Sommer aus einem Wanderzirkus gerettet. Genau wie Petunia, Alvarez und Hamish hier.« Sie deutete auf drei der Alpakas. »Da kamen mir die Hunde auch gigantisch vor, waren aber halb verhungert.«

»Oh weh.«

»Ja, das war wirklich dramatisch. Und ich bin an dem Abend bei Kristie und Hailey rausgeflogen. Nach Nessie waren ihnen die beiden als Haustiere eindeutig zu viel.«

»Kann ich mir gut vorstellen …« Harriet unterdrückte nur mit Mühe ein Schaudern. Mit diesen beiden Riesenhunden würde sie auch nicht zusammenleben wollen, egal wie lämmermäßig sie in Wahrheit waren. Ihr reichten schon die zwei temperamentvollen Airedale-Hündinnen auf Monroe Manor, die im Vergleich zu den Giganten geradezu handlich wirkten.

»Du stehst wohl nicht auf Haustiere, was?« Shona musterte sie mit einem sonderbaren Blick.

»Das kann man so nicht sagen. Ich mag die allermeisten Tiere sehr. Ich hatte früher auch ein Pony, und es gab immer einen Familienhund, aber zurzeit kann ich mir nicht vorstellen, selbst ein Tier zu haben.«

»So ging's mir auch. Doch dann kam Nessie, und der Rest ist Geschichte.« Shona lachte jetzt wieder ganz fröhlich. »Ich wette, es dauert nicht lang, dann wirst du dein Herz auch an ein Tier verlieren.«

»Hm.« Harriet war sich da nicht so sicher.

»Hast du eigentlich einen Freund?«, bohrte Shona weiter und traf prompt den nächsten wunden Punkt.

»Gute Frage«, brummte Harriet und straffte dann die Schultern. »Aber eigentlich gibt's darauf eine klare Antwort: Nein. Ich habe keinen Freund. Jedenfalls keinen, der die Bezeichnung verdient hätte und der eine Rolle spielt.«

»Interessante Antwort.« Shona zwinkerte ihr zu. »Warte es ab, vielleicht verlierst du dein Herz nicht nur an ein Tier, sondern auch an einen Kerl?«

AUF TUCHFÜHLUNG

COLLUM LIEBTE DEN MARKT und beglückwünschte sich innerlich zum x-ten Mal dafür, dass er im letzten Jahr unermüdlich dafür gekämpft hatte. Wobei, ein so großer Kampf war es gar nicht gewesen – im Vergleich zu anderen Vorhaben. Die meisten Einwohner Kirkbys waren sofort Feuer und Flamme gewesen, und auch etliche Erzeuger waren mit Begeisterung dabei. Im Dezember und über die Feiertage hatten sie pausiert, aber an diesem ersten Marktsamstag des Jahres herrschte schon wieder reichlich Betrieb. Vor allem an den Flohmarktständen war einiges los.

»Da werden wohl einige Weihnachtsgeschenke zu Cash gemacht«, sprach eine amüsierte Stimme neben ihm seine Gedanken aus.

»Das habe ich mir auch gerade gedacht.« Collum lächelte Adley MacAlpine an, die kopfschüttelnd neben ihm stand, während ihre kleine Tochter Willow mit großen Augen das bunte Angebot vor ihr anschmachtete. »Im Tauschladen sind auch schon einige Sachen gelandet.«

»Da fragt man sich doch, ob es die Mühe lohnt, sich Gedanken zu machen.« Adley schüttelte den Kopf.

»Ach was, das muss man sportlich sehen. Wenn ein Geschenk ein Volltreffer ist, ist alles gut, aber wenn nicht, finden manche das fast besser, denn dann können sie es entweder gegen etwas anderes eintauschen oder zu Geld machen. So haben alle etwas davon.« Collum beobachtete, wie versiert ein ungefähr achtjähriger Junge mit dem etwa dreizehnjährigen Verkäufer über ein Spielzeugauto verhandelte.

»Ich will mich gar nicht beklagen. Ich finde es auch großartig. Auf unserer Ranch in Neuseeland hatten wir diese Möglichkeiten nicht.«

»Vermisst du Neuseeland?«, erkundigte er sich. Adley war im letzten Herbst nach gut zwanzig Jahren nach Kirkby zurückgekehrt. Eigentlich nur, um den Hof ihres verstorbenen Großvaters zu verkaufen, doch dann hatte sie entschieden, zu bleiben und sich selbst um die Rinderzucht zu kümmern. Außerdem hatte sie ihre Jugendliebe wiedergefunden und schien mit Michael Cunningham sehr glücklich zu sein.

»Ich vermisse meine Familie«, gab sie zu. »Aber ganz sicher nicht das Leben auf der einsamen Ranch. Da hat Kirkby so viel mehr zu bieten, und für Willow ist es toll. Sie kann hier in den Kindergarten gehen und hat schon viele Freunde gefunden. Für Familien ist es hier einfach perfekt.«

»Das hör ich gerne«, sagte er – gleichermaßen stolz und wehmütig. Stolz, weil aus Kirkby in den letzten Jahren ein wirklich liebens- und lebenswerter, lebendiger Ort geworden war. Wehmut, weil Adley recht hatte. Für Familien war es hier ideal – für Singles eher nicht. Seine Gedanken flogen, wie so oft seit der einschneidenden Begegnung am vergangenen Mittwoch, zu Harriet Harper. Er hatte sie seitdem nicht mehr gesehen und auch nichts von ihr gehört, aber an seiner tiefen Überzeugung hatte sich nichts geändert. Diese Frau sollte die Seine werden. Jetzt musste er sie nur noch davon überzeugen.

»Lottie, lass das!«, schimpfte Adley mit ihrer jungen Hündin, die neugierig an Collums Hose herumgeschnüffelt hatte und nun das Gewebe mit ihren Zähnen auf Stabilität testete. »Dieses Tier schafft mich«, stöhnte sie.

»Ich überlege mir im Moment auch, mir einen Hund zuzulegen, und habe George schon gefragt, wann sie einen neuen Wurf Welpen planen«, sagte Collum und streichelte Lottie.

»Dann denk gut darüber nach, ob du wirklich einen Airedale aus Georges Zucht haben willst. Die sind schon sehr … ähm … lebhaft. Und ich bin durchgedrehte Hütehunde gewohnt.« Lottie sah ihre Zweibeinerin bei diesen Worten so anklagend an, dass Adley wieder lachen musste. »Außerdem sind sie viel zu clever und verstehen jedes Wort.«

»Vor Sommer oder Herbst gibt's ohnehin keinen Nachwuchs im Herrenhaus«, entgegnete er. »Aber vielleicht schau ich mich lieber nach einem etwas älteren und ruhigeren Tier um.«

»Du wirst schon deinen richtigen Begleiter finden. Und sosehr ich mich auch gelegentlich über Lottie beklage, im Grunde passt sie perfekt zu uns.«

»Das freut mich. Ich muss jetzt weiter.« Collum verabschiedete sich mit einem Nicken und ging weiter zu seinem Lieblingsstand. Kristies Marktstand war der absolute Hit. Zwar war ihre *Old Bakery* nur wenige Schritte entfernt, doch sie hatte an den Markttagen ein etwas anderes Sortiment – exklusiv für ihren Stand – und machte damit ordentlich Umsatz.

Er stellte sich in der langen Schlange an und hoffte, dass er Glück haben und noch eine der süchtig machenden Pilzquiches ergattern würde, ehe sie wieder ausverkauft waren. Während der Wartezeit plauderte er mit etlichen Leuten, erkundigte sich nach etwaigen Problemen oder kranken Angehörigen und freute sich, dass er bei den meisten wusste, was anlag. Für ihn war das ein wichtiger Teil seines Jobs. Ein Bürgermeister sollte wissen, wie es den Menschen in seinem Ort ging – ganz ähnlich wie der Pfarrer –, und er stellte zufrieden fest, dass die Stimmung insgesamt recht positiv war.

Als er jedoch an die Reihe kam, machte Kristie ein trauriges Gesicht. »Es bricht mir das Herz, aber ich habe keine Pilzquiche mehr für dich«, sagte sie bedauernd. »Ich wollte dir eine reservieren, aber so schnell konnte ich gar nicht schauen, wie sie weg waren.«

»Die Menschen wissen eben, was gut ist«, gab er mit einem leichten Seufzer zurück. Er hatte sich wirklich sehr auf den Leckerbissen gefreut. »Vielleicht musst du das nächste Mal einfach mehr backen?«, schlug er vor.

»Ich habe die Menge ohnehin schon fast verdoppelt und stand seit drei Uhr morgens in der Backstube«, entgegnete sie gähnend. »Nach der langen Marktpause waren die Leute wohl besonders ausgehungert. Ich hätte aber noch eine mediterrane Blätterteigtasche mit Tomaten, Feta und Oliven. Vielleicht kann ich dich dafür begeistern?«

»Warum nicht?« Collum zahlte und nahm das duftende Teilchen entgegen, dann ging er ein paar Schritte weiter. Gerade wollte er sich den ersten Bissen gönnen, als ihn etwas unsanft von der Seite anrempelte und dabei so unglücklich traf, dass er sich die Blätterteigtasche frontal ins Gesicht klatschte.

»Oje, Verzeihung!«, rief eine Frauenstimme und fügte gleich darauf entsetzt hinzu: »Ach du Scheiße!«

Collum blinzelte sich Blätterteig aus den Augen und fand sich seinen »Angreifern« gegenüber wieder. Drei riesige Augenpaare starrten ihn an. Zwei dunkelbraune, eingerahmt von flauschigem Fell, und ein blaues im Gesicht seiner Schicksalsfrau. Die nun haltlos zu kichern anfing.

»Es tut mir so leid«, stammelte sie unter Gelächter. »Aber Petunia hat sich vor irgendwas erschreckt und mich deswegen angerempelt und … nun ja.« Sie deutete auf sein Gesicht. »Kann ich es irgendwie wiedergutmachen?«

Du könntest mich küssen!, dachte er, sagte aber stattdessen: »Du könntest mich küssen.«

»Was?« Ihr Lachen wich abrupt Verwunderung, und er konnte es ihr nicht verübeln. Hatte er das eben wirklich von sich gegeben?

»Ich meine natürlich, du könntest mir …« Collum merkte, wie er knallrot anlief – das war ihm auch schon lange nicht mehr passiert. »Offen gestanden habe ich keine Ahnung, was ich eigentlich sagen wollte.« *Lüge!*, schrie seine innere Stimme, denn er hatte exakt das ausgesprochen, was er sich wünschte, nur konnte er das unmöglich zugeben.

»Was ist denn hier los?«, fragte Shona, die mit zwei weiteren Alpakas dazukam und das Geschehen interessiert betrachtete.

»Ich habe versehentlich Collum angerempelt und ihm sein Blätterteigteilchen ins Gesicht gedrückt, und er …«, fing Harriet an und wurde nun ebenfalls rot.

Shona erlitt einen heftigen Lachanfall, brachte es aber trotzdem irgendwie fertig, ihr Handy zu zücken und ein Foto von ihm zu machen. »Bitte sag, dass ich das auf der Dorf-Facebook-Seite posten darf!«, japste sie vergnügt und hielt ihm das Bild vor die Nase.

Kein Wunder, dass Harriet ihn nicht küssen wollte – er sah wirklich zum Fürchten aus. Tomatensoße war überall in seinem Gesicht verschmiert, garniert mit Blätterteigflocken und Fetabröseln, und in seinem Fünftagebart hing auch noch eine halbe Olive. Außerdem war sein Gesichtsausdruck auf dem Foto derart belämmert, dass er nun ebenfalls lachen musste. Er stopfte die zermatschten Reste seines zweiten Frühstücks in die Papiertüte und kramte in seiner Manteltasche nach einem Taschentuch, um sich vom Schlimmsten zu befreien, doch es hatte keinen Sinn. »Entschuldigt ihr mich bitte einen Moment?«, bat er und hastete in die nahe gelegene *Old Bakery*, um sich dort das Gesicht zu waschen.

»Was ist denn mit dir passiert?«, wollte Ella wissen, die hinter dem Tresen stand und Kunden bediente.

Collum machte eine abwehrende Handbewegung und flüchtete in die Gästetoilette, die glücklicherweise leer war. Dort begutachtete er den Schaden. »Ganz große Klasse, McDonald«, murmelte er, während er mit feuchten Papierhandtüchern sein Gesicht abrubbelte. Was die Sache kaum besser machte, denn neben Tomaten, Feta und Blätterteigresten verfingen sich jetzt auch noch kleine Papierfetzen in seinem Bart. Warum hatte er sich heute früh nicht rasiert? Oder gestern oder vorgestern? So brachte das jedenfalls gar nichts. Er zog sich Mantel, Schal und Mütze aus und hielt sein Gesicht unter den Wasserhahn.

»Kirkbys Bürgermeister ertränkt sich in der Bäckerei-Toilette – was für eine Schlagzeile!«

Aufgeschreckt von der wohlbekannten Stimme, fuhr Collum hoch und knallte mit dem Jochbein so heftig gegen den Wasserhahn, dass er im nächsten Moment Sternchen sah.

Als er wieder zu sich kam, lag er auf dem Boden und war umringt von mehreren besorgten Menschen. Darunter Betty Murray, die ihm ein feuchtes Tuch auf die Wange presste und Anweisungen schrie. »Holt Anna, das muss genäht werden!«

»Was?«, murmelte er benommen.

»Willkommen unter den Lebenden«, sagte Betty, nun mit deutlich sanfterer Stimme.

Langsam sortierten sich die Ereignisse in Collums Kopf. Er hatte sich die Sauerei aus dem Gesicht gewaschen, da hatte ihn Betty mit ihrem launigen Kommentar überrascht. Aber wie war er auf dem Boden gelandet? Er versuchte sich aufzurappeln, doch sofort wurde ihm ziemlich schwindlig.

»Bleib besser liegen. Du hast dir eine Platzwunde unterm Auge zugezogen, und außerdem hat dich der Schlag gegen den Wasserhahn ausgeknockt, und du bist umgekippt wie ein gefällter Baum. Ich fürchte, dabei hast du dir den Kopf gestoßen.« Betty klang ungewöhnlich zerknirscht und recht besorgt. »Am Ende hast du noch eine Gehirnerschütterung.«

»Das wäre nicht die schlechteste Nachricht. Vielleicht hat der Sturz ein bisschen was geradegerückt.« Offenbar war Marlin auch hier.

»Wenn du nichts Hilfreiches zu sagen hast, kannst du gleich verschwinden«, fauchte Betty ihren Lebensgefährten ungehalten an.

»Ich glaube nicht, dass es so schlimm ist«, krächzte Collum, unterließ aber jeden weiteren Fluchtversuch. Sein Kopf fühlte sich seltsam wattig an, und seine Wange brannte höllisch.

»Wie schlimm es ist, wird Anna entscheiden«, bestimmte Betty und hob kurz die Kompresse an. Collum erhaschte einen Blick darauf und sah, dass sie blutgetränkt war. Er war an sich nicht zimperlich und hatte kein Problem damit, Blut zu sehen. Solange es nicht sein eigenes war …

Prompt wurde es wieder dunkel um ihn. Diffus nahm er Stimmen wahr und fühlte, wie ihn mehrere kräftige Arme packten. Er hatte jedoch keine Ahnung, zu wem sie gehörten. Die körperlosen Arme hievten ihn hoch und manövrierten ihn aus der Bäckerei. Ging er selbst, oder trugen sie ihn? Er hätte es nicht sagen können. Die eisige Kälte und das gleißende Licht des Wintervormittags trafen ihn wie ein weiterer Schock. Menschen starrten in seine Richtung, riefen Dinge, die er nicht wirklich verstand. Wollige Wesen drängten sich ihm entgegen. Außerirdische, die ihn holen wollten? Dann ein kurzer Moment der Klarheit, in dem er den schockierten Blick seiner Schicksalsfrau bemerkte, die zwischen zweien dieser Monster stand. Sollte sie entführt werden? Er versuchte, zu ihr zu kommen, doch die Arme hielten ihn fest und brachten ihn in Annas Praxis. Kurz darauf lag er auf der Liege in ihrem Behandlungszimmer und bekam mit, wie die Ärztin irgendwelche Leute – die mit den starken Armen und Betty? – aus dem Raum scheuchte.

»Ich wasch mir rasch die Hände, und dann schauen wir uns das alles mal ganz in Ruhe an«, hörte er Annas warme, Zuversicht ausstrahlende Stimme.

»Händewaschen kann gefährlich sein«, stellte er fest, als er das Wasser plätschern hörte.

»Wenn du schon wieder scherzen kannst, wird es so schlimm nicht sein«, entgegnete sie und tauchte lächelnd in seinem Gesichtsfeld auf. »Lass mich erst einmal die Wunde versorgen, aber mach besser die Augen zu.« Er hätte keine Aufforderung gebraucht, denn ihm reichte schon der metallische Blutgeruch – mit den Resten des mediterranen Blätterteigteils eine aparte Kombination. »Es ist nicht schlimm«, befand Anna. »Nur ein kleiner

Cut, aber im Gesicht blutet man immer stark. Ich könnte es kleben oder mit zwei Stichen nähen. Was ist dir lieber?«

»Bleibt eine Narbe?«

»Kann ich nicht mit absoluter Sicherheit ausschließen, aber groß wird sie auf keinen Fall werden. Und sie wird dich ganz bestimmt nicht entstellen, sondern höchstens noch interessanter wirken lassen. Denk an Jamie.«

Der Verweis auf *Outlander* verfehlte seine Wirkung nicht. Schon einige Menschen hatten sein Aussehen mit dem des edlen Roman- und Serienhelden verglichen, dem die Frauen reihenweise zu Füßen fielen. Vielleicht hätte eine kleine, verwegene Narbe bei ihm eine ähnliche Wirkung? Wieder kam ihm Harriet in den Sinn, die ihn eben noch so entsetzt angestarrt hatte. »Das waren keine Außerirdischen, es waren nur die Alpakas«, sagte er erleichtert.

»Das beantwortet zwar nicht meine Frage, deutet aber auf eine Gehirnerschütterung hin«, erwiderte Anna, und er konnte ihr Stirnrunzeln regelrecht hören.

»Ich wollte das nicht laut sagen, ich hab nur gedacht, dass der Marktplatz von wolligen Außerirdischen heimgesucht wird«, versuchte er sich an einer Erklärung.

»Das macht es jetzt nicht besser. Lass mich rasch die Wunde versorgen, dann mach ich ein paar neurologische Tests. Also: Kleben oder Nähen?«

»Nähen!«, entschied er mit fester Stimme und ertrug die folgende Prozedur so stoisch, wie es Jamie tun würde. Die Betäubungsspritze pikste kurz, und von den Stichen bekam er ganz minimal etwas mit. Anna desinfizierte die Wunde noch und klebte ein Pflaster darüber.

»Jetzt kannst du die Augen wieder aufmachen«, sagte sie und half ihm, sich aufzurichten. Vorsichtig tastete sie seinen Kopf ab und fand eine schmerzhafte Beule an seinem Hinterkopf.

»Autsch«, jammerte er und ärgerte sich gleich darauf über sich selbst. Jamie hätte das lässiger ertragen.

»Da ist auch etwas Blut«, stellte sie fest und wühlte sich noch tiefer in seine dichten Haare. »Aber das ist nur ein oberflächlicher Riss, und es hat schon wieder aufgehört. Da müssen wir nicht nähen.« Anschließend ließ sie ihn Finger zählen und mit dem Blick verfolgen und leuchtete ihm noch mit einer kleinen Taschenlampe in die Augen. »So weit ist alles in Ordnung. Ich glaube nicht, dass wir dich zur Klinik in Inverness bringen müssen. Hast du Kopfschmerzen?«

»Nicht wirklich. Es fühlt sich etwas wattig an, aber weh tut es eigentlich nicht. Zumindest nicht im Kopf, die Beule ist schon fies.«

»Ist dir schlecht?«

Collum hörte tief in sich hinein. Schlecht war ihm nicht, nur ein bisschen schwummerig. »Ich glaube, ich hab eher Hunger«, stellte er fest. Was kein Wunder wäre, denn sein mageres Kaffee-Keks-Frühstück war schon mindestens drei Stunden her, und das zweite Frühstück war ja nicht in seinem Magen, sondern in seinem Gesicht gelandet und hatte das ganze Drama erst in Gang gesetzt.

»Das ist ein gutes Zeichen. Warte einen Moment.« Anna verschwand rasch aus dem Sprechzimmer und kam gleich darauf mit einer Keksdose zurück, randvoll mit buttrigem Shortbread.

»Du bist eine Lebensretterin«, seufzte er, als er in den ersten Keks biss.

»Das ist mein Job, aber ich bin wirklich froh, dass es dir besser geht. Das hätte auch ganz anders enden können.« Sie schüttelte den Kopf, wie um gruselige Gedanken zu verscheuchen.

»Unkraut vergeht nicht«, sagte er mit vollem Mund und fühlte sich gleich viel besser.

»Und schottische Sturschädel sind glücklicherweise sehr stabil«, fügte Anna noch hinzu. »Trotzdem hast du möglicherweise eine leichte Gehirnerschütterung, und es kann immer noch sein, dass es dir erst in ein paar Stunden schlechter geht. Ich würde dich nur ganz ungern allein nach Hause schicken. Kannst du jemanden bitten, bei dir zu bleiben? Wenigstens bis morgen?«

»Ich komm schon klar«, brummte er. Annas Worte hatten ihm wieder einen Stich versetzt. Hätte er eine Partnerin, wäre das gar kein Thema, aber so? Wieder dachte er an Harriets erschrockenen Blick.

»Ich kümmere mich um ihn«, mischte sich nun Betty ein, die offensichtlich an der Tür auf ihren Auftritt gewartet hatte. »Es war schließlich meine Schuld.«

»Quatsch«, protestierte er schwach. Betty Murray hatte zwar ebenfalls blaue Augen, war als Gesellschaft aber nicht gerade seine erste Wahl. Zumal sie am Ende Marlin im Schlepptau hatte – und für Wortgeplänkel mit dem alten Motzkopf fühlte er sich tatsächlich nicht fit genug.

»Ich komme wirklich allein zurecht. Ich ruf einen Freund an und …«

»Welchen Freund?«, unterbrach ihn Betty, für seinen Geschmack zu harsch. »Dein bester Freund Jon ist irgendwo in Indien unterwegs, und sonst …«

»Ich habe reichlich Freunde hier im Ort«, beharrte er.

»Und eine von ihnen bin ich. Deshalb kümmere ich mich um dich. Ende der Diskussion.« Betty war offensichtlich noch sturer als er.

»Ich denke nicht, dass es noch Komplikationen gibt, aber so ist es auf jeden Fall besser. Wenn etwas ist, könnt ihr mich jederzeit anrufen, und ich komme auf der Stelle vorbei.« Anna rieb ihm mit einer aufmunternden Geste den Arm. »Das wird schon wieder. Und bei Gelegenheit würde ich gerne die ganze Geschichte hören. Ich glaube, das würde sich lohnen.«

• • •

Harriet hatte sich selten so schuldig gefühlt wie im Moment. Auch wenn sie zweifellos nicht alle Details kannte, hatte ihr Rempler doch buchstäblich den Anstoß zu einer haarsträubenden Kettenreaktion gegeben. Irgendwie hatte Collum es fertiggebracht, sich beim Gesichtwaschen k. o. zu schlagen und sich eine Platzwunde zuzuziehen. Als er vorhin, flankiert von Kendrick und Marlin, über den Marktplatz zur Praxis gewankt war, hatte er schrecklich ausgesehen. »Oh Mann, das tut mir so leid«, sagte sie zum wiederholten Mal und konnte nicht verstehen, dass Shona schon wieder lachte.

»Betty hat ihn wohl mit einem blöden Spruch so erschreckt, dass er erst gegen den Wasserhahn und anschließend auf den Boden geknallt ist«, kicherte sie. »Ich meine, er tut mir echt leid, aber das ist so absurd, dass es vor allem schon wieder komisch ist.«

»Du hast einen wirklich seltsamen Sinn für Humor«, schimpfte Kendrick mit ihr, und Harriet war froh, dass er es genauso sah wie sie selbst. Sie waren wieder am Stall angekommen und hatten die Alpakas in ihre Laufbox gebracht. Die hatten das Marktabenteuer gut überstanden.

»Ich wünsch ihm nichts Schlimmes, und es ist ja glücklicherweise gut ausgegangen, aber rein objektiv betrachtet ist es witzig«, beharrte Shona.

»Mir tut's trotzdem wahnsinnig leid. Wäre ich nicht gegen ihn gestoßen, wäre das alles nicht passiert.« Harriet seufzte.

»Du hast es doch nicht absichtlich gemacht«, tröstete Kendrick. »Petunia hat sich vor einem Hund erschreckt und hat dich angerempelt.«

»Trotzdem.« Harriet biss sich auf die Lippe. Ihr kam wieder der merkwürdige Satz von Collum in den Sinn, nachdem sie ihre Hilfe angeboten hatte. »Du könntest mich küssen«, hatte er gesagt und sie dabei auf eine Art angesehen, die ihr tief ins Herz gegangen war. Es war kein Scherz gewesen, sondern eindeutig das, was er in dem Moment empfunden hatte – auch wenn es ihm sichtlich peinlich gewesen war. Zu Recht, denn es war ja vollkommen absurd, doch ein kleiner Teil von ihr hatte diesen ziemlich dreisten Vorschlag gar nicht mal so abwegig gefunden. War er doch stärker in Lila verknallt gewesen, als sie gedacht hatte? Und übertrug er diese Gefühle jetzt auf sie? Das war der Nachteil an der ganzen Zwillingssache, da wurde man oft nach den Eigenschaften der Schwester beurteilt. Gut, ganz falsch lagen die Leute damit in ihrem und Lilas Fall nie, aber trotzdem war es seltsam, Menschen zu treffen, die Lila gut kannten und dann gleich sehr vertraulich mit Harriet umgingen. Andererseits hatten sie nie die gleichen Männer angezogen – zumindest nicht wissentlich.

Egal, diese Gedanken führten zu nichts und lenkten nur vom eigentlichen Thema ab, nämlich dass sie sich für seinen Unfall verantwortlich fühlte. »Ich geh jetzt nach Hause und versuche, mehr herauszufinden«, erklärte sie und verabschiedete sich von Shona, Kendrick und den Alpakas.

»Mach dir nicht zu viele Gedanken, Collum wird schon wieder«, rief ihr Shona noch hinterher. »Und komm nächste Woche gerne mal vorbei, dann zeige ich dir die Destillerie.«

Als Harriet zurück ins Herrenhaus kam, fand sie ihre Tante in der Eingangshalle vor, wo sie sich mithilfe des hölzernen Stiefelknechts mühsam einhändig einen Reitstiefel auszog. Mit der anderen Hand hielt sie ihr Handy und telefonierte. »Das ist die schrägste Geschichte, die ich seit Langem gehört habe«, befand Heather und schien nicht genau zu wissen, ob sie lachen durfte oder Mitgefühl zeigen musste.

Was war nur mit diesen Leuten los? Harriet war sich sicher, dass ihre Tante gerade von Collums Unfall in Kenntnis gesetzt wurde, und der war eindeutig nicht witzig, sondern einfach nur unglücklich gewesen.

»Ich kümmere mich drum«, versprach Heather ächzend, als ihr Stiefel endlich nachgab, und beendete das Telefonat. »Collum hat sich auf dem Klo eine Platzwunde und eine Gehirnerschütterung zugezogen«, sagte sie, nun zu ihrer Nichte. »Das muss man erst mal hinkriegen. Und Betty gibt sich die Schuld daran und will ihn jetzt betüddeln.«

»Wieso gibt sich Betty die Schuld? Es war doch mein Fehler. Ich hab ihm das Blätterteigteil ins Gesicht gedrückt.«

»Ach?« Nun hatte sie die volle Aufmerksamkeit ihrer Tante. »Hat er sich danebenbenommen?«

»Nein. Natürlich nicht. Und es war auch gar keine Absicht. Er wollte wohl gerade abbeißen, und da bin ich unglücklich gegen ihn gestolpert, weil sich Petunia erschreckt hat.«

»Aha.« Es war sonnenklar, dass Heather gar nichts begriff, stattdessen kämpfte sie mit dem zweiten Stiefel, der aber nicht so schnell aufgeben wollte.

»Ja, und deshalb sollte ich mich um Collum kümmern und nicht Betty. Mit einer Gehirnerschütterung darf man nicht spaßen. Ich hatte auch mal eine, als ich vom Pferd gefallen war. Da war mir tagelang schlecht und schwindelig.«

»Klingt scheußlich. Aber wenn du tatsächlich so ein schlechtes Gewissen hast, dann wäre Betty sicher sehr dankbar, wenn du sie ablösen könntest. Sie hatte für heute Abend nämlich andere Pläne.«

Harriet konnte dem Stiefel-Elend nicht länger zusehen, packte beherzt zu und befreite ihre Tante schließlich von dem störrischen Schuhwerk. »Das werde ich machen«, sagte sie dann und fügte nach einer kurzen Pause hinzu: »Hattest du einen schönen Ausritt?«

»Ja, herrlich. Aber die Thermoreithose und die dicken Strümpfe sind zu viel für die Stiefel.« Heather rieb sich die Waden. »Und die Füße sind trotzdem eiskalt.«

»Es gibt doch warme Winterreitschuhe«, entgegnete Harriet, aber Heather schüttelte den Kopf.

»Ich weiß, und vermutlich bin ich wirklich bekloppt, aber wenn ich schon reite, dann mit Stil. Ich finde diese klobigen Boots scheußlich.«

Harriet zuckte mit den Schultern. Zu diesem Thema hatte sie nur wenig beizutragen. »Denkst du, Collum könnte es seltsam finden, wenn ich einfach so bei ihm aufschlage? Mal abgesehen davon, dass ich keine Ahnung habe, wo er wohnt, wird er sich vielleicht wundern?« Mit einem Mal kam ihr die Idee doch ein wenig fragwürdig vor.

»Du weißt auch nicht, was du willst, oder?« Heather zog eine Braue hoch. »Klar ist, dass er nicht allein bleiben soll. Das hat Anna angeordnet. Also verzichtet entweder Betty auf ihren Abend und spielt Babysitterin beim Bürgermeister, oder jemand anders tut es. Ich bin mir sicher, es wird sich schon jemand finden, wenn du doch keine Lust hast. Aber warum sollte er es komisch finden, wenn du zu ihm kommst? Wahrscheinlich freut er sich, und falls er doch nicht so schlimm angeschlagen ist, könnt ihr ja über die Weberei reden. Er wohnt in dem Häuschen mit der auffälligen roten Tür bei der alten Schule. Das kannst du gar nicht verfehlen. Da bist du bestimmt heute früh schon vorbeigekommen, als du zu Shona gelaufen bist.«

»Okay, ich mach's! Ich hab wirklich ein schlechtes Gewissen. Ich hol nur rasch meinen Kram.«

»Ich werde Molly bitten, ein paar Sachen zum Essen einzupacken. Ich weiß ja nicht, wie gut der Junggesellenkühlschrank bestückt ist.« Heather schnappte sich ihre Stiefel und brachte sie in die angrenzende Schuhkammer.

Währenddessen flitzte Harriet die Treppen zu ihrem Zimmer hoch und stopfte rasch eine gemütliche Jogginghose, ein Buch und ihren Laptop in den Rucksack. Sie wollte Collum in seinem angeschlagenen Zustand zwar nicht wegen des Businessplans belästigen, aber vielleicht hatte sie ja Zeit, ihre eigenen Recherchen fortzusetzen. Sie rechnete damit, dass sie auf seinem Sofa übernachten würde – deswegen die Jogginghose. Es war ja vielleicht nicht nötig, dass sie Collum die ganze Nacht im selben Raum betreute, oder? Wieder kam ihr seine seltsame Kuss-Bitte in den Sinn. Nein, derselbe Raum musste wirklich nicht sein!

Ehe sie es sich doch noch anders überlegen konnte, schulterte sie ihren Rucksack und lief die Treppe wieder hinunter. Von Heather oder Molly war keine Spur zu entdecken, daher ging sie in die Küche. Dort packten die beiden gerade einen großen Weidenkorb voll. »Wer soll das denn alles essen?«, fragte Harriet leicht fassungslos. »Ich hab nicht vor, bei ihm einzuziehen.«

»Schade, Sie wären ein hübsches Paar«, entgegnete die Köchin mit einem frechen Grinsen und lachte lauthals los, als sie Heathers und Harriets gleichermaßen verblüffte Gesichter sah. »Was? Ich könnte mir das wirklich gut vorstellen.«

Heather runzelte die Stirn, als müsste sie darüber nachdenken, dann musterte sie Harriet. »Hm. Darauf wäre ich nie im Leben gekommen, aber ich gebe zu, es ist nicht ohne Reiz. Er ist zwar ein Stückchen älter als du, aber das muss kein Nachteil sein. Du wirkst viel reifer als siebenundzwanzig, und er ist ein wahrer Kindskopf, wenn er mal seine Bürgermeisterrolle vergisst.« Sie schien sich immer mehr für die absurde Idee zu erwärmen. »Doch, das könnte klappen.«

Ihr habt beide einen Knall!, dachte Harriet, doch sie war zu gut erzogen, als dass sie es ausgesprochen hätte. »Und ich dachte, Collum leidet an einer Gehirnerschütterung und nicht ihr«, entfuhr es ihr jedoch, kaum diplomatischer.

»Wir werden es mit Interesse beobachten«, sagte Heather mit einem verschmitzten Grinsen und fügte angesichts des üppig gefüllten Korbs hinzu: »Willst du mein Auto nehmen, oder soll ich dich fahren?«

FADENSCHEINIG

WIESO BITTE SCHÖN HATTE SIE SOLCHES HERZKLOPFEN? Harriet hatte vor Collums Haus geparkt, konnte sich aber nicht zum Aussteigen entschließen. Die Sprüche von Molly und Heather hallten in ihr nach, genau wie Collums Kuss-Wunsch. Das war tatsächlich noch keine drei Stunden her, und doch schien eine Ewigkeit vergangen zu sein.

»Sei nicht bescheuert«, sagte sie zu sich selbst und unterdrückte den Impuls, im Rückspiegel ihr Make-up zu kontrollieren. Was ohnehin nichts bringen würde, denn sie war komplett ungeschminkt, und dass ihre Wangen glühten, fühlte sie auch so.

Sie holte noch zweimal tief Luft und öffnete dann die Tür, ehe sie es sich anders überlegen konnte. Nachdem sie den schweren Korb und ihren Rucksack von der Rückbank geholt hatte, ging sie durch das Gartentor auf das Häuschen zu. Der kleine Vorgarten war tief verschneit, aber der Rundbogen über dem Tor war von knorrigem Rosenholz umrankt, und sie malte sich unwillkürlich aus, wie hübsch der blühende und duftende Gruß im Sommer aussehen würde. Welche Farbe die Rosen wohl hatten? Rosa? Rot? Weiß? Gelb? Und warum machte sie sich solche Gedanken?

Entschlossen brachte sie die wenigen Schritte bis zu der rot lackieren Holztür hinter sich und drückte auf den Klingelknopf, unter dem kein Name stand. Offenbar wussten alle, dass hier der Bürgermeister wohnte.

»Was machst du denn hier?« Betty Murray hatte die Tür geöffnet und sah Harriet verwundert an.

»Ähm … ich löse dich ab«, sagte Harriet. Sie war davon ausgegangen, dass Heather Bescheid gegeben hatte. »Hat dich Heather nicht angerufen?«

»Nein, sie hat versprochen, dass sie mir ein paar Sachen bringt. Marlin geht mal wieder nicht an sein Handy. Ich nehme an, der hat sich gleich wieder zu Lennox ins Studio verzogen und … Ach, ist ja auch egal. Aber dass sie eine Ablösung organisiert hat, ist echt nett. Wenn auch unnötig, denn ich habe Collums Sturz ja zu verantworten, da ist es wohl das Mindeste, dass ich auf ihn aufpasse.«

»Darf ich reinkommen? Wir müssen das ja nicht in der Kälte auf der Türschwelle diskutieren«, bat Harriet und schlüpfte gleich darauf ins Warme. »Wo ist denn der Patient?«, erkundigte sie sich.

»Ich bin hier«, ertönte Collums Stimme aus dem Nebenraum. »Wer ist denn gekommen?«

»Ich bin's, Harriet«, rief sie zurück, zog sich Mantel, Mütze und Stiefel aus und hängte ihre Sachen an die Garderobe. An Betty gewandt sagte sie: »Ich übernehme das jetzt wirklich gerne. Wegen mir fing der ganze Schlamassel schließlich überhaupt erst an, und Heather meinte, dass du heute Abend andere Pläne hast.«

»Du nicht?« Betty fixierte Harriet mit einem festen Blick aus ihren kühlen blauen Augen.

Harriet schüttelte den Kopf. »Nein. Ehrlich nicht.« Eine solche Antwort hatte sie an einem Samstagabend zuletzt vor ungefähr fünfzehn Jahren gegeben, aber die Zeiten änderten sich eben. Tatsächlich hatte sie sich auf einen gemütlichen Abend gefreut, mit einem netten Film, ein paar Serienfolgen oder ihrem Buch. Aber ob sie das im Herrenhaus genoss oder hier bei Collum, spielte eigentlich keine Rolle.

»Sicher?« Bettys Blick wurde noch bohrender.

»Ganz sicher!«

»Na schön. Ich habe zwar das Gefühl, nicht die ganze Geschichte zu kennen, aber das hat Zeit.« Sie zog sich rasch ihren Mantel über und schlüpfte in ihre Schuhe. Mit einem raschen »Gute Besserung!« in Richtung Nebenraum war sie zur Tür hinaus.

»So habe ich mir deinen ersten Besuch bei mir nicht vorgestellt.« Collum war in den Flur gekommen, in dem Harriet etwas unschlüssig herumstand.

»Wie denn sonst?«, hakte sie unbedacht nach, obwohl diese Frage auf gefährlich dünnes Eis führte.

»Vor allem habe ich mir nicht vorgestellt, dass ich so lädiert sein würde.« Er seufzte, und sie schaute ihn sich zum ersten Mal richtig an. Er trug eine ausgeleierte graue Jogginghose und einen dunkelblauen Zopfpulli, der handgestrickt aussah und sichtlich schon einige Male gestopft worden war. Seine Haare waren verstrubbelt, und unter seinem rechten Auge machte sich ein dunkler Bluterguss unter dem Pflaster breit.

Sofort meldete sich wieder ihr schlechtes Gewissen. »Solltest du nicht besser liegen?«, fragte sie.

»Wenn es nach Anna und Betty geht, schon«, gab er mit einem verschmitzten Lächeln zu. »Aber die sind ja nicht hier. Nicht, dass ich mich beklagen wollte, aber was machst du bei mir?«

»Ich habe Betty abgelöst«, entgegnete sie lapidar. »Und ich habe Essen mitgebracht, das vermutlich für eine größere Gesellschaft reichen würde.«

»Das sind die beiden besten Nachrichten des heutigen Tages. Essen und ein Abend mit dir statt mit Betty Murray.« Er machte Anstalten, den schweren Korb zu nehmen, doch Harriet griff gleichzeitig zu.

»Ich mach das!«, rief sie etwas atemlos – und sehr verwundert, weil die leichte Berührung ihrer Hände sich wie ein Stromstoß angefühlt hatte. Sie packte den Korb fester und folgte Collum in eine ziemlich schicke, helle Einbauküche, die sie weder bei ihm noch in diesem Häuschen vermutet hätte. »Wow, das ist ja edel.«

»Ich würde es gerne für mich reklamieren, aber die Küche haben die Vorbesitzer eingebaut.« Er lächelte schief und öffnete dann den Kühlschrank, in dem gähnende Leere herrschte. »Ich bin leider nicht so der Hobbykoch. Eigentlich wollte ich auf dem Markt ein paar Sachen fürs Wochenende einkaufen und später noch zum Supermarkt in Inverness fahren, aber …« Er deutete auf sein Gesicht.

»Oh Mann, ich kann gar nicht sagen, wie sehr mir das alles leidtut«, erwiderte sie verlegen. »Aber gut, dass Molly und Heather so etwas geahnt haben.« Sie wuchtete den Korb auf die zentrale Kücheninsel und räumte den Inhalt aus. Sie fand zwei mit Alufolie abgedeckte Auflaufformen, einen kompletten Kastenkuchen, mehrere Tafeln Schokolade, zwei Tüten Chips und einige Äpfel. »Das sollte fürs Wochenende reichen, aber wenn du magst, kann ich noch schnell zum Supermarkt fahren und andere Sachen kaufen.«

»Es muss dir nicht leidtun, wirklich«, betonte er und hielt sie fest. Unwillkürlich hatte sie sich schon wieder in Richtung Flur bewegt. Die Berührung durchzuckte sie erneut, und sie schluckte. »Außerdem soll ich ja nicht allein bleiben, schon vergessen?«, fuhr er fort.

»Stimmt«, murmelte sie tonlos und räusperte sich dann kräftig. »Also, wonach steht dir der Sinn? Ich meine Essen«, stellte sie rasch klar. Warum drückte sie sich heute nur so zweideutig aus?

Collum lüpfte die Folien von den Auflaufformen. »Das sieht nach einem Shepherd's Pie aus und das nach einer Lasagne. Jeweils für ungefähr zehn Personen.« Er lachte leise. »Was wäre dir denn lieber?«

»Mir ist's ganz egal. Ist beides lecker. Ich glaube, der Shepherd's Pie ist wieder die vegetarische Version. Robin hat über die Feiertage wohl kritisiert, dass ihre Eltern zu viel Fleisch essen, daher kocht Molly jetzt oft vegetarisch oder sogar vegan. Aber der ist echt gut. Mit Auberginen und Linsen«, plapperte sie. »Und die Lasagne erinnert dich vielleicht zu sehr an die Tomaten-Blätterteigtasche von vorhin …«

»Damit hätte ich kein Problem, aber wir können zum Mittagessen gerne den fleischlosen Shepherd's Pie probieren. Auch wenn er dann eigentlich eher ein Gardener's Pie ist.« Collum schaltete den Backofen an und schob die Form hinein, ehe Harriet eingreifen konnte.

Um nicht völlig nutzlos dazustehen, räumte sie die Lasagne in den Kühlschrank und legte die Äpfel in eine flache Holzschale, in der sich bereits ein etwas verschrumpelter Kollege langweilte.

»Das wird ein Weilchen dauern«, sagte Collum und schnappte sich eine Tafel Schokolade. »Wollen wir ins Wohnzimmer gehen?«

Sie nickte und folgte ihm, wobei ihr auffiel, dass sie unter der etwas fadenscheinigen Jogginghose einen ziemlich knackigen Hintern erahnen konnte. Was um alles in der Welt war los mit ihr?

Das großzügige Wohnzimmer entsprach schon eher ihren Vorstellungen von einer Männerhöhle, auch wenn es erstaunlich gemütlich wirkte. Es gab das obligatorische Ledersofa, allerdings nicht schwarz, sondern in einem schon etwas abgewetzten warmen Dunkelbraun. Darauf lag eine zerwühlte Decke in einem blauen Tartanmuster. Das Sofa war auf einen überdimensionierten Fernseher ausgerichtet, der an der Wand hing und momentan ein prasselndes Feuer als Bildschirmschoner zeigte. Es gab jedoch auch einen echten Kamin auf der anderen Seite des Raums, vor dem zwei Ohrensessel standen und der zwar mit Holzscheiten bestückt, aber kalt war. An der Fensterfront, die den Blick auf den verschneiten großen Garten lenkte, gab es einen alten Holztisch mit sechs Stühlen. Zum Essen schien er jedoch schon länger nicht mehr verwendet worden sein, denn auf der Tischplatte standen ein Laptop und ein Drucker, und es stapelten sich Zeitungen, Ordner und Bücher.

»Setz dich doch«, bot ihr Collum an. Er selbst hatte längst wieder auf dem Sofa Platz genommen und die Beine auf einen gepolsterten Hocker gelegt.

»Nett hast du es hier«, befand sie und kuschelte sich in die andere Ecke des Sofas. Nur um gleich darauf wieder hochzufahren, sich die Decke zu schnappen und über Collums Beine zu legen. »Du musst dich doch schonen«, sagte sie und kam sich gleich unfassbar dämlich vor. Auch, weil er breit grinste. »Hör auf zu lachen. Du bist verletzt!«

»Ehrlich, ich war noch nie so gerne krank wie heute«, entgegnete er und gab sich nicht mal Mühe, mit dem Lachen aufzuhören. »Zumal ich nicht richtig krank bin, sondern nur ein bisschen angeschlagen. Buchstäblich. Ich wette, die Geschichte geht schon durchs ganze Dorf.«

Harriet verzog sich wieder in ihre Ecke, damit sie nicht in Versuchung geriet, Collums blauen Pullover zu streicheln, der unfassbar weich war, wie sie eben festgestellt hatte. Eigentlich hatte sie gedacht, dass er aus einer kratzigen Schafwolle gestrickt wäre, doch das war eindeutig feine Lambswool, womöglich mit Alpakabeimischung. Und warum um alles in der Welt dachte sie jetzt an Wolle? »Hast du den Pulli selbst gestrickt?«, plapperte sie zu allem Überfluss auch noch.

Collum starrte sie verblüfft an. »Ich finde es ja toll, dass du mir so etwas zutraust, aber stricken kann ich nicht. Den hat meine verstorbene Großmutter gemacht, vor fast zwanzig Jahren. Er ist auch schon tausend Mal gestopft und wird nur noch von gutem Willen zusammengehalten, aber ich kann mich einfach nicht von ihm trennen.«

»Wow, schon zwanzig Jahre. Das muss eine tolle Wolle gewesen sein. Er ist wirklich schön.« Eigentlich war es viel einfacher, über Pullis zu reden als über … andere Dinge, beschloss Harriet. »Und so ein tolles Muster. Da bekomme ich selbst gleich Lust, mal wieder zu stricken.«

»Granny hat versucht, es mir beizubringen, aber ich hatte nie die nötige Geduld«, berichtete er. »Dabei soll es ja sehr beruhigend sein, habe ich gehört. Meine Großmutter war jedenfalls immer sehr entspannt.«

Bildete sie es sich ein, oder redete Collum ähnlich viel Unsinn wie sie? »Stricken ist total entspannend. Vor allem wenn man ein aufwendiges Muster hat. Da muss man sich so konzentrieren, dass der Kopf keinen Platz mehr für andere Dinge hat.« Das klang schräg, war aber die Wahrheit, und tatsächlich hätte sie jetzt eine ganze Menge dafür gegeben, ein Strickzeug bei sich zu haben. Das würde sie ablenken – vor allem ihre Hände, die gerade über das weiche Leder des Sofas fuhren, wie sie feststellte. Ertappt verschränkte sie die Arme vor der Brust, löste sie aber gleich wieder, weil diese Geste immer so abweisend wirkte. »Deine Granny hat also absolut recht«, fuhr sie fort. »Erzähl mir von ihr. Stammt deine Familie auch aus Kirkby?«

Collum betrachtete sie einen Moment lang mit einem seltsamen Blick, und fast schien es ihr, als hielte er ihre harmlose Frage für viel zu indiskret. Doch dann räusperte er sich und begann zu erzählen: »Ich bin in Spean Bridge, einem kleinen Dorf in der Nähe von Fort William, aufgewachsen. Also gut vierzig Meilen südlich von hier. Meine Eltern wohnen dort immer noch, meine Geschwister dagegen leben mit ihren Familien in Glasgow beziehungsweise Edinburgh. Ich habe in Edinburgh BWL, Marketing und im Nebenfach Psychologie studiert und ein paar Jahre in großen Unternehmen gearbeitet, aber mir hat das Stadtleben nie wirklich gut gefallen. Ich bin offenbar ein Landkind durch und durch. Dann habe ich die Chance ergriffen, die Niederlassung von VisitScotland für die Highlands zu übernehmen. Das war toll, denn in der Zeit habe ich unglaublich viele Kontakte knüpfen können und bin ständig hier in der Gegend herumgekommen.

In Kirkby habe ich mich sofort verliebt, auch wenn der Ort vor ein paar Jahren noch eine völlig verschnarchte Einöde war, wie so viele Dörfer hier. Es gab hier außer dem Bed & Breakfast von Alex und dem Pferdezentrum von Rupert gar nichts, was Besucher angezogen oder gar Arbeitsplätze für die Einwohner geboten hätte. Die meisten Leute hier kamen immer nur zum Schlafen nach Hause und haben ihre Tage mit Jobs irgendwo in der Umgebung verbracht.« Er schüttelte bei der Erinnerung daran den Kopf. »Es ist wirklich ein Elend, weil das so weit verbreitet ist. Ich hatte jedenfalls gleich das Gefühl, dass Kirkby reichlich Potenzial für mehr hat – aber es gab niemanden, der sich darum gekümmert hätte. Der letzte Bürgermeister war kurz zuvor gestorben, und niemand in der Gemeinde schien sich ernsthaft um einen Nachfolger zu bemühen – auch weil sich keine Kandidaten fanden. Ich dachte, das ist meine Chance. Also habe ich mir dieses Haus hier gekauft und es mir zum Ziel gesetzt, in den folgenden Monaten jeden Einwohner kennenzulernen und mich nach den Sorgen der Menschen zu erkundigen. Als der Gemeinderat dann mal wieder versucht hat, Kandidaten für den Posten zu finden, habe ich mich gemeldet. Obwohl ich bis dahin nicht die geringste Ahnung von Kommunalpolitik hatte und auch keiner Partei angehöre. Um es kurz zu machen: Ich wurde gewählt und habe seitdem den allerbesten Job der ganzen Welt.« Er lächelte sie an.

»Und wann war das?«, wollte Harriet wissen, die fasziniert zugehört hatte.

»Vor fast vier Jahren. Und auch wenn es nicht immer einfach war und ist, bereue ich keine Sekunde davon. Ich bin wirklich stolz auf das, was wir hier in Kirkby in der kurzen Zeit geschafft haben.«

»Das kannst du auch sein. Ich war das letzte Mal als kleines Mädchen hier, aber da habe ich vom Dorf kaum etwas mitbekommen, und jetzt ist hier ja wirklich einiges geboten. In den paar Tagen habe ich zwar noch kaum etwas gemacht, aber das wird sich sicher ändern. Trotzdem ist es ein echt mutiger Schritt von dir gewesen, einen guten Job aufzugeben und dich in ein solches Abenteuer zu stürzen.«

»Mutig? Eigentlich nicht. Ich habe mich hier vom ersten Moment an wohlgefühlt und war mir sicher, dass ich im Ort etwas ausrichten kann. Es klingt vielleicht blöd, aber ich glaube, dass Kirkby auf mich gewartet hat.«

»Es klingt nicht blöd. Genau so ist es mir vor drei Tagen mit den leeren Räumen im Herrenhaus gegangen. Da hatte ich auch gleich das Gefühl, dass sie auf mich gewartet haben. Das ist einerseits so toll, andererseits macht es mir auch wahnsinnige Angst.« Sie schluckte.

»Warum? Es kann doch nichts Schlimmes passieren. Vor allem dann nicht, wenn es sich so richtig anfühlt. Bei mir hat es ja funktioniert und bei so vielen anderen Unternehmungen hier in Kirkby auch. Mein Freund Jon war ein völlig ausgebrannter Werber und hat sein Glück als Pubwirt gefunden. Shona galt als Partymaus und macht sich jetzt bestens als Brennmeisterin in ihrer eigenen Destillerie und als Veranstalterin von Alpaka-Wanderungen.«

»Ersteres kann ich nicht beurteilen, aber an Letzterem habe ich noch meine Zweifel. Wir waren mit den Alpakas nämlich heute extra auf dem Marktplatz, um sie an Unruhe und viele Menschen zu gewöhnen. Wohin das geführt hat, sieht man ja …« Sie deutete auf seine Wange und merkte, wie ihr wieder die Hitze in die Wangen schoss.

»Quatsch, das war eine unglückliche Verstrickung von blöden Zufällen«, widersprach er. »Die Alpakas sind toll. Die haben sogar beim Krippenspiel mitgemacht und waren die absolute Attraktion beim Weihnachtsmarkt. Aber das ist ja gar nicht das Thema. Ich will damit sagen, dass du keine Angst haben musst. Ich verstehe, dass es überwältigend ist, aber das ist ein Schritt in die Selbstständigkeit immer. Das wird sich legen, wenn du dich an den Gedanken gewöhnt hast und alle offenen Fragen geklärt sind.« Collum strahlte eine solche Zuversicht aus, dass Harriet es einfach glauben wollte.

»Ich hoffe es jedenfalls sehr, denn ich denke wirklich, dass es der richtige Schritt für mich sein könnte. Aber ich muss noch einiges recherchieren. Und vor allem kalkulieren – und das finde ich echt total gruselig.«

»Musst du nicht. Ich kann dir dabei gerne helfen. Mit Kalkulationen kenne ich mich gut aus. Aber nicht heute. Dafür fühlt sich mein Kopf dann doch nicht frisch genug an.«

»Natürlich nicht. Ich find's sowieso total nett, dass du mir helfen möchtest, und ich nehme dein Angebot wahnsinnig gerne an. Aber jetzt musst du erst mal wieder richtig fit werden. Ich schau mal nach dem Auflauf.«

»Warte, ich komm mit«, fing er an, doch sie warf ihm einen scharfen Blick zu.

»Du bleibst hier! Ich krieg das schon hin.«

Harriet stand auf und ging in die Küche, wo es bereits verführerisch duftete. Während sie Teller, Gläser und Besteck zusammensuchte und anschließend üppige Portionen von dem Veggie-Pie auftrug, fiel ihr auf, dass Collum das Gespräch ganz geschickt wieder auf Kirkby und ihre Pläne gelenkt hatte. Warum hatte er so seltsam reagiert, als sie ihn nach seiner Familie gefragt hatte? Und warum hatte er seine Geschichte in so wenigen dürren Worten abgehandelt? Das alles hatte fast nach einer Biografie geklungen, wie sie womöglich auch auf der Dorfwebsite zu lesen war. Hatte der Bürgermeister etwa Leichen im Keller, über die er nicht sprechen wollte?

FEINSTOFFLICHES

AM MONTAGVORMITTAG SASS COLLUM in seinem Büro im Rathaus und fühlte sich fast wieder wie der Alte. Mal abgesehen davon, dass er den Anblick eines Boxers bot, der bei seinem letzten Kampf k. o. gegangen war – mit dem Unterschied, dass sein Gegner keine Faust gewesen war, sondern ein Wasserhahn. Leslie hatte ihn vorhin mit einem breiten Grinsen begrüßt und wissen wollen, welche der inzwischen zahllosen Varianten seines Unfalls der Wahrheit entsprach.

Shona hatte das Foto seines mit Tomatensoße und Blätterteig verschmierten Gesichts tatsächlich auf der Facebook-Seite von Kirkby gepostet und viel Gelächter und witzige Kommentare dafür geerntet. Collum musste lachen, als er sich da durchklickte und beschloss, die Sache auf die Spitze zu treiben. Er knipste ein Selfie von sich und bastelte mit einem Grafikprogramm eine Collage aus drei Bildern: an erster Stelle sein offizielles Porträt von der Gemeindeseite, dann Shonas Schnappschuss und schließlich das aktuelle Selfie. Darunter schrieb er: »Bürgermeister McDonald gibt auch in seiner Freizeit alles für Kirkby!«, und postete das Ganze auf sämtlichen Social-Media-Kanälen des Ortes.

Anschließend schaute er in seinem Terminkalender nach, was heute alles anstand. Nicht viel – glücklicherweise, denn so hatte er Zeit, sich um die wirklich wichtigen Dinge zu kümmern: um Harriets geplante Weberei. Das Wochenende war nämlich trotz des haarsträubenden Unfalls ausgesprochen nett verlaufen. Was für eine Überraschung, als Harriet plötzlich in seinem Haus gestanden und Betty abgelöst hatte! Sie war auf charmante Art verlegen gewesen, hatte aber trotzdem unbeirrt darauf bestanden, sich um ihn zu kümmern. Das war zwar tatsächlich völlig unnötig gewesen, denn abgesehen von den leichten Schmerzen im Gesicht und am Hinterkopf sowie einem minimalen Schwindelgefühl hatte er sich gut gefühlt. Ein wahrer Highlander wie Jamie hätte diese Beschwerden nicht einmal wahrgenommen und wäre unbeeindruckt in den nächsten Kampf gezogen oder so. Der einzige Kampf, den Collum hatte ausfechten müssen, war jedoch der mit sich selbst gewesen. Nach dem köstlichen Auflauf hatte er vorgeschlagen, ein paar Filme zu gucken. Erstens, weil ihm das unverfänglicher erschienen war, als mit ihr zu reden – wer wusste schon, welchen Unsinn er sonst wieder von sich gegeben hätte? –, und zweitens, weil man sich dabei näherkommen konnte, ohne dass es gewollt wirkte.

Natürlich war der Plan nach hinten losgegangen. Harriet hatte partout keinen Horrorfilm sehen wollen, wie er vorgeschlagen hatte, sondern stattdessen Komödienklassiker wie *Vier Hochzeiten und ein Todesfall* und *Notting Hill* vorgeschlagen. Nach zwanzig Minuten war er eingeschlafen und hatte nicht viel von Hugh Grants absurden

Abenteuern mitgekriegt. Was Frauen auch nach so vielen Jahren noch an diesem unbeholfenen Kerl fanden, war ihm schleierhaft. Als er am frühen Abend wieder aufgewacht war, war der Fernseher ausgeschaltet gewesen, und Harriet sich mit einem Buch und einer angebrochenen Tafel Schokolade in der anderen Sofaecke eingekuschelt. Ihre Jeans hatte sie durch eine Jogginghose ersetzt, und ihre Füße hatte in dicken Wollsocken gesteckt. Offensichtlich hatte er da einiges nicht mitbekommen. Doch das ausgedehnte Nickerchen hatte seine Lebensgeister geweckt, und so hatten sie einen sehr netten Abend verbracht – mit einer zweiten Runde köstlichem Shepherd's Pie und langen Gesprächen vor dem echten Kamin. Den hatte er seit ewigen Zeiten nicht mehr angemacht, aber das flackernde Feuer und der einzigartige Geruch hatten der Stimmung gutgetan. Er hatte eine Menge von Harriet erfahren. Von ihrer Kindheit und Jugend in London, von den Erwartungen ihrer Eltern, dass sie in die Familienschneiderei einsteigen würde, von ihrem Studium am renommierten Central Saint Martins College und ihren bislang vergeblichen Versuchen, ihren Master in Textildesign in einen Job umzusetzen, der ihre Philosophie mit einem vernünftigen Einkommen verband.

Er hatte sich nie groß mit den Themen Stoffe und Wolle auseinandergesetzt, doch er war fasziniert von den Möglichkeiten, und klar, irgendwie mussten ja auch die schottischen Tartans entstehen. Die Vorstellung, einen Dorf-Tartan für Kirkby zu haben, der dem Ort ein noch individuelleres Erscheinungsbild gab und der sich bestimmt wunderbar vermarkten ließ, berauschte ihn. Wobei es zugegebenermaßen vor allem Harriet war, die ihn elektrisierte.

Mit ihren kurzen hellblonden Haaren, den klaren blauen Augen und ihrer schmalen, fast elfengleichen Figur wirkte sie zart, aber längst nicht so feminin wie beispielsweise Shona oder auch Colleen. Doch hinter dieser grazilen Fassade nahm er reichlich Abenteuerlust und einen ausgeprägten Willen wahr. Das hatte er bei ihrer Zwillingsschwester Lila nicht gesehen, obwohl sie sich zum Verwechseln ähnelten. Lila hatte in ihm aber auch nie solche Gefühle ausgelöst wie Harriet seit ihrer ersten Begegnung. Jede noch so kleine Berührung sorgte für ein Kribbeln in seinem Körper, und er mochte sich gar nicht ausmalen, was wohl ein Kuss oder mehr mit ihm anstellen würde. Wobei, das war eine Lüge, denn blöderweise malte er sich permanent genau diese Dinge aus.

Leslies Kommentar vor einer Woche, dass er seine Partnersuche doch strategisch angehen sollte, wie ein Projekt für Kirkby, hallte in ihm nach. Er würde Harriet davon überzeugen, dass er der richtige Mann für sie war, und Phase eins dieses Plans bedeutete, sich bei der Umsetzung ihres Lebenstraums unentbehrlich zu machen. Genau genommen schlug er dabei sogar zwei Fliegen mit einer Klappe – er half Harriet und brachte ein neues Geschäft nach Kirkby. Besser ging es kaum, oder? Daher hatte er schon gestern, als Harriet ihn nach einem kleinen Frühstück allein gelassen hatte, mit einer ausgedehnten Recherche angefangen und Mails an Leute geschickt, von denen er glaubte, dass sie ihm helfen konnten. Die ersten Antworten trudelten langsam ein, und er begann sich ein Bild von der Komplexität ihres Projekts zu machen. Kein Wunder, dass sie nervös war.

»Bist du eigentlich noch zu retten?« Mit diesen Worten platzte Leslie eine gute Stunde später erneut in sein Büro.

»Was ist los?« Collum riss sich von der Tabelle los, die er angelegt hatte, und starrte Leslie verständnislos an. Er war sich keiner Schuld bewusst.

»Wie kommst du dazu, ohne Vorwarnung dieses Bild überall zu posten? Weißt du, was bei mir los ist? Die Leitungen laufen heiß, und die Kommentare explodieren.«

»Echt?« Er musterte sie überrascht. Er hatte mit einigen Kommentaren gerechnet, aber nicht mit Anrufen. »Bei mir hat sich noch keiner gemeldet.«

»Weil du deinen Büro-Anschluss auf mich umgestellt hast, nehme ich an«, entgegnete sie genervt. »Und was ist mit deinem Handy? Jon hat aus Indien angerufen und mir gesagt, dass er sich Sorgen macht, weil er dich nicht erreicht.«

Collum zog sein Smartphone aus der Tasche und erkannte, dass es lautlos geschaltet war und ein Dutzend Anrufe beklagte. »Wie blöd von mir«, murmelte er und aktivierte das Telefon wieder, das sofort empört piepste und ihm mitteilte, dass er etliche Nachrichten auf seiner Mailbox hatte. Dann öffnete er auf seinem Bürocomputer Facebook und fiel fast vom Stuhl. Über achthundert Likes und fast zweihundert Kommentare – und das innerhalb von nicht einmal zwei Stunden. Außerdem war der Beitrag schon mehr als fünfzigmal geteilt worden. Das hatte er mit einem Kirkby-Post noch nie geschafft. Wahnsinn. »Krass«, murmelte er.

»Allerdings. Und was machen wir jetzt?« Leslie hatte ihre Hände in die Hüften gestemmt und blickte ihn herausfordernd an.

»Nichts. Wir genießen die Aufmerksamkeit und freuen uns, dass Kirkby mal wieder in aller Munde ist. Und die ernsthaft besorgten Menschen rufe ich alle zurück.« Er linste auf die Liste seiner Anrufer – es war eine wirklich bunte Mischung, aber niemand aus seiner Familie. Die von seinem Unfall ja auch gar nichts wusste, weil er sie darüber nicht informiert hatte. Vermutlich hatten sie den Post nicht gesehen. Oder sie interessierten sich schlicht nicht dafür, wie es ihm ging. Er schob den Gedanken daran gleich wieder weg, denn es war zu unangenehm, sich damit auseinanderzusetzen. Trotzdem, wenn es selbst Jon auf seiner Indien-Reise mitbekam …

»Wenn du das sagst, Boss«, entgegnete Leslie gedehnt. »Dann werde ich mich wohl wieder ans Telefon begeben. Gut, dass heute nichts Großes ansteht.«

»Danke. Bist die Beste!« Er lächelte sie an und hörte dann die diversen Sprachnachrichten ab.

Mittendrin klingelte es zweimal. Zuerst erkundigte sich Sarah, seine Nachfolgerin bei VisitScotland, nach seinem Befinden und fragte bei der Gelegenheit auch nach dem Stand der Highland Games. Nachdem er ihr zwei gute Nachrichten hatte verkünden können – er würde überleben, und die Highland Games würden als »Kirkby Clan

Gathering« stattfinden –, verabschiedete sie sich zufrieden. Kurz darauf meldete sich erneut Jon, diesmal mit einem Video-Chat-Anruf. Offensichtlich wollte er sich selbst ein Bild von Collums Verletzungen machen.

»Oh Mann, du siehst aus wie ein geprügelter Preisboxer«, sagte er zur Begrüßung. »Ich habe im ersten Moment gedacht, das Bild ist ein Fake, aber dich hat's ja wirklich erwischt. Wie ist das passiert? Leslie meint, du wärst im Bad gestürzt.«

Collum seufzte. »Ich freu mich auch, dich zu sehen«, gab er statt einer Antwort zurück. »Wie ist der Urlaub? Muss langweilig sein, wenn du dir Social-Media-Beiträge aus der Heimat anschaust.«

»Es ist ganz und gar nicht langweilig, auch wenn wir seit drei Tagen auf dieser Gewürzplantage sind und Isla sich gefühlt mit jedem einzelnen Pfefferkorn angefreundet hat. Momentan steht sie übrigens mit einem lokalen Koch in seiner Küche und lässt sich in irgendwelche Currygeheimnisse einweihen. Und tatsächlich habe gar nicht ich den Beitrag entdeckt, sondern Ivy aus dem Pub, die mir das Bild weitergeleitet hat. Also raus mit der Sprache, wie ist es dazu gekommen?«

Collum versorgte seinen Freund mit einer Kurzfassung der Geschehnisse, doch Jon schien ein wenig schwer von Begriff zu sein.

»Noch mal für dumme Pubwirte: Die Frau deines Lebens hat dir also ein Blätterteigteilchen ins Gesicht geschmiert, woraufhin du die Sauerei auf der Toilette der Bäckerei abgewaschen hast, wo dich wiederum Betty überrascht hat und du dir deshalb vor Schreck erst das Jochbein gestoßen hast und dann auf dem Fliesenboden gelandet bist.« Collum nickte. »Dazu habe ich drei Fragen: Erstens, wer ist die Frau deines Lebens, und warum weiß ich nichts von ihr? Zweitens, wie hast du es geschafft, sie derart zu verärgern, dass sie dir Gebäck ins Gesicht knallt? Drittens, warum bist du nicht in den Pub gegangen? Da haben wir zwei Toiletten, und so etwas wäre niemals passiert.«

»Wieso sagst du immer ›Frau deines Lebens‹?«, konterte Collum mit einer Gegenfrage. Das konnte Jon doch gar nicht wissen, oder?

»Weil du es so ausgedrückt hast. Du scheinst ja echt eine Gehirnerschütterung zu haben. Wenn nicht Schlimmeres.«

Da könnte was dran sein, dachte Collum. Hatte er wirklich von der Frau seines Lebens gesprochen? Er musste sich dringend in den Griff bekommen. Es war ja eine Sache, so etwas zu denken, es aber öffentlich auszusprechen, war dann doch eher doof. Zumal er es Harriet gerne selbst sagen würde – im passenden Augenblick. »Ähm«, fing er wenig originell an.

»Collum, wir sind gerade mal zwei Wochen im Urlaub, und vor unserer Abreise gab es noch keine Frau deines Lebens. Zumindest keine, von der ich gewusst hätte. Also raus mit der Sprache. Wer ist sie, und wo kommt sie so plötzlich her?«

»Es ist Harriet Harper, die Zwillingsschwester von Lila Harper, du erinnerst dich, die war …«

»Ich weiß, ich weiß«, unterbrach ihn Jon. »Was macht diese Harriet in Kirkby?«

»Sie ist vor einer Woche zu Heather und George gekommen und will auf Monroe Manor eine traditionelle Weberei eröffnen. Tartans für Kilts, Schals, Plaids und vielleicht auch als Möbelstoffe. Und sie will auch einen eigenen Kirkby-Tartan entwerfen, den wir dann bei den Highland Games der Weltöffentlichkeit präsentieren werden.« Letzteres hatte er vorhin schon Sarah von VisitScotland angekündigt. Er war sicher, dass Harriet nichts dagegen haben würde, und bis die Spiele irgendwann im Spätsommer oder frühen Herbst stattfinden würden – er machte sich schnell eine handschriftliche Notiz, dass der Termin als Nächstes zu klären war –, blieb ja noch reichlich Zeit.

»Klingt toll. Schade, dass sie nicht schon letztes Jahr hier war, dann hätte ich ihr einen Großauftrag verschafft«, entgegnete Jon. »Und wie seid ihr zusammengekommen?«

»Streng genommen gar nicht. Oder *noch* nicht, muss ich sagen«, gab Collum zu.

»Bitte?« Jon kratzte sich verwirrt am Kopf. Klar, in seiner Welt gab es keine einseitigen Lieben.

»Ich habe mich zum ersten Mal in meinem Leben auf den ersten Blick in eine Frau verliebt. Das war am Mittwoch. Ich war im Herrenhaus, weil ich mit Heather und George über die Highland Games sprechen wollte, und da habe ich sie gesehen. Ein Blick, und es war um mich geschehen. Ich weiß nicht, ob du dir das vorstellen kannst, aber seitdem ist nichts mehr, wie es vorher war.«

Jon lachte leise, betrachtete ihn aber mit leicht zusammengekniffenen Augen. »Ich kann mir das grundsätzlich sehr gut vorstellen, nur offen gestanden nicht bei dir. Aber schön, wenn es so ist. Ich entnehme deinen Worten, dass die holde Angebetete noch nichts von ihrem Glück ahnt?«

»Leider. Und das mit dem Blätterteigteilchen war übrigens ein Unfall, keine Absicht. Ein Alpaka hat sie angerempelt, und deshalb ist sie gegen mich gestoßen.«

»Oh Gott, ich vermisse Kirkby. An jedem anderen Ort dieser Welt würde man dich allein für die letzte Aussage medizinisch untersuchen lassen, aber in Kirkby erscheint einem das vollkommen normal.« Jon schüttelte den Kopf. »Ich würde am liebsten sofort wieder zurückkommen.« Er seufzte.

»Aber du bist im Warmen, während es hier tagelang geschneit hat und jetzt einfach nur klirrend kalt ist.«

»›Im Warmen‹ ist gut. Es ist heiß und feucht und einfach nur anstrengend. Doch Isla liebt jeden Moment hier. Sie hat sich schon ein paar Brocken Hindi draufgeschafft und quatscht mit den Leuten, als hätte sie nie etwas anderes getan. Diese Frau ist echt ein Phänomen.« Jon lächelte verliebt. »Trotzdem kann ich ihr Fernweh wirklich nicht nachvollziehen. Ich bin gern zu Hause, und ich vermisse den Kleinstadtwahnsinn.«

»Mit Harriet würde ich auch nach Nepal reisen und mit ihr das Goldene Vlies suchen, wenn sie das wollte«, behauptete Collum im Brustton der Überzeugung.

»Das kann ich mir beim besten Willen nicht vorstellen. Dich bringen doch keine zehn Pferde aus Kirkby raus.«

»Du übertreibst, aber so weit ist es ja auch noch nicht. Erst einmal muss ich ihr klarmachen, dass ich der Mann ihres Lebens bin.«

»Und wie willst du das anstellen?«

»Ich werde mich unentbehrlich machen und ihr bei ihrem Vorhaben helfen. Einen Businessplan schreiben, Webstühle organisieren, Termine mit Wollmühlen machen – ›Wollmühle‹ ist überhaupt ein tolles Wort, nicht wahr? Solche Sachen jedenfalls. Und dann wird sie sicherlich irgendwann erkennen, dass …«

»Dass du ein Furcht einflößender Psychopath bist, der ihr Leben übernehmen will. Alter, hörst du dir überhaupt zu, wenn du redest? Das ist total unheimlich.«

»Was ist daran unheimlich, wenn ich ihr helfen möchte?« Collum verstand Jons seltsame Reaktion nicht.

»Helfen ist okay, aber nur, wenn sie dich konkret um etwas bittet. So klingt es verdammt übergriffig. Es soll ja schließlich ihr Business werden, da muss sie sich selbst um die wichtigen Dinge kümmern.«

»Ja, schon, aber sie hat mir gesagt, dass sie totale Angst vor der Herausforderung hat.«

»Das ist ja auch absolut verständlich. Ich hab keine Ahnung, was solche Webstühle kosten, aber ich schätze mal, dass sie nicht günstig sind. Mein Pub hat mich damals reichlich schlaflose Nächte gekostet. Das ist normal. Du hast mir auch geholfen – wie überhaupt viele in Kirkby –, aber die Zügel hatte immer ich in der Hand.«

»Hattest du?« Collum starrte seinen Freund an. Er hatte da etwas andere Erinnerungen. Es war überhaupt seine

Idee gewesen, dass Jon den alten Pub kaufen und zu neuem Leben erwecken sollte. Er hatte die Kontakte zu den Handwerkern hergestellt und auch sonst im Hintergrund Regie geführt. Aber schön, wenn Jon jetzt glaubte, es sei alles seine Idee gewesen, dann war ihm das auch recht.

»Ja, hatte ich!«, beharrte Jon mit fester Stimme. »Du hast mich zwar in das Projekt reingeredet und die ersten wesentlichen Kontakte hergestellt, aber ansonsten habe ich alles allein geplant und gestemmt. Das war wichtig. Nur so konnte ich mich voll und ganz mit meiner neuen Aufgabe identifizieren. Ich habe mein gesamtes Geld in die Kneipe gesteckt. Nicht, weil du mich überredet hast, sondern weil ich daran geglaubt habe. Und weil ich alles dafür getan habe, dass *The Wise Pelican* ein Erfolg wird. Ich kenne deine Harriet nicht, nur ihre Schwester flüchtig, aber wenn das mit der Weberei ihre Idee war und sie das dringende Bedürfnis hat, sie in Kirkby einzurichten, dann solltest du sie auch machen lassen.«

»Soll ich etwa mit verschränkten Armen zusehen und nichts tun?« Collum konnte es nicht fassen, dass Jon derart weltfremde Ratschläge gab.

»Wenn sie das so will, dann ja. Wenn sie dich um Hilfe bittet, hilf ihr. Aber wirklich erst dann.«

»Und wie soll ich sie davon überzeugen, dass …«

»Dass sie deine First Lady werden soll?« Jon lachte, und Collum ärgerte sich, dass sein Kumpel die gleiche blöde Bezeichnung verwendete wie Leslie letzte Woche. »Auch das sollte sie selbst herausfinden. Eigentlich noch dringender als das mit ihrem Geschäft. Glaub mir, du willst nicht mit jemandem zusammen sein, der erst davon überzeugt werden muss, dass du nicht die schlechteste Partie bist. Ich hab das hinter mir, und es war grässlich. Nur mit umgekehrten Vorzeichen. Sie hat mich damals so lange bezirzt, bis ich nachgegeben habe. Diese Jahre hätten wir uns beide sparen können.« Er seufzte. »Lern Harriet doch erst mal kennen. Mach einen Ausflug mit ihr, zeig ihr die Gegend. Geh mit ihr essen, und mach ihr vielleicht mal ein kleines Geschenk, aber übertreib es nicht. Bleib ganz cool. Du hast einer Frau eine Menge zu bieten, aber wenn du sie mit Zuwendung überhäufst, verschreckst du sie eher.«

»Hm.« Collum wusste nicht so recht, wie er darauf reagieren sollte. Auch wenn er es nicht hören wollte, klang es nicht ganz unplausibel, was Jon da vorschlug. Vielleicht war die Taktik, bei einer Frau genauso vorzugehen wie bei Kirkby, doch kein brillanter Tipp gewesen? »Sie hat mich nach meiner Familie gefragt«, platzte es aus ihm hervor. »Am Samstag, als sie bei mir war.«

»Sie war am Samstag bei dir?«

»Ja, weil ich wegen der möglichen Gehirnerschütterung nicht allein bleiben sollte, hat sie bei mir übernachtet.«

»Sie hat bei dir übernachtet?« Jons Augen wurden riesig.

»Total harmlos. Ich hab in meinem Bett geschlafen, sie auf dem Sofa. Aber wir haben viel geredet – über alles Mögliche.«

»Und da hat sie dich über deine Familie ausgequetscht? Da wäre ich ja gerne dabei gewesen.«

»Warum? Du weißt alles über meine Familie.« Collums Lippen wurden schmal.

»Ich weiß, dass du Familie *hast*. Dass deine Eltern in der Nähe leben und deine Geschwister in Edinburgh und Glasgow. Ich weiß nichts von eurer Beziehung. Aus irgendeinem Grund äußerst du dich nie dazu. Das war schon damals so, während unseres Studiums«, erinnerte ihn Jon unbarmherzig. »Du dagegen weißt so gut wie alles über meine Familie – und zweifellos die wesentlichen Dinge über all deine Schäfchen hier in Kirkby.«

»Das liegt daran, dass du eine unglaubliche Plaudertasche bist und ich ein guter Zuhörer«, brummte Collum, konnte aber sein wachsendes Unbehagen nicht unterdrücken. Er wollte nicht über seine Familie sprechen. Wollte nicht zugeben, was genau sein Problem mit ihr war.

»Verstehe. Du tust es schon wieder.« Jon schüttelte den Kopf.

»Was?«

»Ablenken. Ich frage mich langsam wirklich, wie grässlich deine Kindheit gewesen sein muss, wenn du nicht darüber redest und deine Familie permanent totschweigst. Aber selbst wenn es wirklich so schlimm ist wie in meiner düsteren Fantasie, würde es dir ganz bestimmt guttun, wenn du mit jemandem darüber reden könntest. Die meisten Leute hätten Verständnis. Denk nur an das, was ich letztes Jahr mit meiner Mutter und meiner Schwester mitgemacht habe. Oder daran, wie es zwischen Marlin und Lennox über Jahrzehnte lief. Aber ich will nicht bohren, das ist deine Sache.«

»Ich habe nie behauptet, ich hätte eine grässliche Kindheit gehabt«, verteidigte sich Collum schwach. Hatte er auch nicht, er war schlicht unsichtbar gewesen. Aber das war nichts, was Jon verstehen würde. Was irgendwer hier verstehen könnte. Harriet hatte er sich offenbart, doch um der Wahrheit die Ehre zu geben, war das gewesen, als sie in ihrem Sessel zusammengerollt vor dem Kamin eingeschlafen war. Da hatte er sich alles von der Seele reden können – und sie hatte ihn nicht verurteilt. Wie auch? Sie hatte ja geschlafen.

»Was auch immer.« Jon seufzte. »Wenn du ein offenes Ohr brauchst, bin ich da für dich.«

»Ich weiß. Danke.« Collum schluckte. »Wann kommt ihr eigentlich wieder?«

»Ich fürchte, erst Mitte Februar. Isla hat noch einiges vor. Bis dahin spricht sie vermutlich fließend Hindi und wird aus dem Pub ein indisches Restaurant machen«, stöhnte Jon, doch der verliebte Glanz in seinen Augen sagte etwas anderes. »Aber vielleicht kann ich sie zwischendurch noch zu anderen Aktivitäten überreden – außer essen zu gehen und mit lokalen Kollegen über Würzgeheimnisse zu philosophieren. Irgendwann braucht sie doch auch mal richtigen Urlaub.«

»Ich bin mir sicher, das kriegst du hin. Habt noch eine schöne Zeit«, verabschiedete sich Collum.

»Du auch. Gute Besserung und viel Erfolg bei ›Mission Traumfrau‹. Aber nicht vergessen: Weniger ist mehr!« Jon zwinkerte ihm noch einmal zu und beendete dann den Videoanruf.

Collums Blick fiel auf die Excel-Datei, die er für Harriet angelegt hatte, und er dachte an Antwortmails auf seine Anfragen, die nach und nach eintrudelten. Sollte er ihr diese Informationen tatsächlich vorenthalten oder warten, bis sie selbst auf ihn zukam?

• • •

»Na, wie war dein Wochenende mit unserem irren Bürgermeister?«, fragte Shona Harriet zur Begrüßung, als sie am Mittwochvormittag in der Destillerie auftauchte.

»Woher weißt du, dass ich bei ihm war?«, fragte Harriet verwundert zurück. Sie hatte es mit keiner Silbe erwähnt, als sie sich gestern per Textnachrichten für heute verabredet hatten.

»Das weiß jeder. Wir sind hier schließlich in Kirkby.« Shona lachte. »Gewöhn dich lieber daran, dass du ab sofort kein Privatleben mehr hast.«

»Oh Mann …« Harriet ließ sich in einen der bequemen Sessel in Shonas Degustationsraum fallen. Sie wollte sich nicht damit befassen, was die Leute über sie und Collum dachten, und im Grunde war es ihr auch egal. Es gab ganz andere Themen, die ihr unter den Nägeln brannten. Einmal natürlich die Weberei. Da hatte sie seit Sonntagmittag einige Fortschritte bei der Recherche gemacht, kämpfte aber immer noch mit den Zahlen und unbekannten Variablen, die sie für ihren Businessplan brauchte. Immerhin wusste sie inzwischen wenigstens, wie ein Businessplan idealerweise auszusehen hatte, um Investoren oder Banken zu überzeugen. Das andere Thema war Collum selbst. Oder eher die Geschichte, die er ihr erzählt hatte, als er offensichtlich der Meinung gewesen war, dass sie schlief. Niemals hätte sie gedacht, dass hinter der Fassade des jovialen Bürgermeisters so eine verletzte Seele steckte. Wobei sie selbst ihn tatsächlich von Anfang an anders wahrgenommen hatte, als es der Rest von Kirkby anscheinend tat.

Es hatte sie zutiefst angerührt, dass er seine ganze Kindheit und Jugend über das Gefühl gehabt hatte, unsichtbar zu sein. Seine beiden Geschwister hatten die Aufmerksamkeit seiner Eltern wohl komplett aufgesaugt, und er war einfach so mitgelaufen. Was der Grund für diese seltsame Ungleichbehandlung des Nachwuchses gewesen war, hatte er aber nicht gesagt – und sie hatte ja nicht nachfragen können. Harriet konnte das nicht wirklich nachvollziehen, denn ihre Eltern waren immer sehr liebevoll gewesen und interessiert an den Bedürfnissen der Kinder. Auch wenn immer die Nachfolge für die Maßschneiderei im Raum stand, hatten sie sie doch stets ermutigt, ihre eigenen Wege zu gehen.

»So schlimm ist es auch wieder nicht«, sagte Shona tröstend. »Magst du einen Kaffee?« Sie sah zu ihrer chromglänzenden Profimaschine. »Espresso, Cappuccino, Latte macchiato?«

»Ich dachte, bei dir gibt's nur Hochprozentiges?« Harriet war ziemlich beeindruckt – auch von dem sehr hübsch und individuell gestalteten Raum.

»Das Hochprozentige muss gelegentlich abgefedert werden. So eine Maschine hatten wir auch in London in der Whiskybar, ich finde, die macht echt was her – und der Kaffee ist lecker. Also, was ist? Magst du jetzt einen, oder darf ich dir gleich einen Gin Tonic servieren oder einen Whisky?«

»Sehr gerne einen Cappuccino, bitte. Alkohol würde nur meine Konzentration vernebeln. Ich habe nämlich ungefähr eine Million Fragen an dich.«

Shona hantierte mit dem Ungetüm, das zischte und ratterte und Harriet noch ein paar Augenblicke dafür gab, sich zu sammeln. Auch wenn es verführerisch war, mit jemandem in ihrer Altersklasse über Collum zu sprechen – oder eher ihre seltsam irrationalen Gefühle ihm gegenüber –, sollte sie sich doch dringend auf ihre Mission fokussieren. Die Aussicht, demnächst eine selbstständige Geschäftsfrau zu sein, war nämlich beinahe noch furchterregender.

»Also, wie war es nun mit Collum?«, erkundigte sich Shona jedoch, als sie mit zwei Kaffeetassen und einer Auswahl von Shortbread zurück zum Tisch kam, an dem es sich Harriet bequem gemacht hatte.

»Unspektakulär. Ich habe Betty abgelöst, danach haben wir ein bisschen was von dem Auflauf gegessen, den Molly mir eingepackt hatte, und anschließend Filme geguckt. Das heißt, ich habe mir die Filme angesehen, Collum ist nach wenigen Minuten von *Vier Hochzeiten und ein Todesfall* eingeschlafen. Er wollte ja lieber einen Horrorfilm schauen, aber darauf hatte ich überhaupt keine Lust. Als er wieder aufgewacht war, haben wir den Rest von dem Shepherd's Pie gegessen, ein bisschen geredet, und dann bin ich peinlicherweise vor dem Kamin eingepennt, und er ist irgendwann in sein Schlafzimmer gegangen. Am Sonntag haben wir dann noch zusammen gefrühstückt, und ich bin wieder zurück zum Herrenhaus gefahren. Das ist alles.«

»Wenn du das sagst …« Shona betrachtete sie mit einem Blick, der keinen Zweifel daran ließ, dass sie Harriet keine Silbe von dem glaubte, was sie gerade erzählt hatte. Doch sie bohrte dankenswerterweise nicht weiter nach, sondern nahm einen großen Schluck Kaffee.

Harriet ignorierte die unausgesprochene Frage und trank ebenfalls von dem köstlichen Cappuccino. »Sein Social-Media-Post mit deinem Foto und dem Selfie ist ja total viral gegangen«, bemerkte sie dann, um dem Thema Collum eine unverfänglichere Note zu geben.

»Ja, krass.« Shona lachte. »So viel Selbstironie hätte ich ihm gar nicht zugetraut. Das kommt bei den Leuten an. Aber vielleicht hat er sich ja auch schlimmer den Kopf gestoßen, als wir es für möglich halten, und wir haben es jetzt mit einem vollkommen wesensveränderten Collum zu tun?«

»Hm«, brummte Harriet nur, weil sie nicht wusste, was genau sie darauf erwidern sollte. Für sie passte auch diese Aktion stimmig in das Bild, das sie von ihm hatte, aber mit dieser Sichtweise war sie wohl ziemlich allein in Kirkby. Sie öffnete ihre Umhängetasche und zog ihren Laptop und eine Mappe hervor, in der sie ihre ausgedruckten To-do-Listen, Adressen und vor allem die vielen ungeklärten Punkte gesammelt hatte. Diese Dinge hatte sie zwar alle auch auf ihrem Computer, aber so hatte sie einen besseren Überblick. »Ich war seit Sonntagmittag ziemlich fleißig und hab mal alles zusammengeschrieben, was ich mutmaßlich brauche, und auch, woher ich die Sachen bekommen kann. Vielleicht kann ich das alles mal mit dir durchgehen und dann meine Fragen stellen?«

»Klar.« Shona rückte ihr Sesselchen näher und sah sie aufmerksam an.

»Ich finde das wirklich schon sehr beeindruckend«, befand Shona eine Stunde später.

Harriet hatte sie Punkt für Punkt durch ihre Überlegungen geführt und war dabei auf einige offene Fragen gekommen. Noch mehr offene Fragen, als sie ohnehin schon hatte. »Echt?«, fragte sie daher leicht verunsichert. »Ich habe das Gefühl, dass mir jetzt viel weniger klar ist als je zuvor.«

»Aber das stimmt doch gar nicht. Schau, du hast schon so viele Sachen geklärt«, behauptete Shona. »Im nächsten Schritt geht es ums Geld. Da musst du den Businessplan fertig machen und dann mit der Bank sprechen – und mit meinem Dad.«

»Warum sollte sich dein Vater für meine Weberei interessieren?«, fragte Harriet leicht genervt. Sie fand es ja wirklich süß von Shona, dass sie an ihr Projekt glaubte, aber dass sie ständig ihren Vater ins Spiel brachte, war irgendwie befremdlich.

»Weil ich mich für alle spannenden Geschäftsideen in Kirkby interessiere.« Marlin Fraser war unbemerkt von den jungen Frauen in den Degustationsraum gekommen und lächelte die beiden an. »Vor allem wenn sie Tradition, Handwerk und Innovation miteinander verbinden, und ich schätze, das ist bei deiner Weberei der Fall.«

»Oh, du bist schon hier, Daddy?«, flötete Shona, sprang auf und umarmte ihn. »Harriet hat echt schon toll vorgearbeitet, aber ich glaube, sie weiß gar nicht, was für ein Juwel sie da im Sinn hat. Dabei ist sie viel organisierter und planvoller, als ich jemals war – und ich habe es ja auch geschafft!«

»Das hast du, und Harriet wird es bestimmt ebenfalls hinkriegen. Darf ich?« Marlin deutete lächelnd auf den freien Sessel zwischen Harriet und Shona und nahm dann darauf Platz.

»Ich kann ... ich weiß nicht ... wir kennen uns doch gar nicht ... und ...«, stammelte Harriet. Sie fühlte sich überrumpelt und mehr als nur ein wenig verlegen. Sie hatte Marlin Fraser bisher noch nicht wirklich getroffen, sondern ihn am Samstag nur von Weitem gesehen, als er Collum zusammen mit Kendrick in die Arztpraxis verfrachtet hatte. Natürlich kannte sie alle möglichen Geschichten über ihn. Er war der älteste Bruder von Tante Heather und hatte sein Vermögen in den 1980er-Jahren als Popstar gemacht. Eine Karriere, von der bis vor Kurzem außer seinen Geschwistern und dem Dorfpfarrer niemand etwas geahnt hatte. Sie erinnerte sich an die Berichterstattung im letzten Herbst und daran, wie man sich in ihrer Familie in London das Maul darüber zerrissen hatte. Selbst ihre Großmutter, die Schwester von Angus Stewart, der ebenfalls eingeweiht gewesen war und sich über all die Jahrzehnte um den administrativen und rechtlichen Kram gekümmert hatte, war ahnungs- und fassungslos gewesen. Harriet wusste auch, dass Marlin eine Art Mäzen in Kirkby war und sein Geld auch in Projekte steckte, in die seine Familie nicht involviert war. Aber das änderte nichts daran, dass sie … ja, was eigentlich?

»Du hast recht, wir kennen uns gar nicht richtig«, nahm er den Faden auf. »Ich habe dich zuletzt gesehen, als du noch ein kleines Mädchen warst – und du kannst dich vermutlich gar nicht mehr daran erinnern.« Er reichte ihr die Hand und schüttelte ihre mit einem warmen, festen Händedruck. »Ich freu mich, dass wir jetzt offiziell miteinander bekannt sind, und ich bin sehr an deiner Weberei interessiert. Möchtest du mir von deinen Plänen erzählen?«

GEGEN DEN STRICH

»IST ALLES IN ORDNUNG MIT DIR?«, erkundigte sich Heather eine Woche später während des Frühstücks bei Harriet.

»Was? Ähm, ja. Ich denke schon.« Harriet fühlte sich ertappt. In den letzten zehn Minuten hatte sie aus dem Fenster gestarrt und die lebhafte Unterhaltung zwischen Heather, George und Angus, der seit ein paar Tagen auch wieder im Herrenhaus weilte, komplett ausgeblendet.

»Du wirkst aber so, als wäre dir eine Laus über die Leber gelaufen.« Nicht nur Heather, auch die beiden Männer sahen Harriet nun interessiert an.

»Nein, nicht wirklich. Ich hab nur darüber nachgedacht, was ich als Nächstes tun muss.«

»Einen Termin mit der Bank vereinbaren, dachte ich«, mischte sich Angus ein. Der alte Herr hatte ihr netterweise gestern und vorgestern beim Businessplan geholfen und sie sehr ermutigt, die nächsten Schritte anzugehen.

»Ja, ich weiß. Ich wollte Collum fragen, ob er das für mich tun kann. Er hat angeblich gute Kontakte und so.« Harriet hasste es, dass sich ihre Stimme so kläglich anhörte, doch es ließ ihr keine Ruhe, dass Collum sich seit dem Wochenende nicht mehr bei ihr gemeldet hatte. Dabei hatte er doch ständig seine Hilfe angeboten. Hatte er das jetzt wieder vergessen? Oder war ihm peinlich, was er ihr anvertraut hatte? Dabei musste er doch annehmen, dass sie es gar nicht gehört hatte. Sie selbst hatte ihn seit dem Wochenende auch nicht mehr kontaktiert. Einerseits war sie sehr mit ihren Recherchen beschäftigt gewesen, und andererseits war sie davon überzeugt gewesen, dass er sich schon melden würde. So lief es doch auch beim Dating, oder? Dass sich der Kerl meldete. Nicht, dass es ein romantisches Treffen gewesen war, ganz sicher nicht, aber galten diese Regeln nicht generell? Offenbar nicht. Und apropos Dating – von Tom hatte sie auch schon ewig nichts mehr gehört. Es wurde Zeit, die Sache offiziell zu beenden.

»Ich habe gefragt, was dich daran hindert, Collum anzurufen«, sagte Heather nun so laut, dass Harriet aus ihren sinnlosen, wenig zielführenden Gedanken hochschreckte. Offenbar hatte ihre Tante diese Frage schon mal gestellt und hielt sie jetzt wahrscheinlich für völlig durchgeknallt.

»Nichts hindert mich«, erwiderte sie betont munter und fügte noch hinzu: »Sorry, ich hab gerade darüber nachgedacht, dass ich endlich mit Tom Schluss machen sollte.« Das war zwar die Wahrheit, aber gleichzeitig die weltdämlichste Aussage, die sie ihren älteren Verwandten gegenüber äußern konnte. Sie bemerkte, wie sich George und sein Vater Angus vielsagende Blicke zuwarfen, dankenswerterweise gaben sie jedoch keine Kommentare ab.

»Wenn dich diese beiden doch sehr unterschiedlichen Herausforderungen derart beschäftigen, solltest du sie vielleicht gleich erledigen«, schlug Heather vor und zog eine elegant geschwungene kupferrote Braue nach oben. »Damit du dich anschließend wieder auf die wirklich wichtigen Dinge konzentrieren kannst.«

»Gute Idee.« Harriet merkte, wie ihr beim Gedanken an das Gespräch mit Tom schlagartig der Appetit verging und sie bei der Aussicht auf das Telefonat mit Collum feuchte Hände bekam. Prima. Wirklich. Was war sie bloß für eine Memme? Und warum konnten sich die beiden Typen nicht bei ihr melden? Warum hatte Tom nicht längst Schluss mit ihr gemacht? Und warum hatte Collum nicht angerufen und seine Hilfe angeboten? Männer waren einfach Idioten!

»War noch was?«, erkundigte sich Angus mit einem erstaunlich scharfen Blick. Offenbar hatte sie nicht nur innerlich geknurrt, sondern hörbar.

»Ähm, nein. Ich geh jetzt mal hoch und mach die Anrufe.« Sie legte ihre Serviette neben den Teller und stand hastig auf. »Schönen Tag allerseits.«

Als sie jedoch in ihrem Zimmer ankam, war sie sich nicht sicher, ob Telefonate die beste Lösung waren. Collum konnte sie doch einfach eine Mail oder eine Textnachricht schicken, und je länger sie darüber nachdachte, desto mehr kam sie zu dem Schluss, dass Tom das Recht auf eine persönliche Erklärung verwirkt hatte. Am Ende würde er sie dafür sogar auslachen, das musste sie sich wirklich nicht geben.

Das Ganze ging ihr derart gegen den Strich, wie ein winziger Webfehler in einem ansonsten makellosen Stoff. Eine solche Stelle mochte niemand anderem auffallen, aber wenn sie wusste, dass sie da war, sah sie sie auch ständig. Im Grunde stimmte die Analogie überhaupt nicht, zumindest nicht in Bezug auf Tom. Der war nicht nur ein simpler Webfehler, sondern eine Riesenlaufmasche in einer Feinstrumpfhose. So etwas konnte den gesamten Look ruinieren. Also sollte sie sich ihn zuerst vorknöpfen, oder? Aber Collum war vermutlich einfacher.

Also zuerst Collum. Offizielle Mail oder informelle Textnachricht? Eigentlich sollte eine Textnachricht reichen, aber angesichts der Tatsache, dass sie seit anderthalb Wochen nichts mehr von ihm gehört hatte und sie ja ein etwas größeres Anliegen hatte, klappte sie ihren Laptop auf und öffnete das Mailprogramm. Dann kramte sie nach der Visitenkarte, die er ihr bei ihrem allerersten Zusammentreffen vor exakt zwei Wochen gegeben hatte. Darauf waren seine Büronummer, seine Handynummer und seine Mail-Adresse abgedruckt, plus Adresse und Öffnungszeiten vom Rathaus. Sorgfältig tippte sie die Mail-Adresse ein und grübelte dann geschlagene fünf Minuten lang über die Betreffzeile nach. Was, wenn nicht nur er seine Mails las, sondern auch noch andere Mitarbeiter? Wie würde das dann aussehen, wenn sie ihn quasi um Geld anbettelte? Was sie nicht tat – natürlich nicht –, aber es konnte leicht der Eindruck entstehen, wenn sie es falsch formulierte. Blöd, dass sie nicht so versiert mit Worten war wie Lila, die damit ihr Geld verdiente. Vielleicht sollte sie ihre Schwester anrufen und bitten …

»Gott, du bist so dämlich!«, schimpfte sie leise mit sich selbst. Wenn sie ihn einfach angerufen hätte, wäre das

Thema bestimmt längst geklärt. Energisch hämmerte sie ein paar Zeilen ins Programm.

Betreff: Gründerdarlehen – Termin mit der Bank

Lieber Collum,
du hattest mir ja freundlicherweise angeboten, für mich einen Termin mit dem Bankberater der Gemeinde zu vereinbaren. Ich bin jetzt so weit, dass ich einen Businessplan vorweisen kann. Zwei Investoren habe ich auch schon gefunden: meinen Vater und Marlin Fraser. Letzterer will mit einer sechsstelligen Summe einsteigen, was meinen Bedarf an geliehenem Geld von der Bank erfreulich reduziert.
Zeitlich bin ich flexibel und kann mir so gut wie alles einrichten.

Vielen Dank und herzliche Grüße,
Harriet
PS: Ich hoffe, dir geht's inzwischen wieder gut.

Ja, das sollte passen. Es klang freundlich, aber nicht anbiedernd, professionell, aber nicht unpersönlich. Zufrieden mit sich klickte sie auf »Senden« und schickte die Mail ab. Sie hoffte, dass Collum mindestens ebenso freundlich und professionell antworten würde. Nein, das stimmte nicht. Eigentlich wünschte sie sich mehr als nur Freundlichkeit und Professionalität. Ihre innere Stimme war heute mal wieder besonders fies drauf, denn sie flüsterte ihr ins Ohr:

Wie man in den Wald hineinruft, so schallt es auch wieder heraus. Vielleicht hättest du auch ein bisschen herzlicher sein sollen?

»Verdammt«, murmelte sie, als die Selbsterkenntnis sie hart traf. Aber es war nicht mehr zu ändern. Und aus genau diesem Grund sollte sie jetzt dringend die Sache mit Tom klären.

Sie hatte nicht vor, herzlich zu sein, aber wertschätzend und freundlich. Daher nahm sie ihr Telefon zur Hand und wählte seine Nummer. Es klingelte ein paarmal, dann sprang die Mailbox an. Vermutlich hatte er sie einfach weggedrückt. Dafür konnte es jede Menge guter Erklärungen geben. Vielleicht war er gerade bei der Arbeit und sein Boss mit ihm im Raum. Da war es nur natürlich, dass er ihren Anruf nicht annehmen konnte. Trotzdem ärgerte sie sich irrationalerweise, und sie beschloss, zu ihrem vorherigen Plan zurückzukehren und ihm eine Textnachricht zu schicken. Allerdings tat sie sich damit noch schwerer als mit der Mail an Collum. Schließlich tippte sie eine Frage in ihr Handy: *Wie würdest du unseren Beziehungsstatus definieren?* Auf Grußformeln oder Emojis verzichtete sie, um bloß nicht vom Kern der Nachricht abzulenken.

Unschlüssig starrte sie aus dem Fenster, denn vermutlich konnte es dauern, bis Antworten kamen. Doch schon eine Minute später signalisierte ihr Handy eine Nachricht.

Was ist denn das für eine Frage?, wollte Tom wissen. *Hast du deshalb eben angerufen?*

Eine wichtige, und ja, schrieb sie zurück. Und fügte kurz entschlossen noch hinzu: *Ich wollte das lieber persönlich klären.*

Tom: *Willst du Schluss machen?*

Harriet: *Kommt drauf an.*

Tom: *Worauf?*

Harriet: *Auf unseren Beziehungsstatus. Wenn wir deiner Meinung nach nicht (mehr) zusammen sind, dann muss ich nicht Schluss machen.*

Tom: *Und falls doch?*

Harriet: *Dann schon.*

Tom: *Dann schon was?*

Harriet: *Dann muss ich Schluss machen! Ist das so schwer zu verstehen?*

Tom: *Du hast echt einen Knall!*

Harriet: *Möglich, aber ich brauche Klarheit.*

Tom: *Hast du jemand anderen?*

Harriet: *Noch nicht. Und darum geht es auch nicht. Ich bleibe nämlich in Schottland.*

Tom: *Na* schön.

Harriet: *Wie? Na schön?*

Tom: *Schön, dann machen wir jetzt offiziell Schluss, wenn dir das so wichtig ist. Für mich war die Sache gelaufen, als du dich in den Zug gesetzt hast. Spätestens nach dem blöden Telefonat. War dir das nicht klar?*

Harriet: *???*

Tom: *!!!*

Harriet: *Arsch!*

Tom: *%&$§?]!*

Harriet: *Was soll das jetzt heißen?*

Tom: *Dafür bin ich zu gut erzogen.*

Nach dem letzten Kommentar warf Harriet das Handy wütend auf ihr Bett. Gut, sie hatte ihr Ziel erreicht, aber dass Tom sie derart hatte auflaufen lassen? Sie fragte sich, ob er sie die ganze Zeit verarscht hatte oder nur am Schluss. Und was bitte schön … Nun klingelte das verdammte Handy. Wollte er sie jetzt etwa auch noch persönlich beschimpfen? Sie angelte nach dem Telefon und nahm den Anruf entgegen, ohne auf die Nummer zu achten. »Was genau meinst du mit ›Dafür bin ich zu gut erzogen‹? Du bist der mieseste, egoistischste Vollidiot, den man sich nur vorstellen kann!«, brüllte sie aufgebracht.

Stille am anderen Ende der Leitung. Gut so, damit hatte der Depp wohl nicht gerechnet! Dann ein leichtes Räuspern, das nicht nach Tom klang. Das war doch nicht etwa …?

»Ich wollte dir eigentlich nur einen Vorschlag für den Termin mit der Bank unterbreiten«, sagte Collum nach einem weiteren Räuspern. »Aber wenn es gerade nicht passt …«

Oh Gott, wo war der Treibsand, wenn man im Boden versinken wollte? Harriet gab einen erstickten Laut von sich und wäre am liebsten vor Scham gestorben – oder hätte alternativ wenigstens das Telefonat beendet. »Ich hab nicht dich gemeint«, krächzte sie schließlich verzagt.

»Das habe ich ehrlich gesagt gehofft, denn ich habe dir den Banktermin ja nicht aufgedrängt, du hast mich darum gebeten.«

»Ich weiß. Es tut mir so leid, ich habe nur eben mit meinem Freund Schluss gemacht und …«

»Am Telefon?« Er klang verwundert.

»Nein, per Textnachricht – aber ich dachte, er ruft nach der letzten Frechheit noch einmal an und … vergiss es. Bitte. Und noch mal: Es tut mir wirklich wahnsinnig leid.« Harriet hatte das Gefühl, dass ihr Gesicht wie eine Fackel glühen musste. Ihre Wangen brannten jedenfalls wie Feuer.

Erneute Stille. Wahrscheinlich dachte er gerade darüber nach, ob er mit einer Irren, die sich per SMS von ihrem Freund trennte und dann Unschuldige anbrüllte, überhaupt noch weiteren Kontakt haben wollte. Sie könnte es ihm nicht verübeln, wenn er es nicht wollte. »Alles schon vergessen«, kam es jedoch vergleichsweise aufgeräumt zurück. »Zum Banktermin: Peter Desmond könnte dich am Freitag um elf sehen. Passt dir das? Wenn du möchtest, begleite ich dich auch.«

»Das wäre toll. Wo ist die Bank eigentlich?« Wenn Collum normal klingen konnte, dann sollte sie es ebenfalls versuchen, und Terminvereinbarungen waren herrlich unverfänglich.

»In Inverness. Wir können gerne zusammen hinfahren und nach dem Termin essen gehen. Ich muss anschließend noch etwas besorgen, aber das dauert nicht lange.«

»Das wäre toll. Es gibt in Inverness einen großen Laden, der sich auf Tartans spezialisiert hat. Mit den Leuten wollte ich ohnehin mal sprechen. Vielleicht kann ich da auch noch einen Termin machen.« Nun kehrten ihre Lebensgeister endgültig zurück, und sie musste ihre Munterkeit nicht mehr spielen. Womöglich konnte sie ihn sogar noch zu einem Kinobesuch überreden? Aber das sprach sie jetzt lieber nicht an.

»Das klingt doch nach einem tollen Plan. Ich hol dich um zehn Uhr ab, dann schaffen wir es ganz entspannt. Bis Freitag. Mach's gut, Harriet.«

»Danke, Collum«, antwortete sie, doch er hatte schon aufgelegt. Mit klopfendem Herzen setzte sie sich wieder an ihren Schreibtisch, trug den Banktermin in ihren Kalender ein und rief die Website des Stoffladens auf, um dort gleich anzurufen. Das war jetzt zwar alles anders gelaufen als geplant, aber wieder war ein großer Meilenstein geschafft.

• • •

Collum atmete ein paarmal tief ein und aus, denn mit diesem Verlauf des Telefonats hatte er beim besten Willen nicht gerechnet. »Projekt Schicksalsfrau« setzte ihm immer mehr zu, und langsam wusste er nicht mehr, was er denken sollte. Anderthalb Wochen lang hatte er keinen Pieps von ihr gehört, weil er dem Rat seines besten Freundes gefolgt war und von seiner Seite eine Kommunikationssperre verhängt hatte. Er hatte zwar heimlich weiterrecherchiert und hätte sich um ein Haar selbst knebeln und fesseln müssen, um zu verhindern, dass er Harriet anrief, doch er hatte durchgehalten. Dann war vorhin die Mail von ihr gekommen, mit der Bitte, einen Banktermin zu vereinbaren. Warum hatte sie gemailt und nicht einfach angerufen? Warum so förmlich? Und warum hatte sie ihn nicht wegen des Businessplans befragt, wie sie es doch an dem Wochenende bei ihm zu Hause angekündigt hatte? Er hatte nicht danach gefragt – vermutlich hatte sie ihre Gründe. Und vermutlich hatte Jon auch recht mit seiner Meinung, dass sie ihren Traum allein umsetzen musste.

Viel spannender war die andere Geschichte. Nicht unbedingt, dass sie ihn so wütend angekeift hatte – das hätte er ihr gar nicht zugetraut –, sondern dass sie mit ihrem Freund Schluss gemacht hatte. Per Textnachricht war zwar nicht die feine Art, doch offenbar pflegten die beiden grundlegend andere Kommunikationsmuster, und er wollte sich kein Urteil erlauben. Wenn dieser Typ tatsächlich der miese und egoistische Vollidiot war, als den ihn Harriet bezeichnet hatte, war es vielleicht sogar angemessen. Wie auch immer. Entscheidend für ihn war nur ihr brandneuer Singlestatus. Den er gerne zeitnah ändern wollte, aber auch da würde er sich in Geduld üben. Vermutlich hatte Jon nämlich auch in dem Punkt recht, dass sie sich erst besser kennenlernen sollten, ehe sie eine gemeinsame Zukunft planten. Collum seufzte, denn insgeheim war er mit dieser Zukunftsplanung sogar noch weiter als mit der Weberei-Recherche.

Zwei Tage später fuhr er pünktlich um zehn Uhr vor Monroe Manor vor und musste nicht einmal aussteigen, denn Harriet kam schon aus dem Haus geflitzt. Offensichtlich hatte sie auf der Lauer gelegen. Sie eilte durch den eisigen Nieselregen, der seit ein paar Tagen das weiße Winterwonderland in graue Tristesse verwandelte, zu seinem Auto und stieg rasch ein.

»Hi«, grüßte sie ihn leicht atemlos – was wohl kaum von dem kurzen Sprint kommen konnte, oder? – und mit geröteten Wangen. »Danke, dass du mich begleitest. Ich bin ehrlich gesagt ziemlich aufgeregt.«

»Das musst du nicht. Peter ist ein netter Kerl und wird dir bestimmt ein faires Angebot machen können.« Er lächelte sie an und ließ den Motor wieder an. Peter Desmond war in der Tat freundlich und nett, aber er verlangte auch solide Zahlen und Daten. Falls Harriets Businessplan das nicht hergab, hatte er notfalls einen Plan B in der Tasche.

»Ich war mir nicht sicher, was man zu so einem Termin anzieht«, sprach sie weiter. »Einen klassischen Hosenanzug oder so etwas in der Art habe ich nicht, aber ich hoffe, das passt so.« Sie schälte sich aus ihrem mittelblauen Wollmantel und legte ihn umständlich auf die Rückbank. Darunter trug sie eine schmale, knöchellange Hose in einem blauen Tartanmuster und eine weiße Bluse, die wie ein Herrenhemd geschnitten war, ihr aber perfekt passte. Ihre Füße steckten in schwarzen Chelsea-Boots mit Budapester-Muster, und auf ihrem Kopf thronte eine Mütze im selben Tartanmuster wie die Hose.

Collum erschien sie anziehender denn je. »Ich finde das absolut perfekt. Da hast du gleich Anschauungsmaterial am Leib.« Das war ein Schuss ins Blaue, doch offenbar hatte er einen Volltreffer gelandet, denn sie strahlte ihn an.

»Tatsächlich habe ich die Hose und die Mütze im Studium nicht nur höchstpersönlich genäht, sondern den Stoff dafür auch selbst gewebt. Das war im vierten Semester, ist also schon ein bisschen her, aber es hat mir unglaublichen Spaß gemacht. Die Vorstellung, das demnächst jeden Tag zu machen, ist einfach überwältigend.« Sie strich mit beiden Händen über ihre Beine, als wollte sie den Stoff liebkosen.

Collum bekam bei dieser Geste einen trockenen Hals und musste schwer an sich halten, damit er beide Hände am Steuer behielt und ihre Beine nicht seinerseits streichelte. Natürlich nur, um die Stoffqualität zu fühlen. Unangebracht wäre es aber auf jeden Fall. »Es sieht toll aus, und ich bin mir sicher, dass du Peter damit ganz leicht überzeugen kannst«, brachte er mühsam hervor.

»Die beiden Teile sind schon fast sieben Jahre alt, und seitdem trage ich sie im Winter ständig, weil sie leicht und angenehm und gleichzeitig wundervoll warm sind.«

»Sieben Jahre? Sieht brandneu aus. Ich wusste gar nicht, dass du auch nähst.«

»Das mussten wir im Studium natürlich auch machen. Nicht so viel wie die angehenden Modedesigner, aber schon einiges. Ich gebe allerdings zu, dass ich da einen gewissen familiären Vorteil habe. Lila und ich waren schon als kleine Kinder bei meinem Dad in der Werkstatt. Lila hatte nicht so viel Spaß daran, aber ich war eine Zeit lang regelrecht besessen vom Nähen und habe sämtlichen Puppen und Stofftieren und auch unserem Familienhund Klamotten verpasst. Mit dreizehn habe ich meinen ersten

Hosenanzug genäht. Für mich selbst. Also ja, ich hab das schon drauf. Aber es ist nichts, wofür ich brenne.«

»Du könntest mir also einen Anzug nähen?«, fragte Collum halb bewundernd, halb ungläubig.

»Klar. Aber irgendwie bist du nicht so der klassische Anzugtyp, denke ich.« Sie taxierte ihn gründlich.

»Findest du? Ich hab schon ein paar Anzüge im Schrank, aber halt nicht so schrecklich viele Gelegenheiten dafür. Meist trage ich im Rathaus einfach nur ein Sakko zur Jeans oder Cordhose und bei offiziellen Anlässen immer Kilt.«

»Das wiederum kann ich mir bei dir erstklassig vorstellen. Da muss allerdings ich passen. Kilts zu nähen ist eine Kunstform für sich, die ich leider nicht beherrsche. Mal abgesehen davon, dass du sicher einen hast.« Sie lächelte ihn an, und von der Befangenheit, die sie ihm gegenüber so oft gezeigt hatte, war gerade gar nichts zu spüren.

Collum freute sich darüber, wie gern Harriet über ihre Arbeit sprach und wie wichtig ihr Stoffe und Kleidung tatsächlich waren. Allein wie ordentlich sie eben ihren Mantel auf die Rückbank gelegt hatte. Er selbst hatte seinen Parka einfach achtlos nach hinten geworfen. »Ich habe sogar zwei Kilts mit zwei unterschiedlichen McDonald-Tartans«, antwortete er. »Aber wenn du wirklich ein Kirkby-Muster entwirfst, brauche ich daraus natürlich auch einen Kilt. Wie vermutlich etliche andere Männer aus dem Dorf.«

»Vielleicht sollte ich mich mit einer Schneiderin zusammentun, wenn da so viel Bedarf auf uns zukommt«, sagte sie leichthin – und stutzte dann. Sie sah ihn verblüfft an, und ihre blauen Augen wirkten noch größer und runder als sonst oft. »Warum bin ich auf diese Idee nicht schon früher gekommen? Es ist ja eigentlich total offensichtlich, dass ich jemanden brauche, der meine Stoffe auch gleich weiterverarbeiten kann. Also, hier am Ort, meine ich. Natürlich will ich die meisten Ballen einfach an Tuchhändler oder Schneidereien verkaufen, aber es wäre doch gut, wenn jemand hier wäre. Vielleicht auch jemand, der versiert im Design ist?« Sie kratzte sich am Kopf. »Da bräuchten wir dann unter Umständen noch einen weiteren Raum, aber ich bin mir sicher, dass wir das hinkriegen.«

»Ich finde, das klingt super. Du solltest dir dann nur überlegen, ob du sie anstellen möchtest oder eine geschäftliche Partnerschaft mit ihr eingehen willst. Beides hat Auswirkungen auf deinen Businessplan. Für eine angestellte Mitarbeiterin bräuchtest du sicherheitshalber von Anfang an ein üppigeres Budget, für eine Partnerin ein geringeres – aber nur, wenn sie eigene Geldmittel einbringt. Sonst natürlich auch mehr.«

»Oh Mann, wäre echt schlau gewesen, wenn ich die Idee ein paar Tage früher gehabt hätte, was?«, stöhnte Harriet frustriert. »Jetzt wäre es wohl besser, den Termin abzusagen und erst wiederzukommen, wenn ich wirklich ganz sicher weiß, was ich will – und vielleicht jemanden gefunden habe, der in das Projekt einsteigen will.«

»Ach was, Pläne ändern sich in einer so frühen Phase doch ständig. Das wissen die Banker auch. Schildere Peter einfach dein Projekt, wie du es bisher ausgearbeitet hast, und erwähne die Möglichkeit einer Partnerschaft. Dann sehen wir, wie er reagiert. Eine endgültige Zu- oder Absage wirst du heute sowieso nicht bekommen, sondern erst in ein paar Tagen, und bis dahin bist du bestimmt schon weiter.« Collum ärgerte sich ein bisschen, dass er nicht selbst auf diese doch so offensichtliche Idee verfallen war und sie in seiner Version des Businessplans ebenfalls nicht erwähnt hatte. Doch das war jetzt nicht mehr zu ändern – jetzt hieß es improvisieren.

»Wow!«, platzte Harriet heraus, als sie nach dem Banktermin schließlich wieder auf der Straße standen. Drinnen hatte sie alles dafür getan, ihr Pokerface zu wahren, wofür Collum sie bewunderte, denn das Gespräch war in der Tat sehr gut gelaufen.

Es hatte ihn auch sehr beeindruckt, wie souverän sie ihr Projekt präsentiert hatte und wie durchdacht ihr Businessplan war. Seiner durfte daher für alle Zeiten unerwähnt in seiner Aktentasche bleiben. Der einzige Unterschied war, dass sie etwa fünfzigtausend Pfund weniger einkalkuliert hatte als er, doch offenbar hatte sie von Marlin Fraser und ihrem Vater großzügige finanzielle Zusagen erhalten. Peter Desmond war auch dann noch interessiert und positiv geblieben, als Harriet am Ende etwas aufgeregt die brandneue Möglichkeit einer Partnerschaft ins Spiel gebracht hatte. Das habe keine Auswirkungen auf seine Beurteilung, hatte er gesagt, und dass er zwar noch keine finale Aussage machen könne, aber sehr optimistisch sei, was ihr Anliegen betraf.

»Wow, wow, wow!«, rief Harriet noch mal und drehte sich vergnügt einmal im Kreis. Der Regen hatte aufgehört, und die Sonne spitzte ein wenig durch die immer noch ziemlich dunklen Wolken und ließ Harriets Augen noch mehr glänzen.

Collum musste sich mit aller Macht zusammenreißen, um sie nicht einfach in den Arm zu nehmen und zu küssen. »Das ist wirklich gut gelaufen«, sagte er stattdessen so neutral wie möglich. »Du hast aber auch eine tolle Präsentation zusammengestellt.«

»Findest du? Ich hab ja keine Ahnung von solchen Dingen, und die Tipps, die mir Marlin und Angus gegeben haben, waren zwar sicher solide, aber eben auch schrecklich nüchtern. Ich meine, das ist doch auch für Bankleute doof, wenn sie immer nur Excel-Tabellen mit Zahlenkolonnen bekommen. Daher habe ich meine eigene Note reingebracht.« Sie lächelte vergnügt.

Collum dachte an seine Version eines Businessplans – der vorwiegend aus einer detaillierten Excel-Tabelle mit vielen Zahlen bestand. Das war der Standard, und Peter Desmond hätte sich darüber bestimmt nicht beklagt, aber er musste zugeben, dass Harriets Version mit Fotos der Räumlichkeiten, Skizzen und sogar Stoffmustern viel besser war. In Kombination mit ihrem ehrlichen Enthusiasmus sogar unwiderstehlich. Peter hatte ausgesehen, als wüsste er nicht, wie ihm geschah. Sicher war er selten mit so viel aufrichtiger Begeisterung konfrontiert – und so viel Charme. »Es war perfekt. Wirklich«, betonte er daher mit fester Stimme. »Und ich gebe zu, ich hätte dir vermutlich auch zu einer Zahlenkolonne geraten. Insofern war es sehr gut, dass du auf deine Instinkte gehört hast.«

Sie warf ihm einen prüfenden Blick zu und kräuselte dann die Stirn. »Du bist doch nicht sauer, dass ich dich nicht gefragt habe, oder? Ich meine, du hast es angeboten, aber dann hast du dich nicht mehr bei mir gemeldet, und ich dachte, dass du bestimmt wichtigere Dinge zu tun hast oder so …«

»Natürlich bin ich nicht sauer, und ich hätte dir liebend gerne geholfen, ich wollte mich nur nicht aufdrängen.« Collum kratzte sich am Kinn und beschloss, dass Ehrlichkeit die beste Wahl war. »Man hat mir gesagt, dass ich manchmal zu … ähm … forsch bin. Dass ich die Leute oft überrumple. Daher habe ich mich lieber zurückgehalten, weil ich sichergehen wollte, dass du deine Vision umsetzt und dich nicht von meinen Ideen beeinflussen lässt.« Gut, das war nicht ganz das, was Jon ihm gesagt hatte, aber im Grunde lief es darauf hinaus, oder?

»Oh? Da bin ich jetzt aber sehr erleichtert. Ich dachte schon, du wärst genervt von mir.«

»Genervt von dir?« Er sah sie ungläubig an. Wie kam sie bitte schön auf so eine absurde Idee? »Glaub mir, das Gegenteil ist der Fall! Und noch mal fürs Protokoll: Ich helfe dir gerne jederzeit bei allem, und ich musste mich mit aller Kraft dazu zwingen, mich nicht bei dir zu melden, aber ich wollte nicht aufdringlich sein.«

»Okay, dann war das ein echtes Missverständnis. Glaub mir, ich hätte lieber mit dir geplant als mit den alten Männern.« Bei diesen Worten wurde sie knallrot. »Wie das jetzt klang, sorry«, sagte sie verlegen. »Ich bin den beiden sehr dankbar. Angus meinte, dass ich im ersten Jahr die Räume mietfrei nutzen darf, und hat ab dem zweiten Jahr einen wirklich sehr fairen Preis angesetzt, und Marlin war sehr großzügig mit einer Investition. Das ist toll, aber die beiden …«

»Ich versteh schon«, erwiderte Collum und nickte. »Doch trotz dieser widrigen Umstände hast du es geschafft, Peter Desmond schwer zu beeindrucken. Ich bin mir sicher, du bekommst das Gründerdarlehen in voller Höhe und im Zweifel sogar noch einiges mehr, wenn es nötig werden sollte. Darf ich fragen, woher du die Stoffmuster hast?«

»Die sind aus meiner Arbeitsmappe. Ich habe während des Studiums und in meinen Praktika von allen Stoffen, die ich selbst designt oder sogar angefertigt habe, Muster gesammelt. Ich finde, dass man Stoffe anfassen muss, um ihre Qualität zu erfühlen und ihren Reiz zu begreifen. Das verstehen dann auch Laien. Ansonsten kann man ja viel behaupten. Wenn ich von Fadenstärke und Gewebedichte, von Färbeprozessen und Rohstoffmanagement spreche, können sich nur Insider wirklich etwas darunter vorstellen, und selbst Profis haben gerne etwas in der Hand. Angus und Marlin fanden diese Aspekte zwar vollkommen irrelevant und haben behauptet, dass Banker nur anhand solider Zahlen Entscheidungen treffen, aber mir war es eben wichtig.«

»Ich mag es, wenn Menschen für ihre Überzeugungen einstehen und den Weg einschlagen, den sie für den richtigen halten. Peter hätte ein simpler Businessplan vielleicht tatsächlich gereicht, aber für dich selbst war es wichtig, ihn so zu gestalten, wie du es für passend hältst. Das hat ihn am Ende womöglich noch mehr beeindruckt als die Zahlen selbst.« *Und mich auch.* Doch das behielt er für sich. Er blickte auf die Uhr, es war kurz nach zwölf. »Wie sieht's aus? Wollen wir eine Kleinigkeit essen gehen und dann unsere Erledigungen machen oder umgekehrt?«

Harriet zuckte mit den Schultern. »Mir ist's egal. Ich habe keinen festen Termin mit dem Stoffladen. Ich wusste ja nicht, wie lange das bei der Bank dauert, daher habe ich gesagt, ich komme einfach vorbei und hoffe, dass dann jemand Zeit für mich hat. Und sonst habe ich nichts vor.«

Collum zögerte einen Moment. Er musste nur ein paar kleine Besorgungen machen und wollte kurz im Büro von VisitScotland vorbeischauen. Termine in Kirkby hatte er heute keine mehr. »Erst die Arbeit, dann das Vergnügen? Wenn du magst, kann ich dir nach dem Mittagessen ein bisschen die Stadt zeigen.«

»Wenn das Wetter mitspielt, gerne.« Harriet sah sich um und kramte dann ihr Handy aus der großen Handtasche. Sie rief die Landkarten-App auf und gab die Adresse des Stoffladens ein. »Angeblich nur fünf Minuten zu Fuß, auf der anderen Seite des Flusses. In welche Richtung musst du?«

»Ich bleibe auf dieser Seite, aber wenn du magst, kann ich dich gerne zum Laden begleiten.«

»Das schaffe ich schon. Soll ich dich anrufen, wenn ich fertig bin, oder treffen wir uns später einfach irgendwo?«

»Ruf an, das ist am einfachsten. Viel Erfolg.«

SAMTSTIMME UND SEIDENHÜHNER

DIESEN TAG SOLLTE SIE SICH ROT im Kalender anstreichen, beschloss Harriet eine Stunde später. Offensichtlich hatte sie heute einen Lauf. Nach dem erfolgreichen Banktermin war es auch im Stoffladen super gelaufen. Das *House of Fraser* hatte eine unglaublich üppige Auswahl an Tartans in allen denkbaren Mustern und Qualitäten. Die Eigentümerfamilie, die übrigens nicht näher mit Marlin Fraser und seiner Sippe verwandt war, war freundlich und tatsächlich sehr an einem Hersteller interessiert, der praktisch vor der eigenen Haustür produzierte. Auch hier hatte sie einige ihrer Stoffmuster präsentiert und von den Plänen mit ihrer Weberei erzählt. Am Ende war sie mit einem sehr guten Gefühl und der Aussicht auf Aufträge wieder gegangen. Das wäre also schon ihr zweiter Kunde, nach ihrem Dad, und das, bevor sie überhaupt mit der Arbeit angefangen hatte. Aber das Allerbeste war, dass der Juniorchef ihr von einer Auktion in Aberdeen erzählt hatte, die nächste Woche stattfinden sollte und bei der unter anderem ein historischer Webstuhl zum Verkauf stand. Das musste sie sich dringend genauer ansehen.

Der Nieselregen hatte wieder eingesetzt, doch an ihrer guten Laune änderte das nichts das Geringste. Sie klappte ihren Mantelkragen hoch und zog sich die Mütze ein wenig tiefer über die Ohren. Dann rief sie Collum an, der einen Pub ganz in ihrer Nähe vorschlug. Eilig lief sie in die angegebene Richtung und stieß am Eingang prompt mit ihm zusammen, da er ebenfalls durch den Regen gesprintet war. Sie hatten beide so viel Schwung, dass sie beinahe das Gleichgewicht verloren, und instinktiv klammerte sie sich an ihm fest. Fast wie bei ihrer allerersten Begegnung auf Monroe Manor. Doch diesmal lief ein Schauer durch ihren Körper, der mit dem scheußlichen Wetter nichts zu tun hatte. Viel zu wohlig und kribbelnd fühlte es sich an, und viel zu atemlos war ihre Stimme, als sie ihn begrüßte. »Hi«, murmelte sie gegen den feuchten Stoff seines Parkas, und irgendwie wurden gerade auch ihre Knie ganz weich. Sehr, sehr merkwürdig.

»Hi«, antwortete er. Seine Stimme klang ebenfalls ein wenig belegt. »Wollen wir reingehen?«

»Unbedingt!«

Drinnen herrschte reichlich Betrieb, und die Stimmung war ausgelassen. Offensichtlich waren die meisten Gäste am frühen Freitagnachmittag schon in Wochenendlaune. Glücklicherweise ergatterten sie einen kleinen Ecktisch in einer etwas versteckten Nische. Es war so eng, dass sie sich unterm Tisch ständig mit den Beinen ins Gehege kamen, obwohl Harriet so klein und zierlich war und Collum nun auch kein ausgesprochener Hüne. Aber breitschultrig und kräftig und von einer erstaunlich präsenten Männlichkeit, wie Harriet plötzlich auffiel. Unwillkürlich dachte sie an das Wochenende bei ihm zurück und an seinen knackigen

Hintern in der fadenscheinigen Jogginghose. Ganz neu war die Erkenntnis also doch nicht. Und unangenehm war ihr seine Nähe ebenfalls nicht. Ganz im Gegenteil.

»Wie war der Termin?«, wollte er wissen, nachdem sie ihr Mittagessen geordert hatten – er allen Ernstes Haggis, sie Fish and Chips.

»Gut«, entgegnete sie, war aber nicht wirklich bei der Sache. Stattdessen hob sie die Hand und strich vorsichtig über das Pflaster in Collums Gesicht. »Ich hab dich noch gar nicht gefragt, wie es dir inzwischen geht.« Ihre Finger fuhren unwillkürlich über seine Wange, die heute ganz glatt rasiert war, und ihr Blick fiel auf seinen Mund. Er hatte schöne Lippen, fand sie. Nicht zu schmal und nicht zu fleischig. Eigentlich absolut perfekte Lippen. Lippen, die sie plötzlich wahnsinnig gerne küssen wollte. Sie hörte, wie er scharf die Luft einzog, dann umfing er ihre Hand mit seiner. Um weitere Expeditionen ihrer Finger zu verhindern?

»Anna hat gestern die Fäden gezogen. Die Wunde ist gut verheilt, und das Pflaster ist nur noch zur Vorsicht drauf«, sagte er und starrte dabei seltsamerweise auf ihren Mund.

»Das ist gut. Der Bluterguss ist ja auch fast weg.« Sie schluckte und befeuchtete unwillkürlich ihre Lippen mit der Zunge, was ihr prompt einen festen Händedruck einbrachte. Was war nur los mit ihr? Und mit ihm? »Du könntest mich küssen«, war ihm an jenem Samstag entschlüpft, und gerade eben wollte sie nichts lieber tun als das.

»Zweimal Cider, euer Essen kommt gleich«, unterbrach der Kellner mit seinem breiten schottischen Akzent diesen fast magischen Moment und knallte die Gläser auf den Tisch. Harriet hatte das Gefühl, dass ihr jemand einen eiskalten Eimer Wasser über den Kopf gekippt hatte.

»Slàinte mhath«, sagte Collum und stieß mit seinem Glas gegen ihres. »Auf einen erfolgreichen Tag.«

»Cheers«, entgegnete sie leicht zittrig und trank dann einen Schluck. Das leicht prickelnde apfelige Getränk kühlte ihre Kehle, half aber kaum gegen ihre unerklärliche Aufregung, die, wenn sie ehrlich war, durchaus eher Erregung war. Sie wünschte sich seine Lippen auf ihren und auf allen möglichen anderen Körperstellen.

»Cheers?« Er schüttelte den Kopf und schien von ihrem inneren Aufruhr nichts mitzubekommen. »Du hast doch schottische Wurzeln, du wirst dich in Schottland niederlassen, da wird es Zeit, dass du dich auch an die schottischen Gepflogenheiten hältst«, befand er. »Also noch einmal: Slàinte mhath!«

»Slaanschewaa«, sprach sie ihm folgsam nach und trank noch einen Schluck.

»Fast«, lobte er lächelnd. »Das wird schon noch. Aber jetzt erzähl, wie war's im Stoffladen?«

»Gut war's. Sie sind sehr interessiert und haben angekündigt, meine Stoffe zu kaufen beziehungsweise mich zu benachrichtigen, wenn Kunden mit Spezialwünschen zu ihnen kommen. Offenbar lassen sich auch immer mehr Firmen und Vereine eigene Tartans designen.« Harriet war selbst erstaunt, wie gut ihr der Themenwechsel gelungen war, und solange sie nicht auf seinen Mund schaute, war alles gut.

»Das klingt doch ganz großartig. Herzlichen Glückwunsch!« Collum hob erneut sein Glas. Bei dem Tempo würde es bald leer sein.

»Ja, ist es auch. Und sie haben mir noch den Tipp gegeben, dass nächste Woche in Aberdeen eine Auktion stattfinden soll, bei der unter anderem ein historischer Webstuhl unter den Hammer kommt. Mehr Details wusste der Juniorchef nicht, aber das lässt sich garantiert herausfinden. Je nachdem, was für ein Gerät es ist, werde ich hinfahren und darauf bieten. Das wäre echt toll. Dann brauche ich nur noch einen modernen Webstuhl und Garne, und dann könnte ich tatsächlich loslegen.« Sie schüttelte ungläubig den Kopf. »Kann das wirklich wahr sein, dass es so schnell geht?«

»Warum nicht? Warum noch länger warten? Von der Bank wirst du bis nächste Woche vielleicht noch keine Zusage haben, aber Marlin wird dir das Geld für die Auktion bestimmt gerne vorstrecken.«

»Das wird sicher irgendwie klappen. Ich muss aber erst einmal herausfinden, ob es sich überhaupt lohnt, dorthin zu fahren. Cool wäre es schon.« Sie lächelte ihn an – ein Fehler, denn der Blick, den sie von ihm erhaschte, enthielt genauso viel Sehnsucht, wie sie selbst empfand. Himmel, was war nur los?

Collum räusperte sich und leerte sein Glas. »In Yorkshire gibt es übrigens einen Stoffhersteller, der einen acht Jahre alten, angeblich top gepflegten computersteuerbaren

Webstuhl verkauft«, sagte er dann und signalisierte dem Kellner, dass er noch zwei weitere Gläser Cider haben wollte.

»Echt?« Ihr Interesse war prompt wieder geweckt. Der Markt für gut erhaltene Webstühle war überschaubar. Allerdings hatte sie ihre Recherche vorwiegend auf Betriebe in Schottland konzentriert, dabei war Yorkshire auch nicht so weit weg, und letztlich spielten die Transportkosten noch die geringste Rolle. »Kennst du das Modell und die Spezifikationen? Und weißt du zufällig, ab wann er zu haben wäre?«

»Ich weiß das alles, aber nicht auswendig«, entgegnete Collum und zog aus seiner Tasche eine Klarsichthülle hervor, in der einige Papiere steckten. Die blätterte er durch und reichte ihr schließlich einen Ausdruck.

Harriet überflog die Details und sah sich die Bilder an. Ihr Herzschlag erhöhte sich wieder, doch diesmal war nicht Collum die Ursache, sondern der Webstuhl. Es handelte sich um ein Modell, von dem sie viel Gutes gehört hatte und das auf ihrer Wunschliste ganz oben stand. Noch dazu war der Preis absolut machbar. »Wann hast du den denn entdeckt?«, fragte sie aufgeregt. Lange standen solche Angebote sicher nicht im Netz. Am Ende hatte schon jemand anders zugeschlagen.

»Vor drei Tagen«, sagte er. »Die Anzeige ist aber vom dritten Januar.«

»Ach, schade, dann ist er garantiert schon weg.« Sie versuchte, ihre Enttäuschung zu unterdrücken. »Ich werde nach dem Essen trotzdem mal anrufen.«

»Mach das, aber zufällig weiß ich, dass er noch zu haben ist.« Collum lächelte verschmitzt.

»Ja?«

»Ich habe direkt dort angerufen. Es haben sich noch nicht viele Interessenten gemeldet, und ich habe mir versprechen lassen, dass sie mich sofort anrufen, sobald jemand ernsthafte Kaufabsichten äußert.«

Harriet starrte ihn verblüfft an. »Und das hast du einfach so gemacht, weil …?«

»Weil ich an das Projekt glaube und an dich. Und weil ich dich unterstützen möchte. Aber wenn es zu übergriffig wirkt, können wir ja so tun, als hättest du die Anzeige selbst im Internet entdeckt. Was ja sehr wahrscheinlich ist, oder? Ich bin sogar davon ausgegangen, dass du dieses Angebot schon selbst gefunden hast.«

Sie schüttelte den Kopf. »Nein, hab ich nicht. Aber ich habe auch nur in Schottland gesucht – was offensichtlich ganz schön dämlich war. Aber warum soll das übergriffig von dir sein?« Das verstand sie wirklich nicht. Sie fand es schön, dass er sich so engagierte.

»Das hat mir ein Freund gesagt.«

»Das scheint ja ein merkwürdiger Freund zu sein. Pffft.« Sie runzelte die Stirn.

»Nein, er ist ein wirklich guter Freund. Jon Grant – der Wirt von *The Wise Pelican*. Du wirst ihn kennenlernen, sobald er mit seiner Freundin aus dem Urlaub zurück ist.«

»Da bin ich ja gespannt«, entfuhr es ihr leicht sarkastisch. »Und warum hat er ein Problem damit, wenn du mir hilfst? Ich meine, er kennt mich doch gar nicht.«

»Nein, aber er kennt mich. Er hat auch nichts dagegen, dass ich dir oder anderen Leuten helfe, er ist nur der Meinung, dass man mich erst um Hilfe bitten sollte, damit es nicht merkwürdig aussieht.«

»Versteh ich zwar nicht ganz, aber wenn er das meint, wird er schon seine Gründe haben. Ich bin jedenfalls total begeistert, dass du diesen Webstuhl gefunden hast. Stell dir mal vor, am Ende habe ich damit schon meine Ausrüstung zusammen.«

»Das würde mich jedenfalls sehr freuen.« Sie merkte, dass er sich geschmeichelt fühlte.

»Ich bin froh, dass du heute mit mir hier bist«, fuhr sie fort und griff nach seiner Hand. »Mit niemandem möchte ich diesen besonderen Moment lieber teilen als mit dir.« Sie sah seinen überraschten Gesichtsausdruck, so als könnte er ihre Worte nicht glauben, doch es war die Wahrheit. Vielleicht war es nicht gerade schmeichelhaft für ihren Freundeskreis und ihre Familie, aber da gab es niemanden, der genauso enthusiastisch war wie Collum. Ihre Londoner Clique hielt sie weitgehend für übergeschnappt, ihre Familie unterstützte sie, aber ohne in Begeisterungsstürme auszubrechen, nur Collum war Feuer und Flamme. Gut, um der Wahrheit die Ehre zu geben, war auch ihre schottische Verwandtschaft recht angetan und schien sich aufrichtig zu freuen, dass sie sich in Kirkby niederlassen wollte. Wenn sie so darüber nachdachte, sagte das wirklich einiges über die Menschen in ihrem früheren Umfeld aus.

Sie war jetzt seit zweieinhalb Wochen in Schottland und hatte kaum noch Kontakt zu ihren Freundinnen und

Freunden in London, mit denen sie seit ihrem Studium doch gefühlt in jeder wachen Minute zusammen gewesen war. Jedenfalls in jenen wachen Minuten, die sie nicht mit den absurden, mies bezahlten Jobs verbracht oder an den dämlichen Tom verschwendet hatte. Also streng genommen gar nicht so schrecklich viele. War das auch der Grund, warum sie die Leute gar nicht wirklich vermisste? Vielleicht sollte sie nicht allzu viel darüber nachdenken, sondern sich einfach freuen, dass sie sich in den Highlands so wohl und heimisch fühlte. »Ich bin ehrlich froh, dass wir zusammen hier sind«, wiederholte sie noch einmal und ließ dann seine Hand los, weil nun das Essen serviert wurde.

Ihr Fisch war ausgezeichnet, und die Pommes hatten genau das richtige Verhältnis zwischen krossem Rand und weichem Inneren – und sie musste zugeben, dass selbst das schottische Nationalgericht Haggis mit Rüben- und Kartoffelpüree gar nicht so abstoßend aussah.

»Möchtest du mal probieren?«, fragte Collum lächelnd, der bei der Bestellung kopfschüttelnd zur Kenntnis genommen hatte, dass sie noch nie in ihrem Leben Haggis gegessen hatte.

Vermutlich war ihr der Cider zu Kopf gestiegen, denn sie nickte todesmutig und sah zu, wie Collum ein Probierhäppchen auf seine Gabel lud. Dann öffnete sie den Mund und ließ sich von ihm damit füttern. Wie ein kleines Kind. Oder wie in einer verdammt erotischen Szene. Sie kostete, kaute und schluckte – und musste heftig husten. Vermutlich war sie der einzige Mensch auf der ganzen weiten Welt, der beim Genuss von Haggis an Sex dachte.

Collum klopfte ihr besorgt auf den Rücken. »Hast du dich verschluckt?«

Sie schüttelte den Kopf, und es dauerte ein bisschen, bis sie sich beruhigt hatte. »Nein, ich habe mich nur erschreckt.«

»Komm schon, so ekelhaft kann es gar nicht schmecken.«

»Nein, es ist gut. Es waren nur ... Kennst du das, wenn man sich vor seinen eigenen Gedanken erschreckt?«

Darüber schien er nachdenken zu müssen, doch schließlich antwortete er: »In letzter Zeit passiert mir das ehrlich gesagt recht oft.«

»Mir auch«, gab sie zu. Sie teilten einen bedeutungsvollen Blick, doch keiner von beiden schien Lust zu haben, sich weiter zu erklären, also aßen sie in den nächsten Minuten einfach ihren Lunch.

»Eigentlich wissen wir gar nichts voneinander«, stellte sie fest, als sie ihr Besteck auf den Teller gelegt hatte und sich zufrieden und satt zurücklehnte. »Also, nur die alleroffensichtlichsten Dinge. Dass du Bürgermeister bist und ich eine Weberei aufmachen will. Dass du BWL studiert hast und ich Textildesign. Dass wir beide je zwei Geschwister haben und aus unterschiedlichen Gründen in Kirkby gestrandet sind. Aber ich weiß nicht, was deine Lieblingsfarbe ist, dein Lieblingstier, deine liebste Band – solche Sachen.«

»Du meinst die Dinge, die man früher in ein Freundschaftsalbum geschrieben hat?« Collum lächelte amüsiert.

»Findest du das albern?«

»Nein. Ich finde es zauberhaft. Also, womit fangen wir an? Lieblingsfarbe?«, schlug er vor. »Meine Lieblingsfarbe ist nicht sehr originell, aber ...«

»Lass mich raten«, unterbrach sie ihn. »Blau! Deine Lieblingsfarbe ist Blau – wie der Himmel an einem sonnigen Wintertag, wie die schottische Flagge und wie das Meer mit all seinen unendlich vielen Schattierungen. Stimmt's? Blau ist nämlich auch meine Lieblingsfarbe.«

»Stimmt. Aber am liebsten mag ich das Blau deiner Augen. Das ist übrigens ähnlich vielseitig wie das Meer.« Er lächelte auf eine Art, die ihr wieder die Röte in die Wangen trieb – aber vielleicht lag das auch an dem Apfelwein. Viel sollten sie davon wohl besser nicht mehr trinken.

»Okay, nächste Frage: Was ist dein Lieblingstier?«, wollte sie wissen.

»Haustier oder Wildtier?«

»Wenn es da einen Unterschied gibt, dann beides.«

Darüber schien er nachdenken zu müssen. »Also, mein liebstes Wildtier ist die Giraffe.«

»Die Giraffe?« Sie kicherte. »Ich hätte geschworen, dass du irgendwas wie Adler, Bär oder Löwe sagst. Aber Giraffe?«

Er zuckte mit den Schultern. »Keine Ahnung, ich finde Giraffen einfach toll. Sie sind so elegant und haben buchstäblich den Überblick über alles. Und sie müssen sich nicht wichtigmachen, weil sie von Natur aus über den Dingen stehen. Das imponiert mir irgendwie.«

»Hast du schon mal eine Giraffe in freier Wildbahn gesehen?«

»Leider nicht. Ich wollte immer mal eine Safari machen, aber bisher hat es sich nicht ergeben – es wollte auch nie jemand mitkommen. Und bei dir?«

»Wenn ich darüber nachdenke, finde ich Giraffen auch toll, und eine Safari würde ich auch gerne mal unternehmen. Überhaupt würde ich wahnsinnig gern nach Afrika reisen. Ich kenne da kein einziges Land, und der Kontinent ist so riesig und so vielseitig. Im Studium hatten wir eine Nigerianerin in meiner Klasse, die hat so unglaublich tolle Stoffe designt. Inspiriert von den traditionellen Mustern ihrer Heimat und so. Oh Mann, ich quatsche schon wieder von Stoffen.« Harriet wand sich ein wenig verlegen. »Aber das liegt vermutlich daran, dass ich keine Ahnung habe, welches Wildtier ich am liebsten mag. Ich finde Pinguine süß und Elefanten total beeindruckend. Aber Lieblingstier?«

»Hund? Katze? Pferd?«, schlug er die Klassiker vor.

»Das sind ja Haustiere, und ich mag sie alle, aber ich müsste keines haben. Zu Hause hatten wir immer Hunde, die ich auch sehr mag, genau wie die Airedales bei Heather und George, aber ich kann mir im Moment nicht vorstellen, selbst einen zu haben. Das gilt auch für Katzen und Pferde. Ich bin ewig nicht mehr geritten und vermisse es auch nicht besonders. Vielleicht bin ich einfach nicht so ein Tier-Mensch? Wobei ich die Alpakas von Shona schon superknuffig finde.«

»Denen gegenüber hege ich neuerdings eher gemischte Gefühle«, sagte Collum trocken und deutete grinsend auf seine verpflasterte Wange.

»Verständlich …« Harriet trank ihren Cider aus. Vielleicht sollten sie jetzt besser mal einen Kaffee bestellen? »Hättest du gern ein Haustier?«

Collum zuckte mit den Achseln. »Ich überlege schon ein ganzes Weilchen, ob ich mir einen Hund anschaffen soll. Gefühlt hat jeder in Kirkby einen, und ich mag sie auch sehr, aber … ach, keine Ahnung.«

»Was?«, bohrte sie nach.

»Nichts, es ist nur, dass es sich irgendwie falsch anfühlt. Wie ein Verrat an meinem wahren Lieblingstier.«

»Ui?« Nun war ihr Interesse endgültig geweckt, denn das klang schon sehr geheimnisvoll. Sie hoffte jedoch, dass er gleich nicht von Vogelspinnen oder Ratten anfangen würde. Das wäre nämlich beides nicht so ihr Ding. Vorsichtig formuliert.

»Du musst mir versprechen, dass du mich nicht auslachst!« Er sah sie beschwörend an, doch der Schalk blitzte in seinen Augenwinkeln.

»Versprochen!« Wie lächerlich konnte es schon werden? Vielleicht stand er auf plüschige Häschen? Das wäre aber schlimmstenfalls putzig und nicht lachhaft.

»Ich mag Hühner.«

»Hühner?« Harriet merkte, wie sich ein unwiderstehlicher Lachimpuls in ihr entwickelte, an ihren Mundwinkeln zerrte, in ihrem Bauch kitzelte und schließlich hemmungslos aus ihr herausperlte. Hühner! Warum nicht gleich Tausendfüßler?

»Du hast es versprochen!«, brummte Collum anklagend, doch auch er musste grinsen – wenn auch ein bisschen betreten.

»Sorry.« Sie japste nach Luft und musste gleich noch mehr lachen. Was war sie bloß für ein Mensch? So schlimm waren Hühner ja auch wieder nicht. Außerdem legten sie Eier und so. »Wie kommst du ausgerechnet auf Hühner?«, wollte sie wissen, als sie sich etwas beruhigt hatte.

»Meine Großeltern hatten immer welche, und ich habe es geliebt, sie zu füttern und mit ihnen zu spielen«, erzählte er und bekam dabei einen ganz weichen Gesichtsausdruck, den sie schon einmal bei ihm bemerkt hatte: an dem Wochenende, als er vom Strickpulli seiner Granny geschwärmt hatte.

»Ich glaube, ich habe noch nie Hühner gefüttert und ganz sicher nie mit ihnen gespielt. Ich kann mir überhaupt nicht vorstellen, wie das gehen soll.«

»Hühner können sehr zutraulich werden. Ich habe als Kind versucht, ihnen Tricks beizubringen, doch besonders clever sind sie leider nicht. Aber dafür sehr freundlich und verschmust. Wirklich«, betonte er, als er ihren mehr als ungläubigen Blick bemerkte. »Meine Großeltern hatten mehrere unterschiedliche Rassen, aber meine Lieblinge waren die Seidenhühner. Die sind wahnsinnig hübsch und sehr lieb. Eine Henne hat sich gerne unter meinem Pulli verkrochen. Die konnte ich überall mit hinnehmen. Sogar in die Schule und ein paarmal heimlich mit ins Bett.«

Irgendwas an Collums Worten rührte Harriet tief. Sie war sich plötzlich sicher, dass er eine Seite von sich offenbart hatte, die sonst nur wenige Menschen sehen durften. Sie dachte daran, wie er ihr neulich anvertraut hatte, dass er sich als Kind häufig regelrecht unsichtbar gefühlt hatte. Vor ihrem inneren Auge sah sie einen kleinen rothaarigen

Jungen, schüchtern und unsicher. Eins von den Kindern, die kaum Freunde hatten, die immer als Letzte in Sportteams gewählt und häufig gehänselt wurden. So ein Junge würde seine Sorgen und Träume wohl einem Hühnchen anvertrauen – weil er sonst niemanden hatte. Sie schluckte, und ihr Herz zog sich zusammen vor Mitgefühl mit dem kleinen Jungen, der zweifellos immer noch irgendwo im Körper dieses attraktiven und scheinbar so extrovertierten Mannes schlummerte und sich gerade kurz gezeigt hatte. Sie sollte jetzt irgendetwas Angemessenes erwidern, doch ihr fiel nichts ein. Stattdessen nahm sie wieder seine Hand und drückte sie – als Zeichen, dass sie ihn verstand.

Glücklicherweise kam in diesem Moment der Kellner vorbei und baute sich vor ihrem Tischchen auf. »Darf ich euch noch etwas bringen?«

»Einen Kaffee, bitte«, sagten beide unisono und mussten lachen.

»Und eine Flasche Wasser«, orderte Collum. »Der Cider war doch ziemlich stark.«

»Wollt ihr auch unser Cranachan probieren? Oder anders formuliert: Wie viele Portionen davon darf ich euch bringen, denn es wäre eine Todsünde, es nicht zu essen.«

»Im Januar?«, fragte Collum und klang reichlich irritiert.

»Cranachan kann man immer essen«, beharrte der Kellner jedoch. »Wir haben letzten Sommer so viele Himbeeren gesammelt, dass wir sie frisch püriert in großen Mengen eingefroren haben, sodass wir unser Lieblingsdessert das ganze Jahr über auf die Karte setzen können.

Also, wie sieht es aus? Für jeden eine Portion, oder teilt ihr Turteltäubchen euch ein Glas?«

Collum blickte Harriet fragend an. »Ähm …« Sie war eigentlich total satt, doch das typische Schichtdessert aus Himbeerpüree, Sahne, Honig, Haferflocken und Whisky ging eigentlich immer. »Vielleicht teilen wir uns erst mal eine Portion? Notfalls können wir ja nachordern.« Um Collums Augen kräuselten sich amüsierte Lachfältchen, und er nickte zustimmend.

»Dann zwei Kaffee, eine Flasche Wasser und einmal Cranachan mit zwei Löffeln – kommt sofort.«

»Da drängt sich doch gleich eine neue Frage auf: Was ist dein Lieblingsdessert?«

»Ehrlich gesagt Eis«, antwortete Harriet. »Am liebsten Schokolade und Nuss-Nougat. Aber Cranachan kommt gleich danach. Meine Granny macht es immer, wenn wir zum Essen bei ihr sind. Eigentlich sogar beide Großmütter. Aber die Mutter meiner Mum sehe ich nicht so oft. Und bei dir?«

»Ich mag auch Milcheissorten mit viel Schokolade am liebsten. Aber Cranachan ist ebenfalls nicht zu verachten. Wir müssen unbedingt mal in Kirkby in den Pub gehen. Da gibt's auch immer tolle Desserts. Überhaupt kann man da hervorragend essen, weil Isla großartige Rezepte entwickelt hat. Sobald sie aus dem Urlaub zurück ist, können wir auch mal in ihr Restaurant gehen, wenn du magst. Das ist ganz großes kulinarisches Kino.«

»Das würde ich gerne machen.« Waren das Einladungen zu Dates? Harriet freute sich, dass Collum offensichtlich gern mehr Zeit mit ihr verbringen wollte, aber richtig eindeutige Flirtsignale sendete er nicht. Sehr rätselhaft.

»Was ist deine Lieblingsmusik?«, schob er gleich die nächste Frage nach.

»Modern oder Klassik?«

»Ich bin beeindruckt«, behauptete er grinsend. »Fangen wir mit ›modern‹ an.«

»Harry Styles!« Sie seufzte verzückt. »Er ist so toll, und diese Samtstimme … also wow. Seine Musik macht mir jedenfalls immer gute Laune und geht voll ins Herz.«

»Und Klassik?«

»Abba!«

»Abba ist keine klassische Musik!« Collum lachte laut auf.

»In meiner Welt schon«, beharrte sie. »Meine Großmutter und meine Eltern stehen auf die alten Schweden, und Dad sagt, dass er keinen Mozart braucht, wenn er Abba hören kann. Außerdem kann ich jeden Song mitsingen. Das kann ich bei Mozart und Bach und wie sie alle heißen, nicht.«

Er sah sie an, als könnte er sich nicht entscheiden, ob sie es ernst meinte oder ihn veräppeln wollte. Also ganz ähnlich, wie es ihr mit der Hühnersache ergangen war. Wie sie vorhin nahm auch er ihre Hand, doch anders als sie fand er passende Worte: »Da muss ich deinem Dad aus vollstem Herzen zustimmen! Auch wenn ich nichts gegen Mozart habe.«

Das warme Gefühl in Harriet breitete sich immer mehr aus. Sie war euphorisch, weil der Banktermin und das Gespräch mit dem Stoffladen so erfreulich gelaufen waren. Die Möglichkeit, dass sie bald ihre Webstühle kaufen konnte, war ebenfalls sagenhaft, doch all das hatte nur am Rande mit dem Kribbeln in ihrem Bauch zu tun. Das lag an Collums Gesellschaft. Sie fühlte sich wohl mit ihm – auch wenn sie keine Ahnung hatte, warum. Der dringende Wunsch, ihn zu küssen, war vergangen. Wobei … Sie linste zu ihm, als er dem Kellner gerade ihren Kaffee abnahm. Doch, sie würde ihn immer noch gerne küssen. Sehr gerne sogar. Aber für den Moment war es fast schöner, hier im warmen Pub zusammenzusitzen und sich kennenzulernen.

• • •

Collum konnte sich etliche Orte vorstellen, an denen er im Moment lieber mit Harriet gewesen wäre als in diesem engen, stickigen Pub, aber da der Nieselregen inzwischen zu einem Wolkenbruch biblischen Ausmaßes angeschwollen war, saßen sie hier wohl noch ein Weilchen fest. Und spielten weiter das Kennenlernspiel. Ob dieser Tipp wohl in einem Flirtratgeber stand? Nach dem Motto »So holen Sie das Beste aus Ihrem Date heraus«?

Doch er wollte sich ganz sicher nicht beklagen, es lief nämlich gar nicht schlecht. Zeitweise hatte er sogar das Gefühl gehabt, dass sie ihn küssen wollte. Die intensiven Blicke, die Stromstöße, als sie zart mit ihrem Finger über seine Wange gestrichen hatte – das waren doch eindeutige Indizien, oder? Auch wie sehr sie sich über Jon und seine Ratschläge echauffiert hatte. Er wusste langsam selbst nicht mehr, wie gut diese Tipps tatsächlich waren, denn laut eigener Aussage hatte Harriet gar nichts gegen ein wenig Unterstützung. Andererseits hätte sie unter seiner Ägide womöglich nicht diese spektakuläre Präsentation für die Bank zustande gebracht?

Gerade hatte sie sich entschuldigt und war zur Toilette gegangen. Das gab ihm die Gelegenheit, ein wenig zu Atem zu kommen. Ihre Nähe machte ihn verrückt, genau wie ihre widersprüchlichen Signale, die zwischen verführerischer Femme fatale und verspieltem Kind, zwischen willensstarker Geschäftsfrau und unsicherem Mädchen schwankten. Eins war klar: Harriet Harper war viel mehr, als es auf den ersten, zweiten oder auch dritten Blick schien. An seiner tiefen Überzeugung, dass sie die Frau seines Lebens war, hatte diese Erkenntnis aber nicht gerüttelt, ganz im Gegenteil. Sie war klar verblüfft gewesen, als er von seiner kindlichen Hühnerliebe erzählt hatte – etwas, was er in den letzten zwanzig Jahren keiner Menschenseele gestanden hatte –, und doch war da ein tiefes Verständnis gewesen. Nachdem sie zu Ende gelacht hatte jedenfalls. Einen kurzen Moment lang war es so gewesen, als hätte sie tief in seine Seele geblickt. Ein merkwürdiges Gefühl, weil er ansonsten peinlich darauf achtete, seine Schutzschilde oben zu lassen – zumindest wenn sein Gegenüber wach war –, aber gleichzeitig unheimlich schön.

Allerdings hatte er keine Ahnung, wie es jetzt weitergehen sollte zwischen ihnen beiden. Aber vielleicht musste er das auch nicht entscheiden, sondern konnte einfach abwarten, was passierte.

»Wer ist dein liebster James-Bond-Darsteller?« Sie setzte sich mit einem breiten Lächeln auf ihren Platz und stieß dabei wieder gegen sein Knie. »Die Damentoilette ist mit James-Bond-Filmplakaten tapeziert«, fuhr sie fort.

»Puh, schwierige Frage. Ich glaube, ich bleibe beim Ur-Bond Sean Connery.«

»Weil er Schotte war?«, fragte sie keck.

»Auch. Aber vor allem, weil er der beste war. Wobei Daniel Craig seine Sache auch ganz ordentlich gemacht hat. Und wer ist dein Lieblings-Bond?«

»Eindeutig Daniel Craig! Seine Filme sind der Hammer. Die früheren habe ich zwar auch alle gesehen, weil mein Dad so ein riesiger Bond-Fan ist, aber mit denen kann ich echt nicht so viel anfangen.«

»Hast du den letzten gesehen? Ich hab das Ende immer noch nicht verkraftet.« Er seufzte. So schockiert war er lange nicht mehr aus dem Kino gekommen wie nach diesem Film.

»Aber es konnte doch gar nicht anders ausgehen«, beharrte sie. »Egal wie, er hätte ja immer verloren. So tragisch. Aber der Heldentod war total angemessen für ihn. Ich fand's super.« Sie hatte tatsächlich den Nerv, ihn anzustrahlen.

Collum verzog schmerzlich das Gesicht. »Ich glaube, wir müssen noch ein bisschen tiefer in die Materie einsteigen, um da auf einen gemeinsamen Nenner zu kommen.« Er seufzte betont dramatisch. »Aber ich bin echt gespannt, was sich die Filmleute einfallen lassen, denn ich kann mir kaum vorstellen, dass die Marke James Bond genauso stirbt wie der letzte 007.«

»Ja, das wird spannend.« Plötzlich blitzten ihre Augen auf. »Ich hab eine fantastische Idee!«

»Lass hören.«

»Vielleicht kann ich Heather und George dazu überreden, dass sie im Kino auf Monroe Manor alle James-Bond-Filme zeigen. Was hältst du davon?«

»Viel.« Er sah sich bereits über mehrere Wochen hinweg abends neben Harriet im dunklen Kinosaal sitzen. Popcorn essend. Küssend. »Die Frage ist nur, wie hoch die Leihgebühren für die Filme sind und ob sich das von der Nachfrage her lohnen würde. Aber notfalls können wir sie auch bei mir zu Hause anschauen. Ich habe sie nämlich alle auf Blu-Ray.« Die Vision, wie er mit ihr in seinem dunklen Wohnzimmer auf dem Sofa saß, Popcorn aß und aus den Küssen mehr werden ließ, fand er noch viel reizvoller.

»Blu-Ray? Oh Mann, du bist so oldschool!« Sie lachte ihn schon wieder aus. »Wer braucht denn noch solche Sachen, wo man doch streamen kann?«

»Fragt die Frau, die lieber selbst Stoff webt und sich ihre Kleidung näht, als in eine Boutique zu gehen und sich einfach was zu kaufen.«

»Der Vergleich hinkt. Ich lege halt viel Wert auf Qualität und auf Nachhaltigkeit. Aber viele Sachen kaufe ich auch in ganz normalen Läden. Allerdings versuche ich darauf zu achten, dass die Stoffe in Europa hergestellt und verarbeitet wurden. Wohingegen kein Mensch mehr

Blu-Ray-Discs und Abspielgeräte braucht. Das nimmt doch Platz weg und kostet viel mehr Geld.«

»Oh, da könnten wir jetzt eine längere Diskussion starten, aber du hast im Kern sicherlich recht. Und ja, ich bin in manchen Punkten altmodisch. Natürlich habe ich auch Netflix, aber manche Lieblingsfilme und -serien will ich einfach auch zum Anfassen haben. Genau wie ich Lieblingsbücher ins Regal stellen möchte und nicht nur auf meinem Reader horte. Also gönn einem alten Mann seine kleinen Freuden.«

»Du bist nicht alt«, protestierte sie. »Oder?« Sie musterte ihn mit gerunzelter Stirn.

»Ich bin fünfunddreißig«, gab er zu. »Das ist schon ein Stück älter als du.«

»Acht Jahre. Nicht die Welt. Und für einen Bürgermeister bist du vermutlich sogar blutjung.« Nun lächelte sie wieder. »Wenn ich ehrlich bin, mag ich es, dass du echte Bücher hast. Nur das mit den Filmen verstehe ich nicht. Blu-Rays und DVDs sind doch auch nicht echt, das sind ja auch nur digitale Versionen. Warum dann nicht gleich streamen?«

»Weil es da Bonusmaterial gibt, auf das ich total stehe, aber das kapiert ihr jungen Dinger ja nicht …«, seufzte er.

»Für mich ist das schönste Filmerlebnis jedenfalls das im Kino. Da gibt es auch kein Bonusmaterial – von Popcorn mal abgesehen –, aber dort fühlt es sich besonders echt an.«

»Da ist was dran. Also lass uns mal zusammen ins Kino gehen – falls wir uns auf einen Film einigen können. Romantische Komödien sind nicht so mein Ding.«

»Klar, weil der sanfte Hühnerstreichler zum harten Kerl mutiert ist und keine Schwäche zugeben will«, entfuhr es ihr mit einem Augenrollen. Mit dieser Aussage landete sie einen echten Volltreffer – unabsichtlich, denn offenbar war es ihr sofort wahnsinnig peinlich. Sie schlug sich die Hand vor den Mund und wurde rot. »Tut mir leid, das war eine echt doofe Ansage.«

»Vielleicht, aber leider die Wahrheit.« Er grinste schief. »Mach dir keine Gedanken, ich kann's verkraften. Dann darfst du den Film für unseren ersten Kinoabend aussuchen, und ich werde klaglos alles mitmachen.«

FREUNDSCHAFTSBANDE

LEIDER WURDE SO SCHNELL NICHTS aus dem Kinobesuch, stellte Harriet voller Bedauern fest. Genauer gesagt hatten sie sich seit dem Ausflug nach Inverness nicht mehr gesehen und auch nur einmal kurz gesprochen. Auf der Rückfahrt nach Kirkby hatte sie bei dem Stoffhersteller in Yorkshire angerufen und ihr Interesse an dem Webstuhl signalisiert, und von da an war es Schlag auf Schlag gegangen.

Shona und ihr Vater Marlin waren nämlich am Samstag ebenfalls in die Richtung gefahren, weil am Sonntag in Manchester eine Spirituosenmesse stattgefunden hatte, die sie besuchen wollten. Und heute, am Dienstag, waren sie bei einer Auktion in Leeds, bei der sie eine Etikettiermaschine für die Destillerie kaufen wollten. Die Weberei war in einem kleinen Kaff bei York beheimatet, also grob in der Nähe, daher hatte Harriet die Chance ergriffen und war mit den beiden auf die Reise gegangen.

Da sie sich für Hochprozentiges nicht sonderlich interessierte, hatte sie die Zeit im Hotel mit Stricken verbracht. Sie und Collum waren in Inverness auf dem Weg vom Pub zum Parkplatz noch an einem kleinen Wollgeschäft vorbeigekommen, in dem sie spontan ein Dutzend

Knäuel feinster dunkelblauer Lambswool mit fünfprozentigem Alpaka-Anteil gekauft hatte. Einfach, weil sie sich in das weiche Garn verliebt hatte, und ohne eine Ahnung, was sie damit anstellen wollte. Die Idee war ihr jedoch recht bald gekommen – und vermutlich hatte ihr Unterbewusstsein dabei wieder seine Finger im Spiel gehabt: Es sollte ein neuer Pulli für Collum werden, damit er den von seiner Großmutter nicht noch weiter strapazieren musste.

Sie redete sich ein, dass es ein Dankeschön für seine Unterstützung war – er hatte schließlich den Webstuhl in York entdeckt, er hatte sie zur Bank begleitet – und eine Entschuldigung für den folgenreichen Alpaka-Unfall. Jedenfalls nadelte sie, was das Zeug hielt, und kam gut voran. Momentan saß sie in dem kleinen Dorfpub von Upper Poppleton und wartete auf Shona und Marlin, die die Etikettiermaschine hatten ersteigern können und jetzt auf dem Weg von Leeds zurück zu ihr waren. Den Webstuhl hatte sie gestern ausführlich besichtigen und sogar testen können. Er war tatsächlich prima in Schuss und passte auch von den Abmessungen in die Räumlichkeiten auf Monroe Manor. Dieser Gedanke war ihr glücklicherweise auch noch gekommen – denn was nutzte das beste Gerät, wenn sie es nicht aufstellen konnte? Er ließ sich sogar auseinandernehmen, sodass man ihn gut transportieren und durch das Treppenhaus in den zweiten Stock tragen konnte. Marlin hatte den knallharten Verhandler gegeben und den Preis noch einmal um zweitausend Pfund senken können, was Harriet unglaublich beeindruckt hatte. Dieses gesparte Geld konnte sie gleich in

Rohstoffe investieren – oder in die anderen Einrichtungsgegenstände, die sie noch brauchte. Vor allem stabile Lastenregale für die Garne und die fertigen Stoffballen, aber auch einen Ateliertisch zum Designen, einen Computerarbeitsplatz, eine Nähecke … Ihre Liste wurde länger und länger, auch wenn sie die größten Posten glücklicherweise allesamt in ihrem Businessplan berücksichtigt hatte.

Reihe um Reihe wuchs der Pullover. Der Rücken war bereits fertig, und beim Vorderteil war sie kurz vor dem Halsausschnitt. Sie hatte ein relativ simples Zopfmuster gewählt, ganz ähnlich dem, das sie von dem Pullover seiner Oma in Erinnerung hatte. Allzu viel Konzentration fraß es nicht, und das hatte den Vorteil, dass sie nebenbei viel Zeit zum Nachdenken hatte. Wenn alles gut lief, konnte sie in zwei, drei Wochen mit ihrer Stoffproduktion loslegen – was gleichermaßen aufregend wie beängstigend war. Sie hoffte so sehr, dass sie nächste Woche bei der Auktion in Aberdeen ebenfalls so viel Glück hatte, wie es ihr bisher beschieden gewesen war. Der historische Webstuhl war ein Traum. Er hatte bis vor Kurzem in einem Museum gestanden, wo er jedoch fast ständig in Betrieb gewesen und entsprechend gut gewartet worden war. Warum sich das Museum von diesem Stück trennte, wusste sie nicht, aber ihr war klar, dass sie mit Sicherheit nicht die einzige Interessentin für dieses Schmuckstück sein würde, sondern mit heftiger und zahlungskräftiger Konkurrenz rechnen musste.

Marlin hatte am Tag der Auktion leider andere, unaufschiebbare Verpflichtungen, was sie sehr bedauerte, denn seine Schlitzohrigkeit und sein finanzielles Geschick hätte sie gerne an ihrer Seite gewusst. Allerdings hatte er versprochen, ihr das nötige Geld kurzfristig zur Verfügung zu stellen. Genau wie bei dem Gerät, das sie gestern hier am Ort erworben hatten. Von Peter Desmond und der Bank hatte sie noch nichts gehört, aber das war nicht anders zu erwarten, schließlich waren ja erst wenige Tage vergangen, seit sie sich um das Gründerdarlehen bemüht hatte. Trotzdem war sie optimistisch, dass auch das klappen würde, und bis dahin freute sie sich über Marlins Großzügigkeit. Ihre Skrupel hatte sie abgelegt, als ihr Angus einen Vertrag präsentiert hatte, der die Rückzahlungsmodalitäten ganz genau regelte. Nun hatte sie das Gefühl, nicht mehr Bittstellerin zu sein, sondern Geschäftspartnerin.

Harriet sah wieder aus dem Fenster, doch der Anblick der grauen, tristen Dorfstraße bot nichts, woran sich ihre Augen festhalten wollten. Wie anders war es doch in Kirkby! Dieses Kaff hier war sogar etwas größer und hatte durchaus hübsche Häuschen zu bieten, aber insgesamt wirkte es seelenlos und verlassen. Sie saß schon den ganzen Vormittag allein im Gastraum des Pubs, wurde von der Wirtin aber immerhin regelmäßig mit frischem Tee und Keksen versorgt. Hoffentlich würde es nicht mehr lange dauern, bis Shona und Marlin kamen. Die Heimfahrt nach Kirkby nahm bestimmt noch einmal rund sieben Stunden in Anspruch, und sie sehnte sich nach ihrem Bett und ihrem kuscheligen Zimmer auf Monroe Manor. Seufzend wandte sie ihre Aufmerksamkeit wieder ihrem

Strickzeug und den klappernden Nadeln zu. Ob Collum sich über den Pullover freuen würde? Sie hoffte es sehr und vergrub kurz ihr Gesicht in dem weichen Gewebe, bevor sie wieder aus dem Fenster schaute.

Plötzlich nahm sie eine Bewegung auf der Straße wahr. Für einen Moment war sie starr vor Entsetzen, ehe sie aufsprang, das Strickzeug achtlos auf die Sitzbank pfefferte und nach draußen rannte.

»Wage es ja nicht!«, schrie sie eine struppige, dunkel getigerte Katze an, die zwei Hühner über die Straße jagte. So zerfleddert, wie die beiden aussahen, hatte das Biest sie schon in der Mangel gehabt.

Ihr Geschrei hatte Erfolg, denn das Raubtier nahm Reißaus, aber die Hühner rannten in ihrer Panik weiter und nahmen wieder Kurs auf die Fahrbahn, wo gerade ein Auto angebraust kam. Harriet kreischte laut auf und wedelte wild mit den Armen, um das Fahrzeug zu verlangsamen, was glücklicherweise gelang. Doch die beiden Vögel liefen nun schnurstracks auf den Wagen zu. Hatten sie einen Todeswunsch? Hoffentlich sah der Fahrer die beiden und wich aus. Das Auto blieb tatsächlich stehen, und erst jetzt erkannte Harriet, dass es sich bei den Insassen um Marlin und Shona handelte.

»Was sind denn das für Stunts?«, wollte Shona wissen, als sie ausstieg. »Warum rennst du auf der Straße herum und jagst Hühner?«

»Ich jage keine Hühner, ich rette sie vor einer Katze«, entgegnete Harriet und blickte sich um. Wo waren die beiden wohl abgeblieben?

»Das sah aus unserer Perspektive anders aus«, befand Marlin, der ebenfalls ausgestiegen war, und lachte. »Da sind sie«, sagte er und deutete auf die zwei Vögel, die sich unter dem Wagen aneinander- und an ein Vorderrad pressten.

Harriet dachte an Collums Kommentar über die mangelnde Intelligenz von Hühnern. Ohne groß zu überlegen, ging sie auf die Knie und griff beherzt zu. Es gab wildes Geflatter und ängstliches Gackern, doch irgendwie schaffte sie es, beide Tiere zu packen und gegen ihre Brust zu drücken, wo sie gleich darauf Ruhe gaben. Mühsam rappelte sie sich wieder hoch.

»Und jetzt?«, wollte Shona wissen und konnte sich ein Grinsen nicht verkneifen.

»Jetzt fragen wir, wo sie wohnen, und sorgen dafür, dass sie zu einem Tierarzt kommen. Ich glaube, die Katze hat sie erwischt.«

»Ich denke nicht«, schaltete sich Marlin ein und nahm ihr eines der Hühnchen ab. »Das sind noch ganz junge Tiere, die sich gerade mausern, deshalb sehen sie so zerrupft aus. Aber wir sollten wirklich rausfinden, wo sie zu Hause sind.«

Sie sahen sich um. Die Häuser in der unmittelbaren Umgebung wirkten allesamt recht abweisend. »Fragen wir im Pub nach«, schlug Shona vor.

»Die gehören zu uns«, sagte die Wirtin auf ihre Erkundigung hin, klang aber nicht gerade begeistert.

»Sollen wir sie vielleicht in ihren Stall bringen? Oder erst vom Tierarzt untersuchen lassen?«, wollte Harriet wissen.

»Das lohnt sich nicht. Die Biester hauen immer wieder ab. Vermutlich holt sie irgendwann die Katze, dann hat sich das Elend wenigstens erledigt.«

»Was ist denn das für eine Einstellung?«, empörte sich Shona. »Wenn man sich so wenig für Tiere interessiert, dann sollte man sich besser keine anschaffen.«

»Jetzt mal halblang, junge Frau«, wehrte sich die Wirtin. »Diese beiden saßen als Küken plötzlich bei uns im Hühnerstall. Irgendjemand hat sie uns untergeschoben. Wahrscheinlich weil er nicht wusste, was er mit solchen Mickern machen sollte. Ich schätze, es sind Seidenhühner. Die legen winzige Eier, die keiner haben will, und sind selbst für die Suppe viel zu mager.«

Harriet sah, wie sich Shona immer mehr aufplusterte, und fuhr kühl dazwischen: »Schön, dann nehme ich sie mit.«

»Was wollen Sie mit Hühnern?«, fragte die Frau misstrauisch.

»Das ist ja wohl meine Sache«, entgegnete Harriet. »Jedenfalls werde ich sie nicht einem Streuner zum Fraß vorwerfen oder Suppe aus ihnen kochen.«

»Für zwanzig Pfund pro Stück können Sie sie haben.«

Harriet öffnete den Mund für eine passende Entgegnung, doch Marlin war schneller: »Haha, guter Witz. Was bin ich Ihnen für das Frühstück meiner Nichte schuldig?« Er wartete keine Antwort ab, sondern kramte eine Zwanzig-Pfund-Note aus seinem Portemonnaie und drückte sie der Wirtin in die Hand. Dann nahm er Harriet das zweite Huhn ab und schickte sie zu ihrem Tisch. »Hol deine Sachen, wir machen uns auf den Weg.«

»Aber Sie können doch nicht einfach …«, empörte sich die Wirtin.

»Wir können, und wir tun! Auf Wiedersehen.«

»Was für eine miese Kuh«, regte sich Shona auf, als sie draußen beim Wagen standen und Harriets Reisetasche und Rucksack verstauten. »Was machen wir jetzt?«

»Harriet wollte sie mitnehmen, also tun wir das eben«, sagte Marlin lapidar. »Räum mal deine neuen Schuhe aus ihrer Schachtel, da können wir die beiden reinsetzen.«

»Aber wir können doch nicht den Deckel draufmachen«, protestierte Harriet entsetzt, als Shona die filigranen Paillettenstilettos aus ihrer Pappbox nahm. Wofür man in Kirkby solches Schuhwerk brauchte, war ihr schleierhaft, aber diesen gerade ziemlich unwichtigen Gedanken schob sie gleich wieder weg.

»Das habe ich auch nicht vor«, erklärte Marlin, »aber darin haben sie nebeneinander Platz und ruinieren weder das Auto noch dich, wenn sie sich erleichtern müssen. Du solltest die Schachtel neben dich stellen, damit du sie im Blick hast. Hat eine von euch ein Handtuch oder einen Schal dabei, mit dem wir sie leicht bedecken können?«

Harriet kramte sofort das karierte Flanelloberteil ihres Pyjamas aus ihrer Reisetasche und legte es fürsorglich um die beiden Hühnchen, die sich nebeneinander in den Schuhkarton kuschelten. Dann setzte sie sich auf die Rückbank und nahm von Marlin vorsichtig die gefiederte Fracht entgegen.

»Was willst du mit ihnen anstellen?«, wollte Shona wissen, als sie ein paar Minuten unterwegs waren. »Ich bin mir sicher, Kendrick würde im Handumdrehen ein schönes Zuhause für sie finden.«

»Darauf komme ich im Notfall zurück, aber ich habe eine andere Idee …« Sie sah, dass Marlin und seine Tochter vielsagende Blicke wechselten, sich aber glücklicherweise jeden weiteren Kommentar verkniffen. »Ich werde sie Thelma und Louise taufen«, sagte sie nach einer Weile. »Schließlich haben sie ein aberwitziges Roadmovie hinter sich – wenn auch mit glücklichem Ausgang. Und ihr braucht gar nicht so seltsam zu schauen.«

»Niemand schaut seltsam«, beruhigte Marlin sie lächelnd. »Wir haben alle einen Tierfimmel, und wenn Shona ein Alpaka als Haustier halten kann, warum nicht du zwei kleine Hühner? Ich bin mir nur nicht so sicher, wie Heather das finden wird.«

»Ach, Tante Heather sieht das sicher locker«, behauptete Shona jedoch. »Entscheidend ist, dass die beiden Hühnchen jetzt in Sicherheit sind.«

»Das stimmt«, bestätigte Harriet. »Und wenn alles nach Plan läuft, werden sie höchstens eine Nacht auf Monroe Manor bleiben.« Sie blickte zu den beiden, die nun ihre Köpfe ins Gefieder gesteckt hatten und schliefen. Wie Collum wohl reagieren würde? Sie zog ihr Handy hervor und schrieb ihm eine kurze Nachricht: *Sind auf dem Rückweg von Yorkshire. Webstuhl kommt in zehn Tagen mit der Spedition. Hast du morgen kurz Zeit? Ich hab eine Überraschung. Liebe Grüße, Harriet.*

• • •

Was für eine Überraschung konnte Harriet wohl für ihn haben? Das fragte sich Collum auch noch am nächsten Morgen. Es war völlig albern, aber es hatte ihn die halbe Nacht beschäftigt. Genau genommen in dem Teil der Nacht, den er wach und sich herumwälzend verbracht hatte. Was vollkommen untypisch für ihn war, denn schlafen konnte er eigentlich immer gut. Den Rest der Zeit über hatte er unruhig und wild geträumt – ebenfalls von Harriet, aber da hatte sie keine Überraschung dabeigehabt, sondern nur sehr wenig angehabt und … Mit aller Macht schob er diese Erinnerungsfetzen weg, die dafür sorgten, dass sich sein Blut in der Körpermitte sammelte. Von seinem Schreibtischstuhl aufstehen wollte er im Moment jedenfalls lieber nicht.

»Hast du kurz Zeit?«, wollte seine Sekretärin Leslie wissen und steckte ihren Kopf durch den Türspalt in sein Büro.

»Klar, was gibt's?«

»Hailey Fraser und Michael Cunningham sind da und wollen dir eine Idee für die Highland Games präsentieren.«

»Wie schön! Natürlich hab ich Zeit dafür.« Erfreulicherweise hatte sich der Druck in seiner Hose verloren, und so sprang er begeistert auf, um seine Besucher zu begrüßen. Er deutete auf den kleinen Besprechungstisch in seinem Büro und nahm mit ihnen Platz.

»Michael hat ja schon seine Idee von einer Landwirtschaftsausstellung erwähnt, die man zeitgleich mit den

Highland Games durchführen könnte«, ergriff Hailey das Wort. »Das fände ich auch spannend. Da könnten wir unsere Clydesdales als alte, typisch schottische Rasse präsentieren. Doch je länger ich darüber nachgedacht habe, desto mehr Einfälle sind mir gekommen. Ich würde den Besuchern gerne die Vielseitigkeit unserer Tiere zeigen, als Arbeits-, Kutsch- und Reitpferde. Dann dachte ich an ein Turnier …«

Collum hob die Hand, um die resolute Pferdefrau zu unterbrechen. »So etwas schwebt mir auch vor. Eine Art Ritterturnier oder ein Historienspiel, bei dem man irgendwelche Highlander-Kämpfe hoch zu Ross nachempfinden könnte. Das wäre garantiert ein unglaublicher Hit bei den Besuchern. Ich habe schon mal ein bisschen recherchiert. Es gibt Reitergruppen, die sich auf solche Events spezialisiert haben, die könnte man dafür buchen. Aber wenn du so etwas selbst auf die Beine stellen könntest, wäre das natürlich viel besser und eine großartige Werbung für euer Gestüt und Kirkby.«

»Das denke ich eben auch. Wir haben uns in den letzten Jahren fast ausschließlich auf die Therapie von kranken oder schwierigen Pferden konzentriert und uns da weltweit einen guten Namen gemacht, aber wir haben so viel mehr zu bieten. Außerdem sind die Clydesdales eine tolle Rasse, die noch ein bisschen mehr Popularität verdient hätte.«

»Damit hast du sicher recht«, sagte Collum, der mit Pferden zwar selbst nicht viel am Hut hatte, die imposanten Tiere von Familie Fraser jedoch ziemlich beeindruckend fand. »Die Idee ist toll, und ich würde das mit ins Planungskonzept schreiben«, fuhr er fort. »Platz genug für eine derartige Veranstaltung hätten wir auf den Ländereien von Monroe Manor auf jeden Fall.« Er erwärmte sich immer mehr für diese Möglichkeit. »Ich denke, da werden wir ein extrem attraktives Eventpaket schnüren.«

»Hast du denn schon einen konkreten Termin im Auge?«, wollte nun Michael wissen. »Für den Hochsommer spräche, dass ohnehin schon eine Menge Touristen in der Gegend wären. Andererseits sind dann auch viele Einheimische verreist, und Landwirte sind mit ihren Ernten beschäftigt. Wenn wir es im September machen könnten, wäre das vielleicht sogar schlauer. Dann sind immer noch genügend Besucher hier, aber auch die Einheimischen. Und man könnte auch einen coolen Landwirtschaftswettbewerb einbauen. So was wie den größten Kürbis oder so.«

»Ich habe mit Sarah von VisitScotland ebenfalls schon über das perfekte Zeitfenster gesprochen. Das große Braemar Gathering findet am ersten September-Wochenende statt, die meisten anderen relevanten Spiele sind früher. Ich weiß nicht, ob es so schlau ist, es nach Braemar zu machen – besser vorher?« Er kratzte sich am Kopf. Diese Frage trieb ihn in der Tat schon ein Weilchen um.

»Stimmt, da ist auch was dran«, gab Michael zu.

»Mir ist es ehrlich gesagt egal«, entgegnete Hailey. »Ob wir es zwei Wochen früher oder später durchziehen, spielt für meine Vorbereitung keine Rolle. Allerdings sollte ich auf jeden Fall bald damit anfangen.«

»Gut zu wissen«, murmelte Collum. »Ich werde mich noch einmal mit der Scottish Highland Games Association in Verbindung setzen. Die waren bei der ersten Kontaktaufnahme durchaus interessiert, aber da waren wir noch nicht so weit.« Er kritzelte sich eine Erinnerung in sein Notizbuch. »Aber ich finde es wirklich toll, dass sich so viele Leute hier im Ort dafür engagieren wollen. Damit habe ich nicht unbedingt gerechnet.«

»Hey, stell uns nicht in so einem schlechten Licht dar. Du hast uns inzwischen ganz gut im Griff«, protestierte Hailey.

»Bei euch Eingeborenen kann man sich nie so sicher sein.« Collum zwinkerte ihr zu.

»Tu nicht so, als wärst du ein Fremder«, rügte Michael. »Außerdem kennst du uns besser als wir uns selbst.«

Ehe Collum darauf reagieren konnte, tauchte Leslie wieder auf. »Sorry für die Störung, aber du hast noch mal Besuch. Soll ich ihr sagen, dass sie später wiederkommen soll? Auch wenn das vielleicht ein bisschen …«

»Wer ist es denn?«, fragte Collum, obwohl er die Antwort schon ahnte und sein Herz plötzlich deutlich schneller schlug.

»Harriet ist hier«, antwortete Leslie und fügte dann leiser hinzu: »Und sie ist nicht allein!«

»Das klingt aber reichlich geheimnisvoll. Dann soll sie doch unbedingt reinkommen«, bestimmte Hailey, ehe Collum sich eine Meinung dazu bilden konnte.

Die Überraschung – was auch immer es war – hätte er lieber ohne Zeugen entgegengenommen. Trotzdem nickte er bestätigend in Richtung Leslie, die den Anstand hatte, auf seine Anweisungen zu warten.

»Du kannst jetzt rein mit deinen … ähm … Schützlingen«, hörte er Leslie sagen. Gleich darauf betrat eine rotwangige Harriet sein Büro, mit einem Pappkarton in den Händen – in dem zwei Hühner saßen!

Hühner? Wie um alles in der Welt …? Und was für erbarmungswürdige Kreaturen es waren.

»Es tut mir leid, wenn ich störe«, begann sie. »Aber das wäre die Überraschung, von der ich gesprochen habe.« Sie hielt ihm allen Ernstes den Karton hin, sodass ihm gar nichts anderes übrig blieb, als ihn anzunehmen. »Das sind Thelma und Louise, und ich habe die beiden gestern vor einer fiesen Katze, einer hartherzigen Wirtin und dem Kochtopf gerettet.« Sie wirkte ein wenig verlegen, doch ihre Stimme war fest.

»Aber warum …?« Hailey schien genauso verwirrt zu sein wie Collum selbst, und er war froh – und gleichzeitig auch nicht –, dass sie die Frage stellte und er es nicht tun musste.

Wenn er ehrlich war, kannte er die Antwort.

»Ich meine, ich finde es toll, wenn du Tiere rettest, aber warum bringst du sie ausgerechnet Collum? Wir haben auf dem Hof auch ein paar Hühner, ich könnte sie nehmen. Oder auch Michael.« Hailey deutete auf ihren Begleiter, dem seine Verwunderung ebenfalls anzusehen war. »Und du warst doch mit Shona unterwegs. Warum hat sie sie nicht mitgenommen? Kendrick hätte doch bestimmt auch einen Platz für sie gefunden.«

So viele berechtigte Fragen, dachte Collum, und er erkannte, dass Harriet mit sich kämpfte, was sie darauf antworten sollte. Die Wahrheit oder …

»Es sind vermutlich Seidenhühner«, sagte sie, nun leicht zaghaft. »Noch ganz junge, die sich gerade mausern. Deshalb sehen sie auch so gerupft aus. Aber ich glaube, sie werden sich gut erholen. Sie haben jedenfalls mit viel Appetit gefressen.«

»Das ist wirklich eine wundervolle Überraschung«, erklärte Collum mit etwas rauer Stimme. Ihm war vor Rührung ganz warm ums Herz geworden, und ihm war es auch völlig egal, was Hailey und Michael dachten und Leslie, die im Türrahmen stand und das Spektakel betrachtete. Er stellte den Karton auf den Tisch und schaute sich die beiden Tiere genauer an. Harriet hatte recht, das schienen tatsächlich junge Seidenhühner zu sein. So hatten die Jungtiere damals bei seinen Großeltern auch ausgesehen. Vorsichtig streichelte er mit zwei Fingern ihre Köpfe und kitzelte eines der Hühnchen unterm Schnabel. Das hatten die Hühner früher immer sehr gemocht. Das eine hatte schwarzes Gefieder, das andere war silbergrau. Beide musterten ihn mit ihren kleinen schwarzen Augen aufmerksam und vertrauensvoll – und es war vollkommen um ihn geschehen.

Michael räusperte sich. »Ich glaube, wir waren fertig, nicht wahr?«, fragte er Hailey und blickte sie bedeutungsvoll an.

»Absolut«, entgegnete die und stand auf. »Danke, dass du dir Zeit für uns genommen hast«, verabschiedete sie sich von Collum. »Bis bald.«

»Es tut mir so leid, ich wollte dich nicht in Verlegenheit bringen«, sagte Harriet, als die beiden gegangen waren und die Tür hinter sich geschlossen hatten. »Es wäre vielleicht schlauer gewesen, wenn ich sie dir heute Abend nach Hause …« Sie verstummte. »Wahrscheinlich war es überhaupt eine blöde Idee, dass ich sie dir mitgebracht habe, was? Ich meine, was sollst du schon mit Hühnern anfangen? So richtig praktische Haustiere sind sie ja wirklich nicht und …«

»Ich kann mich nicht erinnern, wann mir zuletzt jemand so ein schönes Geschenk gemacht hat.« Collum sah sie an und hoffte, dass sie ihm glaubte. Natürlich war er komplett überrumpelt gewesen, und ja, vermutlich war es tatsächlich nicht so ganz einfach, aber er freute sich mehr, als er mit Worten ausdrücken konnte.

»Ehrlich?« Sie schien Mühe zu haben, es zu glauben.

»Ganz ehrlich! Und die Namen sind der Knüller. Jetzt muss ich mir nur noch überlegen, wie ich sie am besten unterbringe. Im Frühjahr werde ich ihnen ein schönes Außengehege mit einem Hühnerhaus in meinem Garten bauen, aber jetzt im Winter ist es noch viel zu kalt. Ich denke aber, dass ich sie zunächst im Keller unterbringen kann. Ein Raum dort hat viel Tageslicht und steht nicht allzu voll. Vielleicht kann ich mir von irgendjemandem einen Laufstall für Kinder ausleihen und den mit Kaninchendraht ummanteln, damit sie nicht durch die Gitterstäbe abhauen«, überlegte er laut. »Das sollte machbar sein.«

»Ich kann dir gerne dabei helfen«, schlug sie vor. »Und ich wette, dass es auf Monroe Manor so einen Laufstall gibt.«

»Das wäre toll«, erwiderte er.

»Dafür sind Freunde doch da.« Sie strahlte ihn an.

Freunde? Er schluckte. So sah sie ihn also. Hatte er all die Signale in Inverness falsch interpretiert? Da hatte er durchaus den Eindruck gehabt, dass sie auch weitergehendes Interesse an ihm haben könnte. Aber vielleicht war das einfach nur ihrer Euphorie geschuldet gewesen, weil es mit der Bank so gut gelaufen war und sich auch der Stoffladen positiv geäußert hatte. Und nun die Hühner. Schenkten sich Freunde Hühner? Schwer zu sagen, dafür war es eigentlich ein viel zu absurdes Geschenk. Nur nicht in seinem Fall, denn viel persönlicher ging es kaum. Nun ja, Freunde zu sein war nicht schlecht. Womöglich sogar ein sehr guter Anfang. »Ich glaube, ich bringe die beiden jetzt mal besser zu mir nach Hause«, meinte er schließlich.

»Und ich suche einen Laufstall. Sobald ich fündig geworden bin, melde ich mich bei dir oder bringe ihn direkt vorbei. Wie klingt das?«

»Nach einem sehr guten Plan.«

Sie lächelte zufrieden und verließ sein Büro. Kurz darauf kam Leslie herein.

»Will ich wissen, was das alles soll?«, fragte sie und deutete auf die beiden Vögel.

»Bestimmt, aber ich kann's dir nicht wirklich erklären«, entgegnete er. »Tatsache ist jedoch, dass ich jetzt zwei Hühner habe, um die ich mich wohl besser kümmern sollte. Du hältst hier die Stellung? Und wenn was ist, ruf mich an.«

»Mach ich. Aber mich würde brennend interessieren, wie Harriet auf die Idee kommt, dir zwei Hühner zu überlassen.« Leslie sah ihn mit einem bohrenden Blick an, doch er zuckte nur mit den Achseln, und sie gab auf. Fürs Erste zumindest.

Collum zog sich seine Jacke an und trug den Karton mit der fragilen Fracht vorsichtig zu seinem Auto. Dabei fragte er sich, wie lange es wohl dauern würde, bis jeder in Kirkby wusste, dass Harriet ihn zum Papa gemacht hatte. Zum Hühner-Daddy wohlgemerkt, aber immerhin. Bei dem Gedanken musste er lachen. Sollten sie sich doch das Maul über ihn zerreißen. Thelma und Louise würden ein schönes Zuhause bekommen, und er hätte endlich Haustiere. Zwei Fliegen mit einer Klappe.

Zu Hause fand er einen alten Umzugskarton, den er mit Zeitungen auslegte und in den er ein Wasserschälchen stellte. Dann rieb er einen Apfel und eine Möhre und fand noch ein wenig ungezuckertes Müsli. Nicht ganz das optimale Futter, doch da Hühner Allesfresser waren, würde es für den Anfang reichen. Sobald er einen richtigen Indoorstall für sie hatte, würde er angemessene Nahrung für die beiden kaufen. Doch die jungen Damen schienen ganz zufrieden mit dem Angebot zu sein und machten sich voller Appetit über ihr Mittagessen her.

Collum überlegte, was er nun tun sollte, und griff gerade zum Telefon, um nacheinander die Bauern im Ort anzurufen, als sein Handy sich meldete und ein Videoanruf hereinkam. Es war wieder Jon, der nach wie vor mit

Isla durch Indien reiste. Zumindest nahm Collum das an, denn seit ihrem letzten Gespräch hatte er nichts mehr von ihm gehört.

»Wo erwische ich dich denn?«, erkundigte sich Jon.

»Im Keller«, antwortete Collum wahrheitsgemäß. Jon dagegen saß auf einer schattigen Terrasse mit reichlich tropischem Grün im Hintergrund.

»Bist du da zum Lachen hingegangen?« Sein Kumpel grinste.

»Haha.« Collum verdrehte die Augen. »Eher zum Gackern.«

»Bitte?«

Collum richtete die Kamera auf seine beiden Schützlinge, die begeistert ihr Futter aufpickten. »Darf ich dir Thelma und Louise vorstellen? Meine brandneuen Seidenhühner.«

Das schien Jon ernsthaft aus dem Tritt zu bringen, denn es dauerte einen Moment, bis er die Sprache wiederfand. »Ich werde auf der Stelle den Urlaub abbrechen und nach Hause kommen. In Kirkby geht ja offensichtlich alles den Bach runter.« Er schüttelte den Kopf. »Vor zweieinhalb Wochen hat dich ein Alpaka beziehungsweise deine Schicksalsfrau k. o. geschlagen, und jetzt hast du Hühner, die, am Rande bemerkt, einen etwas mitgenommenen Eindruck machen. Was ist los mit dir?«

Das war in der Tat eine sehr gute Frage, doch Collum wusste selbst keine Antwort darauf. Stattdessen sagte er: »Weder das Alpaka noch Harriet haben mich k. o.

geschlagen. Das war ich selbst oder vielmehr ein Wasserhahn. Wir sollten schon bei den Fakten bleiben.«

»Das macht es nicht besser«, behauptete Jon.

»Kann sein, aber es ist die Wahrheit. Und ehe du fragst, die Hühner hat mir vorhin Harriet vorbeigebracht. Sie hat sie gestern irgendwo in Yorkshire gerettet. Sie sehen übrigens nicht mitgenommen aus, sondern sind in der Mauser vom Küken- zum Erwachsenengefieder. Das ist bei keinem Vogel eine gute Zeit. Ähnlich wie bei Teenagern.«

»Seit wann kennst du dich so gut mit Vögeln aus?«

»Ich kenne mich mit vielen Dingen gut aus. Das gehört zum Job.«

Jon schüttelte den Kopf, beschloss dann aber wohl, dass er lieber das Thema wechseln wollte. »Wie läuft es denn mit der mysteriösen Harriet? Immerhin scheinst du sie ja nicht völlig vergrault zu haben, wenn sie dir Geflügel schenkt.«

»Ich schätze, es läuft gut. Wir sind Freunde.«

»Freunde?«

»Freunde. Zumindest behauptet sie das. Aber auf dich ist sie nicht gut zu sprechen.« Collum grinste, als ihm Harriets Empörung letzte Woche wieder einfiel.

»Warum das denn? Sie kennt mich doch gar nicht. Außerdem mögen mich alle Menschen.« Jons Augen wurden ganz schmal.

»Vielleicht ist das die eine Ausnahme? Jedenfalls fand sie es sehr befremdlich, dass du mir geraten hast, sie nicht bei ihren Plänen zu unterstützen.«

»Ich habe dir nicht geraten, sie *nicht* zu unterstützen, ich habe dir geraten, zu warten, bis sie dich darum *bittet*. Das ist ein Unterschied.« Jon seufzte.

»Sie hätte es wohl gern gehabt, wenn ich es ihr aktiv angeboten hätte, aber sei's drum. Es stellte sich heraus, dass sie das mit dem Businessplan tatsächlich weitgehend allein hinbekommen hat, beziehungsweise mit Marlins und Angus' Hilfe. Wobei sie deren Rat schlussendlich in den Wind geschossen und ihr eigenes Ding gemacht hat. Darauf war sie dann zu Recht stolz. Insofern hast du bis zu einem gewissen Punkt natürlich doch recht gehabt«, gab Collum schließlich zu.

»Aber trotzdem seid ihr nur Freunde?«

»Für den Moment ja. Sie hatte bis vor Kurzem aber auch einen Freund, mit dem sie erst vor ein paar Tagen Schluss gemacht hat. Wahrscheinlich ist sie deshalb nicht bereit für etwas Neues«, mutmaßte er. »Auch wenn wir letzten Freitag nach dem Banktermin in Inverness heftig geflirtet haben. Zumindest kam es mir so vor.«

»Wow, dich hat's wirklich schwer erwischt«, befand Jon. »Du müsstest mal deinen Gesichtsausdruck sehen. Du siehst aus wie Polly, wenn man ihr den Futternapf klaut.«

»Vielen Dank für den uncharmanten Vergleich mit deiner verfressenen Hündin«, brummte Collum.

»Das war nicht uncharmant. Du weißt, wie sehr ich Polly liebe, und auch, wie herzzerreißend traurig sie gucken kann. Hach, ich vermisse die Süße!«, entfuhr es ihm herzhaft. »Und euch alle. Ehrlich, Urlaub ist toll, aber er dauert jetzt schon fast vier Wochen, und so lange war ich noch nie weg. Wahrscheinlich erkennt uns Polly gar nicht mehr.«

»Darüber würde ich mir keine Sorgen machen. Aber falls es dich tröstet, wir vermissen euch auch. Trotzdem gibt es keinen Grund, sich über einen schönen langen Urlaub zu beklagen. Die meisten Menschen würden euch darum beneiden.«

»Du nicht.« Es war eine Feststellung, keine Frage.

»Ich bin auch nicht die meisten Menschen. Aber Indien muss toll sein – und für dich ist es doch eine Art Reise zu deinen Wurzeln. Deine Großmutter mütterlicherseits stammt doch aus Indien, nicht wahr?«

»Fang du nicht auch noch an. Damit liegt mir Isla ständig in den Ohren. Ja, meine Granny wurde in Chennai geboren, kam aber schon als Kind mit ihren Eltern nach Edinburgh, und ich habe sie nie was anderes als Englisch sprechen hören. Genau wie meinen Großvater, der ja aus Somalia stammt.« Jon schüttelte den Kopf. »Für mich waren das einfach immer nur meine Großeltern. Meine Mutter hat sich nie als etwas anderes gefühlt denn als Schottin, und für mich gilt das auch. Doch Isla ist besessen davon, meine Wurzeln zu entdecken. Dabei sind meine Wurzeln durch und durch schottisch – weshalb ich mich gerade ziemlich entwurzelt fühle.« Er wischte sich mit einer matten Geste den Schweiß von der Stirn. »Und habe ich erwähnt, wie verdammt heiß es hier ist?«

»Mein Mitgefühl hält sich in Grenzen. Das Wetter hier ist im Augenblick wirklich ekelhaft. Weißt du, wie lange ihr jetzt noch weg seid?«

»Ich hoffe, dass wir in zwei Wochen heimfliegen. Bis dahin sollten wir gefühlt jede Tee- und Gewürzplantage und jedes aufregende Restaurant besucht haben.«

»Macht ihr auch normale Touristen-Dinge? Also Fotos vorm Tadsch Mahal? Oder besucht ihr irgendwelche Maharadscha-Paläste?«

»Nur wenn sie zufällig auf dem Weg liegen. Gott, ich hoffe, dass Isla bald schwanger wird, sonst steht mir im nächsten Winter ein ähnlicher Trip nach Afrika bevor.«

Collum dachte an seine Schwäche für Giraffen. »Da würde ich wahnsinnig gerne mal hin. Hat dir schon mal jemand erzählt, dass du ein ziemlich stoffeliger Typ sein kannst? Es ist ein Geschenk, die Welt zu erleben.«

»Sagt der Mann, der sein geliebtes Kirkby in den letzten Jahren kaum für länger als drei Tage verlassen hat.« Jon schnaubte.

»Kirkby ist nun mal der schönste Ort der Welt. Außerdem bin ich Bürgermeister, und ich habe auch niemanden, mit dem ich die Welt erobern könnte.«

»Wolltest du nicht vor wenigen Tagen noch für deine Harriet das Goldene Vlies in Nepal suchen?«

»Mach du nur Witze. Ich würde es nämlich tatsächlich tun, wenn sie mich darum bäte. Aber zurück zu dir: Du magst zwar schwitzen, aber du siehst verdammt glücklich aus. Also hör auf, dich zu beklagen, und genieße die Zeit.«

»Hast ja recht.« Jon lächelte ein wenig ertappt. »Das werde ich. Aber jetzt noch einmal zurück zu dir und deinen Hühnern. Warum hat Harriet sie dir geschenkt? Dafür muss es doch einen Grund geben.«

Darüber wollte Collum jetzt ganz bestimmt nicht mit ihm reden, und er hatte Glück, denn seine schrille Türklingel ertönte. »Wir sehen uns bald, mein Freund. Aber jetzt muss ich zur Tür.« Mit diesen Worten beendete er das Gespräch und lief die Treppe hinauf.

AM SEIDENEN FADEN

»DIE BEIDEN SEHEN SO VIEL BESSER AUS!«, freute sich Harriet bei ihrem nächsten Besuch eine Woche später.

Collum nickte. Sie standen in seinem »Hühnerkeller« und beobachteten Thelma und Louise dabei, wie sie geschäftig Körner aus einem Hundeschnüffelteppich pickten. Harriet hatte Wort gehalten und auf Monroe Manor nach geeigneten Materialien für ein Indoor-Hühnergehege gesucht. Sie war es, die sein Gespräch mit Jon letzte Woche unterbrochen und schwer bepackt vor seiner Tür gestanden hatte. Dabeigehabt hatte sie Gitterpaneele, die George sonst für sein Welpenzimmer verwendete, um zu verhindern, dass der Terriernachwuchs durch das ganze Herrenhaus marodierte. Daraus hatten sie im Handumdrehen einen großzügigen Auslauf in Collums Keller gebaut. Außerdem hatte Harriet noch reichlich anderes Hundezubehör mitgebracht, das sich für Hühner erstaunlich gut eignete. Ebenjenen waschbaren Zottelteppich zum Beispiel, in dem sonst junge Hunde nach Leckerchen suchten und in dem sich auch erstklassig Körner verstecken ließen, sodass die Hühnchen eine ganze Weile beschäftigt waren. In einen großen Wassernapf hatte Collum etwas Sand gefüllt, in dem die Mädels gerne scharrten und badeten. Außerdem hatte ihm Kendrick einen ausrangierten Kaninchenstall gebracht, der, mit Stroh befüllt, der Schlafplatz der beiden war. Im Frühjahr würde er einen Hühnerstall für seinen Garten bauen und sich vielleicht noch ein paar weitere Vögel anschaffen, aber für den Moment schienen Thelma und Louise in ihrem Quartier glücklich zu sein. Die Mauser war inzwischen fast vorbei, und allmählich sahen sie tatsächlich wie richtige Hühner aus.

»Ich glaube, sie fühlen sich recht wohl hier«, sagte Collum. »Kann ich dir irgendwas anbieten?«

Harriet schüttelte den Kopf. »Nein danke, ich muss ja gleich losfahren. Echt schade, dass du nicht mit zur Auktion kannst.«

Collum bedauerte es ebenfalls, doch er hatte Verpflichtungen, um die er sich kümmern musste. Genau wie um seine neuen Mitbewohnerinnen. Trotzdem, die Aussicht, mit Harriet nach Aberdeen zu fahren, vielleicht nett essen zu gehen und dann die Nacht … »Glaub mir, mir tut es mindestens genauso leid«, sagte er. »Ich hätte dich wirklich wahnsinnig gerne begleitet. Aberdeen ist eine tolle Stadt, und die Auktion morgen wird sicher sehr aufregend.«

»Das glaube ich auch. Ich hoffe so sehr, dass ich den Webstuhl kaufen kann, doch das wird sicher nicht leicht.« Sie seufzte. »Aber wenn es mir gelingt …«

»Es wird dir gelingen!«, beharrte er. »Ich hab ein gutes Gefühl dabei. Du wirst ihn kaufen und dann bald mit deiner Weberei loslegen können. Und wenn du morgen Abend nach Hause kommst, feiern wir deinen Triumph, ja?«

Sie sah ihn unschlüssig an, so als traute sie sich nicht, an ihren Erfolg zu glauben, doch dann riss sie sich merklich zusammen. »Du hast recht. Ich schaffe das und würde mich freuen, wenn es morgen etwas zu feiern gäbe. Danke, dass du so an mich glaubst.«

»Ich habe keinen Zweifel, dass du es schaffen kannst, aber entscheidend ist, dass du selbst an dich glaubst.« Er schaute sie eindringlich an und fühlte ihren Blick seinerseits ganz tief in sich.

Sie hatten sich in den letzten Tagen ein paarmal gesehen, aber längst nicht so oft oder so intensiv, wie er es sich gewünscht hätte. Doch Harriet hatte viel zu tun und war bei einigen Garnherstellern und Spinnereien gewesen, um die nötigen Rohstoffe für ihre erste Produktion zu ordern. Außerdem hatte sie bei Kirkbys Schreiner Davie Tomlinson ihre Regale und Arbeitstische in Auftrag gegeben, die auch bald eingebaut werden würden. Collum selbst war ebenfalls beschäftigt. Neben dem normalen Tagesgeschäft der Gemeinde musste er dafür sorgen, dass die geplanten Events organisiert wurden. Ganz besonders die Highland Games, wegen denen es immer noch größere Termindiskussionen gab. Die meisten Top-Athleten starteten auf jeden Fall auch in Braemar, und wenn man sie nach Kirkby locken wollte, sollte man das Turnier entweder kurz vorher oder kurz danach stattfinden lassen. Er war sich nur noch nicht sicher, ob er wirklich mutig genug war, um sozusagen das Turnierfinale der Saison auszurichten – eine Ehre, die unausgesprochen bislang immer Braemar zugefallen war. Doch da würde er sich in allernächster Zukunft festlegen müssen, um mit der Planung richtig loslegen zu können.

»Bist du sicher, dass ich dich nicht wenigstens noch zu einem Tee überreden kann?«, fragte er, als sie nichts mehr sagte.

»Das wäre schön, aber ich sollte wirklich los. Ich habe mindestens zweieinhalb Stunden Autofahrt vor mir, bei dem Ekelwetter eher mehr.« Sie wirkte so, als würde sie die Aussicht, ihn gleich verlassen zu müssen, ernsthaft bedauern. Er jedenfalls tat es. »Aber ich hab noch eine kleine Überraschung für dich. Eigentlich wollte ich sie dir erst morgen geben, aber das ist Unsinn. Warte kurz.« Mit diesen Worten huschte sie die Kellertreppe hoch und lief zum Wagen ihrer Tante Heather, den sie sich für den Trip nach Aberdeen ausgeliehen hatte.

Er folgte ihr neugierig und ein wenig skeptisch. Hoffentlich nicht noch mehr Hühner. Durch das Küchenfenster beobachtete er, wie sie auf der Rückbank herumkramte und dann mit einer großen, braunen Papiertüte zurückkehrte. So wie sie die Tüte trug, deutete nichts auf tierischen Inhalt hin. Allerdings fielen ihm ihre ziemlich geröteten Wangen und die besonders glänzenden Augen auf. Was hatte sie vor?

»Jetzt bin ich aber gespannt«, sagte er, als er die Haustür hinter ihr schloss und sie in die Küche lotste, damit sie nicht so verlegen im Flur herumstehen mussten.

»Ich hoffe, du freust dich.« Sie biss sich auf die Unterlippe, als sie ihm die Tüte reichte.

Ihre Nervosität steckte ihn an, und er merkte, dass sein Herz ein wenig schneller schlug, als er etwas Weiches, das in weißes Seidenpapier eingewickelt war, hervorzog und auf die Kücheninsel legte. Was konnte das wohl sein?

»Mach's auf«, forderte sie und betrachtete ihn so aufmerksam, als sei seine nächste Gefühlsregung entscheidend für alles Weitere.

Bloß kein Druck … Collum atmete einmal tief durch, schlug das feine Papier zur Seite und starrte dann vollkommen verblüfft auf einen wunderschönen dunkelblauen Zopfpullover, der fast genauso aussah wie sein altes Lieblingsteil von seiner Großmutter. Vorsichtig, als sei es zerbrechliches Porzellan, strich er mit zwei Fingern über das Gewebe. Es war unfassbar weich, und nun fiel ihm ein, dass Harriet neulich nach dem Pubbesuch in Inverness unbedingt Wolle hatte kaufen wollen. »Hast du …«, fing er an.

»Ja, ich habe ihn selbst gestrickt«, entgegnete sie. »Ich hoffe, er gefällt dir. Magst du ihn mal anprobieren?«

»Er ist absolut wundervoll«, raunte er und hob ihn hoch. Das Maschenbild war absolut gleichmäßig und so perfekt, dass es wie ein teures Designerstück aussah und nicht wie eine simple Handarbeit. Es *war* ein teures Designerstück, korrigierte er sich in Gedanken und räusperte sich. Dann zog er den Pulli über seinem Hemd an. Er passte perfekt. »Ich weiß gar nicht, was ich sagen soll«, murmelte er. Das kam bei ihm nicht allzu oft vor, aber er fühlte sich gerade derart überwältigt, dass es ihm die Sprache verschlug.

»Die klassische Antwort wäre wohl ›Danke‹«, entfuhr es ihr vorwitzig, aber er sah ihr an, dass der saloppe Spruch nur ihre Nervosität überspielen sollte. Ihrem Lächeln, das von Sekunde zu Sekunde strahlender wurde, entnahm er jedoch, dass sie mit seiner Reaktion sehr zufrieden war.

»Ein einfaches Danke ist nicht ausreichend. Ich weiß nur wirklich nicht, warum du mir so ein wertvolles Geschenk machst.«

»Es ist der Versuch einer Wiedergutmachung für den blöden Unfall und ein kleines Dankeschön für deine Hilfe und außerdem …«

»Außerdem?« Das schien das alles entscheidende Argument zu sein, denn weder brauchte sie irgendetwas wiedergutzumachen, noch musste sie sich bedanken. Zumindest seiner bescheidenen Meinung nach.

»Außerdem war es mir ein großes Bedürfnis«, ergänzte sie. »Ich finde, du solltest den Pullover deiner Großmutter in Ehren halten, aber diesen könntest du auch anziehen, ohne Angst zu haben, dass er dir bei der nächsten Sturmböe vom Leib fällt.«

»Das ist …« Er hatte immer noch Mühe, die richtigen Worte zu finden. Das war so liebevoll, mitdenkend, großzügig, hinreißend … doch nichts davon kam über seine Lippen. »Danke«, sagte er dann. »Von ganzem Herzen danke. Du ahnst gar nicht, wie sehr ich mich freue.«

»Das hatte ich gehofft«, entgegnete Harriet. »Aber jetzt muss ich los. Drück mir die Daumen.« Sie drehte sich um, aber dann besann sie sich eines Besseren und wandte sich ihm noch einmal zu. »Bis morgen, Collum.« Sie legte ihm eine Hand auf die Brust, ging auf die Zehenspitzen und …

Er war überrascht, dass sie ihm einen Kuss geben wollte. Bestimmt auf die Wange. Collum beugte sich ihr ein Stückchen entgegen und merkte, wie ihre Wange die seine streifte. Und plötzlich fühlte er ihre Lippen auf seinen. Es war garantiert ein Versehen, es konnte gar nichts anderes sein, und der Gentleman in ihm sollte nun zurückweichen und sie auf den Weg schicken. Doch der Gentleman hatte gerade nichts zu melden. Stattdessen übernahm der Mann das Ruder, der ganz andere Pläne hatte. Unwillkürlich erhöhte er den Druck, und erstaunlich genug, sie hielt dagegen. Ihre Hand wanderte von seiner Brust in seinen Nacken, ihr anderer Arm legte sich um seine Taille, und nun öffnete sie auch noch den Mund.

Collum stöhnte leise, als sich ihre Zungenspitze über seine Lippen bewegte und sachte um Einlass bat. Sie drückte ihren zierlichen Körper noch enger an seinen und ließ es zu, dass er ihren Mund hungrig und ein wenig ungestüm eroberte. Er konnte sich nicht erinnern, ob er jemals zuvor so lichterloh gebrannt und so viel Leidenschaft gespürt hatte – bei einem simplen Kuss. Wobei, nein. Simpel war daran gar nichts. Er schmeckte Neugier, Lust und Hingabe, aber auch ein wenig Unsicherheit, Schokolade und schwarzen Tee. Er wusste nicht, ob es seine Sinne waren, die es wahrnahmen, oder ihre. Ob es seine Gefühle waren oder ihre. Und es war auch gleichgültig, denn eines war sicher: Dieser Kuss war vieles, aber nicht freundschaftlich.

Ob er den Kuss zuerst löste oder sie, konnte er ebenfalls nicht mit Sicherheit sagen, doch schließlich stand sie mit leuchtenden Augen schwer atmend vor ihm. »Ich muss jetzt wirklich fahren. Bis morgen.«

Wie sie es schaffte, sich umzudrehen, erst die Küche und dann das Haus zu verlassen und anschließend loszufahren, war ihm absolut schleierhaft. Aber vermutlich war es gut, dass sie sich besser unter Kontrolle hatte als er, denn er hätte sie in der nächsten Sekunde ziemlich sicher auf die Kücheninsel gehoben und …

• • •

Die Fahrt nach Aberdeen zog sich endlos hin an diesem Abend. Stau wechselte sich mit dichtem Verkehr ab, und all das war garniert mit Sturmböen und einem fiesen Schneeregen. Doch Harriet bekam von den Widrigkeiten kaum etwas mit. Der rationale Teil von ihr funktionierte wenigstens insoweit, als sie sich auf den Verkehr konzentrierte und einigermaßen sicher Meile für Meile hinter sich brachte. Der emotionale Part dagegen fuhr mental Achterbahn. Was war da vorhin zwischen ihr und Collum geschehen? Wie hatte der Kuss, der als freundschaftliches Wangenbussi zum Abschied geplant gewesen war, derart eskalieren können? Ihre Lippen prickelten Stunden später immer noch, genau wie ihr Unterleib, wo die rohe, ungezügelte Lust, die sie gespürt hatte, inzwischen jedoch einem angenehmen Dauerpulsieren gewichen war, das sie leichter ignorieren konnte. Himmel, es hatte sie jedes bisschen Selbstbeherrschung gekostet, Collums Haus zu verlassen. Anderenfalls hätte sie für nichts mehr garantieren können. Seine harte Erektion an ihrem Bauch hatte sie mindestens genauso verrückt gemacht wie der verführerische Tanz ihrer Zungen. Eines war klar, freundschaftlich hatte sich dieser Kuss nicht angefühlt. Doch sie hatte keine Ahnung, was sie darüber denken sollte. Und noch weniger wusste sie, wie Collum das sehen würde.

Es war schon recht spät, als sie das gebuchte Hotel in Aberdeen endlich erreichte. Sie war bei einer dieser günstigen Ketten abgestiegen: zentrale Lage, saubere Zimmer, aber komplett anonym. Beim Anblick des großen Doppelbetts dachte sie sofort wieder an Collum, und ihr fielen einige Dinge ein, die sie dort am liebsten auf der Stelle mit ihm erleben würde.

Für die Fahrt hatte sie ihr Handy stumm geschaltet, damit sie nicht auch noch von Signaltönen abgelenkt wurde, und nun stellte sie fest, dass etliche Textnachrichten vorlagen. Ihr Vater, Marlin und Shona wünschten ihr viel Erfolg für morgen, Heather fragte mütterlich besorgt, ob sie gut angekommen sei, und drückte ihr natürlich ebenfalls die Daumen. Collum hatte ein Foto von sich mit Thelma und Louise auf dem Schoß geschickt: *Die beiden finden den Pulli auch ganz toll. Ich bin immer noch … sprachlos. Hoffe, du bist gut angekommen. Toi, toi, toi für morgen. C.*

Harriet schrieb rasch ihrer Tante und ihrem Vater, für die Antwort an Collum brauchte sie jedoch länger. Schließlich knipste sie ein Foto von ihrem Zimmer und textete dazu: *Ich bin gut angekommen, und Sprechen wird manchmal überbewertet. Bis morgen! H.*

Erst als sie die Nachricht abgeschickt hatte, fiel ihr auf, wie zweideutig die Kombination aus Foto und Text war. Auf dem Bild war schließlich vor allem das Bett zu sehen. Was, wenn er jetzt dachte …? Wie peinlich. Und wie dreist von ihrem Unterbewusstsein. Aber nein, darüber würde sie jetzt nicht nachdenken, sie hatte schließlich eine Mission, die wichtiger war als alles andere. Sie wollte morgen den wundervollen Webstuhl ergattern, und dafür sollte sie fit und ausgeschlafen sein. Darüber, was man sonst noch mit einem Bett anfangen konnte, würde sie bei anderer Gelegenheit nachdenken. Frühestens wenn sie morgen erfolgreich gewesen war! Um sich abzulenken und für die nötige Bettschwere zu sorgen, schnappte sie sich ihre Handtasche und ging nach unten. Irgendwo würde sie noch eine Kleinigkeit essen können und mit einem Weinchen oder Bier für Müdigkeit sorgen.

Warum hatten ihre Pläne derzeit die unangenehme Angewohnheit, nach hinten loszugehen? Um nämlich nicht auf etwaige weitere Nachrichten von Collum zu warten, hatte Harriet ihr Handy ausgeschaltet und nach dem Pubbesuch vergessen, es wieder anzumachen, um sich den Wecker zu stellen. Das war ihr auch schon lange nicht mehr passiert. Wenn überhaupt schon mal. Als sie aufwachte, schien die fahle Wintersonne bereits in ihr Zimmer. Nicht gut. Schlaftrunken tastete sie nach ihrem Handy, fand es nicht auf dem Nachttisch und fuhr mit einem Anflug von Panik hoch. Wo war das verdammte Telefon? Es lag in ihrer Handtasche, und als sie es fluchend angeschaltet hatte, ignorierte sie die Nachrichten, die laut piepsend angeflattert kamen. Ihre Aufmerksamkeit galt allein der Uhrzeit. Es war bereits Viertel nach neun. Seit acht lief die Besichtigung, um zehn sollte die Auktion losgehen. Verdammter Mist! Wie hatte ihr das passieren können? Der Plan war gewesen, um Punkt acht auf der Matte zu stehen, um sich den Webstuhl, den sie bisher nur von Fotos und Spezifikationen aus dem Internet kannte, genau anzuschauen und ihn womöglich auch auszuprobieren – oder zumindest die Leute vom Museum zu befragen, die ihn verkauften. Außerdem hatte sie ihre Mitbewerber beobachten wollen, um herauszufinden, warum sie das Gerät erwerben wollen, und ihre eigene Strategie gegebenenfalls anzupassen. Diesen Tipp hatte ihr Marlin gegeben, der bei Auktionen schon häufig erfolgreich gewesen war. Doch dafür war es nun zu spät. Frühstück konnte sie ebenfalls vergessen, genau wie eine Dusche. Stattdessen musste sie zusehen, dass sie schnellstmöglich zum Auktionshaus kam.

Mehr als eine rudimentäre Katzenwäsche war nicht drin, was bedeutete, dass ihre kurzen Haare so verstrubbelt bleiben mussten, wie sie waren, seit sie aus dem Bett gekrochen war. Ohne dass die Haare mindestens angefeuchtet wurden, war keine Frisur möglich. Egal, dann ließ sie eben die Mütze auf. Das war jetzt ihr geringstes Problem. Sie schlüpfte rasch in ihre Klamotten und hetzte zur Rezeption, wo bereits ein Pulk Menschen aufs Auschecken wartete. Warum nur hatte sie das nicht gleich gestern Abend erledigt, als sie ja bereits ihre Kreditkarte hinterlegt hatte? Da war sie sich aber noch nicht sicher gewesen, ob sie frühstücken wollte oder nicht, weshalb sie die Bezahlung auf heute verschoben hatte. Sollte sie einfach trotzdem abhauen? Nein, das ging nicht. So viel Geld hatte sie nicht, dass sie es einfach fahrlässig aus dem Fenster werfen konnte.

Schon zwanzig vor zehn! Endlich kam sie dran, bezahlte ihre Rechnung und flitzte zum Auto. Der Weg zum Auktionshaus dauerte nur fünf Minuten, die Parkplatzsuche etwas länger, doch schließlich platzte sie um Punkt zehn Uhr ins Auktionshaus, ohne auch nur zu wissen, wie der Ablauf funktionierte. Musste sie sich als potenzielle Käuferin irgendwo registrieren? Oder konnte sie einfach so mitbieten? Auch das hatte sie schon morgens herausfinden wollen, denn jedes Auktionshaus handhabte das laut Marlin ein wenig anders.

Überhaupt hatte sie sich das alles viel prunkvoller und eleganter vorgestellt. Stattdessen stand sie nun in einer besseren Lagerhalle, in der neben dem Webstuhl noch etliche andere historische Maschinen ausgestellt waren und zum Verkauf angeboten wurden. Und es waren ziemlich viele Menschen da, die sich dafür interessierten.

Harriet war so sauer auf sich selbst, dass sie mit Tränen kämpfen musste. Wie blöd musste man sein, um sich in eine derart dämliche Situation hineinzumanövrieren? War sie unter diesen Voraussetzungen überhaupt fähig, ein eigenes Unternehmen zu gründen? Nein, auf diesen Gedankenpfad durfte sie sich jetzt gar nicht erst begeben.

Energisch rieb sie sich die ungeschminkten Augen und reckte das Kinn nach vorn. Sie wollte diesen Webstuhl, und sie würde ihn auch bekommen!

Zunächst kamen einige der anderen Gerätschaften unter den Hammer, bei denen sie nicht den Hauch einer Ahnung hatte, wofür sie gut sein sollten. Aber immerhin konnte sie beobachten, wie es ablief. Der Auktionator beschrieb in wenigen dürren Worten die Spezifikationen der jeweiligen Maschine und rief ein Mindestgebot auf. Daraufhin hoben all jene die Hand, die diesen Betrag zahlen würden, und von da aus ging es nach oben: bei kleinen Geräten in Zehn-Pfund-Schritten, bei größeren in Fünfzig- oder Hundert-Pfund-Etappen. Eine vorherige Registrierung war wohl nicht nötig. Die Auktionsgewinner erhielten direkt vom Auktionator ein Papier, auf dem anscheinend die Summe eingetragen wurde, und mit dem gingen sie zu einer Art Rezeptionstresen an der Seite, wo man dann bezahlte. So weit, so gut.

Langsam beruhigte sich Harriet wieder etwas. Noch war nichts verloren. Sie schlängelte sich zwischen den vielen Menschen hindurch, von denen die meisten hoffentlich einfach nur neugierig waren und sehen wollten, wie so eine Auktion ablief. Zumindest redete sie sich das tapfer ein, um den Mut nicht zu verlieren. Was, wenn es alle auf den Webstuhl abgesehen hatten? Der Bereich mit den Maschinen war jetzt mit Seilen abgetrennt, sodass Harriet nicht direkt zum Objekt ihrer Begierde gehen konnte, doch sie positionierte sich ganz in seiner Nähe und ließ ihren Blick sehnsüchtig darübergleiten.

»Wundervoll, nicht wahr?«, sprach sie jemand an.

»Ziemlich«, sagte Harriet und gab damit ihr Interesse zu – etwas, was sie um jeden Preis hätte vermeiden sollen, wenn es nach Marlin Fraser ging. Zumal die Frau, die sie angesprochen hatte, ähnlich verlangend zu der erstaunlich filigran wirkenden Konstruktion aus Metall und Holz blickte wie sie selbst. Harriet musterte die andere verstohlen. Sie war wunderschön – deutlich größer als sie selbst, mit langen, eleganten Gliedmaßen, einem klassischen Gesicht mit gerader Nase, großen grünen Augen und einem sinnlich geformten Mund. Mit ihren langen, dunkelroten Locken sah sie aus wie eine perfekte Highland-Prinzessin, wie man sie aus Filmen und Büchern kannte.

»Ich würde ihn so gern kaufen, aber ich fürchte, die Konkurrenz ist einfach zu stark«, fuhr die Frau mit einem Seufzer fort. Bei ihr klang der leichte schottische Akzent weich und charmant, und ihre Stimme war so melodisch, dass Harriet ihre Einschätzung von eben revidierte. Diese Frau war keine Highland-Prinzessin, das musste eine Elfe sein! Allerdings eine, die von den Gepflogenheiten bei Auktionen noch weniger Ahnung hatte als sie selbst.

»Ich würde ihn auch gerne ergattern«, hörte sie sich selbst sagen. Sollte sie nicht besser die Klappe halten?

»Ich bin übrigens Ainslee«, stellte sich die Elfe vor und reichte ihr eine schmale und selbstverständlich makellose Hand.

»Harriet«, entgegnete sie und schüttelte die dargebotene Hand. »Hast du dir den Webstuhl vorhin anschauen können?«

»Ich habe sogar einige Zeit damit gearbeitet«, erwiderte Ainslee mit Wehmut in der Stimme.

»Echt?«

»Ja, er war Teil einer Schauwerkstatt in einem Museum hier in Aberdeen. Schon als Jugendliche habe ich nach der Schule, an den Wochenenden oder in den Ferien damit gewebt. Es ist eine ganz wundervolle Maschine.« Sie seufzte noch einmal tief. »Ich konnte es nicht glauben, als ich erfahren haben, dass sie die sogenannte lebendige Ausstellung aufgeben und die Geräte versteigern lassen.«

»Das fand ich auch ungewöhnlich«, murmelte Harriet, hing aber in Gedanken noch an Ainslees Aussage fest, dass sie schon richtig damit gewebt hatte. »Was willst du damit machen?«

»Das ist die große Frage.« Ainslee schenkte ihr ein leichtes Lächeln und einen fragenden Blick. »Ich schätze, ich würde mich damit selbstständig machen. Davon träume ich schon seit vielen Jahren, aber ehrlich gesagt habe ich keine Ahnung, wie und wo. Klingt ziemlich unprofessionell, nicht wahr?«

»Hm.« Harriet zuckte mit den Schultern und behielt ihre Meinung lieber für sich, denn sie hielt es tatsächlich für unprofessionell. Da war sie selbst immerhin schon einen oder zwei Schritte weiter.

»Und du?«, erkundigte sich Ainslee jedoch neugierig.

»Ich werde mich definitiv mit einer Weberei selbstständig machen. Ich habe Räumlichkeiten und bereits einen modernen, computergesteuerten Webstuhl. Aber für besondere Stoffe hätte ich gerne eine historische Maschine.«

»Wow, das ist ja toll. Also nicht, dass du eine Konkurrentin für den Webstuhl bist, sondern dass du das durchziehst, wovon ich seit vielen Jahren träume.« Sie schien wirklich beeindruckt zu sein.

»Bist du auch Textildesignerin?«, wollte nun Harriet wissen, während eine hitzige Geboteschlacht um eine uralte Melkmaschine entbrannte. »Ich habe am Central Saint Martins College studiert und habe mich dabei besonders in das Webereihandwerk verliebt und auch einige Praktika gemacht.«

»Das wäre mein Traum gewesen, aber leider konnte ich es mir nicht leisten.« Ein weiterer Seufzer. »Ich bin ausgebildete Schneiderin, und alles, was ich übers Weben weiß, habe ich mir über die Praxis angeeignet.«

»Das dürfte eine Menge sein, wenn du damit schon als Jugendliche angefangen hast. Da kennst du dich vermutlich sogar viel besser aus als ich.« Bei der Erwähnung ihres Schneiderberufs war Harriet endgültig hellhörig geworden.

»Kann sein. Die letzten Jahre habe ich in Edinburgh in einer Schauweberei gearbeitet – an einem ganz ähnlichen Gerät wie diesem hier. Ich trete auch oft bei Historienspielen als Weberin auf – in selbst genähten Kostümen aus Stoffen, die ich eigenhändig hergestellt habe.«

Das glaubte Harriet sofort. Auch der grüne Mantel mit dem feinen Muster, den Ainslee trug, war zweifellos eine perfekte Einzelanfertigung. »Kannst du auch Kilts nähen?« Ihr Herz schlug plötzlich schneller. Falls ja, wäre Ainslee die perfekte Kandidatin. Aber wahrscheinlich hätte sie gar kein Interesse. Oder?

»Ja natürlich. Das gehört hier in Schottland dazu. Ich habe sogar mal einen Preis dafür gewonnen – in der Kategorie ›Beste Faltenlegung‹. Das war vor vielen Jahren ein Wettbewerb für Jungschneider.« Sie lachte leise. »Als wäre das so eine große Kunst.«

»Finde ich schon.«

»Warum fragst du?«, wollte sie wissen, doch ehe Harriet antworten konnte, kündigte der Auktionator den Webstuhl an.

Alles in Harriet kribbelte plötzlich vor Aufregung, und sie hörte nur mit halbem Ohr zu, als der Mann das tadellos erhaltene Museumsstück von 1863 vorstellte und die besonderen Spezifikationen herunterbetete. Das wusste sie bereits alles, aber sie brannte darauf, dass es endlich losging. Sie war überrascht, dass der Auktionator ein Mindestgebot von nur zweieinhalbtausend Pfund aufrief. Da hatte sie mit einer erheblich höheren Summe gerechnet. Ihre Hand schoss nach oben, genau wie Ainslees und die von ungefähr einem Dutzend weiterer Menschen. Mist, die meisten hier waren wohl doch wegen des Webstuhls gekommen und nicht wegen irgendwelcher Melkmaschinen oder sonstiger landwirtschaftlicher Teile.

Rasend schnell stiegen die Gebote auf zehntausend Pfund – und es waren immer noch fünf Mitbewerber neben ihr und Ainslee dabei. Sie hatte gehofft, maximal fünfzehntausend Pfund ausgeben zu müssen, und verfügte über ein Notfallbudget von zwanzigtausend, das Marlin ihr praktisch aufgedrängt hatte. Allerdings hatte sie Zweifel, ob das ausreichen würde. Mindestens zwei der Männer, die ebenfalls mitboten, sahen sehr entschlossen aus. Ainslee dagegen wurde zunehmend blasser um die Nase. Sie würde anscheinend sehr bald am Ende ihrer Möglichkeiten sein.

Zwölftausend. Ein weiterer Bewerber stieg aus.

Dreizehntausend. Ainslee schüttelte traurig den Kopf.

Vierzehntausend. Noch einer gab auf. Jetzt waren es nur noch die zwei entschlossenen Männer und Harriet. Das Blut rauschte in ihren Ohren, und das Herz schlug ihr bis in den Hals.

Vierzehntausendzweihundertfünfzig. Vierzehntausendfünfhundert. Vierzehntausendsiebenhundertfünfzig. Harriet schluckte, doch sie bot tapfer mit.

»Fünfzehntausend«, rief der Auktionator, und sie und die beiden Männer hoben die Hände.

»Wow, du meinst es wirklich ernst«, sagte Ainslee bewundernd.

»Ja, aber mein absolutes Limit ist auch gleich erreicht«, entgegnete Harriet. Zumal ab sofort in Fünfhunderter-Schritten weitergeboten wurde, wie der Auktionator ankündigte.

Fünfzehntausendfünfhundert. Sechzehntausend.

»Könntest du dir vorstellen, dich mit mir zusammenzutun?«, fragte sie Ainslee. »Als Partnerin in meiner Weberei? Ich suche nämlich dringend eine Schneiderin, die mit einsteigt. Umso besser, wenn sie auch weben kann.«

Sechzehntausendfünfhundert. Siebzehntausend.

»Meinst du das ernst?« Ainslee klang vollkommen verblüfft, aber auch ein bisschen hoffnungsfroh.

Siebzehntausendfünfhundert.

»Absolut ernst. Es ist in Kirkby, einem kleinen Ort in der Nähe von Inverness. Traumlage in einem Herrenhaus.«

Achtzehntausend.

Einer der beiden Mitbieter zögerte sichtlich, und auch Harriet musste sich überwinden, den Arm zu heben, doch natürlich tat sie es.

»Ich bin dabei!«, sagte Ainslee mit fester Stimme.

»Echt?«

»Ganz echt. Wenn du mich wirklich willst.«

»Achtzehntausendfünfhundert.«

»Unbedingt!« Harriet und Ainslee besiegelten ihre neue Partnerschaft per Handschlag.

»Ich kann maximal zwölftausendfünfhundert Pfund bieten«, sagte Ainslee. »Lieber weniger, denn das sind meine kompletten Ersparnisse.«

Neunzehntausend. Der zögernde Mann stieg aus. Blieben nur noch der andere Kerl und Harriet.

»Wir kriegen das hin!« Harriet fühlte neuen Mut in sich und war plötzlich wieder zutiefst davon überzeugt, dass sie es schaffen würde. Dass sie es gemeinsam schaffen konnten.

Neunzehntausendfünfhundert. Zwanzigtausend. Der Mitbieter warf ihr einen prüfenden Blick zu, doch sie sah kühl an ihm vorbei. Jetzt bloß keine Schwäche zeigen.

Zwanzigtausendfünfhundert. Einundzwanzigtausend. Einundzwanzigtausendfünfhundert.

»Oh Gott, mir wird ganz schlecht«, jammerte Ainslee leise, aber Harriet war entschlossener denn je.

Zweiundzwanzigtausend. Zweiundzwanzigtausendfünfhundert. Dreiundzwanzigtausend. Wieder spürte

Harriet den bohrenden Blick des Mannes auf sich, und wieder ignorierte sie ihn.

»Dreiundzwanzigtausendfünfhundert!«, rief der Auktionator, und Harriets Hand schoss nach oben. »Bietet jemand mehr?« Stille im Saal. »Zum Ersten, zum Zweiten und zum Dritten – verkauft an die junge Dame mit dem blauen Wollmantel. Herzlichen Glückwunsch!«

»Ich fass es nicht!« Harriet sah sich um, als einige der Umstehenden applaudierten.

»Wir haben es geschafft«, rief Ainslee, die halb fassungslos, halb euphorisch wirkte.

»Wir haben es tatsächlich geschafft«, murmelte Harriet und ließ zu, dass Ainslee sie zum Podest des Auktionators schob, wo sie den Zettel mit der Objektnummer und der Kaufsumme entgegennahm.

»Viel Erfolg«, sagte der Mann zu ihr, der bis zum Schluss mitgeboten hatte. »Ich hoffe, Sie werden den Webstuhl auch zu würdigen wissen. Ich hätte ihn für ein kleines Museum in Perth gekauft.«

»Er ist viel zu schade dafür, in einem Museum zu stehen«, mischte sich Ainslee ein.

»Genau«, bestätigte Harriet. »Bei uns wird er jeden Tag in Betrieb sein und seiner ursprünglichen Bestimmung nachkommen.«

»Das ist toll«, entgegnete der Mann. »Und darf ich fragen, wo das sein wird?«

»Das dürfen Sie. In der *Kirkby Tartan Mill*, die demnächst ihren Betrieb aufnehmen wird.«

»Ich brauche jetzt ganz dringend was zu essen«, sagte Harriet, als sie und Ainslee das Auktionshaus verließen. »Ich habe heute noch nicht mal gefrühstückt. Kennst du dich hier aus?«

»Ich bin hier aufgewachsen, und meine Mutter lebt immer noch in Aberdeen«, erwiderte Ainslee und deutete auf die nächste Ecke. »Schau mal, da hätten wir einmal einen Pub und gegenüber ein nettes Café. Wonach ist dir mehr?«

Harriet zog ihr Handy aus der Manteltasche. Zu den Textnachrichten von gestern Abend und heute Morgen waren noch einige dazugekommen, doch die ignorierte sie genau wie die anderen. Dafür war später noch Zeit. Stattdessen sah sie auf die Uhr. Kurz nach zwölf. »Wollen wir im Pub zu Mittag essen? Mir knurrt wirklich der Magen.«

»Gerne.« Ainslee wirkte nach außen wieder vollkommen ruhig und gefasst, aber das leichte Zittern in ihrer Stimme verriet, dass das nur Fassade war.

Harriet selbst fühlte sich jedenfalls beinahe schwindelig. Vor Aufregung, vor Freude – und vielleicht auch vor Hunger.

Der Pub war gut besucht und erinnerte Harriet sofort an das Mittagessen mit Collum vor knapp zwei Wochen in Inverness. Sie konnte es kaum erwarten, ihm von ihrem Triumph bei der Auktion zu berichten. Und von ihrer brandneuen Geschäftspartnerin.

»Der Haggis ist hier sehr gut«, erklärte Ainslee. »Also, falls du das magst. Ansonsten ist die Küche aber auch recht ordentlich. Empfehlenswert ist auch der Fischeintopf.«

Harriet dachte an das Probierhäppchen Haggis von Collum zurück und beschloss, es zu wagen. »Ich nehme Haggis«, sagte sie zur Kellnerin, die gerade gekommen war, um die Bestellungen aufzunehmen. »Und einen Cider.«

Ainslee orderte den Fischeintopf und ebenfalls ein Glas Cider. Dann versanken beide Frauen in Schweigen und sortierten ihre Gedanken. Zumindest Harriet tat das, doch auch ihre brandneue Geschäftspartnerin schien das alles erst einmal verarbeiten zu müssen.

Als der Apfelwein serviert wurde, hoben beide zeitgleich die Gläser. »Auf uns!« Harriet stieß ihr Glas gegen das von Ainslee.

»Und auf die *Kirkby Tartan Mill*!«, toastete Ainslee und trank einen großen Schluck. »Cooler Name übrigens«, fuhr sie dann fort.

»Der ist mir spontan in den Sinn gekommen, als der Museumstyp aus Perth mich danach gefragt hat. Aber ich denke, der Name wird funktionieren. Wir können uns aber auch etwas anderes ausdenken, wenn dir das lieber ist.«

»Nein, ich finde es wirklich großartig. Aber jetzt erzähl doch mal von deinen bisherigen Plänen und von Kirkby.«

Beim Essen und in den nächsten zwei Stunden legte Harriet detailliert ihre Pläne offen und erzählte Ainslee von den vielfältigen Ideen, die sie hatte, um aus der Weberei einen echten Erfolg werden zu lassen.

Wie sich herausstellte, war Ainslee ebenfalls voller guter Ideen und Pläne dafür, was sie mit ihrer Zukunft anfangen wollte. Vieles davon war deckungsgleich mit Harriets Visionen – vor allem die Themen Nachhaltigkeit und Regionalität lagen ihr ebenso am Herzen. Harriet zeigte ihr Fotos von den Räumlichkeiten, und Ainslee war entzückt.

»Kannst du wirklich so schnell bei deinem Job in Edinburgh aufhören?«, wollte Harriet schließlich wissen, als sie längst beim zweiten Kaffee angekommen waren.

»Ich habe zu Ende Februar gekündigt und habe so viel Urlaub, dass ich gar nicht mehr hingehen muss. Allerdings habe ich noch mein WG-Zimmer. Das kann ich aber auch bis Ende des Monats kündigen. Denkst du, es wird schwierig, ein Quartier in Kirkby zu finden?«

»Ich glaube nicht. Es kommt natürlich auch darauf an, was du dir vorstellst. Aber fürs Erste könntest du ganz sicher im Herrenhaus unterschlüpfen. Da gibt's Zimmer genug. Ich kann aber auch meine Verwandtschaft fragen und Collum, den Bürgermeister. Der hat garantiert eine Idee.«

»Bei seinem Namen fangen deine Augen immer ganz besonders zu leuchten an«, sagte Ainslee mit einem Lächeln. »Toller Typ?«

»Ich finde schon.« Harriet merkte, wie ihr wieder reichlich Farbe ins Gesicht schoss. Während der letzten paar Stunden hatte sie den Wahnsinnskuss von gestern ausblenden können, doch nun drängte sich die Erinnerung daran wieder ganz nach vorn. »Ich dachte, dass wir Freunde sind, aber gestern haben wir uns geküsst«, entfuhr es ihr, ehe sie die Worte hinunterschlucken konnte. Ainslee war zweifellos wahnsinnig nett, und sie würden hoffentlich gut zusammenarbeiten, aber das bedeutete nicht, dass sie sie binnen Minutenfrist mit ihren persönlichsten Gedanken nerven musste.

»Das klingt beneidenswert«, entgegnete Ainslee jedoch zu ihrer Überraschung. »Jetzt bin ich noch neugieriger auf ihn.«

»Er ist toll, aber ich habe ehrlich gesagt keine Ahnung, in welche Richtung es sich entwickeln wird. Eigentlich bin ich nämlich völlig durch mit dem Thema Männer.«

»Geht mir ganz genauso«, behauptete Ainslee im Brustton der Überzeugung – und zu Harriets großer Überraschung.

»Echt? Ich hätte eigentlich damit gerechnet, dass du einen Freund oder Ehemann hast.«

»Warum? Weil ich schon so alt bin?«

»Ähm, nein«, ruderte Harriet zurück. »Eigentlich weil du so wunderschön bist und sicherlich tausend Verehrer an jedem Finger hängen hast. Sorry, wenn das eine blöde Unterstellung war. Aber so ein Orts- und Karrierewechsel ist ohne Anhang sicher leichter zu bewerkstelligen.«

»Schon gut.« Ainslee wirkte nicht ernsthaft verärgert, nur ein wenig nachdenklich. »Männer und ich – das ist eine komplizierte Geschichte. Und eine total öde, mit der ich dich nicht langweilen will. Allerdings bin ich nicht ganz ohne Anhang. Ich habe einen Hund, der müsste natürlich auch mitkommen. Ist das ein Problem?«

»Ich wüsste nicht, warum. Ich mag Hunde. Auf Monroe Manor leben zwei Airedale-Terrier-Hündinnen, und gefühlt hat jeder in Kirkby einen Hund. Was hast du denn für einen?«

Ainslee zog ihr Handy hervor, wischte ein wenig auf dem Display herum und reichte es dann Harriet. »Das ist Jules«, erklärte sie mit so viel Liebe und Wärme in der Stimme, dass Harriet unwillkürlich lächeln musste. Auf dem Bild war ein schicker Großpudel zu sehen, der praktisch dieselbe Haarfarbe hatte wie sein Frauchen.

»Hübscher Kerl«, befand sie. »Hast du ihn wegen seiner Fellfarbe ausgesucht?«

»Ich weiß, es ist albern, aber er war der einzige rote Welpe im Wurf. Seine Geschwister waren alle dunkelbraun oder schwarz, und ich musste ihn einfach haben.«

»Ich finde ihn super. Wo ist er denn gerade?« Harriet schaute sich um, als müsste sich der Pudel im nächsten Moment irgendwo im Pub materialisieren.

»Er ist gerade bei meiner Mutter, wo ich auch übernachtet habe. Ich bin gespannt, was sie dazu sagt, dass ich nicht nur den Webstuhl kaufen konnte, sondern sogar noch eine Geschäftspartnerin gefunden habe. Das ist echt ein großer Tag für mich.«

»Für mich auch. Und ich bin sehr froh darüber, wie es gelaufen ist.« Harriet sah auf ihr eigenes Telefon, das soeben wieder vibriert hatte. »Ich schätze, ich muss mal ein paar Leuten Bescheid geben. Die machen sich schon Sorgen.«

»Dein Bürgermeister?« Ainslee zwinkerte ihr lächelnd zu.

»Der auch. Aber außerdem mein Investor, meine Eltern und meine Tante.« Sie kicherte leise. »Wie das klingt – mein Investor. Verrückt.«

»Aber wenn's doch stimmt.«

»Ich hab mich trotzdem noch nicht daran gewöhnt. Wirklich irre Zeiten. Vor ein paar Wochen hatte ich die totale Sinnkrise, und jetzt habe ich Pläne und eine Zukunft. Das Leben ist toll.«

»Sehe ich auch so. Ab jetzt geht es nur noch bergauf.«

LAUTER LOSE ENDEN

COLLUM TIGERTE RASTLOS DURCHS RATHAUS. Es machte ihn verrückt, dass er noch nichts von Harriet gehört hatte. Offensichtlich hatte sie auch keine seiner diversen Textnachrichten gelesen. *Wir müssen auch nicht sprechen*, hatte er ihr gestern Abend nach ihrem letzten Lebenszeichen noch geantwortet und ein Kuss-Smiley dahintergesetzt. Heute Morgen hatte er ihr viel Erfolg gewünscht und sich inzwischen zweimal nach dem Ausgang der Auktion erkundigt, doch auf keine Nachricht hatte sie reagiert. Langsam machte er sich wirklich Sorgen.

»Du erinnerst mich an einen werdenden Vater, der vor dem Kreißsaal auf und ab läuft«, kommentierte Leslie sein merkwürdiges Verhalten, als er zum x-ten Mal an ihrem Büro vorbeikam.

»Alle werdenden Väter, die ich kenne, sind bei den Geburten ihrer Kinder dabei«, entgegnete er brummig.

»Heutzutage schon, aber früher war das nicht üblich. Du kennst doch bestimmt die alten Filme, wo die nervösen Väter mit zerrauften Haaren und kettenrauchend auf die erlösende Nachricht warten.«

»Der Vergleich hinkt an so vielen Stellen, dass ich gar nicht weiß, wo ich anfangen soll«, blaffte er gereizt, dabei konnte Leslie nun wirklich nichts dafür, dass Harriet sich nicht meldete und er reichlich verhaltensauffällig war. »Außerdem rauche ich gar nicht.«

»Was du nicht sagst.« Leslie verdrehte die Augen und wandte sich wieder ihrem Computer zu, der offenbar spannender war als der Gemütszustand ihres Chefs.

Collum konnte es ihr nicht verdenken, aber hier im Rathaus hielt er es auch nicht mehr aus. »Ich bin jetzt im Dorf unterwegs«, kündigte er an. »Hab aber mein Telefon dabei, falls was ist.« Leslie nickte nur, und so kehrte er kurz in sein Büro zurück, um sich Parka und Mütze zu schnappen, und trat dann vor die Tür. Besonders einladend für einen Spaziergang war das Wetter nicht. Es war sehr windig, und gerade regnete es mal wieder aus den bleigrauen Wolken, deren drückend-depressive Ausstrahlung seine Laune nicht eben verbesserte. Was, wenn Harriet etwas passiert war? War sie am Ende gestern Abend noch einmal ausgegangen und überfallen worden? Bei dem Gedanken verkrampfte sich sein Magen zu einem schmerzhaften Knoten. Nein, an so etwas durfte er gar nicht denken.

Er überlegte, wie er sich ablenken könnte, und schlug schon den Weg in Richtung alte Schule ein, als ihm einfiel, dass Colleen ja immer noch in Elternzeit war und nicht arbeitete. Mit ihr hätte er im Moment am liebsten gesprochen. Sie hätte zweifellos Verständnis für seinen verwirrenden Gefühlsmix. Er könnte sie natürlich auch zu Hause in Harriswood House besuchen, aber da war die Gefahr groß, dass er auf Marlin Fraser traf, der zusammen mit seinem Sohn Alex, Colleen und den Enkelkindern in dem Anwesen lebte, das gleichzeitig auch das Hauptgebäude des Bed & Breakfast war. Nein, lieber nichts riskieren. Die *Old Bakery* war ebenfalls keine Option, denn es war bereits kurz vor zwei und damit Feierabend im Café. Außerdem hatte er dort heute schon gefrühstückt. Blieb also der Pub, der auch ohne seinen Freund Jon hinterm Tresen eine gute Anlaufstation war – und vermutlich konnte es nicht schaden, einen Bissen zu essen. Eigentlich hatte er ja vorgehabt, mit Harriet heute Abend in *The Wise Pelican* essen zu gehen und ihren Triumph zu feiern, doch … Ihm entfuhr ein Geräusch, das wie das eines gequälten Tieres klang.

Als er den Pub betrat, umfing ihn gleich die gemütliche Geborgenheit, die er an der Kneipe so liebte. Es war nicht allzu viel los, denn die Mittagszeit war weitgehend durch, und der Nachmittagsbetrieb hatte noch nicht begonnen. Er wollte sich gerade an einen Tisch setzen, als ihn Betty Murray zu sich rief. Die Krimiautorin saß mit ihrem Laptop in einer Nische und winkte energisch, sodass er keine andere Möglichkeit hatte, als ihrem Wunsch nachzukommen.

»Hallo, Betty«, grüßte er sie freundlich und zog seinen Parka aus. »Ist dir dein Büro nicht inspirativ genug, oder warum arbeitest du hier?«

»Ich bin eben gern unter Leuten, wenn ich arbeite«, sagte sie und fügte dann leiser hinzu: »Außerdem hat mich Marlin in den Wahnsinn getrieben.« Sie bedeutete ihm, Platz zu nehmen.

»Letzteres kann ich mir ohne Probleme vorstellen«, gab er mit einem Augenzwinkern zurück.

»Diesmal hat es eine andere Qualität als sonst«, stöhnte sie und schob den Laptop ein Stück zur Seite. »Er regt sich auf, weil sich Harriet nicht bei ihm meldet, obwohl sie doch heute mit seinem Geld diesen Webstuhl ersteigern wollte. Außerdem macht er sich Vorwürfe, dass er nicht mitgefahren ist, zumal sich sein eigentlicher Termin kurzfristig zerschlagen hat und er nun doch Zeit gehabt hätte. Um ein Haar wäre er im Morgengrauen nach Aberdeen gefahren, doch ich habe ihn im letzten Moment davon abhalten können. Leider.«

»Es wäre vielleicht wirklich besser gewesen, er wäre mitgefahren. Oder ich.«

»Warum? Traut ihr dem Mädel nicht zu, dass sie das allein schafft?« Betty runzelte die Stirn und sah ihn dann mit ganz schmalen Augen an. »Und warum überhaupt du? Marlin hat eine stattliche Summe in das Weberei-Projekt investiert und ist auch sonst der Meinung, dass es sich um eine Familienangelegenheit handelt, auch wenn die Verwandtschaft nur mit sehr viel gutem Willen und einem üppigen Interpretationsspielraum zu erklären ist. Aber du?«

»Natürlich traue ich es ihr zu«, beantwortete er nur ihre erste Frage, weil er nicht die geringste Lust verspürte, mit Betty Murray über seine Beziehung zu Harriet zu sprechen. Die es offiziell nämlich gar nicht gab, zumindest nicht im romantischen Sinn. Von dem Kuss gestern und ihrer doch sehr eindeutigen Textnachricht mal abgesehen.

Nach der sie dann komplett auf Tauchstation gegangen war. Freiwillig? Oder weil etwas Schreckliches passiert war?

»Du siehst aus, als würde vor deinem inneren Auge ein Horrorfilm ablaufen«, stellte Betty scharfsinnig fest.

»Hallo, Bürgermeister, was darf ich dir bringen?«, wollte in diesem Moment Kellnerin Ivy wissen und ersparte ihm eine Antwort auf Bettys Bemerkung.

»Einmal Chicken Tikka Masala und eine Cola, bitte«, bestellte er.

»Eine Cola? Kein Bier? Keinen Cider?«, fragte sie ungläubig.

»Es ist ein Arbeitstag, da trinke ich mittags nie Alkohol!«

»Wenn du meinst.« Ivy zog vielsagend eine Braue hoch und kehrte hüftwackelnd zum Tresen zurück.

»Ich trinke tagsüber tatsächlich so gut wie nie Alkohol«, verteidigte er sich und wusste eigentlich gar nicht, warum. Aber Ivys versteckte Andeutungen gingen ihm gewaltig auf die Nerven. Wie so vieles an diesem Tag.

»Schön, wenn ein Mann Prinzipien hat«, bemerkte Betty mit einem ironischen Lächeln auf den Lippen. »Hübscher Pullover übrigens. Ist er neu?« Sie fuhr ihm mit einer Hand über den Ärmel. »Wahnsinnig weich und sehr schick.«

»Ja, danke«, brummte er knapp. Er hatte den blauen Pulli heute früh extra angezogen, um Harriet nah zu sein. Das war zwar idiotisch, aber irgendwie auch nicht. Er hatte das Gefühl, dass durch die Wolle irgendeine

Verbindung zwischen ihnen bestand. Zumindest spürte er sie auf der Haut. Also wenigstens indirekt. Auch wenn er sich in seiner schlaflosen Nacht ziemlich direkt ausgemalt hatte, wie es sich wohl anfühlte, die nackte Harriet … Er schluckte hart, denn es war ja mehr als offensichtlich, dass diese Connection eine Einbahnstraße war. Das, oder sie war tatsächlich Opfer eines Verbrechens geworden.

»Der Horrorfilm ging soeben weiter«, sagte Betty. »Was ist los? Was treibt dich so um?«

»Ich mach mir Sorgen um Harriet. Ich finde es wirklich sehr merkwürdig, dass sie sich so gar nicht meldet. Die Auktion müsste doch längst gelaufen sein. Und sie hat versprochen, dass sie Bescheid gibt. Ich habe Angst, dass sie einen Unfall hatte oder überfallen wurde«, sprach er schließlich seine düsteren Gedanken aus.

»Warum um alles in der Welt sollte sie einen Unfall gehabt haben oder überfallen worden sein?« Betty schüttelte den Kopf.

»Warum nicht? Solche Dinge kommen vor.« Collum verschränkte die Arme vor der Brust. Er hatte nicht vor, sich vor Betty für seine Gedanken und Gefühle zu rechtfertigen.

»Natürlich kommt so etwas vor, aber davon sollten wir nicht als Erstes ausgehen. Es gibt tausend andere mögliche Erklärungen dafür, dass Harriet sich bisher noch nicht gemeldet hat. Vielleicht hat sie ihr Handy im Auto liegen gelassen? Oder ihr Akku ist leer, und sie hat kein Ladegerät dabei? Oder sie feiert ihren erfolgreichen Kauf und ist deshalb abgelenkt.«

Das klang schlüssig, aber … »Gestern Abend hat sie mir noch geschrieben, dass sie gut angekommen ist«, sagte er. »Und mit wem sollte sie bitte ihren erfolgreichen Kauf feiern? Sie kennt doch niemanden in Aberdeen. Nein, ich bin mir sicher, sie hätte sich sofort bei Marlin und mir gemeldet – wenn sie könnte. Bleibt die These mit dem leeren Akku.« Das wiederum würde tatsächlich erklären, warum sie seine Nachrichten noch nicht einmal gelesen waren. Aber wie wahrscheinlich war es denn, dass ein junger Mensch mit praktisch symbiotischer Verbindung zu seinem Smartphone das Ladekabel vergaß? Zumal man ja notfalls recht leicht Ersatz finden konnte. Nein, das überzeugte ihn alles nicht.

»Vielleicht will sie sich auch einfach nicht bei euch melden?«, schlug Betty vor. »Ganz ehrlich, verübeln könnte ich's ihr nicht …«

»Was soll das denn bitte schön heißen?«

»Dass du und Marlin kleine Kontrollettis seid, die alles immer sofort wissen müssen und es nicht ertragen können, im Unklaren gelassen zu werden«, kam es trocken von Betty. »So eine Attitüde kann bei anderen Menschen durchaus zu einer gewissen Aufmüpfigkeit führen. Und wenn die nur darin besteht, nicht sofort auf eine Nachricht zu reagieren.«

»Kontrolletti? Ich bin kein Kontrolletti!«

»Wenn du meinst …« Betty grinste vielsagend. »Ach schau, hier kommt dein Essen.«

Ivy servierte, glücklicherweise kommentarlos, seine Cola und den Teller mit der dampfenden Portion Hähnchencurry, das so verführerisch duftete wie immer, aber irgendwie war ihm gerade der Appetit vergangen. War er ein Kontroll-Freak, der nur dann beruhigt war, wenn er über alle Einzelheiten genau im Bilde war? Bis zu einem gewissen Punkt womöglich schon, aber andererseits war das ja auch Teil seines Jobs. Als Bürgermeister *musste* er Bescheid wissen, um entsprechend agieren zu können. Doch in Bezug auf Harriet sorgte er sich nicht als Bürgermeister, sondern als Mann, der sich eine wichtigere Rolle in ihrem Leben erhoffte als die eines Freundes. Hatte er es am Ende schon wieder übertrieben, wie Jon befürchtete? Himmel, er drehte noch durch.

»Lass es dir schmecken. Idealerweise, bevor es kalt wird.« Bettys Blick hatte etwas Wissendes. »Auch Kontrollettis müssen essen.«

»Du hast …«

»Keine Drohungen, wo ich doch recht habe.« Betty stand auf. »Du entschuldigst mich bitte einen Moment?«

Collum starrte auf sein Essen. Wie kam es, dass er derzeit ständig so massiv von irgendwelchen Frauen aus dem Konzept gebracht wurde? Erst Leslie mit ihrer Behauptung, er bräuchte endlich eine Partnerin, dann Harriet, die das Schicksal für ihn auserkoren hatte, auch wenn er sich langsam fragte, was er verbrochen hatte, um das zu verdienen, und nun die Thriller-Autorin, die ihn als Kontrolletti bezeichnete und ihn auf dieselbe Stufe stellte wie Marlin. Das ging echt zu weit.

Das butterzarte Hühnchen in seiner würzigen Soße konnte jedoch nichts für seine Frauenkrise, und es wäre in der Tat eine Sünde, es nicht zu essen. Zumal langsam auch sein Magen knurrte. Übernächtigt und hungrig sorgte es sich besonders leicht, und wenn schon ein Mittagsschläfchen nicht drin war, konnte er wenigstens etwas für seinen Blutzuckerspiegel tun.

Er war fast fertig mit seiner Portion, als Betty wieder zurückkam. Mit einem ziemlich zufriedenen Lächeln auf den Lippen.

»Was ist?«, fragte er misstrauisch.

»Was soll sein?«

»Du wirkst so … zufrieden.«

»Willst du etwa Details aus dem Badezimmer hören?« Betty hob eine Braue. »Ich wusste schon immer, dass du ein Mann mit seltsamen Leidenschaften bist, aber das finde ich selbst für deine Verhältnisse etwas extrem.« Der Spott in ihrer Stimme war unüberhörbar, doch Collum ließ sich nicht aufs Eis führen.

»Du warst nicht auf der Toilette. Du standest die ganze Zeit am Tresen, hast einen Espresso getrunken und telefoniert. Ich hab's genau gesehen.«

»Wie denn? Du sitzt doch mit dem Rücken zum Tresen.«

»Da ist ein Spiegel«, entgegnete Collum und deutete auf die Spiegelfliese ihm gegenüber. Die Wände im Pub waren in einem stilisierten Tartanmuster gestrichen, und an strategisch günstigen Stellen hatte Jon Spiegel anbringen lassen, um den Raum heller zu machen. Der Effekt war beeindruckend – und praktisch war es obendrein.

»Hm«, brummte Betty, ließ sich aber nicht aus der Ruhe bringen. »Dann kann ich's ja zugeben: Ich habe mit meiner Agentin telefoniert, und sie hatte gute Nachrichten für mich.«

Collum glaubte ihr kein Wort und ahnte, dass sie ihn provozieren wollte, doch darauf hatte er keine Lust. Also sagte er: »Das freut mich für dich. Gute Nachrichten nimmt man doch immer gern zum Kaffee.«

»Eben. Vielleicht solltest du auch einen trinken.«

»Das hat schon den ganzen Vormittag nicht funktioniert.«

»So pessimistisch kenn ich dich gar nicht.«

»Du hast recht, daher höre ich jetzt auf der Stelle damit auf. Magst du mir erzählen, was deine guten Nachrichten waren? Ein neuer Buchdeal?« Collum versuchte nun wirklich, sich zusammenzureißen. Sollte Harriet tatsächlich etwas passiert sein, dann war es ohnehin schon geschehen, und er konnte nichts machen. Er würde es irgendwann erfahren und dann mit den Konsequenzen leben müssen. Also brauchte er sich auch keine Gedanken mehr zu machen. Logisch, oder? Blöderweise funktionierte es nicht.

»So ungefähr«, entgegnete Betty. »Ich hatte eine spontane Idee für einen ziemlich haarsträubenden Thriller-Plot, den sie vielversprechend findet. Was hat es eigentlich mit den Hühnern auf sich, die Harriet gerettet hat? Warum sind die jetzt bei dir? Und woher du den neuen Pullover hast, hast du mir auch noch nicht verraten.«

»Abrupter Themenwechsel«, konstatierte er. »Thelma und Louise geht's gut.«

»Ich dachte, der Film endet tragisch.«

»So hat Harriet die Hühner genannt. Ich schätze, sie werden in ein paar Wochen mit dem Eierlegen anfangen.«

»Unser Gespräch wird immer bizarrer.«

»Ich biete dir nur mehr Stoff für deinen Thriller.«

»Ich glaube, vor allem weichst du mir aus«, behauptete Betty. »Aber das macht nichts. Ich kriege immer raus, was ich wissen will. Und je größer die Herausforderung, desto spaßiger die Jagd.«

Collum wollte bereits zu einer angemessenen Replik ansetzen, doch da piepste sein Handy in einer ohrenbetäubenden Lautstärke. Er hatte es so eingestellt, dass er einen Anruf oder eine Nachricht auf jeden Fall hören würde. Er und halb Kirkby – aber das war ihm egal. Harriet hatte endlich geschrieben.

Sorry, dass du dir Sorgen gemacht hast. Mir geht's gut. Ich habe die allerbesten Nachrichten! Und den Webstuhl. Mach mich jetzt auf den Heimweg. Alles Weitere dann nachher persönlich. Wenn du magst. Harriet.

Dahinter hatte sie ein Herz gesetzt.

»Lass mich raten: Harriet ist aus dem Kommunikationsloch wieder rausgekrochen?« Betty lächelte vergnügt. »Dann kann ich mich ja auch wieder nach Hause wagen.« Sie packte ihre Sachen zusammen.

»Ja, ist sie. Und sie hat offenbar den Webstuhl ersteigert und hat noch weitere gute Nachrichten.« Collum war so erleichtert, dass er Betty am liebsten umarmt hätte, doch er konnte sich gerade noch zusammenreißen. »Mehr weiß ich aber auch noch nicht. Auch nicht, wie viel sie letztlich für den Webstuhl bezahlen musste.«

»Das kann ich dir verraten: dreiundzwanzigtausendfünfhundert!«

»Wow. Krass. Woher weißt du das?«

»Ich habe vorhin nicht mit meiner Agentin telefoniert, sondern mit dem Auktionshaus. Die haben mir die Summe mitgeteilt und verraten, dass der Webstuhl von einer jungen Frau ersteigert wurde. Da habe ich eins und eins zusammengezählt.«

»Verstehe.« Collum schüttelte leicht den Kopf. Irgendwie bewunderte er Betty ja für ihre Unverfrorenheit – und ärgerte sich, dass er nicht selbst auf diese Idee gekommen war. Vermutlich, weil er kein Kontrolletti war!

»Darauf hättest du auch kommen können«, sagte sie prompt und zog sich ihren Mantel an. »Aber ich ahne, was dich davon abgehalten hat.«

»Die Tatsache, dass ich eben *kein* Kontrolletti bin?«, fragte er.

»Nein. Die Tatsache, dass du im Herzen ein großer Romantiker bist, der sich wünscht, dass sich seine Angebetete zuerst ihm offenbart.«

»Wie …«, fing er an, doch dann klappte er den Mund wieder zu. Sollte Betty doch denken, was sie wollte. Entscheidend war, dass es Harriet gut ging, sie den Webstuhl hatte ersteigern können und ihn nachher noch sehen wollte. Alles andere war wirklich nebensächlich.

»Glaub einer alten Frau, die Augen im Kopf hat.« Bettys Lächeln wurde nun erstaunlich warmherzig. »Ich würde mich jedenfalls sehr für euch beide freuen. Ich glaube, das könnte funktionieren.« Damit schulterte sie ihre Tasche und verließ den Pub.

Collum blickte ihr nach – und wünschte sich nichts mehr, als dass sie recht behalten möge.

• • •

Es war schon fast dunkel, als Harriet am frühen Abend nach einer weiteren Endlosfahrt bei miesem Wetter in Kirkby ankam. Doch wie schon gestern waren ihre Gedanken anderweitig beschäftigt gewesen, sodass es ihr nichts ausgemacht hatte, lange im Auto zu sitzen. Und sie hatte die Freisprechanlage in Tante Heathers Wagen weidlich ausgenutzt und erst mit ihrem Vater und dann mit Marlin telefoniert. Dabei hatte sie ihren beiden Investoren – würde sie sich jemals an den Gedanken gewöhnen? – von ihrer brandneuen Geschäftspartnerin und der wundervollen Maschine berichtet, die das Herzstück der *Kirkby Tartan Mill* werden würde. Beide Männer hatten sich angemessen begeistert gezeigt und sich mit ihr gefreut. Auch mit Heather hatte sie kurz gesprochen, doch die wollte die Details lieber persönlich hören statt am Telefon.

Kurz hatte sie überlegt, ob sie auch Collum anrufen sollte. Doch der hatte auf ihre Nachricht folgendermaßen geantwortet: *Und wie ich mag. Sehr sogar. Wir werden das angemessen feiern.*

Was genau meinte er damit? Ihr fielen eine Menge Dinge ein, die sie mit Collum anstellen könnte, um ihrer

Euphorie Ausdruck zu verleihen. Wenn sie an den Kuss von gestern dachte, wurde es sogar ziemlich konkret. Aber andererseits hatte er das so sicherlich nicht gemeint, sondern eher an ein Abendessen im Pub gedacht. Oder? Sie hatte keine Ahnung.

Als sie vor Monroe Manor vorfuhr, nahm sie ihr Handy und tippte eine rasche Nachricht: *Bin wieder zurück. Muss kurz meiner Verwandtschaft alles berichten. Was hast du für Pläne? Egal was, ich freu mich drauf.*

Vor allem musste sie dringend unter die Dusche, denn das hatte sie heute Morgen ja blöderweise nicht geschafft. Und sich etwas anderes anziehen. Etwas, das datetauglich war, aber nicht zu offensichtlich. Wann hatte sie eigentlich das letzte Mal so viele Schmetterlinge im Bauch gehabt? Da sie nicht ewig im Auto sitzen bleiben und auf eine Antwort von Collum warten konnte, steckte sie ihr Telefon wieder weg und stieg aus.

Im Haus wurde sie von den stürmischen Hündinnen begrüßt und gleich darauf von Heather, George und Angus sowie Butler Hamish und Köchin Molly in Empfang genommen, die offensichtlich alle nach Neuigkeiten lechzten.

»Wir haben Tee im Salon hergerichtet«, sagte Heather, nachdem sie Harriet kurz umarmt hatte. »Wir sind so gespannt.«

Harriet brachte es nicht übers Herz, ihre Verwandten zu enttäuschen, indem sie gleich in ihr Zimmer und unter die Dusche flitzte, also folgte sie ihnen in den Salon und erzählte haarklein von ihrem heutigen Abenteuer.

Angefangen beim Verschlafen, über ihre Panik vor der Auktion bis hin zu Ainslee und der aufreibenden Versteigerung, und schließlich davon, wie sie spontan gemeinsame Sache gemacht hatten. »Ich weiß, dass das keine überlegte Business-Entscheidung war«, sagte sie ein wenig verlegen zu Angus. »Aber es hat sich in dem Moment einfach richtig angefühlt. Und ich bin auch jetzt noch davon überzeugt, dass es eine gute Wahl ist.«

»Gute Entscheidungen brauchen nicht immer einen großen Vorlauf«, entgegnete der alte Mann jedoch mit einem milden Lächeln. »Und eine gute Geschäftsfrau zeichnet sich auch dadurch aus, dass sie flexibel ist und spontan umdisponieren kann, wenn sich die Gelegenheit bietet. Insofern gratuliere ich dir herzlich.«

»Vielen Dank«, entgegnete Harriet überrascht. Auch wenn Marlin und ihr Vater ähnlich positiv reagiert hatten, war sie doch davon ausgegangen, dass von Angus mehr Gegenwind kommen würde. »Ainslee und ich brauchen natürlich noch einen Vertrag darüber, wie wir alles zukünftig regeln und so. Ich hatte gehofft, dass du uns da helfen könntest?«

»Natürlich, es wird mir eine Freude sein.« Angus nahm sich eines der leckeren Tee-Sandwiches, die Molly aufgetragen hatte, und biss genüsslich hinein.

»Könnten wir Ainslee fürs Erste auf Monroe Manor unterbringen?«, wandte sie sich nun an Heather und George. »Ich glaube zwar, dass sie sich lieber etwas Eigenes suchen wird, aber es wäre vielleicht nicht schlecht, wenn sie erst mal eine Anlaufstation hätte.«

»Natürlich. Wir haben ja Platz genug«, sagte Heather, und George nickte bestätigend.

»Sie hat allerdings einen Hund. Einen Großpudel namens Jules.«

»Noch besser, da werden sich die Mädels freuen.« George nickte grinsend in Richtung seiner Hündinnen, die vor dem flackernden Kamin lagen, die Teegesellschaft aber nicht aus den Augen ließen, um eventuell einen Happen abzustauben. »Wann genau wird sie kommen?«

»Ich weiß es noch nicht. Bald wohl. Sie muss in Edinburgh noch ihre Sachen packen, doch vermutlich könnte es schon im Laufe der nächsten Wochen werden. Ach ja, wir brauchen jetzt definitiv noch einen dritten Raum, denn sie ist Schneiderin und hat angeblich eine tolle Sammlung an Stoffen, die sie ebenfalls mitbringen will.«

»Wir werden da ganz bestimmt eine gute Lösung finden«, beruhigte sie Heather. »Wann kommen denn die Webstühle an?«

»Beide nächste Woche. Oh Mann, das ist so aufregend! Aber ist es nicht ein Glück, dass Ainslee mit dem alten Webrahmen sogar schon gearbeitet hat? Das macht den Einstieg ganz sicher viel leichter.« In Harriet schwirrten wieder die Schmetterlinge, die jedoch längst nicht alle etwas mit Collum zu tun hatten, an den sie während der letzten Dreiviertelstunde praktisch gar nicht gedacht hatte. Sich mit einer Stoffmanufaktur selbstständig zu machen war wohl das bisher größte Abenteuer ihres Lebens – und sie freute sich wie verrückt darauf.

»Ihr werdet das zweifellos gut meistern.« Heather tätschelte ihr aufmunternd den Arm. »Es kam heute übrigens Post von der Bank für dich.«

»Echt?« Harriet sprang wie elektrisiert auf. »Wo ist es? In der Halle?« Dort gab es einen Tisch, auf dem Briefe und Päckchen gelagert wurden. Ohne auf eine Antwort zu warten, rannte sie hinaus und sah den dicken Umschlag mitten auf dem Tisch liegen. Sie schnappte ihn sich und öffnete ihn auf dem Weg zurück in den Salon mit heftig klopfendem Herzen.

»Das sieht jedenfalls nicht nach einer Absage aus«, befand George lächelnd.

Harriet überflog die Zeilen des Anschreibens. »Freuen wir uns, Ihnen mitteilen zu dürfen, dass wir Ihr Gründerdarlehen in vollem Umfang gewähren, blablabla«, las sie vor und hüpfte vor Aufregung auf und ab. »Jetzt kann es wirklich losgehen!«

»Herzlichen Glückwunsch«, sagte Angus. »Dann haben wir bald einen florierenden Betrieb hier im Haus. Wurde auch Zeit.«

»Ich werde jedenfalls alles dafür tun, euch nicht zu enttäuschen«, betonte Harriet.

»Das muss gefeiert werden«, befand George. »Schade, dass Isla immer noch urlaubt, denn ihr Restaurant wäre der passende Rahmen. Aber …« Er unterbrach sich, als er Harriets Gesichtsausdruck sah. »Aber du hast andere Pläne, nicht wahr?« Er wirkte nicht enttäuscht, sondern neugierig.

»Lass mich raten, die haben etwas mit einem gewissen Bürgermeister zu tun?« Heathers Augen blitzten fröhlich.

»Hm.« Zu mehr kam Harriet gar nicht, denn Heather stieß einen triumphierenden Laut aus.

»Ha, wusste ich's doch!« Sie strahlte begeistert. »Dann mal husch. Lass den armen Kerl nicht warten.«

»Aber …«, protestierte Harriet schwach.

»Wir feiern ein anderes Mal. Vielleicht wenn deine Geschäftspartnerin da ist.« Damit scheuchte Heather ihre Nichte förmlich aus dem Raum.

Harriet stieg langsam die Treppe hoch und fühlte sich ob der Begeisterung ihrer Tante mit einem Mal eher gelähmt. Da schwangen so viele Erwartungen mit, von denen sie nicht wusste, ob sie sie erfüllen konnte – oder wollte.

In ihrem Zimmer angelangt, legte sie den Bankbrief auf ihren Schreibtisch und kramte nach ihrem Telefon.

Was genau ich alles vorhabe, sollte ich wohl besser nicht schreiben … Wollen wir uns vielleicht erst mal im Pub treffen, und dann sehen wir weiter?

Harriet musste über Collums Zeilen lächeln. Ging es ihm ähnlich wie ihr? Trotzdem spürte sie auch einen kleinen Stich der Enttäuschung. Eigentlich wäre sie lieber zu ihm nach Hause gegangen und hätte dort weitergemacht, wo sie gestern in seiner Küche aufgehört hatten. Das hätte auch den Vorteil, dass sie dort keine Zuschauer hatten, wohingegen ein Pubbesuch zweifellos die Aufmerksamkeit des halben Ortes auf sie lenken würde. Wollte sie das?

Gern. Sollen wir uns um sieben treffen?

Sie tippte die Antwort, ehe sie wirklich wusste, was sie wollte. Aber gegen ein rein freundschaftliches Abendessen in der Dorfkneipe war auf keinen Fall etwas einzuwenden. Und dann? Würde man weitersehen.

Rasch sprang sie unter die Dusche, föhnte sich den kurzen blonden Schopf, trug Wimperntusche und ein bisschen Lipgloss auf und entschied sich für die selbst genähte blau karierte Hose, die Collum schon in Inverness so bemerkenswert gefunden hatte und die sie selbst sehr liebte. Dazu schlüpfte sie in einen zarten himbeerfarbenen Kaschmir-Pullover, der in ihren Augen eine gute Mischung aus »dem Wetter angemessen« und »datetauglich« war. Datetauglich zumindest in den Highlands, hoffte sie. In London hätte sie dieses Outfit höchstens zum Kaffeetrinken mit einer Freundin angezogen, aber irgendetwas sagte ihr, dass sie hier für dummes Gerede sorgen würde, wenn sie sich zu sehr auftakelte. Darunter trug sie immerhin sexy Spitzenwäsche und ein seidenes Hemdchen – obwohl sie keine Ahnung hatte, ob Collum das heute zu sehen bekäme. Spielte aber auch keine Rolle, denn entscheidend war, dass es ihr ein gutes Gefühl gab. So ausgestattet lief sie um Viertel vor sieben wieder die Treppe hinunter. Deutlich beschwingter, als sie sie vorhin hochgegangen war. Was auch immer heute noch passieren würde, sie war bereit.

»Darf ich mir noch einmal dein Auto ausleihen, Heather?«, fragte sie ihre Tante, als sie in den Salon kam. Zu Fuß wäre es ein ungefähr zwanzigminütiger Marsch in den Ort, und bei dem Wetter lockte sie das nicht besonders.

»Natürlich. Ich brauche es auch morgen früh nicht.« Heather zwinkerte ihr vielsagend zu.

»Ich habe nicht vor …«, setzte Harriet an, doch dann klappte sie den Mund wieder zu. Erstens stimmte es nicht, und zweitens ging es ihre Verwandtschaft überhaupt nichts an. »Gut zu wissen, danke«, erwiderte sie stattdessen und lief zurück in die Eingangshalle, wo sie in ihre Stiefeletten stieg und sich den Mantel anzog.

Dann schnappte sie sich den Autoschlüssel von der Ablage, wo sie ihn vorhin hingeworfen hatte, und ging nach draußen. »Kann dieses Wetter nicht mal wieder aufhören, so schottisch zu sein?«, schimpfte sie leise, als sie durch den Regen zum Auto flitzte. In London konnte man sich Mitte Februar schon über todesmutige Krokusse freuen, doch hier in den Highlands würde es noch dauern, bis der Frühling Einzug hielt.

FLICKENTEPPICH DER GEFÜHLE

ES WAR PUNKT SIEBEN, als Harriet auf den Parkplatz fuhr, und sie war sehr gespannt darauf, was sie erwartete. Ihre Verwandten und Collum hatten sich durchweg begeistert über *The Wise Pelican* geäußert. Ob Collum schon da war? Irgendwie wollte sie den Pub nicht als Erste betreten, andererseits war es auch keine Option, hier im Regen zu stehen. Und was konnte ihr schon Schlimmes passieren? Dass jemand sie ansprach und in ein Gespräch verwickelte? Es gab wohl schlimmere Schicksale. Daher straffte sie die Schultern und lief energisch zum Eingang.

Als sie nach der Klinke griff, wurde die Tür von innen schwungvoll aufgerissen. Sie kam ins Straucheln und landete in Collums Armen.

»Das wird zum Running Gag zwischen uns«, sagte er und lachte leise gegen ihren Hals. Sein warmer Atem jagte ihr eine Gänsehaut über den Rücken. »Ich hab dich so unschlüssig draußen stehen sehen und wollte dich retten«, fuhr er fort und löste sich ein wenig von ihr. Schade eigentlich.

»Ich war mir nicht sicher, ob wir uns drinnen oder draußen treffen«, gab sie zu, auch wenn ihr das peinlich war.

»Entschuldige bitte, ich hätte mich klarer ausdrücken müssen.« Er sah wirklich zerknirscht aus.

»Quatsch, ich sollte mich nicht so anstellen. Und jetzt haben wir uns ja gefunden.« Er musterte sie bei diesen Worten mit einem merkwürdig versonnenen Blick, der sich gleich darauf zu einem derart glücklichen Strahlen entwickelte, dass die Schmetterlinge in ihrem Bauch hektisch durcheinanderflogen.

»Das hast du schön gesagt.« Er legte ihr sachte eine Hand auf die Schulter und lotste sie vom Eingangsbereich in den Gastraum.

»Wow, so kann ein Dorfpub also auch wirken«, entfuhr es ihr. Sie war beeindruckt: Tische und Stühle waren sichtlich alt, aber gut erhalten, während die Wände in einem stilisierten Tartanmuster erstrahlten. Überhaupt wurde die Farbpalette in der ganzen Kneipe konsequent durchgezogen. Das männliche Personal trug Kilts, die Frauen Tartanhosen oder -röcke, und auch die Sitzkissen und Servietten waren alle im selben Muster gehalten. Da hatte sich jemand sichtlich Gedanken gemacht.

Zu ihrer Rechten erspähte sie eine gemütliche, durch halb offene Bücherregale abgetrennte Kaminecke, in der einige Ohrensessel standen, ebenfalls mit dem gemusterten Stoff bezogen.

»Jon hat einen der vielen Grant-Tartans als Basis für das Erscheinungsbild gewählt«, erklärte Collum, der ihre bewundernden Blicke ganz richtig interpretiert hatte. »Du musst wissen, dass er eigentlich aus der Werbebranche kommt und ihm Dinge wie Corporate Identity wahnsinnig wichtig sind.«

»Das merkt man, und es ist auf jeden Fall sehr gut gelungen.« Lächelnd nahm sie an dem Tisch mitten im Raum Platz, den Collum für sie beide auserkoren hatte. Eines war klar, auf Privatsphäre brauchte man hier nicht zu hoffen, aber irgendwie hatte sie das Gefühl, dass Collum ein Zeichen setzen wollte. Nur welches genau, wusste sie nicht. »Du hast deinen neuen Pullover an«, stellte sie zufrieden fest, als er seinen Parka auszog und ihr ganz gentlemanlike aus dem Mantel half.

»Die Gefahr ist groß, dass ich ihn nie wieder ausziehe«, entgegnete er und brachte rasch die Jacken zur Garderobe. »Ich hatte ihn heute den ganzen Tag an und wurde von einigen Leuten darauf angesprochen. Wenn es mit den Stoffen nicht klappt, kannst du immer noch Geld mit handgestrickten Pullis verdienen.«

»Die müssten sehr teuer werden, wenn es sich lohnen soll, aber ich danke dir für dein Vertrauen in meine unternehmerischen Fähigkeiten.«

»Oh, an denen habe ich keine Zweifel. Ich wollte nur einen möglichen Plan B ins Spiel bringen. Für den Notfall. Aber ehrlich gesagt ist es mir auch lieber, wenn du exklusiv für mich strickst.« Er schenkte ihr wieder sein warmherzigstes Lächeln, doch sie vermutete ein bisschen mehr dahinter.

»Flirtest du mit mir?«

»Wäre das schlimm?«

»Nein, aber dafür hätten wir doch nicht herkommen müssen, oder?«

»Du weißt genau, dass wir bei mir zu Hause nicht nur geflirtet hätten.« Seine Augen glitzerten. »Aber denk nicht, ich hätte es nicht in Erwägung gezogen.«

»Was hat dich dann davon abgehalten?« Sie fixierte ihn, um seine Reaktion ungefiltert wahrzunehmen.

Er zuckte mit den Schultern und seufzte. »Vermutlich ein übertriebenes Gefühl von … keine Ahnung. Ich schätze, ich bin entweder ein Feigling oder ein Idiot. Oder beides. Aber jetzt lass uns bitte das Thema wechseln, sonst könnte es gut sein, dass ich mich plötzlich unangemessen benehme.« Er räusperte sich und lächelte dem jungen Kellner zu, der sich mit den Karten näherte.

»Wisst ihr schon, was ihr trinken wollt?«, fragte er.

»Das hängt ein bisschen davon ab, was wir essen«, entgegnete Collum und sah Harriet fragend an. »Oder weißt du es schon?«

»Nein, keine Ahnung. Vielleicht schon mal eine Flasche Wasser?«

»Wasser kommt sofort. Habt ihr vielleicht Lust auf unseren Gin-Drink der Woche? Das wäre Shonas Winter-Gin mit Orangenschalen und Ginger Ale. Schmeckt saulecker!« Der junge Kerl schaute Harriet treuherzig an, und Collum runzelte die Stirn. War er eifersüchtig?

»Ich weiß nicht, ob ›saulecker‹ ein angemessenes Wording ist, das dein Boss gutheißen würde«, sagte er säuerlich. »Trotzdem würde ich den Drink mal testen. Harriet? Du auch? Oder sollen wir gleich eine Flasche Champagner ordern, um zu feiern?«

»Ich liebe Gin und würde die Kreation sehr gerne ausprobieren!« Harriet schenkte dem Kellner absichtlich einen betont klimpernden Augenaufschlag und fühlte regelrecht, wie sich Collums Haare sträubten.

»Sehr gut, dann zweimal Gin der Woche plus eine Flasche Wasser. Ich bin sofort wieder bei euch. Ach ja, der Fischeintopf ist heute wieder besonders gelungen, und als Extra hätten wir diese Woche noch Hirschragout zu bieten. Ansonsten findet ihr unsere Klassiker in der Karte.«

»Netter Typ«, befand Harriet, als sich der junge Mann in Richtung Tresen bewegte. »Der Kilt steht ihm ausgesprochen gut.«

»Aufreißer«, knurrte Collum und schmückte dieses vernichtende Urteil gleich noch weiter aus: »Kevin galt als größter Weiberheld in seinem Jahrgang. Er hatte mit achtzehn mehr gebrochene Herzen auf dem Kerbholz als andere Männer mit Mitte dreißig. Angeblich jedenfalls. Jetzt studiert er in Inverness und jobbt an zwei Abenden die Woche und am Wochenende hier im Pub. Und er wohnt noch bei seinen Eltern.«

Harriet kicherte. »Du brauchst ihn mir nicht madig zu machen, ich interessiere mich nicht für ihn. Ich fand ihn einfach nur nett. Und auf den *sauleckeren* Drink bin ich auch gespannt.«

»Du hast ein besonderes Talent, mir ohne viele Worte klarzumachen, dass du mich für einen Idioten hältst.«

»Ich halte dich für vieles, aber nicht für einen Idioten.« Harriet legte ihre Hand auf seine. »Aber es macht Spaß, dich ein wenig aufzuziehen.«

»Lass uns das nicht vertiefen«, bat er. »Sondern lieber nach dem Essen sehen. Ich kann dir gar nichts besonders empfehlen, denn es schmeckt tatsächlich alles köstlich. Ich bin ein großer Fan vom Butter Chicken und vom Chicken Tikka Masala, aber auch das klassische Pub-Essen wie Haggis, Shepherd's Pie oder Fish and Chips ist hervorragend. Heute werde ich aber wohl den Fischeintopf nehmen. Den hatte ich schon länger nicht mehr.«

»Ich habe heute Mittag tatsächlich Haggis gegessen«, berichtete Harriet. »In einem Pub in Aberdeen – und es hat mir geschmeckt. Aber Fisch klingt auch toll. Ich nehme also auch den Fischeintopf.«

»Gute Wahl. Aber jetzt will ich alles über deinen Tag wissen.«

»Die kurze Version ist, dass ich den Webstuhl ergattern konnte und dass ich eine Geschäftspartnerin gefunden habe. Zwei Fliegen mit einer Klappe quasi.«

»Dann herzlichen Glückwunsch! Und ich würde ja darauf trinken, aber Kilt-Kevin ist wohl anderweitig beschäftigt.«

»Da kommt er doch schon.« Harriet nahm ihre Hand von Collums, um Platz für die Getränke zu machen, und vermisste bereits im nächsten Moment seine solide Wärme.

»Wir nehmen zweimal den Fischeintopf«, bestellte Collum, ehe Kevin überhaupt den Mund aufmachen konnte. Dann nahm er sein Glas und prostete ihr zu. »Auf deine Weberei und deine neue Geschäftspartnerin.«

Collum war ein aufmerksamer Zuhörer, stellte Harriet im weiteren Verlauf des Abends fest. Er ließ sich haarklein jedes Detail schildern, lachte an den richtigen Stellen und schien sich aufrichtig mit ihr zu freuen. Sie erzählte und erzählte und vergaß darüber beinahe, zu essen. Die letzten Bissen des Eintopfs waren schon fast kalt, weil sie so viel redete. »Jedenfalls bin ich überglücklich, dass ich die entscheidende Hardware gekauft und sogar eine Geschäftspartnerin gefunden habe. In den nächsten Tagen und Wochen kommt verdammt viel Arbeit auf mich zu, aber ich freu mich wahnsinnig darauf.«

»Ich freu mich mit dir«, sagte er und strich mit dem Daumen über ihren Handrücken. Irgendwann hatte er ihre linke Hand genommen und sie nicht mehr losgelassen. »Dann stehst du jetzt unmittelbar davor, dir deinen Lebenstraum zu erfüllen.«

Harriet blähte die Backen auf. »›Lebenstraum‹ klingt krass groß. Ich bin doch erst siebenundzwanzig – da kann man ja wohl kaum schon mit dem Träumen fertig sein, oder?« Wieder machte sich eine Gänsehaut bei ihr breit, doch diesmal lag es nicht an Collums Nähe, sondern an seiner Aussage, die ihr ziemlich Angst machte.

»Man kann im Leben doch mehrere Träume haben«, widersprach er sanft. »Aber es ist toll, dass du in deinem jungen Alter schon so eine klare Vorstellung von deiner beruflichen Laufbahn hast. Darum würden dich viele Leute beneiden.«

»Bist du einer von diesen Leuten?«, fragte sie, denn so, wie er den Satz betont hatte, klang es fast danach.

»Vor acht Jahren war ich jedenfalls lange nicht da, wo ich sein wollte. Genauer gesagt hatte ich damals nicht mal auf dem Schirm, was genau ich wollte.«

»Aber vor einiger Zeit hast du es doch geschafft. Ich habe nämlich schon den Eindruck, dass du genau an der Stelle bist, wo du immer sein wolltest.« Harriet hatte das Gefühl, dass sie heute einen weiteren Vorstoß wagen konnte. Von seinem beruflichen Werdegang hatte er ihr ja bereits erzählt, als sie nach seiner Gehirnerschütterung das Wochenende mit ihm verbracht hatte. Doch da war er immer abgebogen, ehe das Gespräch zu privat werden konnte – zumindest solange sie offiziell wach gewesen war.

»Stimmt, was das betrifft, könnte ich nicht glücklicher sein«, gab er zu. »Bürgermeister von Kirkby zu sein ist der beste Job der Welt. Aber …« Er sprach nicht weiter, sondern sah an ihr vorbei ins Nichts.

»Aber?«, bohrte sie vorsichtig nach, doch er schüttelte den Kopf.

»Aber er füllt nicht restlos die Leere aus, die ich manchmal in mir spüre.« Er schluckte und hatte Mühe, den Blickkontakt mit ihr zu halten, und auch seine Hand auf der ihren zuckte, als würde er sie lieber wegziehen.

Harriet wusste nicht, was sie darauf erwidern sollte. Sie kannte das Gefühl von Orientierungs- und Planlosigkeit. Sie kannte das Gefühl, mit falschen Menschen am falschen Ort zu sein. Aber Leere? Das klang bedrohlich.

»Sorry für den Stimmungskiller«, sagte er schließlich mit rauer Stimme und schenkte ihr noch einen Schluck von dem Weißwein ein, den er zum Fischeintopf geordert hatte.

»Das war kein Stimmungskiller«, entgegnete sie sanft. »Ich finde es schön, dass du so offen bist. Woher kommt denn diese Leere?« Sie nahm ihr Glas und trank. Eins war klar, mit dem Auto würde sie heute Abend nicht mehr fahren können.

»Das ist der Punkt, über den ich nicht gerne spreche. Und ich glaube, du würdest es auch nicht hören wollen.«

»Ich will alles von dir wissen«, betonte sie und wagte dann einen Schuss ins Blaue: »Es hat mit deiner Familie zu tun, nicht wahr?«

»Wie kommst du darauf?« Er klang betont ruhig, doch ihr entging nicht, wie seine Augen schmaler wurden und sich seine Kiefermuskulatur sichtbar verspannte.

»Nun ja, es ist ziemlich offensichtlich, dass du nicht gern über sie sprichst – von deiner Großmutter mal abgesehen. Und da ich inzwischen gelernt habe, dass echten Schotten nichts so wichtig ist wie die Familie und kaum ein Thema interessanter, scheint mir da der Hase im Pfeffer zu liegen. Habe ich recht?« Sie hätte natürlich einfach zugeben können, dass sie neulich mehr von ihm gehört hatte, als er glaubte, doch sie wollte ihn nicht in Verlegenheit bringen. Und faktisch kannte sie ja auch nach wie vor keine Details und keinen Grund für sein Gefühl der Verlorenheit und Leere.

»Ist das nicht immer der Fall?« Er klang resigniert und rang offenbar mit sich, ob er weitersprechen oder das Thema wechseln sollte.

»Wen haben wir denn da in inniger Zweisamkeit?« Marlin hatte sich neben ihrem Tisch aufgebaut und sah stirnrunzelnd zwischen ihr und Collum hin und her.

Harriet hatte kurz den Impuls, ihre Hand unter Collums wegzuziehen, ließ sie dann jedoch betont liegen. »Wir feiern meinen Erfolg bei der Versteigerung«, entgegnete sie mit einem extrafreundlichen Lächeln.

»Mhm«, brummte Marlin, und es war offensichtlich, dass er sich weitere Kommentare mit aller Macht verbiss. Dann deutete er auf den Mann neben sich. »Das ist übrigens Paul Starling.«

Bei dem Namen klingelte es bei Harriet. War das nicht der neue Sohn von Marlin? Also, natürlich nicht neu, denn der gut aussehende Typ war bestimmt Anfang, Mitte dreißig, aber zumindest mit neu entdeckter familiärer Verbindung.

»Ah, Marlins neuer Sohn.« Collum stand auf und reichte Paul die Hand. Was natürlich bedeutete, dass er Harriets loslassen musste – was prompt wieder dieses Verlassenheitsgefühl zur Folge hatte. »Ich bin Collum McDonald, der Bürgermeister von Kirkby, und ich weiß nicht, ob ich zu diesem Vater gratulieren oder mein Bedauern aussprechen soll.« Er warf einen vielsagenden Blick in Richtung Marlin, grinste dann aber verschmitzt. »Andererseits kann man sich seine Verwandtschaft ja nie aussuchen.«

»Und das von dem Mann, der seine Familie komplett unter Verschluss hält«, knurrte Marlin.

»Wer im Glashaus sitzt.«

Harriet beobachtete den Schlagabtausch zwischen den beiden ungleichen Männern voller Interesse. Dass es zwischen ihnen nicht immer rundlief, hatte sie schon mitbekommen, sie hatte aber auch gehört, dass die Konflikte eher sportlicher Natur waren. Doch diesmal schienen sie absichtlich unter die Gürtellinie des jeweils anderen zu zielen. Warum bloß?

»Schön, dich kennenzulernen, Collum«, schaltete sich Paul ein. »Und ja, es ist interessant, neben einem Vater plötzlich auch noch einen Erzeuger und ein Rudel neuer Geschwister zu haben. Momentan bin ich geneigt, das als Bereicherung zu empfinden, aber das endgültige Urteil ist noch nicht gesprochen.«

Harriet bewunderte Paul für sein Pokerface. Während bei Marlin und Collum die Emotionen dicht unter der Oberfläche brodelten, hätte sie bei ihm nicht sagen können, was er wirklich empfand. Am ehesten wirkte er ein wenig distanziert. »Hi, ich bin Harriet«, stellte sie sich vor.

»Sind wir auch irgendwie verwandt?«, wollte er wissen und schenkte ihr ein kleines Lächeln, das jedoch nicht völlig seine Augen erreichte.

»Nicht blutsverwandt«, erklärte Marlin, ehe Harriet antworten konnte. »Sie stammt aus der Sippe meines Schwagers, aber gefühlt ist sie wie eine Nichte für mich.«

Harriet fühlte sich geschmeichelt. Marlin hatte das zwar in ähnlicher Form auch schon ihr gegenüber geäußert, aber ein öffentliches Statement war noch mal etwas anderes. Allerdings konnte sie sich nicht ganz des Eindrucks erwehren, dass er diesen Satz nicht an sie oder

Paul, sondern an Collum gerichtet hatte. Als Warnung? Aber das wäre doch ziemlich albern, oder? »Dann bin ich gewissermaßen deine Cousine«, sagte sie zu Paul und strahlte ihn an. »Und ich kenne das Gefühl, plötzlich mit reichlich neuer Verwandtschaft konfrontiert zu sein. Sie sind aber alle sehr nett.«

»Was dich betrifft, kann ich das zumindest schon mal bestätigen.« Sein Lächeln wurde herzlicher.

»Danke, gleichfalls«, entgegnete sie. »Ich hoffe, wir finden mal die Gelegenheit, uns besser kennenzulernen.«

»Möglich. Ich werde sicher ab und zu in Kirkby sein, und falls du mal in Inverness bist, können wir uns auch gerne treffen.« Er zog eine Visitenkarte aus der Tasche und reichte sie Harriet – eine Geste, die sowohl Marlin als auch Collum gehörig gegen den Strich zu gehen schien.

»Professor Dr. Paul Starling«, las sie ab. »Ich bin beeindruckt. Was ist dein Fachgebiet?«

»Ich bin Historiker und lehre und forsche in Inverness zu Kultur und Erbe der schottischen Highlands, Gälisch und Clan-Geschichte.«

»Wie spannend«, sagte sie, auch wenn sie das nicht ganz ehrlich meinte. Denn eigentlich waren ihr diese Dinge relativ egal. Obwohl – nicht in Bezug auf historische Stoffe und Kleidung. Dabei fiel ihr ein, dass sie dringend mit Heather über die Kleidertruhen sprechen musste, die Lila vor anderthalb Jahren auf dem Dachboden gefunden hatte. Die hatte sie bislang völlig aus den Augen verloren.

»Es ist erstaunlich vielseitig«, entgegnete Paul lapidar.

»Ich habe heute in Aberdeen einen hundertsechzig Jahre alten Webstuhl ersteigert, mit dem ich traditionelle Stoffe herstellen werde. Fällt das auch in dein Fachgebiet?«

»Natürlich. Das ist ein Teilbereich meiner Studien. Schön, dass du diese alte Maschine wieder nutzen willst. Vielleicht kann ich sie mir bei Gelegenheit mal ansehen?«

»Das lässt sich garantiert arrangieren«, mischte sich Marlin ein. »Aber jetzt lassen wir die beiden besser in Ruhe – und wir haben ja auch noch einiges zu besprechen. Schönen Abend.« Damit packte er seinen Sohn am Arm und führte ihn förmlich ab.

»Schönen Abend«, rief Harriet ihnen hinterher. Paul hob nur noch die Hand zum Abschied.

»Netter Mann«, befand sie, als auch Collum wieder Platz genommen hatte.

Er antwortete nicht, sondern presste die Lippen aufeinander.

»Was ist los?«, fragte sie verwundert. »Überhaupt, was war da die ganze Zeit zwischen dir und Marlin und dann auch mit Paul?«

»Nichts? Was soll sein?« Er mied ihren Blick.

»Bist du etwa schon wieder eifersüchtig?« Sie riss erstaunt die Augen auf. So brummig war Collum vorhin auch schon in Bezug auf Kilt-Kevin gewesen.

»Eifersüchtig? Quatsch! Ich …« Er verdrehte genervt die Augen. »Ich weiß auch nicht. Der Abend läuft wohl einfach nicht so, wie ich ihn mir vorgestellt habe.«

»Wie hast du ihn dir denn vorgestellt?«, erkundigte sie sich, denn langsam fand sie seine verwirrenden Signale sehr irritierend.

»Das ist die Frage aller Fragen.« Er zuckte mit den Schultern und nahm dann wieder ihre Hand. »Es tut mir leid.«

»Muss es nicht. Ich hatte bisher einen schönen Abend, und er ist ja noch nicht vorbei.«

Er sah sie prüfend an, wie um den Wahrheitsgehalt ihrer Worte abzuchecken. »Das stimmt«, sagte er schließlich. »Möchtest du noch etwas? Oder …«

»Oder!« Die Bestimmtheit wunderte sie selbst. »Lass uns gehen, ehe uns noch weitere Störenfriede die Stimmung verderben.«

Collum stand auf, bezahlte am Tresen und kam mit ihren Mänteln zurück. Fürsorglich half er ihr und schlüpfte dann in seinen Parka. Gleich darauf standen sie vor der Tür. Der Regen hatte aufgehört, und die Nacht war klar und kühl.

»Was machen wir jetzt?«, wollte er wissen.

»Was hältst du von einem Spaziergang?«, schlug sie vor. »Ich könnte wirklich ein bisschen frische Luft gebrauchen, weil ich heute kaum draußen war. Und die Reize des nächtlichen Kirkby kenne ich auch noch nicht.«

Er lachte leise. »Ich fürchte, außer dem Pub gibt's hier keine nächtlichen Reize.«

»Das wage ich ganz entschieden zu bezweifeln. Aber im Ernst, ein Spaziergang wäre wirklich schön.« Sie nahm seine Hand und zog ihn einfach über den Marktplatz in Richtung Kirche. Im Pfarrhaus brannte Licht.

»Seltsam. Heute ist Donnerstag, oder?«, fragte Collum.

»Ja. Aber warum ist das seltsam?«

»Normalerweise spielt Pfarrer Jack donnerstags immer mit Marlin und ein paar anderen Oldies im Pub Karten. Heather und George sind auch oft dabei. Aber Marlin war heute mit seinem neuen Sohn da, und von den anderen keine Spur.« Er kratzte sich am Kopf.

»Ist doch nicht schlimm. Vielleicht hatten sie einfach keine Lust oder hatten etwas anderes vor.«

»Möglich. Aber vielleicht steckt auch etwas anderes dahinter.«

»Und das ist jetzt tatsächlich interessanter, als Zeit mit mir zu verbringen?« Sie schüttelte unwillig den Kopf. »Komm, lass uns über den Friedhof gehen.«

»Aber es ist dunkel.«

»Ja und? Fürchtest du dich vor Geistern?« Sie lachte und steuerte schnurstracks auf den Friedhof zu.

»Zumindest nicht vor denen, die auf Friedhöfen anzutreffen sind«, brummte er. »Aber findest du es nicht unheimlich?«

»Nein, warum? Als Kind haben wir das manchmal als Mutprobe gemacht.«

»Deine Eltern haben dich als Kind nachts über Londoner Friedhöfe laufen lassen?« Nun klang er regelrecht schockiert.

»Natürlich nicht! Aber in den Ferien waren wir häufig mit mehreren befreundeten Familien in Italien. Die Erwachsenen haben immer sehr feuchtfröhliche Abende auf der Terrasse verbracht und nicht mitbekommen, was wir

Kinder unternommen haben. Da sind wir manchmal über den nahe gelegenen Friedhof geschlichen. Lila hat sich nie getraut und hat sogar immer gedroht, uns zu verpfeifen, aber ich fand's toll. Außerdem habe ich meinen ersten Kuss auf diesem italienischen Friedhof bekommen.«

»Du offenbarst immer wieder neue Seiten von dir. Als Grufti hätte ich dich wirklich nicht eingeschätzt.«

»Bin ich ja auch nicht. Überhaupt nicht. Mir ist nur wieder eingefallen, wie es damals in den Ferien war. Aber wenn du nicht magst, müssen wir es nicht tun.« Sie war stehen geblieben und versuchte in der Dunkelheit, Collums Miene zu ergründen.

»Du hast noch nie einen Menschen verloren, der dir richtig am Herzen lag, oder?«, fragte er unvermittelt.

»Mein Großvater ist gestorben, als ich sechs oder sieben war, aber alle anderen leben glücklicherweise noch. Das ist bei dir anders, stimmt's?«

Er räusperte sich hörbar. »Ich habe schon einige Abschiede hinter mir. Aber das ist ja normal. Wenn du wirklich willst, können wir gerne über den Friedhof gehen. Er ist sehr idyllisch – jedenfalls tagsüber.«

»Wir können auch einfach einen anderen Weg nehmen.« Sie hakte sich bei ihm unter, und in stillem Einverständnis machten sie einen Bogen um den Friedhof, liefen durch einen kleinen Wald und überquerten dann die Landstraße, die Kirkby teilte.

Auf dieser Seite lagen die Destillerie und die alte Schule – und daneben Collums Haus. Doch er schlug nicht den direkten Weg dorthin ein, sondern lotste sie in

Richtung von weitläufigen Weiden. Die einzige Lichtquelle waren nun die schmale Mondsichel und die Sterne, doch nachdem sich Harriet daran gewöhnt hatte, merkte sie, dass sie erstaunlich viel erkennen konnte. Sie machte etliche kleine Hügel auf der Weide aus und brauchte ein bisschen, bis sie in ihnen schlafende Highland-Rinder erkannte. Sie lachte leise in sich hinein, sagte jedoch nichts. Das Schweigen fühlte sich nämlich erstaunlich angenehm an. Jeder hing seinen Gedanken nach, aber sie waren nicht allein.

»Meine Zwillingsschwester Catriona ist mit drei Jahren gestorben«, sagte Collum plötzlich mit so viel Schmerz in der Stimme, dass Harriet abrupt stehen blieb.

»Was? Ich wusste nicht, dass …«

• • •

»Es weiß hier niemand, und auch meine Familie hat Catriona vergessen«, erklärte er voller Bitterkeit. Er hatte keine Ahnung, warum er Harriet das traurigste Kapitel seines Lebens ausgerechnet jetzt offenbarte, aber er hatte es nicht länger zurückhalten können. Was erstaunlich war, denn er hatte zweiunddreißig Jahre lang so gut wie nicht mehr über seine Schwester gesprochen. Sie aber jeden einzelnen Tag davon vermisst.

»Vergessen?«, fragte sie schockiert. »Wie kann man vergessen, dass das eigene Kind oder die eigene Schwester gestorben ist?«

»Ich habe keine Ahnung, aber so ist es gelaufen. Zumindest kommt es mir so vor.« Er schluckte. »Und für meine Eltern bin mit Catriona irgendwie auch ich gestorben.« Das war der nächste Aspekt dieses dunklen Lebenskapitels.

»Oh weh«, sagte sie leise, versuchte aber nicht, die Sache zu relativieren. Stattdessen drückte sie sich ein bisschen enger an ihn.

»Ich weiß, wie das klingt. Und ich weiß, dass es schwer nachzuvollziehen ist, aber so empfinde ich es eben. Und natürlich hattest du vollkommen recht damit, dass meine Familiengeschichte der Grund für mein … für fast alles ist.«

»Wie ist sie denn gestorben?«, wollte Harriet nun wissen.

»Sie ist ertrunken. In einem kleinen Bach, in dem wir gespielt haben. Ganz flaches Wasser, höchstens zehn Zentimeter tief. Unser älterer Bruder Craig hat mit uns herumgealbert und gesagt, dass man unter Wasser sehen kann. Er hat sein Gesicht ins Wasser gesteckt und dann behauptet, dass er tolle Muscheln entdeckt hätte. Natürlich haben Catriona und ich das ebenfalls ausprobiert. Und selbstverständlich gab es keine Muscheln, sondern nur Flusskiesel. Ich fand's langweilig und doof, doch Catriona war total fasziniert und konnte nicht genug bekommen. Craig hat inzwischen irgendwas anderes gemacht, und ich habe nach einem Tannenzapfen gesucht, um daraus ein Schiffchen zu basteln, doch als ich zurückkam, lag sie immer noch bäuchlings im Wasser. Ich dachte, sie spielt, aber irgendwann habe ich Angst bekommen, an ihrer Schulter gerüttelt und sie schließlich umgedreht. Sie war ganz blass, hatte die Augen aber weit aufgerissen und hat mich mit ihrem toten Blick angestarrt. Craig hat das gesehen und ist schreiend zu unseren Eltern gerannt – und hat dann behauptet, ich hätte Catriona untergetaucht.«

»Was?« Das schiere Entsetzen war aus dieser kurzen Silbe herauszuhören, und Collum konnte es ihr nicht verdenken.

»An alles, was danach passiert ist, kann ich mich nur noch undeutlich erinnern. Es kam ein Rettungswagen, und zweifellos haben die Sanitäter versucht, Catriona wiederzubeleben, aber es war zu spät. Sie war wirklich tot. Ertrunken beim Spielen in einem seichten Bach – und ich war in den Augen meines Bruders und meiner Eltern ihr Mörder.«

»Aber das können deine Eltern doch nicht ernsthaft glauben? Wenn überhaupt, war dein Bruder schuld daran, weil er seinen kleinen Geschwistern so einen Unsinn beigebracht hat. Wie verantwortungslos war es überhaupt von deinen Eltern, ihre Kinder unbeaufsichtigt an einem Bach spielen zu lassen?« Harriet redete sich in Rage. »Oder war dein Bruder schon alt genug, um auf euch aufpassen zu können?«

»Craig ist knapp zwei Jahre älter als wir, er war also fünf zu dem Zeitpunkt.«

»Ja eben! Wie kann man so kleine Kinder aus den Augen lassen? Und dann dich als Mörder bezeichnen?« Sie klang vollkommen fassungslos.

»Sie haben mich nie als Mörder bezeichnet«, entgegnete er, so ruhig es ihm möglich war. »Auch Craig nie wieder, doch das eine Mal hat dafür gereicht, dass ich tief in mir bis heute davon überzeugt bin, meine Zwillingsschwester umgebracht zu haben.«

»Aber du hast keine Schuld daran!«, beharrte Harriet.

»Ich weiß. Im Kopf ist mir das auch klar, aber nicht im Herzen und in der Seele – und ich habe keine Ahnung, wie ich diese Schuld jemals wieder loswerde.«

»Gar nicht, denn du hast ja keine Schuld!«

»Wenn es so einfach wäre …«

»Wie ist es dann weitergegangen? Du hast gesagt, für deine Eltern bist du an diesem Tag ebenfalls gestorben.«

»Kurz nach dem Unfall muss die Beerdigung gewesen sein, aber ich war nicht dabei. Offenbar hatte man meinen Eltern gesagt, dass es für Kinder nicht gut wäre, an einer Trauerfeier teilzunehmen. Danach wurde nicht mehr über Catriona gesprochen. Also, gar nicht mehr. Wenig später wurde meine kleine Schwester Cassidy geboren, die Catrionas Zimmer und all ihre Sachen bekam. Das war es dann.«

»Das klingt echt nicht gesund«, befand Harriet. Ein Urteil, dem Collum uneingeschränkt zustimmen konnte.

»Immer wenn ich nach Catriona gefragt habe, wurde entweder so getan, als hätte ich mir lediglich eingebildet, dass ich eine Schwester gehabt hatte, oder es wurde einfach nur geschwiegen.«

»Ich finde es immer wieder krass, wozu Menschen imstande sind«, schnaubte Harriet. »Aber inwiefern warst du für deine Eltern auch gestorben?«

»In erster Linie wohl nur in meinem Kopf. Das haben sie mir jedenfalls immer versichert, wenn ich es mal gewagt habe, sie darauf anzusprechen. Ich würde es mir nur einbilden, dass sie ihre Liebe und Aufmerksamkeit unter uns Kindern ungleich verteilt hätten, genau wie ich mir eine Zwillingsschwester eingebildet hätte. Ich habe tatsächlich jahrelang an meinem Verstand gezweifelt.«

»Was ist mit Fotos? Ich meine, es gibt doch bestimmt massenhaft Babyfotos von dir und deiner Schwester. Fotoalben und solche Sachen.«

»Zweifellos gab es die, aber in allen Alben, die ich später zu Gesicht bekommen habe, waren nur Fotos von mir zu sehen.«

»Da dreht man doch durch, oder? Ich meine, Lila und ich, wir haben so eine enge Verbindung, dass wir immer wissen, wie es der anderen geht, selbst wenn wir Hunderte von Kilometern voneinander entfernt sind und ein paar Tage nicht miteinander gesprochen haben. Ich weiß nicht, ob diese enge Verbindung auch zwischen zweieiigen Zwillingspärchen vorkommt, aber natürlich hast du gewusst, dass du eine Schwester hattest!« Sie sagte es, als sei es eine unumstößliche Tatsache – was es für sie offenbar genauso war wie für ihn.

»Der einzige Grund, warum ich nicht vollkommen den Verstand verloren habe, waren meine Großeltern. Die fanden das Verhalten meiner Eltern auch mehr als fragwürdig. Mit ihnen konnte ich über meine Zwillingsschwester sprechen, und sie hatten auch noch Fotos von ihr und uns beiden zusammen. Und bei Grannys Beerdigung – da war ich sechzehn, und es war die erste Beisetzung, zu der ich gegangen bin – habe ich zum ersten Mal auch Catrionas Grab gesehen.«

»Das muss ein Schock gewesen sein.« Harriet drückte ihm mitfühlend den Arm.

»Nein, es war eher eine Erleichterung. Der Beweis, dass sie tatsächlich gelebt hat. Ich meine, ich wusste es ja, aber man zweifelt irgendwann an allem, wenn einem zu Hause immer etwas anderes vorgelebt wird.«

»Kann ich mir vorstellen. Puh, ist das krass. Und vermutlich der Grund, warum du nicht gerne über deine Familie redest.«

»Der Hauptgrund zumindest. Der andere war, dass ich mich tatsächlich immer als Außenseiter gefühlt habe – und es wahrscheinlich auch war. Ich war als Kind total ängstlich und verstört und hatte keine richtigen Freunde. Die anderen Kinder fanden mich merkwürdig, wenn ich von meiner toten Schwester gesprochen habe, und es hat auch nicht geholfen, dass ich eine Zeit lang mit meinem Lieblingshuhn in die Schule gegangen bin.« Er lachte freudlos. »In Amerika kann man Hühner als Therapietier haben, und so was war es für mich ganz bestimmt auch. Aber in Schottland war das einfach nur verhaltensauffällig. Dabei hätte mir eine Therapie damals ganz sicher nicht geschadet – genau wie der restlichen Familie. Ich hab ja im Nebenfach Psychologie studiert, und das war recht erhellend für mich. Inzwischen weiß ich auch, dass es für meine Eltern eine Bewältigungsstrategie gewesen sein muss, den Tod ihres Kindes einfach wegzuschieben. Anderenfalls hätten sie sich ja ihre Schuld daran eingestehen müssen, denn wie du richtig sagst, sie hätten uns auf keinen Fall unbeaufsichtigt am Bach spielen lassen dürfen.«

»Und was ist mit deinen Geschwistern? Wie ist dein Verhältnis zu ihnen?«, wollte Harriet wissen.

»Durchwachsen. Die beiden sind sehr eng miteinander. Craig hat sich immer als Cassidys Beschützer aufgespielt, und sie hat ihn angehimmelt, egal, was für Mist er gebaut hat. Er war nämlich ein ziemlich schwieriges Kind und ein noch schwierigerer Teenager – was wohl nicht verwundern darf nach dem, was ja auch er erlebt hat. Meine Eltern hatten alle Hände voll mit ihm zu tun, wurden ständig in die Schule zitiert, wenn er wieder etwas ausgefressen hatte. Cassidy dagegen war das heiß geliebte Nesthäkchen, die Prinzessin, die von meinen Eltern angebetet und verwöhnt wurde. Sie war immer lieb und unkompliziert und ihr Sonnenschein. Ich dagegen flog unterm Radar. Craig hat dann irgendwann die Kurve gekriegt und arbeitet jetzt als Bankmanager in Glasgow. Cassidy ist Lehrerin geworden und lebt in Edinburgh. Beide sind verheiratet, beide haben Kinder – und immer etwas, was sie miteinander besprechen können. Ich dagegen …« Er seufzte.

»Familientreffen müssen die Hölle sein, oder?«, stellte sie voller Mitgefühl fest. »Ich meine, das sind sie ja oft schon in netten Familien wie der meinen, aber in deinem Fall? Wie hast du Weihnachten überlebt?«

»Gar nicht. Also, nicht falsch verstehen, denn offensichtlich habe ich es ja überlebt, aber ich bin gar nicht hingefahren. Ich hatte es geplant, doch dann gab es einen ziemlich krassen Schneesturm an Heiligabend, und ich bin zu Hause geblieben.«

»Kluge Entscheidung. Mit deinen Freunden in Kirkby ist es sicher schöner gewesen.« Er spürte ihr Lächeln mehr, als dass er es in der Dunkelheit sah.

Collum zögerte kurz. Es wäre so einfach, die Geschichte damit abzuschließen, aber da er sich vorhin für Offenheit entschieden hatte, konnte er es jetzt auch durchziehen. »Das wäre es vielleicht gewesen, aber ich habe die Feiertage allein in meinem Haus verbracht und niemandem erzählt, dass ich hier war.«

»Was?« Das schien sie nicht glauben zu können. »Aber warum?«

»Weil ich …« Er seufzte. »Einerseits, weil ich niemandem die Familienpartys versauen wollte, und andererseits, weil ich kein Mitleid haben wollte.«

»Warum Mitleid? Du hattest doch den perfekten Grund dafür, nicht zu deiner Familie zu fahren. Und einen offensichtlichen obendrein. Das hätte jeder verstanden. Was ist mit deinem tollen Freund Jon, der immer so seltsame Ratschläge gibt? Warum hast du den nicht angerufen?«

Sehr gute Frage, dachte Collum. »Vielleicht, weil ich nicht wirklich in Weihnachtsstimmung war und niemandem mit meiner Laune zur Last fallen wollte.« Das klang selbst in seinen Ohren dämlich, aber am Wahrheitsgehalt der Aussage änderte das nichts. »Außerdem weiß Jon nichts von meiner Familiengeschichte. Niemand weiß davon – nur du jetzt.«

»Oh.« Sie schwieg ein Weilchen – offenbar, weil sie darüber nachdenken musste. Schließlich fuhr sie fort: »Aber warum hast du es niemandem erzählt? Und sag jetzt bitte nicht, dass du verletzlich und schwach wirken würdest und das dein Standing als Bürgermeister schmälern könnte.«

Exakt das hatte er sagen wollen – und ja, er wusste, dass es eine sehr ungesunde Einstellung war. »So einfach ist das nicht.«

»Ich finde schon. Denkst du wirklich, die Menschen würden dich deswegen mit anderen Augen betrachten? Dich weniger ernst nehmen? Ich bin mir sicher, dass eher das Gegenteil der Fall sein würde. Und warum hast du es nie Jon erzählt? Ich meine, du kennst ihn seit dem Studium. Da warst du definitiv noch kein Bürgermeister.«

»Im Studium hatte ich zum ersten Mal in meinem Leben das Gefühl, irgendwo dazuzugehören. Ich hatte Freunde und reichlich Spaß – und endlich ein paar Perspektiven im Leben. Da wollte ich nicht ständig an meine Familie und meine Vergangenheit erinnert werden. Verstehst du das nicht?«

Wieder zögerte sie. »Doch. Ich verstehe es. Ich habe mich im Studium auch neu erfunden. All meine Freundinnen und Freunde aus der Zeit nennen mich Ria und halten mich für eine durchgeknallte Partymaus. Nur ganz wenige wissen, wie ich wirklich bin. Und praktisch niemand kann nachvollziehen, warum ich aus London weggegangen bin. Aber Jon hättest du es doch inzwischen sagen können. Das Studium ist ja schon ein ganzes Weilchen her.«

»Wir hatten uns einige Jahre aus den Augen verloren, und seit er hier ist … Ich weiß auch nicht, irgendwie war da nie der richtige Zeitpunkt. Aber du hast recht, ich werde es ihm sagen. Zumal er ja ohnehin ahnt, dass etwas im Argen liegt.«

»Gute Entscheidung«, lobte sie ihn. »Warst du deshalb vorhin im Pub so aggressiv Marlin gegenüber? Weil er eine flapsige Bemerkung über deine Familie gemacht hat?«

»Ich war nicht aggressiv, das ist unsere spezielle Gesprächskultur. Aber ja, natürlich lag es daran. Seit ich hier in Kirkby lebe, das ja nun wahrlich nicht besonders weit von meiner Heimatgemeinde entfernt ist, hat mich niemand aus meiner Familie besucht. Anfangs habe ich sie noch eingeladen – auch zu unseren Events und Dorfpartys –, aber sie sind nie gekommen.«

»Warum denn nicht? Ich meine, sie können doch total stolz auf dich sein. Du bist Bürgermeister und hast nach allem, was man so hört, eine Menge bewegt.«

»Ich habe keine Ahnung. Angeblich sind sie immer sehr beschäftigt. Und ganz ehrlich, inzwischen ist es mir sogar lieber so. Ich glaube, ich bin für meine Eltern der lebende Beweis für ihre dunkelste Stunde und ihr größtes Versagen, und deshalb finden sie es so schwierig, mit mir zusammen zu sein. Familienfeste sind übrigens nicht die Hölle, sondern nach außen hin recht fröhliche Angelegenheiten. Aber innerlich fühle ich nichts als …«

»Leere«, vervollständigte sie seinen Satz. »Ich glaube, jetzt verstehe ich, was du vorhin gemeint hast.«

»Macht dir das keine Angst?«, wollte er wissen.

»Die Leere in dir?« Sie schüttelte den Kopf. »Ich finde es traurig, dass du so empfindest, und ich hoffe, dass es kein Dauerzustand ist. Aber Angst macht es mir nicht.«

»Ich weiß jetzt auch, wovon Leslie geredet hat«, bemerkte er und fühlte sich mit einem Mal ganz leicht und beinahe vergnügt.

»Wer ist Leslie, und was hat sie gesagt?«

»Leslie ist die Gemeindesekretärin und eine sehr weise Frau. Sie hat mir neulich gesagt, dass ich mir immer die falschen Frauen aussuche, wenn ich mich verknalle. Frauen, bei denen von vornherein klar ist, dass sie nicht die richtigen für mich sind, und denen ich dann die Schuld in die Schuhe schieben kann, wenn es nichts wird. Aber ganz stimmt ihre Analyse nicht. Es ging nicht darum, Schuld abzuwälzen, sondern darum, dass es bislang immer Frauen waren, denen ich mich nicht offenbaren konnte und wollte. Denen ich meine Leere nicht hätte erklären können. Doch ohne ein Mindestmaß an Offenheit läuft es einfach nicht in der Liebe.«

»Willst du damit andeuten …«

»Auch auf die Gefahr hin, dass ich dir endgültig Angst mache: Ich habe in dem Moment gewusst, dass du meine Schicksalsfrau bist, als ich bei unserer ersten Begegnung auf Monroe Manor in dich hineingerannt bin.«

VÖLLIG VERWOBENE ANGELEGENHEIT

SCHICKSALSFRAU? Das war wirklich eine große Ansage und eine, mit der Harriet nicht gerechnet hatte. Natürlich hatte sie gemerkt, dass Collum in sie verknallt war – genau wie sie in ihn –, aber Schicksalsfrau? Das klang sehr endgültig und vor allem sehr, sehr groß. So groß, dass es ihr tatsächlich etwas Angst machte. Was die denkbar blödeste Reaktion war – vor allem nach seinen Offenbarungen. Collums Geschichte war einfach nur krass und hatte schon beim Anhören wehgetan. Sie konnte sich gar nicht ausmalen, wie unfassbar schlimm der Schmerz für ihn sein mochte. Wie hatten seine Eltern zulassen können, dass ihr Sohn mit so einer Hypothek aufwuchs? Wie hatten sie ihn glauben lassen können, dass er womöglich seine Zwillingsschwester getötet hatte? Wie hatten sie nach diesem Unglückstag ihr totes Kind verleugnen können? Was ging nur in diesen Menschen vor?

Ihre Eltern fielen ihr manchmal auf die Nerven, genau wie ihr kleiner Bruder Henry, aber trotzdem pflegten sie alle einen liebevollen Umgang miteinander. Mit Lila war es noch viel mehr als das, sie war ein Teil von Harriet, und die Vorstellung, ohne ihre Zwillingsschwester durchs Leben gehen zu müssen, erschien ihr unerträglich.

Harriets Herz war also ganz offen und zugewandt, und sie verstand jetzt einige Dinge so viel besser, was Collum betraf. Aber seine unverblümte Liebeserklärung warf sie aus der Bahn.

»Ich erwarte nicht, dass du das Gleiche empfindest wie ich, aber irgendeine Reaktion wäre schon schön«, sprach Collum schließlich weiter, als sie ihn gefühlt minutenlang angestarrt hatte.

»Ich weiß offen gestanden nicht, was ich sagen soll«, murmelte sie schließlich. »Ich finde dich toll – alles an dir –, und mein Herz schlägt schneller, wenn ich in deiner Nähe bin. Ich bin eindeutig schwer verknallt in dich, obwohl ich das überhaupt nicht geplant habe, aber … Schicksalsfrau?« Es war zu dunkel, um alle Details sehen zu können, doch Harriet hatte den Eindruck, dass sich seine Miene verschloss – und das brach ihr das Herz. Das Letzte, was sie wollte, war, ihn zu verletzen. »Es tut mir leid«, fügte sie deshalb noch hinzu, was die Sache aber nicht besser machte.

»Es muss dir nicht leidtun. Ich habe dich klar überfordert mit meinen Gefühlen und meiner Vergangenheit. Das tut *mir* leid.« Er klang schrecklich niedergeschlagen.

»Bitte nicht. Ich bin dankbar für deine Offenheit und fühle mich geehrt, dass du mir deine Geschichte anvertraut hast, aber ich bin …«

»… einfach nicht verliebt in mich, schon klar«, vervollständigte er bitter den Satz.

»Ich bin gefühlsmäßig nicht da, wo du bist. *Noch* nicht da, womöglich. Und es bringt mich um, wenn dir das wehtut, aber wie du vorhin schon sagtest, ist Offenheit wichtig. Und mindestens genauso wichtig ist Wahrhaftigkeit. Ich will dich nicht belügen, auch wenn es vielleicht einfacher wäre.«

»Das möchte ich auch nicht. Daher habe ich dir auch meine Gefühle gestanden.« Er klang nicht direkt abweisend, aber plötzlich war da eine Distanz zwischen ihnen, die sie schrecklich fand.

Harriet hatte sich den Abend ganz anders vorgestellt. Fröhlich, unbeschwert und voller Leidenschaft – idealerweise in der Privatheit seines Schlafzimmers. Doch bekommen hatten sie eine Achterbahn der Gefühle, auf der sie nach drei Loopings eine schmerzhafte Vollbremsung hingelegt hatten. Und nun war unklar, ob die Fahrt weiterging oder zu Ende war. Sie sah sich um. Sie hatten die alte Schule erreicht und waren nur wenige Meter von Collums Haus entfernt, doch mit zu ihm zu kommen war keine Option mehr.

»Ich glaube, es ist besser, wenn ich jetzt nach Hause gehe«, sagte sie leise, auch wenn ein Teil von ihr sich wünschte, dass Collum protestierte.

»Vielleicht hast du recht«, erwiderte er jedoch. »Soll ich dich begleiten?«

»Nein, danke, das ist nicht nötig. Lass uns die Tage sprechen, ja?« Damit drückte sie ihm einen kleinen Kuss auf den Mundwinkel und lief rasch in Richtung Dorfplatz, ohne sich noch einmal umzublicken.

Auch wenn sie sich völlig nüchtern fühlte – oder vielmehr *ernüchtert* –, war ihr klar, dass sie zu viel Alkohol getrunken hatte, um sicher Auto fahren zu können. Trotzdem stieg sie am Pub in Heathers Auto und fuhr nach Monroe Manor. Auf dem langen Zufahrtsweg zum Herrenhaus begegnete ihr niemand, und doch verstärkte diese Fahrlässigkeit ihr schlechtes Gewissen noch mehr. Sie hatte es komplett vermasselt. Oder war das Collum gewesen, mit seiner Schicksalsbombe? Frustriert und verwirrt ließ sie den Kopf aufs Lenkrad sacken und löste dabei die Hupe aus. Mist. Hoffentlich hatte es niemand gehört, denn das Letzte, was sie jetzt noch brauchte, waren neugierige Fragen von ihrer Verwandtschaft. Rasch stieg sie also aus, ging aber nicht zum Vordereingang, sondern zum Westflügel, wo in wenigen Tagen ihr Stoffatelier den Betrieb aufnehmen würde. Sie schloss die schwere Holztür auf, knipste das Licht an und atmete den ganz spezifischen Geruch nach altem Gemäuer ein, der in ihrer aktuellen Wahrnehmung etwas Geheimnisvolles hatte. Vielleicht war sie aber auch einfach nur betrunken.

Langsam stieg sie die Treppe zum zweiten Stock hinauf, und wie jedes Mal umfing sie auch jetzt sofort wieder der Zauber, den sie schon beim allerersten Betreten vor ein paar Wochen gespürt hatte. Diese Räume hießen sie willkommen, gaben ihr das Gefühl, nur auf sie gewartet zu haben. Sie durchwanderte die Zimmerflucht und setzte sich schließlich im äußersten Raum, dem mit den zwei Fensterseiten, auf den Fußboden. Sie merkte, wie sie langsam wieder zur Ruhe kam. Genau hier würde der historische Webstuhl seinen Platz finden, und in Gedanken malte sie sich aus, wie sie bald die ersten Stoffe produzieren würde.

Das sollte nicht irgendein Stoff werden, sondern ein ganz besonderer: der Kirkby-Tartan. Und plötzlich wusste sie auch genau, wie er aussehen sollte.

• • •

»Was machst du denn schon hier?«, fragte Leslie ihren Chef verwundert, als sie um kurz vor acht am nächsten Morgen in sein Büro schaute.

»Ich arbeite«, erwiderte Collum knapp und hackte weiter seine Mail in den Computer. Nach einer weiteren miesen Nacht war er um halb sechs aufgestanden, hatte Thelma und Louise versorgt und war ins Rathaus gegangen. Seit fast zwei Stunden schrieb er nun schon Anfragen und schickte sie per Mail raus.

Falls Leslie irritiert war, ließ sie es sich nicht anmerken. »Alles klar. Wenn ich helfen kann, weißt du, wo du mich findest.« Vielleicht kannte sie ihn inzwischen aber auch gut genug, um ihn in dieser Stimmung nicht zu provozieren.

Obwohl – war er schon jemals in dieser Stimmung gewesen? Mit gebrochenem Herzen und wütend auf sich selbst? Er hatte es komplett vermasselt. Der Abend, der ein Wendepunkt in der Beziehung zwischen ihm und Harriet hätte sein sollen, war zum kompletten Desaster mutiert. Nun ja, ein Wendepunkt war es schon gewesen, in mehrfacher Hinsicht sogar, aber nicht der, den er sich erhofft hatte. Warum nur hatte er ihr erst von seiner Schwester erzählt und ihr dann auch noch gestanden, dass sie seine Schicksalsfrau war? Er hätte eine Menge dafür gegeben, die letzten zwölf Stunden rückgängig zu machen.

Doch nun war es raus. Beides. Sein großes, dunkles Geheimnis und seine große Liebe. Beide Offenbarungen hatte er nicht geplant, und ein Teil von ihm bereute sie zutiefst. Doch ein anderer Teil fühlte sich seltsam erleichtert. Zusammen ergab das einen ziemlich unangenehmen Gefühlsmix – und da war Harriets Reaktion noch nicht einmal mit eingepreist. Da er des Zeitreisens leider nicht mächtig war und an der Gesamtsituation nichts ändern konnte, hatte er im Morgengrauen beschlossen, sich auf seine Arbeit zu konzentrieren. Eine Strategie, die ihn schon über viele Hürden und durch viele Krisen gebracht hatte.

Zunächst hatte er den Termin für die Highland Games festgelegt: Das »Kirkby Clan Gathering« würde nun am letzten August-Wochenende stattfinden, von Freitag bis Sonntag. Die meisten ähnlichen Veranstaltungen dauerten nur einen Tag, doch bei den geplanten Rahmenprogrammen, dem Historienmarkt und den Reiterspielen war es bestimmt schlau, mehr Zeit zu veranschlagen. Außerdem lohnte sich dann der Aufwand viel mehr. Und bei einem derart attraktiven Rahmen würden sich bestimmt auch viele namhafte Athleten, Tänzerinnen und Tänzer sowie Dudelsack-Ensembles anmelden.

Seine ersten Mails waren also an Sarah vom Tourismusbüro und an Heather und George Stewart gegangen. Dann waren etliche an Tanzgruppen und -schulen gefolgt, an Athletenvereinigungen und Musiker und alle möglichen Kontakte, die ihm sinnvoll erschienen. Er hatte seine Vision vollmundig beschrieben und unwiderstehliche Gewinnerprämien für die Wettbewerbe in Aussicht gestellt. Um die hatte er sich zwar ehrlich gesagt noch nicht gekümmert, aber er war optimistisch, dass es ihm gelingen würde, Geld- und Sachspenden zu organisieren. Übernachtungsgutscheine für das Bed & Breakfast, Restaurantbesuche bei Isla und exklusive Sonderabfüllungen von Whisky und Gin sollten wirklich kein Problem sein. Außerdem war er überzeugt davon, dass er Lennox und Marlin für ein Konzert am Samstagabend gewinnen konnte – und das wiederum würde zweifellos noch mehr zahlende Gäste nach Kirkby bringen. Ihm war klar, dass er mit diesem Termin in direkte Konkurrenz zu etablierteren Veranstaltungen trat, aber er war zuversichtlich, dass Kirkby die attraktiveren Rahmenbedingungen bieten konnte.

Um halb neun rief Sarah an, hocherfreut über die Entwicklungen und konkreten Pläne. Dass Letztere sich bislang noch im absoluten Frühstadium befanden, musste er ja nicht extra betonen. Das Jahr war schließlich noch jung, und bis zu dem Event selbst war noch eine Menge Zeit.

Anschließend machte sich Collum an eine kleine, aber feine Präsentation, die er zu Videoclips in allen möglichen Formaten umwandelte. Normalerweise kümmerten sich Agenturen und Freiberufler um diese Dinge, aber er hatte während seiner Zeit im schottischen Tourismusbüro häufig solche Filmchen erstellt und kannte sich ziemlich gut aus. Genug Material hatte er ebenfalls, weil er für seinen eigenen und den offiziellen Kirkby-Instagram-Kanal reichlich fotografierte und filmte.

So verging der Tag – mit Anrufen, Mails und einigen vielversprechenden Zusagen. Leslie versorgte ihn mit Sandwiches und Kaffee, ließ ihn aber weitgehend in Ruhe und bohrte auch nicht nach, was ihm sehr angenehm war. Die viele Arbeit gab ihm ein gutes Gefühl. Oder zumindest ein besseres. Am frühen Abend ging er kurz nach Hause, um seine Hühner zu versorgen, kehrte dann aber wieder ins Rathaus zurück und konzipierte noch die Website für das »Kirkby Clan Gathering«.

Von Harriet hatte er den ganzen Tag nichts gehört. Wirklich erwartet hatte er das auch nicht, wohl aber erhofft. Er hatte sich die besondere Chemie zwischen ihnen nicht eingebildet. Das war kein Hirngespinst oder Wunschdenken, sondern real. Aber es war gut möglich, dass auf seiner Seite mehr Gefühl im Spiel war als auf ihrer. Ob sich das jemals ändern würde? Das konnte nur die Zeit zeigen, doch egal, wie es sich entwickelte, er würde es akzeptieren. Akzeptieren müssen.

Erstaunlicherweise beschäftigte ihn seine Familie viel mehr. Wenn ihn der letzte Abend eins gelehrt hatte, dann dass er nicht länger bereit war, mit dieser Lüge zu leben. Er hatte eine Zwillingsschwester gehabt, und er hatte ein Recht darauf, um sie zu trauern und ihrer zu gedenken. Catriona durfte nicht vergessen sein – und nicht länger unsichtbar. Dafür sollte er wohl dringender kämpfen als um Harriets Zuneigung. Anerkennung und Akzeptanz konnte man einfordern, Liebe nicht. Seltsamerweise war es ihm inzwischen ziemlich egal, ob ihn seine Eltern, Craig und Cassidy liebten oder nicht, aber sie hatten Catriona und ihn selbst gefälligst als Mitglieder der Familie anzuerkennen und nicht länger totzuschweigen.

Aus einem Impuls heraus schrieb er Jon eine Nachricht, weil er sich sehr gern mit seinem besten und möglicherweise einzigen wirklichen Freund aussprechen wollte. Jon hatte es wirklich verdient, über ihn und seine Familiengeschichte Bescheid zu wissen, und er hätte zweifellos gute Ratschläge zu bieten. Doch leider kam nur eine knappe Antwort zurück. Isla hatte sich offenbar noch zu einer Ayurveda-Kurzkur in den letzten Urlaubstagen überreden lassen, in der »Digital Detox« angesagt war, und diese digitale Entgiftung schloss auch Telefonate mit alten Freunden ein. Aber Ende nächster Woche wollten sie nach Kirkby zurückkehren, und dann war immer noch genug Zeit dafür, mit Jon zu reden.

Es war später Abend, als Collum schließlich nach Hause kam, mit dem guten Gefühl, zumindest für Kirkby die Weichen für eine glorreiche Zukunft gestellt zu haben. Die Webdesigner würden übers Wochenende die Internetseite gestalten, die er konzipiert und für die er bereits passende Texte und Bilder zusammengestellt hatte. In den nächsten Tagen sollten reichlich vorgeplante Social-Media-Posts online gehen, und ab Montag würde Sarah die Highland Games auch bei VisitScotland im großen Stil ankündigen. Leslie hatte er ein ausführliches Briefing hinterlassen, auch wenn sie das vermutlich gar nicht brauchte. Jetzt musste er nur noch ein Quartier für seine Hühner finden, und dann konnte er sich der mutmaßlich größten Herausforderung seines Lebens stellen.

• • •

Fünf Tage später wusste Harriet kaum noch, wo ihr der Kopf stand, denn in ihrer Weberei überschlugen sich gerade die Ereignisse. Am Freitag nach dem desaströsen Abend mit Collum war sie zu einigen Spinnereien in der Gegend gefahren und hatte Garne gekauft und Bestellungen platziert. Davie Tomlinson hatte sie am Samstagmorgen mit der Ansage überrascht, dass er entweder noch an diesem Wochenende die Regale und Arbeitsplätze einbauen könne oder erst in vierzehn Tagen, denn ein großer Bauauftrag, den er nicht ablehnen konnte, hatte seinen Zeitplan durcheinandergewirbelt. Natürlich hatte sie ihre Regale lieber sofort haben wollen, und so hatten Davie, seine Mitarbeiter, Harriet und etliche freiwillige Helfer das ganze Wochenende durchgearbeitet, um das Werk zu vollenden. Am Montag war der Webstuhl aus Yorkshire geliefert und aufgebaut worden, gestern war Ainslee mit Sack und Pack samt Pudel Jules angereist, und gleich erwarteten sie die Spedition mit dem ersteigerten Prachtstück aus Aberdeen.

»Ich kann das alles immer noch nicht fassen«, sagte Ainslee und strich mit der Hand andächtig über die Arbeitsplatte des brandneuen Nähtischs, auf dem bereits ihre drei Nähmaschinen standen. »Vor einer Woche hatte ich keine Ahnung, wie es mit meinem Leben weitergehen sollte, und nur die vage Hoffnung, dass es mir gelingen könnte, den alten Webstuhl zu ersteigern – und heute?« Sie schüttelte lächelnd den Kopf. »Das ist wie ein Märchen für mich.«

»Für mich auch. Vor allem, dass es jetzt so schnell gegangen ist. Schon verrückt, aber wir können tatsächlich loslegen.« Sie sah sich in Ainslees Reich um. Zahllose Stoffballen stapelten sich in den Regalen, neben Kurzwaren, die zum Teil jahrzehntealt waren und fast schon musealen Charakter hatten. Ainslee hatte alte Knöpfe, Kiltnadeln, Tressen und Bänder über viele Jahre auf Flohmärkten gekauft, auf eBay ersteigert oder sie sich bei Haushaltsauflösungen gesichert. Auch die Stoffe waren zum Teil richtig alt. Daraus nähte Ainslee aufwendige historische Kostüme.

Ihren eigenen Arbeitsplatz hatte sich Harriet im Eckzimmer eingerichtet, wo nachher der alte Webstuhl sein Zuhause finden würde. Von dem üppigen Bankdarlehen wollte sie sich einen neuen Computer und die kostspielige Designsoftware kaufen, die aus ihren Ideen automatisch die Programmierung für den modernen Webstuhl generieren würde. Doch bis das alles hier war, dauerte es noch ein bisschen. Trotzdem lief das Gerät schon. Sie hatte es natürlich sofort testen müssen und mit einem vergleichsweise simplen zweifarbigen Fischgrätmuster aus mittelfeiner Lambswool angefangen. Der anschmiegsame Stoff eignete sich für Schals, Röcke, Jacken und Anzüge, wobei es wohl nur wenige Herren geben dürfte, die die Farbkombi aus Salbei und Mint wagen würden. Schade eigentlich, denn das wäre mal ein richtiger Hingucker. Sie war gespannt, was ihr Vater zu diesem ersten Stoff aus der töchterlichen Produktion sagen würde.

Das erste Projekt für den historischen Webstuhl sollte der Prototyp für den Kirkby-Tartan werden. Nachdem sie ihn am Donnerstagabend plötzlich so klar vor ihrem inneren Auge gesehen hatte, war sie die halbe Nacht mit Skizzen und Tüfteleien dafür beschäftigt gewesen, wie sie ihre Vision am besten umsetzen konnte. Die Tartans mit ihrer strengen Geometrie waren nicht ganz trivial in der Berechnung, aber nach einigem Hin und Her hatte sie es geschafft. Zumindest hoffte sie es, denn ob sich das Muster auf dem alten Webstuhl so umsetzen ließ, war eine noch offene Frage. Doch auch das würde sie bald wissen.

Kurz flackerten ihre Gedanken in Richtung Collum, mit dem sie sich die Nacht eigentlich erheblich lieber um die Ohren geschlagen hätte. Wie es ihm wohl ging? Sie hatte nichts mehr von ihm gehört, wobei sie fairerweise zugeben musste, dass auch sie sich nicht bei ihm gemeldet hatte. Erstens war sie massiv beschäftigt gewesen, und zweitens – was hätte sie schon sagen oder schreiben können? An ihren Gefühlen hatte sich nichts geändert. An seinen vermutlich auch nicht – also worüber hätten sie sich austauschen können? Trotzdem nagte etwas an ihr, das nichts mit der Aufregung wegen ihrer Weberei zu tun hatte und alles mit Collum. Wenn sie ganz ehrlich war, vermisste sie ihn. Sehr sogar. Sie hätte ihm so gerne die Räume gezeigt, war etliche Male kurz davor gewesen, ihm Fotos von den Fortschritten zu schicken. Außerdem wollte sie wissen, wie es ihm ging. Was die Hühner Thelma und Louise machten und … ob er sie vielleicht doch noch einmal so küssen würde wie kurz vor ihrer Abreise nach

Aberdeen. Das war vor einer Woche gewesen. Unwillkürlich fasste sie sich an die Lippen. »Blöde Kuh«, murmelte sie, ärgerlich auf sich selbst.

»Bitte?« Ainslee sah sie einigermaßen konsterniert an.

»Nicht du!«, beeilte sich Harriet, sie zu beschwichtigen. »Ich meine mich selbst. Ich bin eine dumme Pute – auch wenn das beleidigend für Rinder und Geflügel ist, was die Tiere auch nicht verdient haben. Also noch mal: Ich bin eine doofe Trulla!«

»Da hast du aber eine ganz schlechte Meinung von dir«, entgegnete Ainslee mit einem Schmunzeln. »Wie kommst du darauf? Ich finde nämlich, dass du das alles hier extrem beeindruckend gemeistert hast.«

»Vielleicht. Aber dafür habe ich eine andere Sache komplett vermasselt.« Harriet seufzte.

»Die Sache mit dem Bürgermeister?«

»Woher …?« Harriet starrte ihre neue Kollegin stirnrunzelnd an. Sie war sich sicher, nichts erwähnt zu haben. Niemandem gegenüber. Selbst Heather hatte keine neugierigen Fragen gestellt, weil es ab Samstag so Schlag auf Schlag gegangen war, dass sie gar nicht auf die Idee gekommen war. Wie also konnte Ainslee etwas ahnen?

»Das war ein Schuss ins Blaue, aber es ist schon auffällig, dass er so gar kein Thema ist. Wo du doch letzte Woche in Aberdeen schon beim Gedanken an ihn aus dem Strahlen nicht mehr herausgekommen bist.«

»Tja, ich weiß auch nicht … Es ist nicht ganz so gelaufen, wie ich es mir vorgestellt habe – und ich weiß nicht genau, ob das meine Schuld war oder seine.«

»Aber das kann man doch klären.«

»Vielleicht. Aber es war ja die letzten Tage so viel los hier, und er hat sich nicht gemeldet und … ach, es ist auch egal.«

»Wenn du darüber reden magst …«, bot Ainslee an, doch Harriet war sich nicht sicher, ob das Angebot wirklich ernst gemeint oder schierer Höflichkeit entsprungen war.

»Danke, aber das wird schon wieder.« Sie hörte ein Geräusch und blickte aus dem Fenster. »Schau, da kommt die Spedition mit unserem Webstuhl!«

»Wahnsinn, oder?« Drei Stunden später bebte Harriet förmlich vor Glück. Der Webstuhl war geliefert und aufgestellt worden, und sie und Ainslee hatten angefangen, ihn zu bespannen und in Betrieb zu nehmen. Es war ein großes Glück, dass Ainslee die Maschine schon kannte, denn es gab ein paar Besonderheiten, mit denen Harriet allein wohl länger zu kämpfen gehabt hätte. Doch jetzt waren bereits die ersten Zentimeter des Kirkby-Tartans fertig und sahen großartig aus.

»Das ist ein tolles Design«, lobte Ainslee. »Und du hast das Muster perfekt berechnet und umgesetzt.«

»Ja, aber ohne dich hätte ich es nicht auf das Gerät gebracht.« Harriet streichelte den feinen, aber kräftigen Stoff, den man für Kilts oder Möbelbezüge verwenden könnte – sobald mehr als nur eine Handbreit davon fertig war.

»Das hättest du sicher geschafft, vielleicht hätte es halt ein bisschen länger gedauert. Aber dafür bin ich ja da – und ich bin froh, dass ich mich in unserer Partnerschaft auch ein bisschen nützlich machen kann.«

»Oh, ich glaube, das war der vielversprechende Anfang einer gloriosen Zusammenarbeit.« Impulsiv umarmte Harriet ihre Geschäftspartnerin und machte sich dann wieder an die Arbeit, damit bald etwas Vorzeigbares zu präsentieren war. Sie war schon sehr gespannt, was Collum zu ihrem Kirkby-Tartan sagen würde.

Plötzlich bellte Jules, und eine wohlbekannte Stimme rief: »Huch, wen haben wir denn da? Du bist ja ein Hübscher!« Das Bellen verstummte, und gleich darauf steckte Shona ihren Kopf ins Zimmer. »Das sieht hier ja richtig nach Arbeit aus!«, befand sie und trat ganz ein. Sie war auch nicht allein, sondern hatte Kristie im Schlepptau, die einen voll beladenen Korb in die Höhe hielt, um ihn vor dem aufdringlichen Jules in Sicherheit zu bringen. »Wir haben gedacht, wir schauen mal nach dem Rechten bei euch«, sprach Shona weiter und schaute sich neugierig um. »Ist das der alte Webstuhl?«

»Ja, wir probieren ihn gerade aus«, sagte Harriet und deutete auf den schmalen Stoffstreifen, der schon fertig war. »Darf ich übrigens vorstellen? Das ist Ainslee Ferguson, meine neue Geschäftspartnerin. Ihren Pudel Jules habt ihr ja schon kennengelernt. Ainslee, das sind Shona und Kristie, die man mit viel gutem Willen als Cousinen bezeichnen könnte.«

»Guten Willen braucht man dafür nicht, wir *sind* Cousinen«, erwiderte Shona lachend und deutete auf Kristie und sich selbst. »Unsere Väter sind Brüder.«

»Ich meine ja auch, dass wir drei Cousinen sind«, erklärte Harriet. »Was faktisch nicht der Fall ist – zumindest nicht nach den gängigen Definitionen von Blutsverwandtschaft. Aber wenn man es nicht so genau nimmt, ist ›Cousine‹ sicher die beste Bezeichnung.«

»Ich finde es schön, dass du das so siehst«, ergriff nun Kristie das Wort. »Und herzlich willkommen in Kirkby, Ainslee.« Sie reichte der rothaarigen Frau lächelnd die Hand und musterte sie interessiert. »Sag bitte, dass du Highland Dancing machst.«

Ainslee hob eine ihrer perfekten Brauen und schüttelte den Kopf. »Ich fürchte, da muss ich passen.«

»Sehr schade. Wirklich ausgesprochen schade.« Kristie wirkte tatsächlich mehr als nur ein wenig enttäuscht, fing sich aber rasch wieder und stellte den Korb auf Harriets zukünftigen Computerarbeitsplatz. »Ich hab euch etwas zum Essen mitgebracht. Irgendwie hatte ich das Gefühl, dass ihr zu beschäftigt seid, um an Nahrungsaufnahme zu denken.«

»Das ist total nett von dir«, freute sich Harriet, und auch Ainslee strahlte begeistert.

»Du bist eine Lebensretterin«, verkündete sie. »Ich habe wirklich Hunger.«

»Mit Stühlen seid ihr ja noch nicht so gut ausgestattet«, stellte Shona nach einem kritischen Rundumblick fest. »Vielleicht machen wir einfach ein Picknick? Oder geht das mit Jules nicht?«

Wie sich herausstellte, war Jules jedoch ein sehr gut erzogener Hund, der sich in respektvollem Abstand zu den vier Frauen niederließ und nur gelegentlich einen sehnsüchtigen Blick auf die Leckereien warf, die Kristie aus ihrem Korb hervorzog.

»Ihr braucht unbedingt eine Kaffeemaschine und eine kleine Teeküche«, sagte Shona, die ihren Rosinen-Scone scheinbar nur mit Koffein genießen konnte.

»Steht auf der Liste«, entgegnete Harriet. »Wie so vieles. Aber es ist tatsächlich viel zu umständlich, für eine Tasse Kaffee oder einen Tee nach unten in die Küche zu laufen. Bis man wieder hier ist, ist das Getränk kalt.« Sie biss herzhaft in einen köstlichen Blue-Cheese-Scone. »Und wir brauchen Geschirr, Besteck und einen Kühlschrank, in dem wir Butter und Marmelade aufbewahren können, denn mit Butter oder Clotted Cream wäre der hier noch viel leckerer.«

»Schau unbedingt mal im Tauschladen vorbei«, schlug Shona vor. »Da gibt es immer tolle Sachen zu entdecken. Stühle beispielsweise.« Sie lachte. »Aber das ist gar nicht der Grund, warum wir hier sind.«

»Nicht?« Harriet grinste. Natürlich waren die beiden aus schierer Neugier hier. Sie hatten am Wochenende tatkräftig beim Auf- und Einbau der Regale und Arbeitstische mitgeholfen und waren natürlich gespannt, wie das Ganze jetzt mit den Maschinen aussah. Und zweifellos wollten sie auch Ainslee abchecken, von der Harriet in den höchsten Tönen geschwärmt hatte.

»Nein, wir wollten rausfinden, ob ihr schon fleißig sein, und Ainslee kennenlernen«, erwiderte Shona prompt. »Aber vor allem wollten wir dich fragen, ob du weißt, wo Collum ist.«

»Collum? Wo soll er sein?« Harriet kratzte sich verwirrt am Kopf. »Im Rathaus, nehme ich an.«

»Nein, da ist er nicht. Er hat mir am Samstagvormittag seine Hühner zum Alpakastall gebracht, mit dem Versprechen, dass er sie am Sonntag, spätestens am Montag wieder abholt, und ist dann mit dem Auto weggefahren«, berichtete Shona.

»Vielleicht brauchte er mal ein paar Tage Urlaub?« Harriet fühlte sich mit einem Mal unfassbar unbehaglich – und schuldig. Was, wenn er wegen ihr gegangen war? Aber wohin? Und warum genau?

»Urlaub? Collum macht nie Urlaub. Er lebt für Kirkby!«, behauptete Kristie mit einer Vehemenz, die Harriet ihr nicht zugetraut hätte. »Und schon gar nicht in so einer Situation.«

»Was für eine Situation denn?« Ob irgendjemand mitbekommen hatte, was Collum ihr am Donnerstagabend beim Spaziergang in der Dunkelheit gestanden hatte? Das konnte sie sich kaum vorstellen. Und schon gar nicht, zu welcher Art von »Situation« das geführt haben sollte. Andererseits …

»Na, die üblen Unterstellungen, dass er das schottische Fremdenverkehrsbüro und etliche Top-Athleten bestochen haben soll, damit er die Highland Games in Kirkby mit prominenter Besetzung durchziehen kann. Angeblich gibt es sogar eine Beschwerde aus dem Königshaus, das den Erfolg von Braemar in Gefahr sieht.«

»Was?« Harriet hatte keine Ahnung, worum es ging. Aber sie hatte in den letzten Tagen auch überhaupt keine

Zeit gehabt, groß in den sozialen Medien zu surfen, geschweige denn irgendwelche Nachrichten zu lesen oder anzusehen.

»Er hat am Freitag den Termin für die Spiele festgelegt – drei Tage am letzten August-Wochenende – und offensichtlich Gott und die Welt in Bewegung gesetzt. Seit Montag ist die offizielle Website online, auf den Social-Media-Kanälen der Gemeinde hat er ein paar Filmchen gepostet, die aussehen wie richtig coole Filmtrailer, und in den Kommentaren dazu haben schon etliche prominente Tänzerinnen und Dudelsackbläser ihre Teilnahme angekündigt. Weiß du davon nichts?« Shona blickte Harriet einigermaßen konsterniert an.

»Nein, ehrlich nicht. Ich habe keinen Schimmer, und ich war ja auch mit anderen Dingen beschäftigt, sodass ich nichts mitgekriegt habe.« Unter anderem damit, Collum bewusst aus dem Weg zu gehen – doch das dachte Harriet jetzt nur. »Aber wie kommen irgendwelche Leute auf die Idee, Collum könnte jemanden bestochen haben?« Das fand sie nun wirklich abwegig.

»Keine Ahnung, wie sie darauf kommen. Anscheinend braucht man in der Szene schon ein paar bessere Argumente als ›Wir veranstalten die geilsten Spiele aller Zeiten‹, um potenzielle Teilnehmer dazu zu motivieren, etablierten Veranstaltungen den Rücken zu kehren und lieber nach Kirkby zu fahren.« Shona warf sich mit einer etwas ungeduldigen Geste ihre langen schwarzen Haare über die Schulter.

»Es haben bereits Tanzgruppen zugesagt, die sonst nur bei den ganz großen Events auftreten«, sprang ihr Kristie bei. »Versteh mich nicht falsch, ich finde das großartig, aber ein bisschen merkwürdig ist es auch. Außerdem ist Onkel Marlin stocksauer, weil Collum nicht nur mit üppigen Preisgeldern winkt, sondern auch mit Naturalien wie Übernachtungen im Bed & Breakfast und Abendessen in Islas Restaurant – ohne es mit irgendjemandem abgesprochen zu haben.«

»Eine Zeitung hat eine Mail an einen der Spitzenathleten abgedruckt, in der Collum von ›einzigartigen Incentives‹ spricht – und das kann nun wirklich viel heißen«, sagte Shona. »Übrigens wäre ich auch gern gefragt worden, bevor er jedem Teilnehmer eine Flasche ›Kirkby-Gathering-Gin‹ versprochen hat«, fügte sie noch düster hinzu. »Was denkt er sich dabei?«

»Ich schätze mal, dass er ein tolles Event für Kirkby auf die Beine stellt«, entgegnete Harriet lahm. Ganz nachvollziehen konnte sie die Aufregung der Cousinen nicht – genauso wenig, wie sie den Aufriss verstand, den Collum veranstaltete, um diese komischen Highland Games durchzuziehen. So aufregend waren Baumstammwerfen und Tauziehen nun auch wieder nicht, doch sie hütete sich, das laut auszusprechen.

»Ich schätze, ›einzigartige Incentives‹ bedeutet vor allem, dass er den Teilnehmern und Zuschauenden einen tollen Rahmen bieten möchte«, meinte Ainslee. »Ich bin ja recht oft bei derartigen Veranstaltungen gewesen und kann euch sagen, dass es schon einen Unterschied macht, wie so ein Event aufgezogen wird. Da kann allein die Aussicht, in einem netten Pub oder Hotel übernachten zu können, den Ausschlag dafür geben, ob man zu dem einen oder dem anderen Gathering fährt.«

»Tja, das oder eben tatsächlich Geld.« Shona schnaubte. »Welchen Grund gäbe es denn sonst dafür, dass er jetzt auf Tauchstation geht? Selbst Leslie hat keine Ahnung, wohin er gefahren ist, und angeblich springt bei seinem Handy nicht mal die Mailbox an, sondern es kommt nur die Info, dass der Teilnehmer derzeit nicht erreichbar ist. Das ist doch mehr als seltsam, oder?«

Seltsam fand Harriet das auch, und besorgniserregend. Hatte er sich am Ende etwas angetan? Wegen ihr? Das wäre schon reichlich extrem, oder? Außerdem ergab es überhaupt keinen Sinn, denn dann hätte er ja kaum im Vorfeld noch diese Riesensache mit den Highland Games auf den Weg gebracht. Nein, da musste etwas anderes dahinterstecken. Nur was? Seine tote Schwester? Ainslee warf ihr einen fragenden Blick zu. Zweifellos dachte sie in eine ähnliche Richtung wie Harriet, ohne jedoch irgendwelche Details zu kennen, und glücklicherweise sagte sie nichts, denn das würde nur zu neugierigen Nachfragen von Shona und Kristie führen – und was genau sollte sie den beiden dann erzählen? Shona sah sie immer noch erwartungsvoll an.

»Es klingt tatsächlich seltsam, aber meist ist die Realität doch ganz anders. Warum sollte Collum irgendjemanden bestechen? Und dann von der Bildfläche verschwinden?«, fragte sie, um überhaupt einen Kommentar abzugeben.

»Warum bestechen Menschen? Um sich Vorteile zu verschaffen. Sich selbst oder Institutionen, für die sie stehen. Schau dir Politiker an oder irgendwelche Wirtschaftsbosse – da läuft ohne Schmiergeld doch gar nichts«, blähte sich Shona auf.

»Und das weißt du so genau, weil du bei derartigen Transaktionen schon oft dabei warst?«, erkundigte sich Kristie und konnte eine gewisse schneidende Ironie nicht verbergen.

»Sagen wir's so, ich habe damals in London in der Whiskybar das ein oder andere konspirative Gespräch mitbekommen. Außerdem ist doch allgemein bekannt, wie korrupt Politiker sind. Und Industrielle und Sportler und Künstler und überhaupt die allermeisten Menschen. Warum sollte ausgerechnet Collum die Ausnahme sein?«

»Keine Ahnung«, murmelte Kristie. »Ich trau ihm jedenfalls nicht zu, dass er ein krummes Ding dreht. Er mag ja manchmal etwas übermotiviert sein, aber er ist ein Guter. Das sagst du doch selbst immer.«

»Ja, das sage ich. Aber nur weil wir uns das alles nicht vorstellen können oder wollen, heißt das noch lange nicht, dass es nicht sein kann«, beharrte Shona. »Dad ist jedenfalls auf hundertachtzig, der traut Collum auf alle Fälle zu, dass er Dreck am Stecken hat.«

»Bei allem Respekt, erstens ist Marlin nicht derjenige, der diesbezüglich große Töne spucken sollte, und zweitens stänkert er doch ohnehin immer gegen Collum. Das ist sein Lieblingssport«, hielt Kristie dagegen.

»Trotzdem …« Shona schien nicht klein beigeben zu wollen, aber ihr gingen die Argumente aus, daher wechselte sie das Thema. »Wie sieht's aus, Mädels, wollen wir nachher in den Pub und den Start eurer Weberei feiern?«

Harriet schaute Ainslee an, die nickte. »Klar, warum nicht? Wir machen zwar sicher auch eine offizielle Eröffnungsparty, aber informell können wir gerne schon heute feiern.«

»Ja, und außerdem kann ich im Pub die Chance ergreifen, mich nach einem Quartier umzuhören.«

»Was suchst du denn?«, wollte Kristie wissen.

»Eine kleine Wohnung vielleicht, idealerweise möbliert, weil ich selbst kaum Möbel habe, oder ein WG-Zimmer. Und Hunde müssten erlaubt sein.« Ainslee deutete auf ihren Pudel.

»Du kannst hier im Manor bleiben, solange du willst«, erinnerte sie Harriet. »Das haben Heather und George doch gesagt, und sie meinen es auch so.«

»Ich weiß, und ich finde das auch ausgesprochen lieb und gastfreundlich, aber etwas Eigenes wäre mir einfach lieber. Ich werde jetzt meine Zukunft in Kirkby gestalten, da will ich nicht das Gefühl haben, zu Besuch zu sein. Auch wenn der Arbeitsweg im Moment sensationell kurz ist.« Sie lächelte schief.

Ihre Worte trafen bei Harriet einen Nerv, denn sie konnte genau nachfühlen, was Ainslee meinte, nachdem sie selbst jahrelang in einer eigenen Wohnung gelebt hatte. Bei Heather und George zu wohnen fühlte sich so an, als sei sie wieder in den Schoß der Familie zurückgekehrt. Das war im Grunde ein Rückschritt, aber andererseits brauchte sie diesen familiären Halt im Moment aus irgendeinem Grund, und solange sie so empfand, würde sie hier wohnen bleiben.

»Mit kleinen, möblierten Wohnungen dürfte es in Kirkby schwierig werden«, sagte Kristie nachdenklich. »Aber zwei Optionen fallen mir ein: Erstens haben Hailey und ich noch ein Zimmer in unserem Cottage frei, das wir untervermieten könnten – allerdings so richtig WG-mäßig, weil wir uns Bad, Küche, Wohnzimmer und Garten teilen, einschließlich aller Aufgaben. Jules wäre kein Problem. Wir haben letztes Jahr sogar eine Weile mit einem Alpaka im Haus gelebt.« Sie schielte zu Shona, die die Augen verdrehte und defensiv die Hände hob.

»Mit einem Alpaka? Will ich wissen, wie es dazu gekommen ist?«, fragte Ainslee mit großen Augen.

»Diese Geschichte wirst du früher oder später sowieso erfahren, denn Nessie ist inzwischen zur Dorflegende geworden«, entgegnete Kristie lachend.

»Ja, genau wie der fiese Rauswurf. Herzlichen Dank«, grummelte Shona gespielt beleidigt. »Also, überleg dir, ob du wirklich bei meinen Cousinen einziehen möchtest. Die sind unberechenbar.«

»Es gibt noch eine zweite Option, die mir spontan einfällt«, fuhr Kristie völlig unbeeindruckt fort. »Der MacAlpine-Hof steht immer noch leer. Adley und Michael überlegen zwar schon länger, ob sie das Wohnhaus als Ferienhaus nutzen sollen, aber bislang ist da noch nichts passiert. Vor allem, weil es vorher renoviert werden müsste. Aber da wäre jedenfalls reichlich Platz. Allerdings ist der Hof ein Stückchen außerhalb des Ortes, inmitten von Feldern und Kuhweiden. Wohingegen Haileys und mein Cottage mitten im pulsierenden Zentrum Kirkbys liegt.«

»Okay.« Ainslee kratzte sich leicht ratlos am Kopf. »Vielen Dank. Ich würde mir beide Möglichkeiten gerne mal ansehen.«

»Klar, ich rede mit Adley darüber, wann es ihr passen würde, und unser Häuschen kannst du dir gleich nachher anschauen.« Kristie sammelte die leeren Papiertüten und zerknüllten Servietten in ihren Korb und stand auf. »Bis nachher also, im Pub.«

Als Shona und Kristie gegangen waren und Harriet sich wieder an den Webstuhl setzen wollte, um noch ein wenig am Kirkby-Tartan zu arbeiten, betrachtete Ainslee sie nachdenklich.

»Die sind alle so nett hier«, stellte sie fest und klang leicht fassungslos. »Ich meine, die kennen mich nicht und bieten mir sogar ein Zimmer an.«

»Ich weiß genau, was du meinst. So etwas kennt man aus der Stadt nicht. Ich bin auch immer wieder irritiert, aber wie meine Tante sagt: Das ist Kirkby! Also gewöhn dich daran.« Harriet lächelte. »Ich versuch's auch.«

ZERFETZTE VERGANGENHEIT

WENN ENTSCHLÜSSEN KEINE TATEN FOLGTEN, dann waren sie … was? Sinnlos? Feige? Collum wurde langsam wirklich ärgerlich auf sich selbst. Letzten Freitag war er voller Entschlusskraft an die Arbeit gegangen. Hatte buchstäblich im Handstreich das nächste Großevent für Kirkby organisiert und alles so weit geplant, dass er ein paar freie Tage hatte, um sich um die größte Baustelle in seinem Leben zu kümmern. Er hatte vorgehabt, zu seinen Eltern und seinen Geschwistern zu fahren, um sich mit ihnen auszusprechen und die Anerkennung einzufordern, die sie ihm sein ganzes Leben lang verwehrt hatten.

Nachdem er Thelma und Louise am Samstag zu Shona in den Alpakastall gebracht hatte, war er losgefahren. Und war gefahren und gefahren. Erst an Spean Bridge vorbei, dem Wohnort seiner Eltern, dann an Glasgow und an Edinburgh, bis er schließlich am späten Nachmittag in einem Kaff in Northumberland gelandet war. Dort hatte er sich in einem Pub ein Zimmer gemietet und die Buchung seitdem jeden Tag um eine weitere Nacht verlängert. Was um alles in der Welt war los mit ihm? Wo war der selbstbewusste Macher? Der Mann, der alles für sein

Dorf tat? Der Mann, der sich so fest vorgenommen hatte, jetzt auch für sich selbst einzustehen?

Doch nun waren die Zweifel wieder da. Die Zweifel, ob eine Konfrontation überhaupt etwas bringen würde. Schließlich hatte er in den letzten Jahren doch auch so ein gutes Leben geführt.

Wirklich?, fragte ihn seine innere Stimme, die erstaunlicherweise nach Leslie klang. War es ein gutes Leben – voller Arbeit, nur mit oberflächlichen Freundschaften und ohne eine tiefergehende Beziehung?

Er kannte die Antwort darauf, und er wusste, dass er etwas tun musste. Für Catriona und vor allem für sich selbst. Und er konnte es nicht länger vor sich herschieben. Gestern war er nach Hexham gefahren und hatte sämtliche Bilder von Catriona einscannen und dreimal ausdrucken lassen. Es waren gut dreißig Stück aus einem Fotoalbum, das er von seiner Großmutter bekommen hatte, und alle zeigten ein fröhliches rotblondes Mädchen, das fast immer keck in die Kamera lachte – oft Seite an Seite mit einem ebenso vergnügten kleinen Jungen. Ihm selbst. An die Umstände der Aufnahmen konnte er sich überhaupt nicht mehr erinnern, genauso wenig wie an Catriona selbst. Doch die Fotos bewiesen ihm, dass sie real gewesen war – ein wichtiger Teil seines Lebens. Aber auch, dass er ihren Verlust nie wirklich verkraftet hatte.

Collum sah zufrieden auf die drei Fotoalben, die er zusammengestellt hatte: für seine Geschwister und seine Eltern. Letztere hatten hoffentlich irgendwo noch mehr Bilder von ihrer Tochter, denn Collum konnte sich nicht vorstellen, dass seine Eltern wirklich alle Erinnerungsstücke vernichtet haben konnten. Andererseits …

Nein, darüber würde er jetzt nicht nachdenken, sondern sie persönlich konfrontieren. Craig und Cassidy dagegen würden Briefe von ihm erhalten und dazu je ein Fotoalbum, denn letztlich waren seine Geschwister genauso Opfer wie er selbst. Allerdings war das mit dem Briefeschreiben nicht so einfach, denn die richtigen Worte wollten ihm nicht in den Sinn kommen – geschweige denn ihren Weg aufs Papier finden. Es fühlte sich auch seltsam an, mit der Hand auf richtigem Briefpapier zu schreiben, das er gestern ebenfalls in Hexham besorgt hatte. Seine Eloquenz, die er sonst täglich in Mails, Texten für die Dorf-Website oder auch in Social-Media-Posts bewies, schien völlig versiegt zu sein. Aber seinen Geschwistern eine schnöde E-Mail zu schicken, am Ende noch mit einer virtuellen Fotogalerie als Anhang, kam überhaupt nicht infrage. Schließlich fasste er sich kurz und schrieb an Cassidy Folgendes:

Liebe Cassidy,
vielleicht wunderst du dich über diese Post von mir, und womöglich hältst du es für unangemessen, aber ich will zukünftig bei Familienfeiern nicht mehr so tun, als hätte es Catriona nie gegeben. Du hast sie nicht gekannt, aber du weißt natürlich von ihr. Du bist wenige Monate nach ihrem Tod zur Welt gekommen und hast auf gewisse Art ihr Leben übernommen. Übernehmen müssen, denn diese Entscheidung haben unsere Eltern für dich getroffen,

und mir ist erst in der allerjüngsten Vergangenheit klar geworden, dass sie dir damit auch eine gewaltige Hypothek aufgebürdet haben.

Ich will dir auf keinen Fall ein schlechtes Gefühl geben, nur deutlich zeigen, dass wir vier Geschwister sind und nicht nur drei. Und dass ich nicht nur ein trauriger Sonderling war, sondern ein verwaister Zwilling, der den Verlust seiner Schwester nie wirklich verkraftet hat – weil es mir verwehrt wurde, um sie zu trauern.

Vielleicht können wir irgendwann mal ein echtes Gespräch führen und uns richtig kennenlernen. Das würde mich sehr freuen. Für Familientreffen nach dem üblichen Muster bin ich nicht mehr zu haben.

Alles Liebe,
dein Bruder Collum

Er las den Brief noch einmal durch. Ganz zufrieden war er nicht damit, aber er hatte geschrieben, was ihm wichtig war. Dann war Craig dran, und diese Zeilen fielen ihm noch schwerer. Sollte er seinen älteren Bruder damit konfrontieren, dass er sich bis heute die Schuld am Tod seiner Schwester gab, nur weil der fünfjährige Craig in seiner Verzweiflung und Verwirrung gesagt hatte, Collum habe Catriona unter Wasser gedrückt? Erinnerungen waren trügerisch, das hatte er im Psychologiestudium gelernt und hatte es schon oft genug selbst erlebt. Es konnte genauso gut sein, dass er sich diese unwahre Behauptung nur eingebildet hatte. Oder dass Craig sie öfter als einmal geäußert hatte. Und selbst wenn er sich ziemlich sicher war, die Szene am Bach präzise vor Augen zu haben, musste auch das nicht der Realität entsprechen. Vielleicht sollte er sich einfach so knapp ausdrücken wie bei Cassidy? Entschlossen setzte er seinen Füller auf einen frischen Papierbogen und schrieb:

Lieber Craig,
erinnerst du dich eigentlich noch an Catriona? Unsere Eltern haben ja einen sehr großen Aufwand betrieben, um ihren Tod buchstäblich totzuschweigen und ihre Existenz zu verneinen. Wir Kinder haben dieses Tabu schließlich als gegeben akzeptiert und nicht mehr daran gerüttelt. Oder nur noch ganz selten. Doch die wenigen Male, die ich Mum und Dad auf Catriona angesprochen habe, waren ausgesprochen frustrierend und schmerzhaft. Ich glaube, ich habe nur einmal erlebt, dass Mum nicht sofort mit Ablehnung reagiert, sondern mehr oder weniger zugegeben hat, dass sie Probleme hat, mit der Schuld zu leben, und dass sie deswegen das große Schweigen verordnet haben – um es uns allen leichter zu machen. Aber war es leichter?
Für mich nicht. Ich fühle mich bis heute unvollständig und unsichtbar. Ja, unsichtbar. Ich habe das Gefühl, dass ich zumindest für Mum und Dad, aber womöglich auch für dich die personifizierte Erinnerung an den schwarzen Tag bin, an dem Catriona ertrunken ist. Ich gebe mir auch die Schuld daran, weil du – in meiner Erinnerung zumindest – behauptet hast, dass ich Catriona ertränkt hätte. Ich weiß inzwischen seit Langem, dass – wenn

überhaupt jemand – nur unsere Eltern Schuld an diesem Unglück haben, denn es war grob fahrlässig, drei kleine Kinder unbeaufsichtigt am Bach spielen zu lassen. Aber das ist gar nicht der Punkt.

Der Punkt ist, dass ich bei diesem Tabu nicht mehr mitspielen werde. Ich bin kein seltsamer Sonderling, ich bin ein verwaister Zwilling, der nie richtig um seine Schwester trauern durfte. Du übrigens auch nicht – und ich schätze, das hat auch mit dir etwas gemacht. Erinnere dich an Catriona, und erzähle vielleicht auch deinen Kindern von ihr. Ich hoffe, das hilft auf lange Sicht.

Ich würde mich freuen, wenn wir offen darüber sprechen könnten, denn für weiteres Schweigen stehe ich nicht zur Verfügung.

Alles Liebe,
dein Bruder Collum

Okay, das waren dann doch deutlichere Worte als eigentlich beabsichtigt, aber trotzdem fühlte es sich gut an, sie aufgeschrieben zu haben. Collum hatte keine Ahnung, wie seine Geschwister auf seine Briefe und die Fotoalben reagieren würden – und allein das war doch verdammt traurig. Er kannte die beiden genauso wenig wie sie ihn und konnte daher nicht einschätzen, wie es gefühlsmäßig in ihnen aussah. Er hatte seine letzten Sätze ernst gemeint: dass er lieber dauerhaft mit ihnen brechen würde, als weiterhin das verlogene Heile-Welt-Spiel mitzumachen. Auch wenn er nicht wirklich viele tiefgehende Beziehungen hatte, gab es doch ein paar wenige Menschen, mit denen er sich das vorstellen konnte. Vor allem natürlich Harriet und Jon. Aber eigentlich auch Leslie, Colleen und Anna. Bei diesen Frauen hatte er den Eindruck, dass sie ihn ganz anders und womöglich umfassender wahrnahmen, als seine Familie es jemals getan hatte. In diese Beziehungen zu investieren wäre vermutlich sogar besser und zielführender, als sich um die zu seinen Geschwistern zu kümmern. Doch ehe er endgültig mit ihnen brach, sollten sie wissen, was in ihm vorging, und falls sie den Dialog suchten, wollte er sich nicht verweigern.

Etwas anders sah die Sache mit seinen Eltern aus. Da war es mit einem simplen Brief und einem Gesprächsangebot nicht getan. Die musste er persönlich konfrontieren, und zwar ohne Vorwarnung.

Er blickte auf die Uhr. Mittlerweile war es früher Nachmittag, und für die Strecke brauchte er bei idealen Bedingungen fünfeinhalb Stunden – beim aktuellen Wetter sicher deutlich länger. Heute würde er sie also eher nicht mehr sprechen können. Trotzdem beschloss er, sofort wieder in Richtung Schottland aufzubrechen. Übernachten konnte er in einem Pub in der Nähe und würde dann gleich morgen früh bei seinen Eltern auf der Matte stehen.

Einigermaßen zufrieden mit dieser Entscheidung, packte Collum seine Sachen zusammen, zahlte und verließ sein Refugium der letzten Tage. An der nächsten Poststelle gab er die Päckchen mit den Fotoalben und Briefen an seine Geschwister auf. Je nachdem, wie flott die Royal Mail war, würden sie vielleicht schon morgen bei ihren

Empfängern ankommen. Oder übermorgen oder in drei Wochen. So genau konnte man das nie wissen. Doch es war auch egal, denn entscheidend war nur, dass Craig und Cassidy die Eltern nicht vorwarnen konnten.

Kurz überlegte er, ob er sein Handy anschalten sollte, das seit Samstagmittag deaktiviert ganz unten in seiner Reisetasche lag, doch er entschied sich dagegen. Zweifellos gab es etliche Nachrichten, und womöglich vermissten ihn auch schon einige Leute. Es war schließlich noch nie vorgekommen, dass er mal nicht erreichbar gewesen war – selbst bei Konzerten oder Beerdigungen hatte er sein Telefon maximal auf Vibrationsmodus gestellt, damit er jederzeit eingreifen konnte, sollte sich in Kirkby eine Krise anbahnen. Es wäre auch verdammt verführerisch, sich vom Tagesgeschäft ablenken zu lassen, und sein innerer Bürgermeister platzte fast vor Neugier darauf, wie die Resonanz auf die Highland Games aussah und ob die Website schon online war. Aber das konnte warten, für den Moment gab es wichtigere Dinge. Für eine digitale Entgiftung musste man nicht zwangsläufig nach Indien reisen, das ging auch im nasskalten Großbritannien ganz hervorragend – und nach den ersten zwei harten Tagen, in denen er bei jeder sich bietenden Gelegenheit nach seinem Handy hatte greifen wollen, hatte er sich daran gewöhnt, auf seine Armbanduhr zu schauen, wenn er die Zeit wissen wollte, und wieder richtig nachzudenken.

Letzteres war nicht immer angenehm gewesen – um es vorsichtig zu formulieren –, doch er war sich sicher, dass er mit der üblichen Ablenkung nicht so weit gekommen wäre. Schon krass, wie sehr die ständige Verfügbarkeit und die Informationsverlockungen normalerweise seinen Alltag bestimmten – und wie ungewohnt es sich anfühlte, mal ganz allein mit sich selbst und seinen Gedanken zu sein. Ungewohnt und ziemlich beängstigend. Und verdammt schmerzhaft. Aber was jahrzehntelang unter der Oberfläche gebrodelt hatte, wollte nun endlich raus. Er brauchte einen Abschluss, um glücklich weiterleben zu können. Oder, wenn schon nicht glücklich – denn sein Herz war nach wie vor schwer, wenn er an Harriet dachte –, dann zumindest mit einem gewissen Seelenfrieden, den er bislang nie gehabt hatte.

Die Fahrt nach Schottland zog sich. Es war schon später Nachmittag, als er an Glasgow vorbeifuhr, und kurz hatte er den Impuls, bei seinem Bruder haltzumachen, doch er ignorierte ihn. Es wäre kontraproduktiv. Besser war es, wenn er Craig die Chance gab, sich auf seinen Brief hin zu äußern – oder eben nicht. In Fort William beschloss er, sich ein Zimmer zu nehmen und nicht gleich bis Spean Bridge weiterzufahren. Zu groß wäre da die Gefahr, dass ihn jemand erkannte. Er stieg in einem gemütlichen Pub ab und gönnte sich nach dem Abendessen zwei Whisky, in der Hoffnung auf tiefen Schlaf. Doch das war natürlich Fehlanzeige, und so fühlte er sich absolut gerädert, als er am nächsten Morgen um halb sieben zum Frühstück in den Gastraum kam. Die Matratze in seinem Bett war durchgelegen gewesen, und die unbequeme Bettstatt hatte ihn noch unruhiger gemacht als die Gedanken in seinem Kopf. Wenigstens war die Dusche heiß gewesen und der Wasserstrahl hart, und er war lächerlich dankbar dafür. Kleine Dinge machten gelegentlich eben den Unterschied.

Auch wenn er nicht besonders hungrig war, gönnte er sich ein »Full Scottish Breakfast« mit Rührei, Würstchen und Blutwurst, dazu reichlich Kaffee und anschließend noch ein Schälchen Porridge mit frischen Früchten. Er wollte seinen Eltern auf keinen Fall mit leerem Magen entgegentreten, obwohl er bei diesem Gedanken lachen musste, denn den beiden konnte er sicher eine Menge vorwerfen, aber nicht, dass sie ihn hatten hungern lassen.

»Was gibt's da zu lachen?«, blökte ihn ein schlecht gelaunter Typ am Nebentisch an, der schon die ganze Zeit mit einem anderen, ziemlich grobschlächtigen Kerl in eine hitzige Diskussion verstrickt war.

Collum hatte die Geräuschkulisse wahrgenommen, aber nichts von dem, worüber die beiden stritten. »Darf man nicht einfach lachen?«, fragte er.

»Nicht wenn es um Dinge geht, von denen du keine Ahnung hast«, raunzte der Tischnachbar zurück, und sein Kontrahent nickte zustimmend. In diesem Punkt wenigstens waren sich die Herrschaften wohl einig.

»Ich kann Ihnen versichern, meine Herren, dass ich nicht über Sie gelacht habe, sondern über etwas, was mir gerade eingefallen ist.«

»Was für ein aufgeblasener Klugscheißer!«, kam es zurück, und der Mann ließ provozierend seine Fingerknöchel knacken.

Nach einer Wirtshausschlägerei stand Collum nun so gar nicht der Sinn. Schon grundsätzlich nicht, erst recht nicht um sieben Uhr morgens und ganz bestimmt nicht heute. Darum hob er beschwichtigend beide Hände. »Wirklich, ich habe keine Ahnung, worüber ihr gesprochen habt, aber es tut mir leid, wenn ihr mein Lachen in den falschen Hals bekommen habt.« Er sprach jetzt mit betont breitem Dialekt und ebenso vertraulich wie der Motzkopf. »Kann ich vielleicht irgendwas tun, um die Sache zu klären?«

»Du könntest Alec dazu bringen, zu seinem Wort zu stehen! Ich bin heute um vier aufgestanden, nur um das Vieh nach Fort William zu bringen – und jetzt weigert er sich, ihn zu kaufen.«

»In der Anzeige stand etwas von einem stattlichen Hengst, und du bringst mir so einen Micker vorbei!«, schnauzte Alec mit dröhnender Stimme zurück.

»Er hat alle Anlagen dazu, ein stattlicher Hengst zu werden, was anderes habe ich nie behauptet – und er macht mir meine Herde verrückt. Ich werde ihn also auf keinen Fall wieder mitnehmen.«

»Jetzt mal nur die Ruhe«, mischte sich Collum ein. »Habt ihr einen Vertrag?«, wollte er wissen, obwohl er die Antwort schon ahnte.

»Vertrag? Du bist ja ein Spaßvogel.« Alec lachte freudlos. »Er hat das Tier falsch beschrieben und falsche Fotos geschickt. Ich habe einen fertigen Zuchthengst erwartet und kein halbwüchsiges Jungtier. Und dafür will er ernsthaft tausend Pfund haben.«

»Ich würde auf achthundert runtergehen«, bot der andere Kerl an.

»Und ich zahle nicht mal fünfhundert für ihn!«

Collum hatte keine Ahnung von Pferden. Achthundert Pfund für einen jungen, vielversprechenden Hengst schienen ihm ein fairer Preis zu sein, aber Rupert oder Hailey Fraser könnten das sicher besser beurteilen.

»Er hat ein spitzenmäßiges Fell, feinste, gleichmäßige Fasern. Dafür bekommt man ein Vermögen bei jeder Schur«, fuhr der Noch-Besitzer nun in erheblich schmeichlerischerem Tonfall fort und versuchte es offenbar mit einer Charmeoffensive.

»Seit wann werden Pferde geschoren?«, platzte Collum verblüfft heraus.

»Pferde?« Alec warf ihm einen irritierten Blick zu. »Wie kommst du auf Pferde? Wir sprechen von Alpakas.«

»Alpakas?«, wiederholte Collum stupide, aber plötzlich mit deutlich mehr Interesse.

»Ja natürlich«, erwiderte der Besitzer. »Es geht um einen cremeweißen Alpakahengst mit perfektem Vlies und allerbester Abstammung. Wie man sich dieses Schnäppchen entgehen lassen kann, ist mir vollkommen schleierhaft.«

»Wenn er so toll ist, warum willst du ihn dann loswerden?«, schnauzte Alec jedoch prompt.

»Ich nehme ihn«, sagte Collum spontan – auch wenn das zweifellos der dümmste denkbare Kommentar war. Was ging bloß in seinem Kopf vor?

»Du hast ihn doch noch gar nicht gesehen«, brummte Alec misstrauisch. »Das ist ja wohl ein abgekartetes Spiel, Peter«, wandte er sich an den Motzmann. »Das lass ich mir nicht bieten, dass du plötzlich einen anderen Interessenten aus dem Hut zauberst.«

»Aber …«, versuchte sich Collum an einem Einwurf, doch die beiden Streithammel beachteten ihn gar nicht, sondern warfen sich weitere Unflätigkeiten an den Kopf.

»Komm mit«, rief Peter unvermittelt und deutete auf Collum. »Wir klären das jetzt draußen!«

Collum hatte nicht das geringste Interesse daran, irgendetwas auf Wildwest-Manier zu klären, und schüttelte den Kopf.

»Wenn du ihn haben willst, solltest du ihn dir wenigstens ansehen«, beharrte Peter jedoch. Es ging also nicht um den großen Showdown, sondern um das Alpaka.

Collum seufzte. »Na schön, klären wir das draußen.« Er folgte den beiden Männern in den feuchten, düsteren Wintermorgen. Auf dem Parkplatz standen zwei ähnlich verbeulte Geländewagen mit Anhängern. Peter lief zu seinem und öffnete den Tiertransporter.

»Das ist Harry«, stellte er das flauschige, helle Tier vor, das die drei Männer mit neugierigen dunklen Augen betrachtete und sich dann wieder über sein Heu hermachte.

»Hübscher Kerl«, befand Collum – weil er das wirklich so empfand. Allerdings hatte er von Alpakas genauso wenig Ahnung wie von Pferden. Aber Shonas Herde konnte bestimmt noch ein wenig Verstärkung brauchen, oder Harriet startete ihre eigene Alpakazucht, um Wolle für ihre Weberei zu erhalten. Dafür war helles Fell bestimmt besonders gut geeignet, weil mal es besser färben konnte – nahm er jedenfalls an.

Alec knurrte. »Er ist und bleibt ein Micker! Aber gut, ich zahle dir fünfhundert für ihn.«

Peter schüttelte den Kopf. »Auf gar keinen Fall. Er ist viel mehr wert. Hier sind seine Papiere.« Er zog aus seiner unförmigen, schweren Arbeitsjacke einen dicken Umschlag hervor und holte zweifach gefaltete Dokumente mit einem offiziell aussehenden Stempel und einer Tabelle heraus, die den Stammbaum des Tieres bis mutmaßlich zurück zu seinen Anden-Vorfahren zeigte.

»Sechshundert«, bot Alec, doch Peter schnaubte nur verächtlich. »Siebenhundert. Das ist mein letztes Gebot«, grunzte Alec.

»Träum weiter, mein Freund«, entgegnete Peter höhnisch. »Im Frühjahr, bei der Auktion in Fort Augustus, könnte ich wahrscheinlich mindestens fünfzehnhundert für ihn bekommen.«

»Siebenhundertfünfzig«, bot Alec zähneknirschend weiter, und Collum betrachtete das Spektakel, als ginge ihn das alles nichts an. So war es ja auch, oder? Dabei sah er vor seinem inneren Auge, wie Harriet ihn anstrahlte, wenn er ihr dieses putzige Kleinkamel schenkte. Harriet und Harry – das musste doch ein Zeichen sein? Sein Fell war auch weniger cremeweiß als hellblond. Genau wie Harriets Haare.

»Ich zahle dir tausend Pfund für ihn«, sagte er mit fester Stimme und in der tiefen Überzeugung, dass es genau das Richtige war. Dann hielt er Peter die Hand hin und wartete darauf, dass dieser einschlug und den Kauf damit besiegelte.

»Du spinnst«, kommentierte Alec kopfschüttelnd und schien sich wirklich zu ärgern.

»Du bist ein wahrer Kenner«, behauptete Peter dagegen hocherfreut und zerquetschte Collum mit seiner schwieligen Hand fast die Finger.

»Es gibt nur zwei Probleme«, gestand Collum. »Ich hab nicht so viel Bargeld am Mann und keinen Anhänger.«

»Amateur«, knurrte Alec, ging dann zu seinem Wagen, kletterte erstaunlich behände hinein und fuhr mit quietschenden Reifen vom Parkplatz.

»Fürs Geld gibt's Automaten«, entgegnete Peter pragmatisch und völlig unbeeindruckt von Alecs Abgang. »Und was den Hänger betrifft: Hast du eine Kupplung an deinem Wagen?« Collum nickte und deutete auf seinen alten Kombi, der gleich nebenan stand. »Wo musst du hin?«

»Nach Kirkby, das ist ungefähr fünfzig Meilen von hier. Ich habe aber erst noch in Spean Bridge zu tun und bin vermutlich erst am Nachmittag oder Abend zu Hause. Würde der Kleine so lange durchhalten?«

»Klar, ich habe genug Heu dabei. Und ich brauch den Hänger die nächsten Tage nicht, bin aber Anfang kommender Woche in deiner Gegend und könnte ihn abholen.«

»Okay, dann haben wir wohl einen Deal.« Collum zog eine Visitenkarte aus seinem Portemonnaie und reichte sie Peter. »Ruf mich dann einfach an. Ich such mir jetzt einen Geldautomaten.«

Eines hatte der bizarre Morgen wenigstens geschafft – Collum fühlte sich viel besser und längst nicht mehr so nervös, als er gegen neun Uhr in Spean Bridge ankam. Dabei hatte er jetzt streng genommen noch viel mehr Gründe, aufgeregt zu sein, denn er hatte keine Ahnung, wie Harriet auf sein Geschenk reagieren würde. Nach normalen Maßstäben war der Alpaka-Kauf wirklich vollkommen bescheuert gewesen, aber es hatte sich richtig angefühlt – und darauf kam es an.

Ehe er zu seinen Eltern fuhr, parkte er noch neben der Kirche und ging zum Friedhof. In Fort William hatte er zwei einzelne weiße Rosen besorgt, und die wollte er an ihren Bestimmungsort bringen, ehe er die Aussprache mit seiner Familie suchte. Auch wenn er sehr lange nicht mehr hier gewesen war – genau genommen seit der Beerdigung seiner Großmutter –, fand er auf Anhieb die beiden Gräber, die nebeneinander im Zentrum des Friedhofs lagen. Auch sein Großvater war dort beerdigt, doch der war bereits einige Jahre vor Collums Oma gestorben und hatte außer seiner Hühnerleidenschaft keinen bleibenden Eindruck bei ihm hinterlassen. Das war vermutlich unfair, dachte er, als er vor den Grabsteinen stand. Noch ein Familienmitglied, das er kaum gekannt hatte.

»Ich vermisse euch«, sagte er und legte je eine weiße Rose auf die Gräber. »Aber ich habe euch nicht vergessen. Ihr seid immer noch in meinem Herzen, und das wird sich auch nie ändern.«

Collum schloss kurz die Augen und versuchte, sich an die beiden Menschen zu erinnern, die ihm in seiner

Familie am nächsten gestanden hatten. Die Bilder von seiner Granny waren recht lebhaft. Er dachte an den blauen Pullover, den sie kurz vor ihrem Tod für ihn gestrickt hatte und der nun in Seidenpapier eingeschlagen in seinem Schrank lag. In genau dem Seidenpapier, in das Harriet den neuen blauen Pulli eingewickelt hatte, den er gerade wieder anhatte. So ein Geschenk machte man niemandem aus bloßer Freundschaft, oder? Genau wie die Hühner. Dieser Gedanke stimmte ihn gleich ein wenig optimistischer. Vermutlich wusste ihr Herz schon mehr als ihr Kopf. Doch gleich schob er diesen Gedanken wieder beiseite. Das musste warten.

»Catriona Ellen McDonald« stand auf dem kleinen, hellen Stein neben dem großen Granitblock, der die Namen seiner Großeltern und etlicher anderer McDonalds trug, die er gar nicht kannte.

»Du solltest hier nicht liegen müssen«, sprach er leise weiter. »Du solltest eine lebenslustige Frau sein, mit vielen Freunden, einem tollen Job und vielleicht einer eigenen Familie. Und mit einem Bruder, der immer für dich da ist.« Collum merkte, wie sich ein dicker Kloß in seinem Hals bildete und Tränen aufstiegen. Hatte er jemals wirklich um Catriona geweint? Er konnte sich nicht erinnern. Er unterdrückte den Impuls, sich die Trauer auch dieses Mal zu verweigern, und ließ die Tränen ungehindert laufen. »Es tut mir so leid, was dir passiert ist«, raunte er mit brüchiger Stimme. »Und du hast es nicht verdient, dass man dich vergessen wollte.« Er dachte an die Fotos, die er in die Alben für seine Geschwister und Eltern geklebt hatte. Dieses kleine, glückliche Mädchen mit den blitzenden Augen, die den seinen so ähnelten. Wie konnte man so tun, als hätte sie nie existiert? Eine ungeheure Wut stieg plötzlich in ihm auf. Eine Wut, die seine Tränen trocknete und ihm die Energie gab, die er jetzt zweifellos nötig hatte. »Ich weiß nicht, ob ich jemals wieder hierherkommen werde, aber ihr beide seid für immer in meinem Herzen«, sagte er zum Abschied, ehe er sich umdrehte und mit festen Schritten den menschenleeren Friedhof verließ.

»Collum? Was machst du denn hier?«, fragte seine Mutter erstaunt und eine Spur misstrauisch, als er ein paar Minuten später vor dem Haus stand, in dem er seine wenig vergnügliche Kindheit verbracht hatte und zu dem er in den letzten Jahren nur noch zu ähnlich freudlosen Familienfeiern zurückgekehrt war.

»Ich muss mit euch reden«, erklärte er und stellte sich vor, dass in jeder anderen Familie die Mutter ihren Sohn zunächst in die Arme schließen würde, ehe sie mit dem Fragen anfing. Doch so lief das hier nicht. »Darf ich reinkommen?«

»Natürlich«, entgegnete Ellen McDonald und öffnete hastig die Tür, sodass er eintreten konnte.

Es roch wie immer, dachte Collum, als er seine Jacke auszog und an die Garderobe hängte, doch warme, heimelige Gefühle stellten sich nicht ein. »Ist Dad auch da?«, wollte er wissen, als seine Mutter ihn erwartungsvoll betrachtete.

»Garreth?«, rief sie prompt. »Schau mal, wer hier ist.«

Es dauerte eine gefühlte Ewigkeit, bis sein Vater die Treppe herunterkam. Er war ein stattlicher Mittsiebziger mit akkurat gekämmten grauen Haaren und wachen, hellen Augen, die sich beim Anblick seines Sohnes jedoch augenblicklich verdüsterten. »Sieh an, der werte Herr Bürgermeister«, sagte er mit kaum verhohlener Irritation in der Stimme. »Hat man dich in Kirkby aus dem Rathaus gejagt, sodass du jetzt hier Zuflucht suchst? Verdient hättest du es zweifellos, aber Asyl kannst du vergessen.«

Collum hatte nicht mit einem übermäßig herzlichen Empfang gerechnet, aber die regelrecht feindselige Attitüde seines Vaters irritierte ihn sehr. »Ich suche ganz sicher kein Asyl bei euch«, entgegnete er und schüttelte bei diesem vollkommen absurden Gedanken den Kopf. »Und warum bitte sollte man mich in Kirkby aus dem Rathaus jagen?«

»Ich wusste immer, dass du ein etwas sonderbarer Mensch bist, aber dass aus meinem Sohn ein korrupter Politiker geworden ist, widert mich an«, spie Garreth seinem Sohn regelrecht entgegen.

»Korrupter Politiker?« Collum hatte das Gefühl, im falschen Film festzustecken. Wovon um Himmels willen redete sein Vater bloß?

»Tu nicht so unschuldig!«

»Ich tu nicht unschuldig, ich bin es. Und ganz ehrlich, ich habe keine Ahnung, wie du auf solche Ideen kommst, doch das ist ganz sicher nicht der Grund meines Besuchs und auch nicht das, was ich mit euch besprechen möchte.« Die Wut, die ihn auf dem Friedhof überkommen hatte, stieg nun wieder mit voller Härte in ihm auf, und er war nicht gewillt, sich von irgendwas ablenken zu lassen – auch nicht von dem ungeheuerlichen Vorwurf, er sei ein korrupter Politiker.

»Sondern?«, blaffte sein Vater.

»Ich bin wegen Catriona hier.«

»Wegen …«, fing seine Mutter an und schlug sich dann eine Hand vor den Mund. Garreths Lippen dagegen wurden noch schmaler und blasser.

»Genau, wegen meiner Zwillingsschwester Catriona«, bestätigte Collum und zog das Fotoalbum hervor, das er für seine Eltern angefertigt hatte.

»Aber sie ist …«, wisperte Ellen und schloss gequält die Augen.

»Sie ist lange tot, ich weiß«, vervollständigte Collum ihren Satz. »Aber sie hat gelebt. Nicht lange, weil ihr es nicht für nötig gehalten habt, besser auf uns aufzupassen, aber sie hat gelebt. Und sie hat in den wenigen Jahren Spuren hinterlassen. Ganz sicher bei mir, aber ich wette, auch bei euch und Craig. Womöglich sogar bei Cassidy, die Catys Leben ja einfach übernommen hat. Oder übernehmen musste – sie hatte ja gar keine Wahl.«

Ellen nahm das Fotoalbum, das ihr Collum förmlich aufdrängte, und ignorierte das wütend gezischte »Mach das nicht auf!« ihres Mannes. Zärtlich strich sie mit einem Finger über die Fotos, und Collum sah, wie sich Tränen in ihren Augen sammelten. »Warum tust du mir das an?«, schluchzte sie plötzlich auf.

»Ich tu dir gar nichts an. Ihr habt es euch und uns allen angetan! Ich habe an diesem Tag nicht nur meine Schwester verloren, sondern einen Teil von mir. Einen Teil meiner Seele und meines Selbstverständnisses. Und statt gemeinsam um sie zu trauern und die Erinnerung an sie wachzuhalten, haben wir geschwiegen. Keiner durfte mehr ihren Namen erwähnen, niemand durfte um sie weinen, weil ihr so getan habt, als hätte es sie nie gegeben. Viele Jahre lang hatte ich zwei verschiedene und gleichermaßen verstörende Überzeugungen in mir. Einerseits habe ich mir die Schuld an ihrem Tod gegeben, und andererseits war ich mir sicher, dass ich mir ihre Existenz nur eingebildet hatte. Beides ist für ein Kind schwer zu verkraften. Granny und Grandpa haben mir schließlich beide Ängste nehmen können. Oder wenigstens die eine, denn sie haben mir bestätigt und bewiesen, dass sie gelebt hat. Mit genau diesen Fotos hier.«

»Wir haben gedacht, so wird es leichter für uns«, sagte seine Mutter tonlos.

»Ja, ich weiß. Das hast du schon mal geantwortet, als ich dich vor ein paar Jahren damit konfrontiert habe. Aber Gegenfrage: Ist es leichter geworden? Ist es euch tatsächlich gelungen, euer Kind zu vergessen? Ich weiß, ihr habt euch redlich Mühe gegeben und hättet mich, die lebendige Erinnerung an euer Versagen, am liebsten ebenfalls tot gesehen, aber habt ihr es wirklich geschafft?«

Sein Vater war mittlerweile vollkommen grau im Gesicht, doch er presste noch immer vehement die Lippen aufeinander, entschlossen, keine Silbe von sich zu geben.

»Wir wollten dich nie tot sehen.« Die Stimme seiner Mutter klang schwach und brüchig. »Wir wollten immer nur das Beste für dich, für euch alle, aber du hast es uns auch nicht leicht gemacht.«

»Es war nicht mein verdammter Job, es euch leicht zu machen«, brüllte er nun unkontrolliert. »Es wäre eure Aufgabe gewesen, mich zu trösten. Wenn ihr schon dabei versagt habt, auf uns achtzugeben, wie Eltern es tun sollten. Selbst wenn ich zu euren Gunsten davon ausgehe, dass es einfach nur ein schreckliches Unglück war, hättet ihr mich nicht so behandeln dürfen.«

»Wir haben dich nicht anders behandelt als Craig und Cassidy – nur mit dem Unterschied, dass die beiden unkompliziert und lieb waren, während du …« Sein Vater hatte kurzzeitig die Sprache wiedergefunden.

»Während ich der Störfaktor war, der für schlechte Stimmung gesorgt hat. Ja, ich weiß, das hast du mir oft genug gesagt. Mal abgesehen davon, dass Craig vieles war, nur nicht unkompliziert und lieb, bleibe ich dabei, dass ihr mich massiv anders behandelt habt als meine Geschwister. Und ihr tut es immer noch. Ihr interessiert euch nicht für mein Leben, habt mich kein einziges Mal in Kirkby besucht, während ihr ständig nach Edinburgh und Glasgow fahrt, obwohl ich nicht mal eine Stunde von euch entfernt lebe.«

»Ganz offensichtlich haben wir ja schon geahnt, was aus dir werden würde!«, rief sein Vater zornig. »Du bist ein Schandfleck für diese Familie. Das warst du schon immer, aber jetzt weiß es die ganze Welt. Allein dass du den Nerv hast, uns mit diesen haltlosen Anschuldigungen zu konfrontieren, ganz so, als ob du gerade keine anderen Probleme hättest …«

»Ich habe eine ganze Menge andere Probleme, aber die gehen zum großen Teil auf meine verkorkste Kindheit zurück. Vielen Dank dafür!«

»Wir waren vielleicht tatsächlich nicht immer ganz gerecht zu dir«, gab seine Mutter überraschend zu. »Aber wir haben dir ganz bestimmt nicht beigebracht, unehrlich zu sein und andere Menschen zu betrügen.«

Collum starrte sie einen Augenblick sprachlos an. Er hatte keine Ahnung, worauf sie hinauswollte, und auch nicht, was sein Vater die ganze Zeit andeutete, aber trotzdem war ihre Aussage nichts als purer Hohn. »Doch«, widersprach er, mit einem Mal ganz ruhig und gefasst. »Genau genommen ist das sogar das Einzige, was ihr mir wirklich beigebracht habt. Ihr wart während der letzten zweiunddreißig Jahre nicht ehrlich. Nicht zu mir, nicht zu Craig und Cassidy, nicht zu anderen Familienmitgliedern und nicht zum Rest der Welt. Und ihr habt mich um meinen Seelenfrieden betrogen. Aber wisst ihr, was? Jetzt, wo mir das wirklich klar ist und ich es zum ersten Mal aussprechen konnte, werde ich besser damit fertigwerden. Ich werde Catriona weiter im Herzen tragen, an sie denken und jeder Menschenseele, die es interessieren könnte, von meiner Zwillingsschwester erzählen. Mit Craig und Cassidy habe ich angefangen. Die bekommen in den nächsten Tagen Post von mir, und ich bin gespannt, wie sie darauf reagieren. Was euch betrifft – ich denke, wir haben uns alles gesagt, was zu sagen ist. Falls nicht, ihr wisst ja, wo ihr mich finden könnt.« Mit diesen Worten schnappte er sich seine Jacke von der Garderobe und stürmte aus dem Haus.

Erst dann fiel ihm auf, dass sie ihm weder Tee noch etwas zu essen angeboten hatten. Hatte er heute früh also doch den richtigen Riecher gehabt. Kurz checkte er, wie es Harry ging, aber der Alpakahengst stand friedlich im Anhänger und zupfte am Heu. Er streichelte das Tier, das recht zutraulich zu sein schien, atmete tief durch und merkte, wie er sich langsam wieder beruhigte. Schön war die Auseinandersetzung mit seinen Eltern nicht gewesen, doch das hatte er auch gar nicht erwartet, allerdings war sie ganz anders verlaufen als gedacht. Er hatte wirklich damit gerechnet, dass sie bei einer Tasse Tee ruhig über alles sprechen könnten, stattdessen hatten sie sich kurz und heftig angebrüllt. Vor allem er hatte seinen Schmerz lauthals abgelassen – in einer Form, die sicher nicht dazu angetan war, Brücken zu bauen, die er aber erstaunlich befreiend fand. Nun war es raus. Vielleicht zum ersten Mal in seinem Leben hatte er seine Peiniger mit drastischen Worten konfrontiert und zumindest bei seiner Mutter einen gewissen Eindruck hinterlassen.

Eine Sache nagte jedoch ohne Unterlass an ihm: Wieso behauptete sein Vater, er sei ein korrupter Politiker? Was genau hatte er in den letzten Tagen verpasst, während er ohne Handy und ohne Internet in diesem traurigen Hotelzimmer gesessen hatte? Nun ja, er würde es bald genug erfahren. In ungefähr einer Stunde würde er wieder zu

Hause sein, da lohnte es sich nicht, jetzt noch das Handy aus der Reisetasche zu wühlen und aus seinem Tiefschlaf zu wecken.

Mit diesem Gedanken verließ er den Anhänger, verriegelte sicher die Tür und stieg ins Auto. Als er vorsichtig um die nächste Ecke bog, blieb sein Blick an dem Kiosk hängen, an dem er früher sein Taschengeld in Süßigkeiten und Micky-Maus-Hefte investiert hatte. Von einer lokalen Tageszeitung starrte ihn sein eigenes Bild an. Er bremste heftig, sprang aus dem Auto und kaufte die Zeitung.

»›Kirkby Highland Games mit Steuergeldern erkauft?‹«, las er leicht atemlos und fügte entsetzt hinzu: »Was zur Hölle?«

NACH STRICH UND FADEN

WOFÜR EINE SCHLAFLOSE NACHT DOCH GUT WAR. Gähnend stieg Harriet um halb acht die Stufen zum ersten Stock hinunter, drückte sich durch die schmale Verbindungstür zum Haupthaus und ging dann in den Frühstücksraum im Wintergarten, wo bereits ihre Tante Heather saß, die Zeitung vor der Nase.

»Guten Morgen«, sagte Harriet, legte das Ergebnis ihrer nächtlichen Arbeit auf einen Stuhl und nahm dann selbst Platz. »Ist es schlimm, was heute in der Zeitung steht?«

»Es ist eine Hexenjagd«, entgegnete Heather und klang resigniert. »Aber ich verstehe auch wirklich nicht, warum Collum verschwunden und komplett auf Tauchstation gegangen ist. Das hilft bei der Sache echt nicht weiter, sondern wirft ein merkwürdiges Licht auf ihn.«

»Aber glaubst du ernsthaft, dass er die Frau vom Fremdenverkehrsbüro bestochen und Tanzgruppen erpresst hat?« Harriet war immer noch entsetzt, wenn sie an den gestrigen Abend im Pub dachte.

Statt die inoffizielle Eröffnung der *Kirkby Tartan Mill* zu feiern, waren sie in einen regelrechten Mob aus aufgebrachten Dorfbewohnern und sensationslüsternen

Lokaljournalisten geraten. Letztere waren angeblich gekommen, um für Aufklärung zu sorgen, hatten in Wirklichkeit aber die Meute aufgehetzt. Harriet hatte bei ihren diversen Kurzzeitarbeitgebern in den letzten Jahren häufiger mediale Shitstorms erlebt und wusste, wie unangenehm die britische Boulevardpresse sein konnte. Die Reporter hatten selbst ihr, der unwichtigen kleinen Praktikantin, aufgelauert und ihr Fragen gestellt. Fragen, die sie weder beantworten konnte noch wollte – und doch war in mindestens zwei Fällen am nächsten Tag ihr Foto mit einer frei erfundenen Aussage in der Zeitung aufgetaucht. Danach war sie gewappnet gewesen, hatte sich nicht mehr so leicht einschüchtern lassen und sich offensiv gewehrt. Doch es war klar, dass die Bewohner von Kirkby überhaupt keine Erfahrung mit den Medien hatten und buchstäblich ins offene Messer liefen. Sie wollte sich gar nicht ausmalen, was heute in der Zeitung stand.

»Natürlich glaube ich das nicht«, betonte Heather und seufzte dann schwer. »Aber wie gesagt, seine demonstrative Abwesenheit sorgt für viele Fragezeichen. Und die Interviews, die einige Dorfbewohner gestern gegeben hatten, sind auch nicht gerade hilfreich.«

»Das sind keine echten Interviews, denen wurden garantiert irgendwelche Aussagen in den Mund gelegt, damit es sich dramatischer anhört.«

»Ganz sicher, aber nun stehen diese Dinge eben in der Zeitung, und viele Menschen glauben jedes Wort, das gedruckt auf Papier steht.« Heather reichte Harriet die Zeitung und trank einen Schluck Tee.

»Nicht nur, was auf Papier steht. Auch im Internet.« Harriet schüttelte den Kopf. Sie war sich nicht sicher, ob sie den Artikel überhaupt lesen wollte. Allein die Titelseite samt Schlagzeile war schon das nackte Grauen. »Kirkby Highland Games mit Steuergeldern erkauft?«, stand da in schrillen Lettern. Immerhin, ein Fragezeichen – sodass die absurde Behauptung doch noch ein wenig relativiert wurde. Aber wer achtete schon auf Satzzeichen, wenn die zentrale Aussage so ungeheuerlich war?

Frustriert überflog sie den Text und schnappte dann entsetzt nach Luft.

»Du bist an der Stelle angekommen, wo Marlin ins Spiel gebracht wird?«, mutmaßte Heather scharfsinnig. »›Steckt der wahre Machthaber Kirkbys dahinter?‹ Das wird meinem Bruder zweifellos die Laune verhageln. Um es vorsichtig zu formulieren. Und meinem Schwiegervater auch.«

»Die schreiben ernsthaft, dass Marlin Geld in das Projekt steckt, damit die Highland Games wiederum Geld für ›die Familie seiner verarmten Schwester‹, also für euch bringen, damit ihr das angeblich marode Monroe Manor sanieren könnt. Und natürlich ist Marlins Kohle Schwarzgeld, das auf diesem Weg gewaschen wird.« Wäre es nicht so grauenvoll, könnte man eigentlich nur darüber lachen, dachte Harriet, doch sie war derart bestürzt, dass ihr nicht mal ein Kichern entschlüpfte. »Mal abgesehen davon, dass das der totale Quatsch ist – nehme ich jedenfalls an«, schränkte sie mit einem nervösen Seitenblick auf ihre Tante ein. »Es ist doch auch ein krasser Widerspruch zu der ersten Behauptung, dass Collum Steuergelder nutzt, um sich ein prominentes Starterfeld zu sichern.«

»Wann haben sich Zeitungen wie diese schon jemals um Plausibilität gekümmert?« Heather schloss die Augen. »In dem Artikel haben sie Marlins Vergangenheit ja nur mit einem Nebensatz erwähnt. Ich schätze, das wird in den nächsten Tagen anders werden, und dann mag ich mir gar nicht ausmalen, wie seine Reaktion ausfallen wird.«

»Ich finde ›exzentrisch-schrulliger Ex-Popstar mit Allmachtsfantasien und zu viel Geld aus illegalen Quellen‹ ist schon mehr als nur ein simpler Nebensatz«, sagte Harriet. »Und die Spekulation darüber, ob Collum ein ›korrupter Stiefellecker mit großen Ambitionen oder eine hilflose Marionette dunkler Mächte‹ ist, ist auch unfassbar. Wie konnte es nur so weit kommen?«

»Das ist die Frage des Tages. Meine Theorie ist, dass Collum mit seiner Terminfestlegung und den, nun ja, offensiven Mails an die potenziellen Teilnehmer die Veranstalter anderer Highland Games verärgert hat und dass die angefangen haben, nachzufragen und im nächsten Schritt Gerüchte zu streuen. Und wie das so ist mit dummen Gerüchten, die haben die unangenehme Eigenschaft, sich zu verselbstständigen. Dass Collum den Termin sehr plötzlich und noch dazu völlig eigenmächtig festgelegt hat, macht es nicht besser. Eigentlich habe ich damit gerechnet, dass er noch einmal mit uns spricht, ehe er so eine Entscheidung trifft, doch er hat uns letzten Freitag auch nur per Mail davon in Kenntnis gesetzt. Gestern war ja in einer Zeitung Collums Schrieb an einen der Athleten abgedruckt, in dem er von den üppigen Preisgeldern schwärmt …«

»Ja, ich weiß. Shona hat mir davon erzählt. Da stand wohl auch was von Übernachtungen in Alex' Bed & Breakfast und Dinnerabenden in Islas Restaurant – Dinge, die ebenfalls nicht abgesprochen waren. Das ist wirklich übel.«

»Nicht per se, selbstverständlich würden Alex und Isla Naturalien springen lassen – das tun sie ja immer –, aber dass Collum das als gegeben angesehen und sie nicht vorher gefragt hat, ist nicht der allerbeste Stil. Doch das hätte er alles entschärfen können, wenn er nicht einfach verschwunden wäre. Was denkt sich der Mann eigentlich?«

In Harriets Magen bildete sich ein Knoten, der sie schon letzte Nacht vom Schlafen abgehalten hatte. Natürlich konnte sie nicht sicher sein, aber sie hatte das Gefühl, dass Collums plötzliches Verschwinden mit dem unschönen Ende ihres gemeinsamen Abends zu tun hatte. An dem er sich ihr erst geöffnet und von seiner toten Zwillingsschwester und dem haarsträubenden Verhalten seiner Eltern erzählt hatte, um sie anschließend mit seiner Erkenntnis zu konfrontieren, dass sie seine Schicksalsfrau sei. Und sie hatte auf die dümmstmögliche Art reagiert. Zumindest kam es ihr in der Rückschau so vor.

»Ich habe eine Ahnung, woran es liegen könnte«, sagte sie schließlich und war selbst erschrocken darüber, wie kläglich sie sich anhörte. »Vermutlich ist das alles meine Schuld.«

»Bitte?« Heather verschluckte sich an ihrem Tee und hustete heftig, ehe sie weitersprechen konnte. »Das kann ich mir beim besten Willen nicht vorstellen.«

»Ich kann dir nicht alle Details erzählen, aber Collum hat mir sehr private Dinge verraten, von denen sonst niemand weiß und die er wohl sein ganzes Leben lang unter Verschluss gehalten hat. Dinge, die mit seiner Familie zusammenhängen«, schränkte sie ein, als sie den seltsamen Blick ihrer Tante sah. »Ich könnte mir vorstellen, dass er nun versucht, diese … ähm … Dinge zu klären. Vielleicht ist er deshalb so Hals über Kopf aufgebrochen und vermeintlich untergetaucht.«

»Aber das erklärt doch nicht, warum er nicht erreichbar ist. Collum hat sein Telefon noch nie ausgestellt. Er hat allen Dorfbewohnern gesagt, dass sie ihn jederzeit, Tag und Nacht, anrufen können – egal warum. Das fand ich immer vollkommen übertrieben, aber diese tagelange Funkstille ist mindestens genauso seltsam. Und völlig untypisch für ihn. Wie lange kann es dauern, ein Familiending zu klären?«

»Ich habe keine Ahnung, wovon ihr sprecht, aber die Klärung von ›Familiendingen‹ kann Jahrzehnte in Anspruch nehmen«, warf George ein, der bestens gelaunt und mit vor Kälte roten Wangen ins Esszimmer kam. Offensichtlich hatte er gerade die große Morgenrunde mit den Hunden hinter sich. »Huch, was haben wir denn da?« Er wollte sich neben Harriet setzen, doch da lag schon der Stoff, den sie letzte Nacht gewebt hatte.

»Das ist der Kirkby-Tartan«, erwiderte sie, nahm das ungefähr ein mal ein Meter große Stoffmuster an sich und faltete es auseinander.

»Schick«, befand ihr Onkel und goss sich etwas Tee ein.

»Wundervoll«, lobte Heather und nahm den Stoff entgegen, um ihn sich genauer anzusehen. »Das Muster ist großartig geworden und trotz der vielen Farben absolut harmonisch. Und wie toll sich das Material anfühlt.« Sie strich sich damit über die Wange, und Harriet musste unwillkürlich lächeln.

»Ich hätte meine Entwürfe vielleicht erst mit Collum oder dem Gemeinderat abstimmen sollen, aber ich hatte das Gefühl, dass dieser hier gut werden könnte, und wollte ihn sofort mit dem historischen Webstuhl ausprobieren. Sozusagen als Jungfernfahrt.«

»Aber der Webstuhl kam doch erst gestern an. Wann hast du das denn gemacht?«

»Das meiste heute Nacht. Ich konnte nicht schlafen.« Sie warf ihrer Tante einen vielsagenden Blick zu – die Erklärung würde nahtlos an ihr unterbrochenes Gespräch anknüpfen, doch sie war sich nicht sicher, ob sie das Ganze vor ihrem Onkel weiter auswalzen wollte.

»Verstehe.« Heather lächelte. »Und haben die Farben eine besondere Bedeutung?«

»Ja, schon«, begann Harriet. »Die Hauptfarben Dunkelgrün und Mittelblau stehen für die Wälder und Weiden, die Kirkby umgeben, und den Himmel, der sich über das Dorf spannt. Jedenfalls dann, wenn das Wetter nicht so schottisch ist wie zurzeit. Die schmalen fliederfarbenen Streifen stehen für die Distelblüten, die zwar überall in Schottland wichtig sind, für Kirkby aber eine besondere Bedeutung haben. Zumindest habe ich diesen Eindruck. Die weißen Elemente stehen für die Schafe, von denen es hier reichlich gibt, Gelb für Lebensfreude und Rot …«

»Für die Liebe?« Heather lächelte sie warmherzig an. »Auf jeden Fall ist es einer der schönsten Tartans, die ich kenne, und ich kann es kaum erwarten, ihn als Kilt zu sehen. Ich will unbedingt ein Cape und einen Schal in diesem Muster haben.«

Harriet strahlte – zu neunzig Prozent glücklich und zu zehn Prozent verlegen. »Schön, dass er dir so gut gefällt.«

»Ich würde auch einen Kilt mit diesem Muster anziehen. Allein schon, um meinen Vater zu ärgern«, warf George gutmütig lachend ein.

»Du hast dein ganz persönliches ›Familiending‹ jedenfalls auch noch nicht geklärt«, entgegnete Heather kopfschüttelnd und reichte Harriet den Stoff zurück.

»Ich schätze, das werden wir niemals hinbekommen. Aber ich muss euch auch gleich wieder allein lassen, mein alter Herr will gleich ausführlich mit mir telefonieren.« Er trank seinen Tee aus, nahm sich einen Toast und ging zur Tür, die sich in diesem Moment öffnete. Nicht von Geisterhand, sondern weil Ainslee gerade ebenfalls zum Frühstücken kam.

»Guten Morgen«, grüßte sie lächelnd und nahm Platz. »Ich muss das hier heute noch einmal genießen, denn nachher ziehe ich aus«, kündigte sie an.

»Oh, wie schade!« Heather schien es ernsthaft zu bedauern. »Ich hätte mich wirklich daran gewöhnen können, euch beide dauerhaft um uns zu haben. Auch wenn wir uns noch nicht lange kennen, Ainslee, du bist hier herzlich willkommen und kannst bleiben, solange du willst.«

»Ich weiß, und ich bin dafür auch sehr dankbar, aber ich denke, so ist es besser. Ich bin es einfach seit Jahren gewohnt, auf eigenen Beinen zu stehen. Aber ich komme sehr gern gelegentlich zum Mittagessen, wenn ich darf.«

»Immer und jederzeit«, betonte Heather.

»Wofür hast du dich denn nun entschieden? Für die Party-WG mit Kristie und Hailey oder für die Einsiedelei auf dem MacAlpine-Hof?«, wollte Harriet wissen.

»Ich ziehe zu deinen Cousinen«, sagte Ainslee lächelnd. »Adley und Michael hätten mich und Jules zwar sofort genommen, aber der Hof liegt wirklich etwas ab vom Schuss, und ehrlich gesagt ist das Haus auch viel zu groß für mich. Ich habe in Edinburgh zuletzt auch in einer WG gewohnt – in einem Zimmer, das sogar noch kleiner war als das im Cottage. Daran bin ich also gewöhnt, und die Mädels sind ja sehr nett.«

»Das sind sie«, bestätigte Harriet. »Und du kannst dann auf dem Weg zur Arbeit irgendwelche Leckereien aus der Bäckerei mitbringen, damit wir nicht immer Molly ausnutzen müssen.«

»So in etwa habe ich mir das vorgestellt«, bestätigte Ainslee. »Obwohl die Kochkünste von Molly wirklich legendär sind«, beeilte sie sich, an Heather gewandt hinzuzufügen.

»Du musst dich nicht erklären. Ich verstehe dich vollkommen«, beschwichtigte Heather.

»Danke. Da bin ich froh.« Dann fiel Ainslees Blick auf den Stoff. »Wann hast du den denn fertiggestellt?«, fragte sie verblüfft und warf Harriet einen prüfenden Blick zu. »Sag bloß, du hast eine Nachtschicht eingelegt.«

»Sieht man an den Augenringen, was?«

»Weniger. Eher an den verstrubbelten Haaren.« Ainslee lächelte mitfühlend. »Lass mich raten – der Bürgermeister?«

»Ja. Ich hab's Heather eben erzählt.«

»Genau genommen bist du noch nicht allzu weit gekommen mit deinem Bericht«, erinnerte ihre Tante sie. »Bisher weiß ich nur von ominösen Familiendingen, die er womöglich gerade klärt. Aber du sagtest auch, dass du dir die Schuld an dem ganzen Schlamassel gibst – und da fehlt mir noch die entscheidende Information. Mit seinen Familienproblemen hast du ja sicher nichts zu tun.«

»Nein, habe ich nicht. Aber ich war der Auslöser dafür, dass er darüber nachgedacht hat und alles hochgekocht ist. Außerdem ...« Sie seufzte tief und überlegte, ob sie Heather und Ainslee wirklich davon erzählen wollte oder nicht. »Außerdem hat er mir gestanden, dass er in mich verliebt ist und ...«

»Wusste ich's doch!«, quietschte Heather erfreut.

»Er ist überzeugt davon, dass ich seine ›Schicksalsfrau‹ bin«, sprach Harriet weiter, ohne auf den Ausbruch ihrer Tante einzugehen. »Schicksalsfrau – wie das schon klingt. So feierlich und endgültig und ...«

»... und dann hast du ihm das Herz gebrochen«, beendete Ainslee den Satz.

»So ungefähr«, gab Harriet zu. »Ich meine, ich mag ihn sehr. Er ist etwas Besonderes und … Keine Ahnung, ich finde ihn toll, und ich will, dass es ihm gut geht. Aber Schicksalsfrau? Ich weiß nicht, ob ich das sein kann oder sein will. Ich bin doch gerade erst aus einer Beziehung raus und will ganz bestimmt keine neue, auch wenn Collum …« Sie klappte den Mund zu, denn das war der entscheidende Punkt. *Auch wenn Collum mein Herz berührt und meinen Körper in Aufruhr versetzt*, hätte sie nämlich ehrlicherweise sagen müssen. Das klang ziemlich eindeutig danach, als würde auch sie viel mehr für ihn empfinden als reine Freundschaft.

»Ich hab ihm die Hühner geschenkt und ihm einen neuen Pullover gestrickt – als Ersatz für den, der ihn an seine Granny erinnert. Aber das … das macht man doch unter Freunden, oder?« Sie sah unsicher zu den beiden anderen Frauen, obwohl sie die Wahrheit natürlich schon kannte, denn sie blinkte wie eine übergroße Leuchtreklame vor ihrem inneren Auge. Sie hatte diese Dinge nicht aus Freundschaft gemacht, oder nicht nur, sondern weil …

»Das hast du getan, weil du ihn liebst!«, stellte Heather ungerührt fest, und Ainslee nickte bestätigend.

»Das ist ziemlich offensichtlich.«

Harriet schluckte ein paarmal gegen den Kloß an, der von ihrem Magen in den Hals gewandert war und seltsamerweise auch Druck auf ihre Augen ausübte. »Und ich hab ihn weggestoßen«, stellte sie leise fest. »In einem Moment, als er wirklich dringend jemanden gebraucht hätte – notfalls auch nur eine Freundin. Ich habe ihn alleingelassen und bin einfach so nach Hause gefahren.« Sie vergrub ihr Gesicht in den Händen und rechnete damit, dass gleich Tränen fließen würden, doch ihre Augen blieben trocken.

»Du warst überfordert.« Ainslee strich ihr mitfühlend über den Arm.

»Genau«, bestätigte Heather. »Und Collum ist ein erwachsener Mann, der gelernt haben müsste, mit Rückschlägen umzugehen. Ich weiß, dass er es kann, er ist in seinem Job ja ständig damit konfrontiert. Vielleicht hat ihn dein Verhalten verletzt und traurig gemacht, aber ich kann mir nicht vorstellen, dass ihn das dazu gebracht hat, auf Tauchstation zu gehen. Also, du trägst bestimmt keine Schuld an dem ganzen Desaster.«

»Es fühlt sich aber so an«, schniefte Harriet, denn nun seilten sich doch ein paar Tränchen ab.

»Versteh ich, aber das findet nur in deinem Kopf statt, sonst nirgends. Rede mit ihm, sobald er wieder da ist.« Heather drückte aufmunternd ihre Hand. »Oder warte besser, bis er das Chaos beseitigt hat, das er angerichtet hat.«

»Wenn er denn zurückkommt.« Harriet war sich plötzlich nicht mehr so sicher.

»Natürlich kommt er wieder. Du musst da nicht so schwarz sehen.«

»Aber der Zeitungsartikel …« Harriet schielte zu der Zeitung, die auf dem Tisch lag. Was da drinstand, war nicht so einfach wegzudiskutieren.

»Schätzchen, Collum ist ein PR-Profi. Der kriegt das hin. Aber du machst den Eindruck, als bräuchtest du dringend eine Mütze Schlaf. Leg dich ins Bett, und in ein paar Stunden sieht der Tag schon wieder ganz anders aus.«

»Ich kann doch nicht einfach schlafen, am ersten richtigen Tag der Weberei!« Harriet schüttelte den Kopf.

»Das ist doch der Reiz der Selbstständigkeit. Man kann sich die Zeit einteilen, wie man will. Du hast in der Nacht gearbeitet, ich übernehme jetzt die Vormittagsschicht«, pflichtete Ainslee Tante Heather bei. »Der Tartan ist übrigens wundervoll geworden. Eine harmonische Kombination aus Muster und Farben, traditionell, aber mit einem ziemlich modernen Twist. Wirklich toll. Ich bin mir sicher, dass man daraus auch schöne Sofakissen und Decken machen könnte, denn das Design und die Farben passen sich allen möglichen Einrichtungsstilen an. Wirst sehen, das wird ein Renner. Soll ich den großen Webstuhl dafür einrichten?«

Harriet freute sich wahnsinnig über das Kompliment, war jedoch noch zögerlich. »Was, wenn das Muster als Dorf-Tartan durchfällt und der Gemeinderat und Collum lieber etwas anderes haben wollen? Dann hätten wir wertvolle Rohstoffe vergeudet.«

»Quatsch«, schaltete sich Heather ein. »Die Leute werden es lieben. Da bin ich mir absolut sicher.«

»Und für den unwahrscheinlichen Fall, dass nicht, wird das Muster eben unser Firmen-Tartan«, ergänzte Ainslee. »Das kann uns keiner verbieten, und wir können unsere Stoffe auch in Eigenregie vertreiben. Müssen wir ohnehin.«

»Stimmt«, gab Harriet zu und gähnte herzhaft. »Da fällt mir ein, dass wir immer noch kein Logo haben. Darum kümmere ich mich auch noch.«

»Du gehst jetzt erst mal ins Bett und schläfst dich aus«, bestimmte Ainslee. »Und ich werde mich mit der großen Wundermaschine befassen und schauen, ob ich sie zum Laufen bekomme.«

• • •

Die Strecke zwischen Spean Bridge und Kirkby zog sich – auch wenn Collum faktisch nur eine knappe Stunde dafür brauchte. Während der Fahrt hatte er sich die ganze Zeit auf dem Fahrersitz gewunden wie ein Aal. Der Zeitungsartikel war ungeheuerlich, und er hatte keine Ahnung, wie die Reportermeute auf eine derart abstruse Idee hatte kommen können. Aber vermutlich war es auch nicht die schlaueste Idee gewesen, die letzten Tage auf Tauchstation zu verbringen und unerreichbar zu sein. Zumindest nicht für ihn als Bürgermeister. Für ihn als Mensch, Sohn und Bruder war es dagegen geradezu überlebenswichtig gewesen. Trotzdem fühlte es sich im Moment so an, als verlöre er erneut den Boden unter seinen Füßen, als hätte sich nicht nur seine Familie gegen ihn verschworen, sondern auch noch die restliche Welt.

»Hör auf, so melodramatisch zu sein«, schimpfte er mit sich selbst, und er wusste ja auch, dass diese Empfindungen völlig übertrieben waren und jeder Grundlage entbehrten. Oder fast jeder. Das Verhalten seiner Eltern über all die Jahre war unentschuldbar, aber die aktuelle

Situation in Kirkby war es nicht. Die war verfahren, und wahrscheinlich war er nicht ganz unschuldig an der Sache – irgendjemand musste eine seiner Mails oder Social-Media-Meldungen in den falschen Hals bekommen haben. Doch das war lösbar.

Er musste sich zunächst einen gründlichen Überblick über die Situation verschaffen, was nicht so einfach werden dürfte, denn zweifellos wurde das Rathaus belagert. Schlechtes Gewissen nagte an ihm, aber er schob es beiseite, denn Gewissensbisse waren kein guter Ratgeber, wenn man einen kühlen Kopf brauchte. Und dann war da noch die wertvolle Fracht, die er im Anhänger transportierte. Das Tier sollte für ihn oberste Priorität haben. Den Plan, nach Monroe Manor zu fahren, Harry ein Schleifchen um den Hals zu binden und Harriet mit seiner Hilfe milde zu stimmen, verwarf Collum auf der Stelle. Das musste warten. Also steuerte er direkt die Destillerie an und hoffte, dass Shona da war und sich um das Alpaka kümmern würde. Als er auf den Parkplatz vor dem Stall in der ehemaligen Malzscheune fuhr, öffnete sich prompt die Tür des Degustationsraums, und Shona trat heraus.

»Sieh mal einer an, der verlorene Sohn«, sagte sie, als sie sein Auto erreichte.

»Hallo, Shona, ich bräuchte bitte deine Hilfe. Schon wieder.«

»Das wird langsam zur Gewohnheit«, entgegnete sie und linste neugierig zum Anhänger. »Ich weiß gar nicht, was mich mehr interessiert: wie du es in kürzester Zeit geschafft hast, den Zorn der Medien und des halben Dorfs auf dich zu ziehen, oder was du da im Anhänger hast.«

»Die erste Frage könnte ich dir gar nicht ohne Weiteres beantworten, denn ich weiß es selbst nicht. Ich war in den letzten Tagen … ähm … offline. Lange Geschichte.« Er winkte ab. »Was im Hänger ist, ist dagegen einfach: ein junger Alpakahengst namens Harry. Und ich wollte dich fragen, ob der mindestens kurzfristig, idealerweise für immer bei dir Asyl bekommen könnte. Ich zahle selbstverständlich für Kost und Logis«, fügte er hinzu, als er ihre gerunzelte Stirn sah.

»Wie kommst du zu einem Alpaka?« Sie wartete seine Antwort gar nicht ab, sondern machte sich am Scharnier der Tür zu schaffen und blickte in den Transporter. »Der ist ja hübsch«, stellte sie erfreut fest.

»Das ist er, und um deine Frage zu beantworten: Ich habe ihn heute früh gekauft. Wie es dazu kam, ist allerdings ebenfalls …«

»… eine lange Geschichte, nehme ich an«, fiel sie ihm ins Wort und öffnete geschickt die Heckklappe. »Komm mein Süßer«, lockte sie. Collum nahm an, dass sie das Alpaka meinte und nicht ihn.

Kurz darauf stand sie mit Harry auf dem Vorplatz, und der schaute sich interessiert um.

»Er hat eine tolle Farbe«, befand sie und streichelte den weichen Hals des Tiers. »Der helle Cremeton ist heiß begehrt.«

»Heißt das, dass er erst mal bei dir bleiben darf?«

»Wenn er sich benimmt, dann ja.« Sie grinste.

»Danke.«

»Jederzeit. Deinen Hühnern geht es übrigens auch prächtig. Ich nehme an, die brauchen auch noch ein bisschen länger Logis?« Sie hob eine Braue.

»Ich werde sie hoffentlich spätestens morgen abholen können. Vielleicht sogar schon heute Abend. Je nachdem, wie es im Rathaus läuft.« Er seufzte.

»Wenn die Stimmung meines Vaters ein Indikator ist, dann wohnen Thelma und Louise bis zu ihrer Rente bei mir.«

»Danke fürs Mutmachen«, erwiderte er trocken. Bisher hatten seine verbalen Kämpfe mit Marlin immer einen eher sportlichen Hintergrund gehabt, doch nun hatte der alte Fraser zum ersten Mal einen echten Grund, sauer zu sein. Collum war sich sicher, dass er den weidlich auskosten würde.

Shona zuckte nur mit den Schultern. »Ich schätze, du hast dir das Dilemma selbst eingebrockt, aber falls es dich tröstet – ich bin auf deiner Seite.«

»Danke. Was bin ich dir schuldig für …?« Er deutete auf Harry und die Stalltür, hinter der er seine Hühner vermutete.

»Sei nicht albern. Ich werde ganz bestimmt kein Geld von dir nehmen, aber ich will die ganze Geschichte erfahren. Aus erster Hand. Sonst rücke ich deine gefiederten und flauschigen Lieblinge nicht mehr raus.«

»Einverstanden.« Was blieb ihm auch anderes übrig? »Kann der Hänger auch hierbleiben? Der Besitzer meldet sich nächste Woche bei mir, wenn er in der Gegend ist, und holt ihn ab.«

»Na klar, hier ist ja Platz genug. Und Collum?«

»Hm?«

»Viel Glück. Du kannst es brauchen.« Dann schnalzte sie leise mit der Zunge und lockte Harry hinter sich her in den Stall.

Als Collum kurz darauf vor dem Rathaus parkte, wirkte alles wie immer. Was hatte er erwartet? Einen wütenden Mob, der ihn erwartete, um ihn mit Tomaten und faulen Eiern zu bewerfen? Zu so viel Drama neigte man in Kirkby dann doch nicht. Auch als er das Rathaus betrat, war alles ruhig, und er fühlte sich selbst wie ein Eindringling, als er leise durch den Gang in Richtung seines Büros schlich. Leslies Tür stand offen, trotzdem klopfte er leise an, weil sie gerade wie wild etwas in ihren Computer hackte.

»Was in drei Teufels Namen ist jetzt schon wieder los?«, blaffte sie, ohne aufzusehen. »Ich hab keine Ahnung, wo er ist, was er sich dabei gedacht hat und wann er wiederkommt. Was daran ist so schwer zu verstehen?«

»Ich bin wieder da«, sagte er. Seine Worte schienen Leslie zu elektrisieren wie ein Stromstoß. Sie fuhr hoch, und ihr rasch wechselndes Mienenspiel erinnerte ihn an einen einarmigen Banditen, bei dem der Spieler auf drei Kirschen nebeneinander hoffte. Er konnte Erleichterung, Skepsis, Freude und Wut ausmachen – und schließlich rasteten Leslies Gesichtszüge bei von tiefem Groll unterlegtem Misstrauen ein. Mist.

Nach den passenden Worten schien sie ebenso zu suchen, denn es dauerte, bis sie schließlich die Stimme erhob und hervorbrachte: »Ich hoffe, du hast eine wirklich gute Erklärung für das alles.«

»Das hoffe ich auch«, gab er zu. »Und ich hoffe auch auf eine Lösung. Aber erst muss ich mir einen gründlichen Überblick über alles verschaffen, was in den letzten Tagen geschehen ist.«

»Wo warst du? Warum war dein Handy aus? Wieso hast du auf keinen Kommentar in den sozialen Medien reagiert?«, schmetterte sie nun all die anderen Fragen raus, die ihr verständlicherweise unter den Nägeln brannten. Und schließlich folgte noch ein verzweifelt gestammeltes »Warum hast du mich mit … mit diesem ganzen … unfassbaren Scheiß alleingelassen?«.

Collum schloss kurz die Augen, um sich zu sammeln. Irgendeine Erklärung musste er ihr wohl geben, das war er Leslie schuldig. Doch zu sehr konnte er gerade nicht ins Detail gehen. »Ich verspreche dir, ich werde dir alles erzählen – aber erst müssen wir die Situation deeskalieren.«

»Wir? *Wir* müssen etwas deeskalieren? Nein, mein Freund. So leicht lass ich dich nicht vom Haken. Ich habe die letzten Tage ununterbrochen am Telefon und am Computer verbracht, während du was auch immer gemacht hast! *Du* musst deeskalieren, und am besten fängst du damit auf der Stelle bei mir an, sonst kannst du nämlich alles ganz allein machen. Heute und in Zukunft!«

»Ich musste etwas mit meinen Eltern klären«, sagte er schlicht, denn das war die Wahrheit.

»Und dafür hast du fünf Tage gebraucht? Bei absoluter Funkstille?« Leslies grau melierte braune Locken bebten, und Collum hätte sich nicht gewundert, wenn Dampf aus ihren Ohren gekommen wäre.

»Genau genommen hat die eigentliche Klärung nur ungefähr zehn Minuten gedauert. Heute Morgen. Aber ich habe die Tage davor gebraucht, um mir über einiges klar zu werden.« Seine Worte klangen hohl, das merkte er selbst, doch genau so war es gewesen. »Ich weiß, wie es sich anhört«, beeilte er sich hinzuzufügen, ehe der Druck auf Leslies Kessel zu groß wurde und sie endgültig explodierte. »Es ist eine lange, unschöne Geschichte, die ich eigentlich nicht erzählen will, aber sie begann an dem Tag, als meine Zwillingsschwester mit drei Jahren ertrunken ist, und mit der Tatsache, dass meine Eltern das Unglück und Catrionas komplette Existenz bis heute totgeschwiegen haben.« Er hob die Hände, als Leslie Anstalten machte, etwas zu erwidern. »Wie gesagt, da gäbe es noch viel mehr zu erzählen, und du wirst alles erfahren, was du möchtest, aber jetzt ist nicht der richtige Zeitpunkt dafür.«

»Aber es war ausgerechnet jetzt der richtige Zeitpunkt dafür, dich und deine Eltern damit zu konfrontieren? Ich meine, dieses Ding schwelt doch seit Jahrzehnten, hätte es da nicht noch ein paar Tage oder Wochen mehr Zeit gehabt?« Collum meinte unter ihrem beißenden Sarkasmus auch eine mitfühlende Note rauszuhören.

»Glaub mir, ich hätte am liebsten ganz darauf verzichtet. Das Timing war mehr als lausig, aber plötzlich hatte ich das Gefühl, keine Sekunde länger damit leben zu können.« Er seufzte. »Du bist daran übrigens nicht ganz unschuldig.«

»Was? Das wird ja immer besser!« Okay, das Mitgefühl war weg und hatte wieder reinem Ärger Platz gemacht.

»Du hast mir vor ein paar Wochen den Floh ins Ohr gesetzt, dass ich Liebe in meinem Leben bräuchte, und eine Partnerin. Sagen wir's so: Ich habe jemanden gefunden – auch wenn es wahrscheinlich eine einseitige Liebe ist. Aber mir ist dabei klar geworden, was mein Problem ist. Warum ich mich bisher nicht wirklich auf innige Beziehungen einlassen konnte und warum ich mich immer in die falschen Frauen verguckt habe, bei denen ohnehin klar war, dass es nichts werden würde. Ich wünsche mir jedoch tatsächlich jemanden, mit dem ich mein Leben teilen kann. Alle Freuden, alle Sorgen – einfach alles. Aber dafür muss ich frei werden und mich meiner Vergangenheit stellen. Ich musste die Lügen und die toxischen Geheimnisse abstellen und einen klaren Schlussstrich ziehen, um einen Neuanfang wagen zu können. Und noch mal, ich weiß, dass es wirklich ein saublöder Zeitpunkt war, aber es konnte nicht warten. Außerdem hatte ich gehofft, dass ich mir mit der Festlegung unserer Highland Games und mit all dem, was ich letzten Freitag organisiert und angestoßen habe, ein wenig Luft verschafft hätte. Aber das ist ja wohl nach hinten losgegangen.«

»Um es vorsichtig zu formulieren …« Leslie seufzte, doch ihr Ärger schien verraucht zu sein. »Aber warum hast du denn dein Handy ausgemacht? Ich hätte so vieles klären können, wenn ich nur mal kurz mit dir hätte sprechen können.«

»Du weißt, dass ich mein Telefon nie ausschalte und immer erreichbar bin. Aber das lenkt mich auch prima von mir selbst ab. Wenn ich mich um Kirkbys Angelegenheiten kümmern muss, brauche ich mich nicht mit mir selbst auseinanderzusetzen. Dieses kleine Ding hier«, er zog sein immer noch ausgeschaltetes Telefon aus der Tasche und hielt es Leslie vor die Nase. »Dieses Ding ist die ultimative und perfekte Ablenkung von mir selbst. Und die musste ich abstellen. Ich hatte nicht geplant, dass es so lange dauert. Ehrlich gesagt habe ich gehofft, dass ich bereits am Sonntagabend wieder zurück sein würde, doch ich habe die Zeit gebraucht. Auch wenn ich jetzt einen sehr hohen Preis dafür zahlen muss. Ich und viele andere Menschen in Kirkby – und es tut mir aufrichtig leid, dass ich dich quasi als Kanonenfutter verheizt habe. Bitte glaub mir, dass das niemals meine Absicht war.«

»Das klingt nach harten Tagen mit dir selbst«, entgegnete Leslie.

»Du hast keine Vorstellung davon, wie hart – und wie hilfreich das ganze Nachdenken war, weiß ich auch nicht. Die Konfrontation mit meinen Eltern war jedenfalls extrem unerfreulich. Trotzdem bin ich froh, dass ich das jetzt hinter mir habe. Es war nicht schön, aber es war der so lange ersehnte Schlussstrich. Ich glaube, ich hab jetzt eine echte Chance auf einen Neuanfang – mit mir selbst. Alles andere wird sich dann hoffentlich finden. Aber jetzt müssen offensichtlich erst mal ein paar Wogen geglättet und Missverständnisse aus dem Weg geräumt werden. Da mach ich mich wohl besser an die Arbeit.«

»Tu das«, sagte Leslie, stand dann aber rasch auf, lief um ihren Schreibtisch herum und baute sich vor ihm auf – was putzig aussah, denn sie war höchstens einen Meter fünfundfünfzig hoch und musste den Kopf in den Nacken legen, um ihm in die Augen zu schauen. »Du bist nicht allein. Ich helfe dir – und ganz sicher auch viele aus dem Ort.« Dann zog sie ihn in eine mütterliche Umarmung und hielt ihn ein paar Sekunden lang ganz fest. »Ich bin stolz auf dich«, murmelte sie leise und wandte sich dann abrupt wieder ab.

Leslies Vertrauen gab ihm die Kraft, die nächsten Stunden durchzustehen. Zunächst einmal schaltete er in seinem Büro sein Handy an, hörte alle Nachrichten ab und machte sich Notizen dazu. Einige Anrufe musste er sehr schnell und persönlich beantworten, doch die meisten hatten Zeit. Ähnliches galt für die Textnachrichten, die in unübersichtlicher Zahl seine Messengerdienste fluteten. Warum konnte sich die Menschheit eigentlich nicht auf einen Service einigen? Bemerkenswert bei der schieren Masse von Anrufen und Nachrichten war jedoch das Fehlen einer Person, von der er sich ganz dringend ein Lebenszeichen gewünscht hätte: Harriet. Sie hatte weder angerufen noch getextet oder eine Mail geschrieben. Anscheinend hatte er sie mit seinen dramatischen Offenbarungen vor einer Woche so nachhaltig verstört, dass sie nichts mehr mit ihm zu tun haben wollte. Verübeln konnte er ihr das nicht. Trotzdem tat die Erkenntnis erstaunlich weh, dass Harriet nicht nur seine Gefühle nicht in der Form erwidern konnte, wie er es sich wünschte, sondern sich offensichtlich auch außerstande sah, ihm eine Freundin zu sein. Er dachte an Harry, der sich vermutlich gerade in seinem neuen Zuhause eingewöhnte und den er nur für Harriet gekauft hatte. Sie war selbst in den endlosen dunklen Stunden immer ein Hoffnungsfunke in seinem Herzen gewesen, aber …

Nein! Er schüttelte energisch den Kopf, um die destruktiven Gedanken zu vertreiben. Mutmaßungen brachten ihn nicht weiter. Ehe er nicht alle Fakten kannte – und zwar von ihr persönlich –, würde er sich nicht zu Spekulationen hinreißen lassen. Und schon gar nicht zu irgendwelchen selbstzerstörerischen Gedanken.

Nachdem er diesen Punkt für sich geklärt hatte, gelang es ihm, sich voll und ganz auf seine dringendsten Aufgaben zu konzentrieren. Ähnlich wie letzten Freitag, als er fast manisch an der Umsetzung seiner »Kirkby Clan Gathering«-Idee gearbeitet hatte, stürzte er sich jetzt auf die Schadensbegrenzung.

ANGEZETTELT

HARRIET HATTE KEINE AHNUNG, wie spät es war, als sie aus ihrem unruhigen Schlaf erwachte. Und das nicht einmal freiwillig, sondern weil ihr Handy schrillte. Sie hatte von Collum geträumt und von ihrem Kirkby-Tartan, aber in ziemlich verwirrenden und seltsamen Konstellationen – wie es Träume eben so an sich hatten. Jedenfalls war sie sicher, dass nun er am Telefon war, und daher meldete sie sich schlaftrunken und ohne vorher aufs Display zu achten. »Wo warst du bloß die ganze Zeit?«

»Ich war mit Cameron in Spanien, bei seinem Trainingslager mit Mister Spock«, antwortete ihre Schwester Lila mit mehr als nur leichter Irritation in der Stimme. »Aber das weißt du doch ganz genau, wir haben ja oft genug telefoniert. Seit vorgestern sind wir aber wieder im Lande, und weil ich seit letzter Woche nichts mehr von dir gehört habe, wollte ich mal nachfragen. Offensichtlich hatte ich jeden Grund zur Sorge. Was ist los mit dir?«

Wie konnte man in so kurzer Zeit so viel Text von sich geben? Harriet stöhnte nur leise. Sie war total groggy und fühlte sich beinahe erschöpfter als heute Morgen nach der durchgearbeiteten Nacht. »Ähm …«, krächzte sie und räusperte sich dann. »Ich hab gedacht, du wärst jemand anders.«

»Das war offensichtlich, beantwortet aber nicht meine Frage.« Himmel, war Lila schon immer so pedantisch gewesen?

»Du hast mich geweckt.«

»Es ist halb vier. Wieso schläfst du um diese Zeit? Bist du krank? Du hörst dich nicht gut an.« Nun klang Lila regelrecht besorgt.

»Nein, ich bin nicht krank. Ich habe nur die Nacht durchgearbeitet, und in den letzten Tagen habe ich auch nicht viel Schlaf abbekommen, deshalb wollte ich ein paar Stunden schlafen. Sind wohl ein paar mehr geworden. Ist es echt schon halb vier?« Sie ließ sich wieder auf ihr Kissen plumpsen. Jetzt brauchte sie auch keine Hektik mehr zu veranstalten.

»Ja, fast schon Viertel vor. Was war denn die letzten Tage los bei dir, dass du nicht zum Schlafen gekommen bist? Hast du dir einen neuen Kerl aufgegabelt?«

»Ja, nein, also, nicht wirklich, und er ist auch nicht der Grund. Also nicht direkt. Wir haben das ganze Wochenende über geschuftet, um die Regale und die Möbel in den Räumen zu montieren. Am Montag kam der große computergesteuerte Webstuhl, gestern der alte aus Aberdeen. Oder vorgestern? Was ist denn heute für ein Tag?«

»Donnerstag.«

»Ach, gut, ich hatte schon Angst, dass ich am Ende noch länger gepennt habe. Also, der alte Webstuhl kam gestern, Ainslee ist mit ihrem ganzen Kram vorgestern hier aufgeschlagen, und zwischendurch war ich in

Spinnereien und habe Garne gekauft und vorbestellt und mir Designs für neue Stoffe ausgedacht.«

»Klingt anstrengend, aber auch, als wärst du sehr fleißig«, lobte Lila. »Und was hast du letzte Nacht getrieben, dass du dich jetzt erholen musst?«

»Ich habe ein Stück Stoff gewebt. Einen recht komplizierten Tartan mit sechs Farben, auf einem hundertsechzig Jahre alten Webstuhl, den ich noch nicht ganz im Griff habe. Es ist aber wirklich schön geworden.«

»Eine heiße Liebesnacht wäre mir lieber«, befand Lila und kicherte.

»Mir auch, aber der entsprechende Mann war nicht verfügbar.« Harriet konnte den tiefen Seufzer nicht zurückhalten.

»Jetzt wird's spannend. Kenn ich ihn?«

»Natürlich. Ich spreche von Collum!«

»Ernsthaft? Du bist scharf auf den Bürgermeister?« Lila lachte sich halb tot, und Harriet wusste nun auch, warum sie ihn bislang kaum erwähnt hatte.

»Er ist ein ziemlich besonderer Mann«, sagte sie entschieden. »Und ich bin nicht scharf auf ihn …« Klare Lüge, schrie ihr Unterbewusstsein. »Er ist ein Freund.« Doppellüge!

»Jetzt mal ganz von vorne«, forderte Lila. »Dir ist schon klar, dass Collum jede Frau anbaggert, die nicht bei drei auf dem nächsten Baum sitzt – noch dazu auf eine total unbeholfene Art, so als würde er es in Wirklichkeit gar nicht ernst meinen. Er hat's ja auch bei mir versucht, wenn du dich erinnerst.«

»Wie könnte ich das vergessen? Die Witze, die du über ihn gemacht hast, waren echt nicht nett. Und so, wie du ihn beschrieben hast, wie ihn viele hier in Kirkby charakterisieren, habe ich ihn nie kennengelernt. In meinen Augen ist er ein feinsinniger und sensibler Mann, der seine Verletzlichkeit hinter einem extrapatenten Auftreten verbirgt.«

Stille am anderen Ende der Leitung.

»Bist du noch dran?«

»Ja, ich versuche nur gerade mit aller Macht, deinen Worten Sinn zu geben.« Harriet konnte das Kopfschütteln ihrer Schwester regelrecht hören.

»Was ist daran nicht zu verstehen? Ich habe es nicht geplant, und nach der endlosen und weitgehend blöden Geschichte mit Tom wollte ich eigentlich so schnell keine Beziehung mehr haben, sondern mich ausschließlich auf meine Arbeit und die Weberei konzentrieren. Aber ...«

»Aber dann hat der Blitz eingeschlagen, und du hast dich verliebt«, vervollständigte Lila kichernd ihren Satz.

»So ungefähr. Nur dass ich es komplett vermasselt habe und jetzt ganz Kirkby in Aufruhr ist.« Schlagartig fielen ihr wieder der desaströse Zeitungsartikel und die absurden Korruptionsvorwürfe gegen Collum ein.

»Das musst du mir genauer erklären«, forderte Lila. »So kann ich mir gerade gar keinen Reim drauf machen.«

»Na schön.« Harriet holte tief Luft und erzählte ihrer Schwester alles – und ließ dabei kein noch so kleines Detail aus. Sie berichtete von dem bizarren Alpaka-Zusammenstoß auf dem Markt – der gefühlt schon eine Ewigkeit her war – und von dem darauffolgenden Wochenende bei Collum, wo sie den uralten Pullover seiner Oma gesehen hatte. Dann vom Pubbesuch in Inverness nach dem Termin bei der Bank, als er offenbart hatte, dass Hühner seine Lieblingstiere waren, und sie hinter seiner selbstsicheren Bürgermeisterfassade zum ersten Mal einen verletzten kleinen Jungen wahrgenommen hatte. Wenn sie da schon geahnt hätte, was sie heute wusste!

Sie sprach von dem Trip nach Yorkshire, davon, wie sie Thelma und Louise gerettet und sie anschließend in Collums Obhut gegeben hatte, von dem Pullover, den sie für ihn gestrickt hatte, und dem Kuss. Der Kuss, der ihre Welt zum Einsturz gebracht hatte, nur um sie schöner, bunter und lebenswerter wieder aufzubauen.

»Wow, das ist überraschend«, befand Lila, die sich bis dahin alles geduldig angehört hatte. »So habe ich dich noch nie erlebt. Und wie ist es dann weitergegangen? Hattet ihr Sex?«

»Nein. Hatten wir nicht. Ich musste ja nach Aberdeen, zur Versteigerung des historischen Webstuhls. Dort habe ich dann Ainslee kennengelernt.«

»Jaja, *das* hast du mir alles schon erzählt. Nur dass es davor zu einer heißen Bürgermeister-Szene kam, hast du mir verschwiegen.«

»Aus gutem Grund wohl, wenn du das alles so abwegig findest«, brummte Harriet.

»Ich finde es nicht abwegig, nur überraschend. Versteh mich nicht falsch, Collum ist ein netter Kerl, aber halt nichts für mich. Wenn er bei dir Schmetterlinge fliegen lässt, dann ist das doch toll. Aber wie geht's denn nun weiter? Die Auktion war letzte Woche. Was ist seitdem passiert? Was hast du vermasselt, und warum ist Kirkby in Aufruhr?« Sie kicherte. »Allein die Vorstellung – was soll in diesem Dorf schon Wildes passieren?«

»Du bist echt doof«, beklagte sich Harriet. »Zufällig ist dieses Dorf jetzt mein Zuhause und der Sitz meines Unternehmens.«

»Das ist ja kein Widerspruch, aber nun lenk nicht ab, sondern sag, was los ist.«

»Vor einer Woche, nach der Auktion, wollten Collum und ich feiern, dass ich den Webstuhl ergattert habe. Ich habe mir zugegebenermaßen vorgestellt, dass wir uns einen netten Abend bei ihm machen, vielleicht eine Pizza essen und dann genau an der Stelle weitermachen, wo wir am Vortag nach dem Kuss aufgehört hatten.«

»Ergibt Sinn.«

»Ja, aber er hatte andere Pläne. Er hat mich in den Pub eingeladen, und dort haben wir Gin-Cocktails und Weißwein getrunken und Fischeintopf gegessen. Das war auch nett, aber halt nicht das, was ich mir von dem Abend erhofft hatte. Außerdem war er die ganze Zeit merkwürdig verkrampft und irgendwie eifersüchtig. Erst auf einen der jungen, knackigen Kellner und dann auf Paul Starling, Marlins neuen Sohn.«

»Auf den wäre ich ja auch gespannt. Erzähl, wie ist er«, forderte Lila.

»Er sieht gut aus und ist nett, interessiert mich aber nicht die Bohne. Doch Collum hat sich fürchterlich aufgeregt.

Bettlakenakrobatik bei ihm war damit irgendwie schon vom Tisch. Weil ich den Abend aber nicht so enden lassen wollte, habe ich einen Spaziergang vorgeschlagen – und dabei hat er mir erstaunliche Dinge offenbart, die ich dir eigentlich nicht erzählen sollte.«

»Jetzt will ich sie unbedingt erfahren!«

»Aber das muss unter uns bleiben. Es ist Collums Geschichte, und außer mir weiß in Kirkby keine Seele davon. Bitte erzähle es niemandem weiter. Auch Cameron nicht!«, beschwor sie ihre Schwester. »Zumindest solange Collum es nicht öffentlich gemacht hat.«

»Meine Lippen sind versiegelt«, versprach Lila feierlich, und Harriet glaubte ihr. Sie hatten schon so manches Geheimnis geteilt, und beide hatten immer dichtgehalten.

»Collum hatte wohl eine Zwillingsschwester, doch die ist mit drei Jahren ertrunken.«

»Wie schrecklich!«, entfuhr es Lila.

»Ja, total, aber das ist noch längst nicht das Schlimmste daran.«

»Sondern?«

»Dass er sich die Schuld an ihrem Tod gibt und dass seine Eltern …«

»Wie bitte?«, unterbrach Lila sie abrupt. »Wie kann er sich die Schuld daran geben? Er war doch auch erst drei! Er hat sie ja wohl nicht ertränkt oder so.«

»Sein älterer Bruder hat so etwas behauptet.«

»Was?«, schrie Lila vollkommen entsetzt.

»Ich weiß doch auch nicht, wie es wirklich war. Niemand weiß das so genau. Collum hat mir erzählt, dass er mit seiner Zwillingsschwester und ihrem fünfjährigen Bruder an einem kleinen Bach gespielt hat. Craig, der Bruder, hat den Kleinen weismachen wollen, dass man tolle bunte Muscheln sieht, wenn man sein Gesicht ins Wasser steckt. Collum fand das langweilig und hat sich andere Sachen zum Spielen gesucht, aber Catriona war fasziniert – und dabei muss sie ertrunken sein. Das hört sich alles total irre an, aber ich habe keinen Grund, an Collums Aussage zu zweifeln. Andererseits kann ich mich an gar nichts aus der Zeit erinnern, als wir drei waren. Du etwa?«

»Nö. Nicht auf Anhieb jedenfalls. Aber uns ist in dem Alter auch nichts derart Traumatisches zugestoßen. Wo waren denn die Eltern, als das passiert ist?«

»Das ist die entscheidende Frage. Jedenfalls nicht dabei.« Harriet seufzte.

»Himmel, wie entsetzlich. Kein Wunder, dass ihn das bis heute belastet. Aber hätten seine Eltern ihm nicht im Nachhinein klarmachen müssen, dass er nichts dafür konnte?«

»Die Eltern haben eine ganz andere Strategie gewählt: Sie haben so getan, als hätte es das kleine Mädchen nie gegeben! Es wurde nie wieder über sie gesprochen. Wenige Monate nach dem Unfall kam eine kleine Schwester zur Welt, die nahtlos die Rolle der Zwillingsschwester übernommen hat. Collum und sein Bruder durften nicht zur Beerdigung der Schwester, und es wurde so getan, als hätte sie nie existiert.«

»Aber das ist doch …« Lila rang mit den Worten, und Harriet konnte es ihr nicht verübeln.

»Ich kann es auch nicht verstehen. Das ist auf so vielen Ebenen falsch und verquer, aber so ist Collum aufgewachsen. Und zudem mit dem Gefühl, dass er für seine Eltern eine unliebsame Erinnerung daran war, dass sie noch ein Kind gehabt hatten.«

»Wie kann man so etwas überhaupt durchhalten? Ich meine, es muss doch Spuren von dem Mädchen gegeben haben. Ihre Sachen, ihr Zimmer, Familienfotos.«

»Ich weiß es doch auch nicht. Aber Collum meint, dass Catriona aus sämtlichen Fotoalben verschwunden ist und dass nur Bilder ohne sie drauf im Haus stehen. Nur mit seinen Großeltern konnte er darüber sprechen. Die fanden das Verhalten seiner Eltern auch katastrophal – und die hatten auch noch Fotos.«

»Das ist so krass, da weiß ich gar nicht, was ich sagen soll.«

»Genauso ging es mir auch, als er mir diese Geschichte bei unserem nächtlichen Spaziergang erzählt hat. Ich war völlig fassungslos. Entsetzt über das Verhalten seiner Eltern, voller Mitgefühl für ihn und ein bisschen verwundert, dass er ausgerechnet mir diese Geschichte anvertraut hat.«

»Du scheinst eben etwas Besonderes für ihn zu sein«, stellte Lila mit einem Lächeln in der Stimme fest.

»Ich fürchte, das war das Hauptproblem beim desaströsen weiteren Verlauf des Abends«, erwiderte Harriet düster.

»Wieso?«

»Weil er mir praktisch zwei Atemzüge nach dieser Horrorgeschichte gestanden hat, dass er in mich verliebt ist. Und nicht einfach verknallt oder so – er hat gesagt, dass er in dem Moment wusste, dass ich seine ›Schicksalsfrau‹ sei, als wir uns das erste Mal gesehen haben.« Sie schluckte, denn jetzt, wo sie es so deutlich aussprach, kam die Erinnerung erneut mit voller Wucht hoch.

»Das ist … ähm … eindrucksvoll«, bemerkte Lila und klang selbst ein wenig geschockt. Harriet war froh, dass sie nicht allein war mit ihrer Empfindung.

»›Eindrucksvoll‹ ist nett formuliert. Ich fühlte mich offen gestanden fast vor den Kopf gestoßen. Das war so groß, so feierlich und so endgültig, dass ich echt Panik bekommen habe. Ich meine, es war ein bisschen viel auf einmal.«

»Aber du hast mir doch vorhin gesagt, dass du auch in ihn verliebt bist, ihr heiß geknutscht habt und kurz vor der Kiste standet«, bemerkte Lila.

»Ja, das stimmt auch alles – aber Schicksalsfrau? Das ist eine echt krasse Aussage. Außerdem habe ich erst vor gefühlt fünf Minuten mit Tom Schluss gemacht, da …«

»Ich weiß. Stilvoll per Textnachricht.« Lila kicherte. »Hat er aber verdient.«

»Das ist doch jetzt nicht der Punkt!«

»Sondern?«

»Dass das Timing eben blöd ist. Ich meine, ich bin gerade dabei, mich selbstständig zu machen. Ich habe unfassbar viel Geld geliehen und ausgegeben, ein Unternehmen gegründet und eine Geschäftspartnerin gefunden. Ich sollte mich jetzt vor allem auf meine Arbeit konzentrieren.«

»Aus Erfahrung kann ich sagen, dass man gleichzeitig arbeiten und lieben kann.«

»Das mag ja sein, aber in dem Moment war ich einfach vollkommen überfordert. Erst erzählt er mir diese Horrorstory, und dann gesteht er mir seine Liebe. Das war zu viel für mich.«

»Oh, wir nähern uns dem ›Ich habe alles vermasselt‹-Part der Geschichte, nehme ich an.«

»Du brauchst gar nicht so sensationslüstern zu klingen«, beklagte sich Harriet. »Aber ja, zu dieser Stelle kommen wir jetzt. Ich habe ihm dann gesagt, dass ich gefühlsmäßig nicht da bin, wo er gerade steht, und dann bin ich abgehauen und nach Hause gefahren.«

»Immerhin hast du es ihm persönlich gesagt und nicht per SMS mitgeteilt«, entgegnete Lila trocken.

»Vielen Dank auch. Ich hätte mir ein bisschen mehr Mitgefühl erhofft.«

»Harriet, jetzt komm mal wieder runter. Es ist doch nichts passiert. Du warst verständlicherweise überrumpelt und hast ein wenig ungeschickt reagiert. So etwas geschieht doch ständig. Das kann man klären. So wie ich dich vorhin verstanden habe und wenn ich den Pullover und die Hühner mit in die Rechnung reinnehme, bist du auch mehr als nur ein bisschen verknallt in ihn. Kann das sein?«

»Ja«, bekannte Harriet schlicht.

»Gut. Dann erklär ihm das. Er wird es verstehen. Ganz sicher. Aber nun will ich wissen, was es mit dem Geflügel auf sich hat. Das habe ich nämlich noch nicht ganz begriffen.«

»Das ist eine längere Story und gerade nicht so wichtig, weil sie nämlich nichts mit dem Hauptproblem zu tun hat.« Harriet seufzte schwer.

»Wie? Es gibt *noch* ein Problem?«

»Allerdings. Und eines, das sich nicht durch eine einfache Erklärung aus der Welt schaffen lässt.«

»Jetzt bin ich wirklich sehr gespannt.«

»Das Schicksalsfrauen-Desaster war letzten Donnerstag. Am Freitag hat er dann das große Highland-Games-Event organisiert und ist im Zuge dessen wohl einigen anderen Gemeinden auf die Füße gestiegen, weil er Kirkby als riesige Konkurrenz aufbauen will. Egal, ich kenne die Details nicht«, fuhr sie fort, als Lila eine Frage stellen wollte. »Ich weiß nur, dass er am Samstagvormittag seine Hühner zu Shona gebracht hat und dann irgendwohin verschwunden ist – mit ausgeschaltetem Handy. Und ich bin mir sicher, dass er das wegen mir gemacht hat.«

»Hm.«

»Hm? Mehr fällt dir dazu nicht ein?« Harriet runzelte die Stirn, denn sie hatte mit einer ganz anderen Reaktion ihrer Schwester gerechnet.

»Hast du denn versucht, ihn anzurufen?«, erkundigte sich Lila.

»Nein. Was hätte ich ihm auch sagen sollen? Außerdem war ich ja beschäftigt. Ich hab gar nicht mitbekommen, dass er abgetaucht ist. Ich habe erst gestern davon erfahren, als Kristie und Shona in die Weberei gekommen sind und von den Gerüchten und Vorwürfen gegen Collum erzählt haben.«

»Welche Vorwürfe denn?«

»Korruption, Erpressung – so ein Zeug. Ziemlich verworren. Gestern Abend waren zwei Reporter im Pub und haben die Leute befragt, und du machst dir keine Vorstellung davon, was für ein grauenvoller Artikel da heute erschienen ist.«

Harriet hörte, wie es bei Lila im Hintergrund klapperte. Ihre Schwester schien wie wild auf ihre Tastatur einzuhacken. »Oh ja, das ist übel«, murmelte sie prompt. »Und überall ist auch Onkel Marlin abgebildet, so als würde er tief mit drinstecken. Puh.«

»Ja, puh.«

»Aber warum glaubst du, dass es deine Schuld ist?«, wollte Lila wissen.

»Weil ich sein Herz gebrochen habe? Vermutlich ist er deshalb abgehauen.« In ihren Ohren klang das schlüssig.

»Ernsthaft?«

»Ja, natürlich. Macht man das nicht aus Liebeskummer?«

»Wenn du das fragen musst, hast du jedenfalls noch keinen schlimmen gehabt.« Lila seufzte. »Er wird bestimmt enttäuscht von dir gewesen sein. Nach der emotionalen Geschichte über seine Familie eine derartige Abfuhr zu bekommen war sicher unschön. Aber wenn er tatsächlich so getroffen war, wäre er am Freitag ganz sicher nicht noch zur Arbeit gegangen und hätte ein Riesen-Event geplant. Das macht überhaupt keinen Sinn.«

»Vielleicht hatte er einen Schock, und die Reaktion kam zeitversetzt?«

»Ausschließen kann man nichts.« Lila klang jedoch nicht überzeugt. »Ich glaube aber trotzdem, dass eher etwas anderes dahintersteckt. Hast du denn versucht, ihn zu erreichen?«

»Nein, das sagte ich doch. Ich habe erst gestern erfahren, dass er weg ist.«

»Ja, aber seitdem, meine ich«, bohrte Lila weiter.

»Nee, auch nicht. Irgendwie bin ich der Meinung … also, ich dachte … ist vermutlich blöd.« Es *war* blöd, das wusste sie selbst, und es kam ihr nur schwer über die Lippen. »Ich dachte halt, dass er sich bei mir melden müsste«, fügte sie kleinlaut hinzu.

»Was ist los mit dir, Schwester?« Harriet konnte Lilas Kopfschütteln regelrecht vor ihrem inneren Auge sehen. »Du brichst einem Mann vermeintlich das Herz, bist aber trotzdem der Meinung, dass er sich bei dir melden sollte? Weswegen? Für einen Nachschlag? Für ein ›Lass uns Freunde bleiben‹? So masochistisch dürfte nicht mal der Bürgermeister sein.« Lila stieß hörbar Luft aus. »Vor allem, da dir ja in den letzten Tagen selbst klar geworden ist, dass du ernsthafte Gefühle für ihn hast. Natürlich musst du dich bei ihm melden!«

»Klingt irgendwie logisch«, gab Harriet zu. »Aber ich wusste nicht, wie. Und … ach, es ist alles total vertrackt. Wahrscheinlich habe ich deshalb die ganze letzte Nacht gearbeitet und …«

»… und gehofft, dass er der Anrufer sein würde«, beendete Lila den Satz. »Ach, du dummes Schäfchen«, fügte sie liebevoll hinzu.

»Was soll ich denn jetzt machen?«, fragte Harriet kläglich.

»Finde raus, wo er ist. Fahr dorthin. Ruf ihn an. Irgendwas. Denn eines ist sicher, er kann jetzt ganz dringend jeden wohlmeinenden Menschen an seiner Seite brauchen, den er kriegen kann. Die Berichte sind echt übel.« Wieder klackerte die Tastatur. »Jetzt habe ich auch noch einen Blog entdeckt – ›The King's Speech‹ heißt er –, da wird auch ordentlich vom Leder gezogen. Mannomann. Ich schick dir mal die Links, die ich gefunden habe, aber eigentlich musst du das nicht lesen. Hör dir lieber an, was er zu sagen hat.«

»Traust du ihm so was denn zu?«

»Eigentlich nicht, aber ich kenne ihn nicht gut genug. Diese Artikel sind wirklich fies, das grenzt schon an Rufmord. Typisch britischer Boulevardjournalismus halt. Wenn man so etwas überhaupt Journalismus nennen möchte. Aber das ist auch egal. Du kennst ihn viel besser als ich, womöglich besser als irgendwer in Kirkby, und jeder weiß, dass man nicht alles glauben darf, was in den Medien über eine Person berichtet wird.« Sie schnaubte leise und dachte offenbar an ihren Freund Cameron, der als bekannter und erfolgreicher Springreiter in der Berichterstattung auch nicht immer gut wegkam. Um es vorsichtig zu formulieren.

»Du hast recht, und ich bin mir sicher, dass er nichts Unredliches im Schilde führt!«, sagte Harriet, nun mit fester Stimme.

»Dann hast du dir deine Antwort schon selbst gegeben. Also schau, wo er ist, biete ihm deine Hilfe an – und warte mit deinem großen Liebesschwur vielleicht besser, bis sich die höchsten Wogen wieder geglättet haben. Unter Umständen hat *er* jetzt nämlich keinen Sinn dafür.«

Harriet nickte, auch wenn Lila das nicht sehen konnte. »Danke, dass du mir zugehört hast.«

»Jederzeit, wofür hat man schließlich eine Zwillingsschwester?« Lila lachte leise.

»Weswegen hast du eigentlich angerufen? Wolltest du mir auch irgendwas erzählen?«

»Ach, nicht so wichtig«, gluckste Lila. »Ich wollte dich nur fragen, ob du meine Brautjungfer werden willst.«

»Was?«, kreischte Harriet. »Hat er dir endlich einen Antrag gemacht?«

»Ja, im Trainingslager in Spanien, bei einem sehr romantischen Abendessen«, schwärmte Lila.

»Oh mein Gott, ich freu mich so sehr für dich. Für euch! Und wann soll die Hochzeit sein? Und wo?«

»Wir dachten an Kirkby – auf Monroe Manor soll es ja so einen schönen Ballsaal geben …«

»Ich flippe aus! Das ist absolut fantastisch. Und habt ihr schon einen Termin?«

»Noch nicht. Wir müssen den Turnierkalender checken, aber ich fände Frühjahr oder Sommer schön. Du kannst ja schon mal bei Tante Heather nachfragen, wie bei ihr die Buchungssituation aussieht.«

»Das mach ich! Das sind wirklich tolle Nachrichten.« Harriet fühlte sich mit einem Mal viel leichter. Auch wenn ihre eigenen Probleme noch nicht gelöst waren, freute sie sich doch aus vollstem Herzen für ihre Schwester. »Ich kümmere mich um alles, was du willst. Und Lila?«

»Ja?«

»Darf ich dein Hochzeitskleid entwerfen und nähen?« Harriet hatte nie Ambitionen gehabt, Modedesignerin zu werden, doch das grundlegende Handwerk beherrschte sie natürlich – und ein Brautkleid für ihre Schwester wäre ein Traum. »Dad darf gerne Cameron ausstatten, aber ich … Ich meine, es sei denn, du hast andere Pläne und willst ein besonderes Designerkleid.«

»Halt mal die Luft an, Harri«, bat Lila. »Ich kann mir nichts Schöneres vorstellen! Danke.«

»Ich danke dir! Und nun musst du mir versprechen, ganz bald herzukommen, damit wir alles planen können.«

»Versprochen, aber jetzt klär du erst mal dein Bürgermeister-Drama. Wer weiß, vielleicht können wir dann gleich eine Doppelhochzeit planen? Ich muss jetzt leider aufhören und noch ein bisschen arbeiten. Wir sprechen uns bald wieder, Süße. Und viel Glück!« Lila schickte noch einen Kuss hinterher und beendete dann das Gespräch.

Harriet sprang aus dem Bett. Jetzt hatte sie nicht nur eine Mission, sondern mindestens zwei, und die würde sie voller Tatendrang in Angriff nehmen. Aber erst unter die Dusche.

• • •

Musste man sich offiziell für Dinge rechtfertigen, die man gar nicht verursacht hatte? Collum rieb sich nach zahllosen Telefonaten die Schläfen. Ganz vieles hatte er klären können – vor allem mit den beiden besonders verärgerten

Amtskollegen, die das Drama erst so richtig ins Rollen gebracht hatten. Ihre Gemeinden veranstalteten im selben Zeitraum Highland Games wie Kirkby, wenn auch in erheblich kleinerem Umfang. Mit dem Dorf in Speyside hatte er einen Athleten-Transfer vereinbart. Dort fand das Turnier am Samstagnachmittag statt, während die wichtigsten Wettbewerbe in Kirkby nun am Sonntag steigen sollten. Der andere Ort lag ganz im Süden, in den Lowlands, und Collum konnte wirklich nicht erkennen, inwieweit Kirkby dazu in Konkurrenz stand. Denn die meisten Athleten waren zu dieser Zeit in der Saison schon in den Highlands unterwegs und würden für eine unterklassige Veranstaltung ohnehin nie den weiten Weg nach Süden auf sich nehmen. Das hatte er natürlich diplomatischer formuliert und zudem angeboten, die Termine fürs nächste Jahr besser abzustimmen, doch der Kollege war bockig geblieben.

Ansonsten war der Zuspruch erstaunlich positiv. Sie hatten unzählige Anmeldungen und Anfragen über die neu erstellte Website erhalten, die wirklich gut geworden war, und auch Sarah von VisitScotland sah es sportlich und erwartete keine Einschränkungen beim Besucherinteresse. Ganz im Gegenteil. Schon jetzt waren der Pub und das Bed & Breakfast für den Turnierzeitraum ausgebucht, und Ähnliches galt wohl für die Nachbargemeinden. Ärgerlich waren ganz andere Dinge: die destruktive Berichterstattung, die sich völlig faktenfern auf zwei mutmaßliche Übeltäter eingeschossen hatte – ihn und Marlin Fraser –, sowie die Tatsache, dass die beantragten Fördergelder für besonders unterstützenswertes touristisches Engagement wegen genau dieser Berichte auf Eis lagen.

Daher stellte sich Collum ernsthaft die Frage, ob und in welcher Form er zu den Geschehnissen Stellung nehmen sollte. Würde eine derartige Erklärung als Zeichen der Stärke oder der Schwäche aufgefasst werden? Und konnte man das mediale Lauffeuer überhaupt wieder einfangen und umleiten, oder wäre es besser, es einfach zu ignorieren und auszusitzen, bis der nächste, spannendere Skandal geschah?

Außerdem nagte es an ihm, dass er es immer noch nicht geschafft hatte, Marlin zu erreichen, um mit ihm zu sprechen. Er ahnte, dass dem diese Schmutzkampagne noch viel mehr zusetzte als ihm selbst. Marlin war ein Mann, dem nichts heiliger war als seine Familie und seine Privatsphäre. Allein die Tatsache, dass er es jahrzehntelang geschafft hatte, seine frühere Popstar-Karriere geheim zu halten, sprach Bände. Nachdem die Geschichte vor ein paar Monaten aufgeflogen und Marlin selbst in die mediale Offensive gegangen war, hatte es ein paar Berichte gegeben, doch es war nie zu der sensationslüsternen Schlammschlacht ausgeartet, die Marlin wohl immer gefürchtet hatte. Bis jetzt. Aus irgendeinem Grund, den Collum beim besten Willen nicht begriff, wurde Marlin Fraser als einer der Hauptbösewichte im »Kirkby-Skandal« dargestellt, und ihm war klar, wem der alte Mann die Schuld daran in die Schuhe schieben würde. Collum hatte etliche Nachrichten hinterlassen – auf Marlins Handy, im Bed & Breakfast und auf dem Telefon von Betty Murray, die sich seltsamerweise auch noch nicht zu Wort gemeldet hatte. Dabei wäre Betty als ehemalige

Investigativjournalistin und Marlins Lebensgefährtin die Frau der Wahl, wenn es um die richtige Strategie ging. Er hatte lange mit Colleen gesprochen, doch die wusste ebenfalls nicht, wo sich ihr Schwiegervater in spe und dessen Freundin gerade herumtrieben. Sie hatte allerdings von einem unschönen, fulminanten Ausraster des Familienpatriarchen bei der morgendlichen Zeitungslektüre berichtet. Nicht gut. Gar nicht gut.

Sollte er also selbst eine Pressemitteilung verfassen, sie auf die Dorfwebsite stellen und an alle Medienvertreter schicken? Zwei kurze Telefoninterviews hatte er schon gegeben – bei seriöseren Blättern als der Zeitung, die er heute in Spean Bridge gekauft hatte und deren Reporter gestern in *The Wise Pelican* Kirkbys Bürger »befragt« hatten, wie er inzwischen wusste.

»Wie geht's dir?«, fragte in diesem Moment Leslie und steckte den Kopf zur Tür herein.

»Wie einem erschöpften Soldaten, der sich in lauter kleinen Scharmützeln abgearbeitet hat und jetzt nicht weiß, wann die wirklich große Schlacht kommt«, entgegnete er und grinste schief. »Und ich habe keine Ahnung, woher diese Militäranalogie kommt, denn ich bin überzeugter Pazifist und gehe noch nicht mal auf die Jagd.«

»Du angelst«, korrigierte sie ihn milde. »Das ist auch eine Form von Jagd.«

»Ja, aber doch ein bisschen was anderes. Aber zurück zu deiner Frage. Die meisten Dinge konnte ich klären. Die beiden Kollegen haben mehr oder weniger deutlich zugegeben, dass sie die Gerüchte aus Verärgerung über meine Terminfestlegung gestreut und eine meiner Mails an einen der Athleten – offenbar ein Neffe des einen Bürgermeisters – weitergereicht haben. Mit dem Fremdenverkehrsbüro ist alles fein, dito mit der Highland-Games-Vereinigung. Wir haben zahlreiche Anmeldungen und noch mehr Anfragen von hochkarätigen Interessenten, aber das weißt du ja bereits. Keiner von denen fühlt sich – bis jetzt jedenfalls – von den Berichten irritiert. Die Übernachtungsbetriebe im Ort sind für die Eventzeit ausgebucht, und auf dem Ideenportal der Website haben etliche Dorfbewohner interessante Vorschläge gemacht.«

»Ja, die habe ich auch gesehen, aber was machen wir mit den Medien?«

»Das ist die entscheidende Frage, über die ich auch schon die ganze Zeit nachdenke. Sollen wir in die Offensive gehen und eine Erklärung abgeben, oder sollen wir so tun, als wäre nichts, und den Sturm abwarten?«

»Wozu tendierst du?«, fragte sie und trat nun vollständig in sein Büro.

»Ich bin wirklich unentschlossen. Beide Optionen haben ihre Berechtigung. Ein Statement könnte auch als Schuldeingeständnis gewertet werden, Schweigen als Arroganz. Vollkommen recht kann man es wohl niemandem machen.«

»Wohl wahr. Und was hältst du davon, eine kurze Nachricht über unsere Dorf-Mailingliste zu verschicken? Dann wissen die Leute hier Bescheid, aber es wird kein großer offizieller Aufriss draus.«

»Das habe ich mir auch schon überlegt, doch ehrlich gesagt würde ich am liebsten erst mit Marlin sprechen.

Allerdings scheint der wie vom Erdboden verschwunden zu sein – genau wie Betty. Nicht mal Colleen weiß, wo die beiden sind.«

»Die machen wohl zur Abwechslung den Collum.« Leslie lachte.

»Was?«

»Na, in der Versenkung zu verschwinden, ohne zu hinterlassen, wie und wann man sie wieder erreichen kann. So wie du die letzten Tage.«

»Oh Mann, das wird mir wohl für ewige Zeiten nachhängen, was? Aber du hast ja recht, ich hab's nicht anders verdient.«

»Was hast du nicht anders verdient?«, ertönte eine dunkle Stimme, und gleich darauf schob sich ein breit lächelnder Jon in Collums Büro.

»Ihr seid zurück?«, rief Collum und sprang so schwungvoll von seinem Schreibtischstuhl auf, dass der gegen die Rückwand knallte und auf dem Weg dorthin drei herumstehende Aktenordner ummähte.

»Heute Vormittag in Edinburgh gelandet und seit einer halben Stunde in Kirkby«, entgegnete Jon, doch sein Lächeln machte gleich darauf einem Stirnrunzeln Platz. »Aber was ich im Pub erfahren habe, hat mich statt in meine Wohnung und unter die Dusche direkt ins Rathaus getrieben. Was um alles in der Welt ist hier in den letzten Tagen passiert?«

»Soll ich euch Kaffee und ein paar Kekse bringen?«, erkundigte sich Leslie bei den Männern und verschwand dann in der Teeküche.

»Ich weiß gar nicht so genau, wo ich am besten anfangen soll«, gab Collum zu, als sein Freund sich an den Besprechungstisch setzte und ihn zu sich winkte.

»Vielleicht bei dem, was du mir letzten Freitag so dringend erzählen wolltest«, sagte Jon. »Ich hatte ein schlechtes Gewissen, weil ich dich so knapp abspeisen musste, und hab's dann noch ein paarmal bei dir probiert, aber ohne Erfolg.«

»Ich hab's gesehen. Offensichtlich war mein ›Digital Detox‹ konsequenter als deins.« Collum rang sich ein halbes Lächeln ab. Heute war so viel passiert, dass ihm die letzten Tage in seiner schweigsamen und nachdenklichen Mönchsklausur vorkamen wie aus einem anderen Leben.

»Ich bin ganz Ohr«, sagte Jon, und Collum begann ihm von dem Abend mit Harriet zu erzählen.

Er unterbrach seinen Bericht nur kurz, als Leslie Kaffee und einen Teller mit Shortbread brachte, und schloss mit seinem bisherigen Tag im Rathaus. »Jetzt stelle ich mir halt die Frage, was ich tun soll. Auf Marlin warten und mich erst mit ihm aussprechen oder gleich die Dorfbewohner informieren? Eine Pressemitteilung schreiben oder …«

»Schauen, was Harriet so treibt«, vervollständigte Jon seinen Satz. »Da hast du wirklich ganze Arbeit geleistet, McDonald.« Er schüttelte den Kopf.

»Genau genommen habe ich nichts gemacht, außer ein paar Tage nicht erreichbar zu sein. Erinnere mich daran, wenn sich mal wieder jemand beklagt, dass mein Handy immer an ist.«

»Wenn ich eine Rangliste des Wahnsinns erstellen müsste, dann käme das Alpaka womöglich auf Platz eins«, sagte Jon und brach in ungläubiges Gelächter aus.

»Echt? Das findest du irrsinniger als die Gerüchte, die üblen Verleumdungsgeschichten und meine traurige Vergangenheit?« Collum seufzte.

»Deine Familiensituation ist mit ›irrsinnig‹ nicht adäquat beschrieben. Ehrlich, ich dachte, ich kenne mich mit dysfunktionalen Systemen aus, aber das entzieht sich wirklich jedem Vergleich. Ehrlich gesagt wundert es mich fast, dass du trotz dieser Hypothek zu einem so … nun ja … normalen Mann werden konntest. Und wir können da gerne bei nächster Gelegenheit ausführlich drüber reden – aber ein Alpaka? Du hast heute früh einfach so für tausend Pfund ein Alpaka gekauft. Mitten in einer emotionalen Krise und für eine Frau, die dich womöglich gar nicht zu würdigen weiß.«

»Was soll ich sagen?«

»Nichts. Aber mir ist jedenfalls vollkommen klar, dass deine Gefühle für sie tatsächlich … echt sein müssen.«

»Hast du das bezweifelt?«

»Offenbar schon, denn deine Sprüche von wegen Schicksalsfrau fand ich schon etwas drüber. Und sie ja vielleicht auch, sonst hätte sie dich nicht einfach so stehen lassen letzte Woche.«

»Ich habe noch nie einer Frau gestanden, dass ich sie liebe, weil ich es in der Form auch noch nie so empfunden habe. Und ich weiß, dass du mir eingeschärft hast, ich solle den Ball flach halten, doch das war einfach nicht möglich an dem Abend, denn es ist nun mal die verdammte Wahrheit.«

»Da sagste was. Am Ende hat sie dein Schicksal auf ganz andere Art besiegelt. Wenn dein Ruf noch weiter beschädigt wird nämlich.«

»Dafür kann sie ja nichts.«

»Nicht? Wärst du einfach so abgehauen, wenn sie deine Liebeserklärung erwidert hätte?«

»Keine Ahnung. Vermutlich nicht. Aber ehrlich gesagt bin ich froh, dass ich mir diese Tage genommen habe. Auch wenn das für meinen Posten kritisch werden könnte.« Er schluckte, denn daran, dass sein Job als Bürgermeister in Gefahr sein könnte, hatte er überhaupt noch nicht gedacht. »Ich bin froh, dass ich meine Eltern endlich ernsthaft damit konfrontiert habe, was sie mir, meinen Geschwistern und letztlich auch sich selbst angetan haben. Mir war überhaupt nicht klar, wie schwer dieser Ballast war, bis er plötzlich weg war.«

»Das ist tatsächlich wichtiger als alles andere«, gab Jon zu. »Trotzdem ist die Situation nicht eben rosig. Und wie ich Marlin kenne, wird er voll auf die Barrikaden gehen. Wenn er nicht schon dabei ist.«

»Ja, damit rechne ich auch. Ich frage mich nur, wo er ist. Ich würde es nämlich lieber früher als später hinter mich bringen, aber niemand weiß, wo er sich gerade rumtreibt.«

»Ich versuche, etwas herauszufinden«, versprach Jon. »Sag Bescheid, wenn ich sonst noch was für dich tun kann. Anderenfalls würde ich mir jetzt mal die Reise vom

Leib waschen und ankommen. Nächste Woche Samstag will Isla übrigens ihre Dorfparty im Restaurant feiern. Hoffentlich ist bis dahin alles geklärt.«

GEFLICKTE HERZEN

ES WAR SCHON FÜNF, als Harriet geduscht und angezogen in der Weberei auflief, wo Ainslee gerade den Webstuhl abschaltete.

»Es tut mir so leid, dass ich dich heute hab hängen lassen«, sagte Harriet zerknirscht.

»Ist ja nicht schlimm. Du hast den Schlaf bestimmt gebraucht. Schau mal.« Ainslee deutete auf die drei Meter lange Stoffbahn, die die Maschine bereits hergestellt hatte. Es war ihr Kirkby-Tartan-Muster, allerdings in einer anderen Qualität. Ein glatter, fester Stoff, der sich hervorragend für Kilts eignen würde.

»Wahnsinn.« Harriet war beeindruckt. »Das ist wirklich toll geworden.«

»Ja, ich bin auch ganz zufrieden. Es war erst ein bisschen tricky, bis ich mich in das Programm eingefuchst habe und bis die Maschine kapiert hat, was ich will, aber als erst mal alles eingestellt war, lief's wie von allein. Wenn wir erst die neue Software haben, wird es bestimmt viel einfacher.«

»Wow. Langsam habe ich das Gefühl, dass es funktionieren kann mit unserer Weberei.« Sie strich erneut über den Stoff. Die Qualität war perfekt. Keine

Unregelmäßigkeiten, sondern eine makellose Fläche und schnurgerade Ränder. Worauf man da achten musste, hatte sie schon als kleines Mädchen von ihrem Vater gelernt. Dieser Stoff würde auch unter seinen strengen Augen Gnade finden, da war sie sich sicher.

»Natürlich wird es funktionieren!«, sagte Ainslee mit einer Überzeugung, die ansteckend war, wechselte dann aber das Thema. »Wolltest du noch weiterarbeiten? Dann schalte ich wieder an. Ich würde jetzt aber Feierabend machen und meine Sachen zu Kristie und Hailey bringen.«

»Kann ich dir helfen?«

»Nein, danke. Es ist ja nicht viel. Ich hab meine Sachen schon mittags ins Auto gepackt. Magst du deinen Verwandten bitte noch mal danken, wenn du sie siehst?«

»Natürlich, ich wollte gerade mit Heather über die Termine für den Ballsaal sprechen. Meine Schwester will nämlich dieses Jahr noch heiraten.«

»Heather und George sind mittags weggefahren. Mit ziemlich geschockten Gesichtern«, berichtete Ainslee. »Ich glaube nicht, dass sie schon wieder zurück sind. Sie hatten auch eine Reisetasche dabei.«

»Das ist ja seltsam. Davon haben sie beim Frühstück gar nichts gesagt.« Harriet kratzte sich am Kopf. Oder hatte sie nur etwas verpasst, weil sie so übermüdet und in ihrer eigenen seltsamen Gedankenwelt verloren gewesen war? »Haben sie dir einen Grund verraten?«

»Nein, aber ich glaube, sie haben mich auch gar nicht bemerkt. Ich bin da gerade von der Runde mit Jules zurückgekommen.«

»Komisch, aber ich finde das raus. Hab einen schönen Abend mit den Cousinen. Wir sehen uns morgen.« Sie streichelte kurz über Jules' wolligen Pudelkopf und lief dann zurück ins Haupthaus, das gespenstisch still war. Erst in der Küche fand sie Molly, die am Herd werkelte, und Hamish, der mit einer Zeitung in der Hand am Tisch saß und von den beiden Airedale-Damen belauert wurde. Die Hündinnen erhofften sich offensichtlich eine Leckerei.

»Ah, da sind Sie ja, Miss Harriet«, sagte Molly und wischte sich die Hände an der Schürze ab. »Haben Sie Hunger? Ich könnte schnell ein Sandwich machen oder Ihnen ein Stück Kuchen anbieten. Und wie wär's mit Tee?«

Tatsächlich knurrte ihr Magen, aber Informationen waren wichtiger. »Vielleicht ein Stück Kuchen und eine Tasse Tee. Vielen Dank. Aber vor allem würde mich interessieren, wo Heather und George hingefahren sind. Ainslee hat erwähnt, dass sie Gepäck dabeihatten. Beim Frühstück war noch keine Rede von einer Reise.«

»Der alte Angus Stewart hatte einen Herzinfarkt und liegt in Edinburgh in der Klinik«, antwortete Molly. »Natürlich sind Ihr Onkel und Ihre Tante da gleich hingefahren.«

»Das ist ja schrecklich!«, rief Harriet erschrocken. Angus war ihr trotz seines fortgeschrittenen Alters immer fit und fidel vorgekommen. »Ist es sehr schlimm?«

»Es besteht wohl keine Lebensgefahr«, übernahm Hamish. »Aber natürlich ist so etwas in diesem Alter kein

Pappenstiel. In keinem Alter wohlgemerkt. Vielleicht sieht er nun endlich ein, dass er sich endgültig zur Ruhe setzen sollte.«

»Hamish, das geht uns nichts an«, schalt ihn Molly.

»Du denkst doch genauso«, behauptete er.

»Weiß man, was der Auslöser war?«, wollte Harriet wissen und schielte auf die Zeitung. Es war das Horrorblatt, das sie schon heute früh gelesen hatte.

»Unwahrscheinlich, dass ihm Kirkbys Skandal auf die Pumpe geschlagen ist«, entgegnete Hamish mit einem gutmütigen Zwinkern. »Aber Mr. George hat erwähnt, dass der Anfall passiert ist, als Marlin Fraser und Betty Murray bei ihm im Büro waren.«

Das wurde ja immer mysteriöser. Harriet hatte keine Ahnung, weshalb Marlin und Betty nach Edinburgh zum Anwalt gefahren sein könnten – am Ende hatte es doch etwas mit dem Skandal zu tun, von dem Marlin ja ebenso betroffen war wie Collum? Oh Mann, natürlich hatte Lila recht damit, dass sie sich nicht die Schuld daran geben durfte, doch wie wahrscheinlich war es, dass Collum tagelang in der Versenkung verschwunden wäre, hätte sie seine Gefühle letzten Donnerstag erwidern können? Oder wenn sie wenigstens nicht blöd davongerannt wäre? Diesen Gedanken wurde sie einfach nicht los, und das Stück Kuchen, das Molly ihr soeben servierte und das verführerisch aussah, würde sie nie im Leben durch ihren plötzlich wie zugeschnürten Hals bringen.

»Das wird schon wieder«, behauptete Molly – ohne genau zu wissen, was in Harriet vor sich ging.

Sie trank einen Schluck Tee, der warm ihre Kehle hinunterrann und sie ein bisschen entspannte. Nicht zu essen war schließlich auch keine Lösung. Sie hatte den Kuchen zur Hälfte vertilgt, als Hamish wieder das Wort ergriff.

»Ich bin gespannt, wie sich unser Bürgermeister aus dieser Affäre ziehen will.« Er deutete auf die Zeitung.

»Man darf nicht alles glauben, was in diesem Blatt steht«, entgegnete Harriet und funkelte den Butler an. Von ihm hätte sie keinen derartigen Kommentar erwartet.

»Das tun wir auch nicht«, sagte Molly. »Stimmt's, Hamish?«

»Natürlich nicht«, bestätigte er. »Trotzdem ist es ein ganz schönes Dilemma. Aber jetzt, wo er wieder da ist, wird sich bestimmt alles klären.«

»Er ist wieder da?«, rief Harriet überrascht und verschluckte sich dabei an einem Bissen Kuchen.

»Zumindest steht sein Auto wieder neben dem Rathaus.« Er lächelte und klopfte ihr sachte auf den Rücken.

Lilas Worte schallten durch Harriets Kopf. Sie musste mit ihm reden, und zwar so schnell wie möglich. Nachdem der Hustenreiz abgeklungen war, trank sie ihren Tee aus und stand auf. »Vielen Dank für den Kuchen. Ich muss … ähm … jetzt dringend was erledigen.«

»Sind Sie zum Abendessen da?«, wollte Molly wissen.

»Ehrlich gesagt weiß ich es nicht«, gab sie verlegen zu und wurde rot.

»Ich habe eine Lasagne gemacht, die man ganz einfach im Ofen aufwärmen kann. Sie reicht auch für mehrere Leute«, erklärte Molly und zwinkerte ihr zu.

»Alles klar, danke schön. Dann also bis … ähm … bald.«

»Schöne Grüße an den Bürgermeister«, rief ihr Molly hinterher, der natürlich klar war, was Harriet vorhatte.

Harriet überlegte, ob sie mit dem Auto fahren sollte, entschied sich aber dagegen. Sie hatte zwar nicht vor, heute im Pub wieder über die Stränge zu schlagen, aber eine weitere Alkoholfahrt wollte sie auf jeden Fall vermeiden. Außerdem würde ihr der Fußmarsch nach dem völlig verpennten Tag guttun. Sie war schon fast die komplette Auffahrt hinuntergelaufen, als ihr noch etwas einfiel. Rasch kehrte sie um, eilte in die Weberei und schnappte sich das Probestück vom Kirkby-Tartan. Es war vielleicht nicht der richtige Zeitpunkt, aber womöglich würde es Collum aufheitern.

Fast alle Fenster des Rathauses waren dunkel, als sie sich ihm zwanzig Minuten später näherte, und auch auf dem Dorfplatz war nicht viel los. Die meisten Bewohner saßen zweifellos in ihren Häusern oder im Pub, der sehr einladend leuchtete. Wie vor einer Woche. Doch wie anders waren heute die Voraussetzungen! Sie riss ihren Blick von *The Wise Pelican* weg und sah wieder zum Rathaus. Das einzige brennende Licht gehörte vermutlich zu Collums Büro. Ob sie einfach reingehen sollte? Was, wenn er gerade eine Besprechung hatte? Oder sonst was? Vielleicht sollte sie doch lieber erst anrufen? Oder eine Nachricht schreiben? Automatisch kramte sie nach ihrem Handy, steckte es jedoch sofort wieder weg. Jetzt war nicht der richtige Zeitpunkt dafür, sich solche Gedanken zu machen. »Sei nicht albern!«, schimpfte sie mit sich selbst und wandte sich entschlossen der Rathaustür zu. Womöglich war die ja abgeschlossen, sodass nicht jeder nach den Bürozeiten einfach so hineinspazieren konnte. Doch die Tür schwang auf, und Harriet trat ein. Sie war noch nie hier gewesen und hatte keine genaue Vorstellung, wo Collums Büro zu finden sein könnte, aber wo sie schon hier war, sollten diese Überlegungen sie auch nicht mehr aufhalten.

Es war ein altes Gemäuer und ziemlich dunkel. Lediglich die Straßenlaternen spendeten etwas Helligkeit, und aus dem ersten Stock drang ein schwacher Lichtschein nach unten. Da oben war bestimmt das Bürgermeisterzimmer. Langsam ging sie zur Treppe, wobei die alten, ausgetretenen Holzstufen ähnlich knarzten wie die in Monroe Manor.

Harriet folgte dem Licht, das durch einen Türspalt auf den ebenfalls dunklen Flur drang, und merkte, wie ihr Herz plötzlich immer heftiger pochte. Was sollte sie gleich zu ihm sagen?

Sie trat näher und hörte Stimmen. Oder genauer eine Stimme. Offensichtlich telefonierte Collum gerade. Sie zögerte. Da sollte sie wohl besser nicht stören, oder? Durch den schmalen Türspalt verfolgte sie, wie er mit seinem Handy in der Hand hinter dem Schreibtisch auf und ab lief. Er wirkte ein wenig abgekämpft, was wohl kein Wunder war, aber im Grunde sah er gut aus. Die rotblonden Haare waren etwas verstrubbelt, das Kinn unrasiert, aber die Augen blitzten wach. Er trug eine dunkle Jeans und den blauen Pullover, den sie gestrickt hatte. Dieser Anblick rührte sie zutiefst. Vielleicht hatte er ihr ihr ungeschicktes Verhalten doch nicht ganz so übel genommen, wie sie befürchtete?

»Da bin ich sehr erleichtert und freu mich auf eure Teilnahme. Wir hören uns.« Mit diesen Worten beendete er sein Gespräch, legte das Telefon weg und rieb sich mit beiden Händen übers Gesicht, wie um sich wach zu halten.

Sie klopfte sacht an und öffnete die Tür ein Stückchen weiter. Collums Gesichtszüge änderten sich in Windeseile von vollkommener Überraschung zu tiefer Freude. »Harriet«, sagte leise und kam zwei Schritte näher. Das war alles, was sie an Einladung brauchte. Rasch überwand sie die letzte Distanz zwischen ihnen und warf sich ihm wortlos in die Arme. So viel zum Thema »nichts überstürzen«.

»Harriet«, raunte er ihr voller Zärtlichkeit ins Ohr, sodass sie sich gleich noch fester an ihn klammerte und ihr Gesicht in der weichen Wolle seines Pullovers vergrub, während sie unverständliche Dinge gegen seine Brust stammelte.

»Ich hab dich leider nicht verstanden«, bemerkte er und schob sie ein Stückchen von sich weg.

»Es tut mir wahnsinnig leid, Collum. Ich war so dämlich letzte Woche, ich … wollte nicht anerkennen, wie viel ich für dich empfinde, und hab mich so dumm benommen. Dieser ganze Schlamassel ist allein meine Schuld, und ich weiß nicht, wie ich es jemals wiedergutmachen kann.«

»Du musst gar nichts gutmachen«, entgegnete Collum sanft. »Denn ich allein bin verantwortlich für das Chaos. Aber du glaubst gar nicht, wie froh ich bin, dass du jetzt hier bist, und deine Worte …«

»Ich hätte das nicht sagen sollen, oder? Ich meine, du hast ja gerade ganz andere Sorgen und …«

»Meine anderen Sorgen sind im Moment ganz weit weg«, behauptete er. »Aber was genau meinst du damit, dass du letzte Woche nicht anerkennen wolltest, wie viel du für mich empfindest?« Sein zärtlicher Blick wurde eindringlicher.

Harriet schluckte. »Ich weiß nicht, ob du mein Schicksalsmann bist und ich deine Schicksalsfrau, aber ich weiß, dass ich mich in dich verliebt habe. Wohl schon vor einer ganzen Weile. Und ich weiß auch, dass ich nicht ohne dich sein möchte und dass ich alles tun werde, um dich zu unterstützen, damit das alles hier …« Sie deutete vage durch den Raum, wollte aber ganz Kirkby mit einschließen. »Das alles wieder gut wird.«

»Für mich ist gerade eben alles gut geworden.« Seine Stimme war plötzlich ganz rau, und dann sprach er nicht weiter, sondern zog sie wieder an sich und küsste sie endlich.

Dieser Kuss war ganz anders als der erste. Ohne die rasende Leidenschaft, aber dafür voller Verheißung und Versprechen.

Harriet fühlte sich atemlos, als ihre Lippen sich trennten, besann sich aber endlich auf ihre eigentliche Mission: ihm zu helfen! »Jetzt, wo wir das geklärt haben«, begann sie mit erstaunlich fester Stimme, »was kann ich tun? Ich meine es ernst – die Situation ist ja verdammt vertrackt.«

»Das ist unglaublich lieb von dir, aber du kannst wirklich nichts machen. Die wenigen offensichtlichen Probleme habe ich allesamt behoben, der Rest ist diese Medienkampagne, gegen die ich im Moment nicht viel tun kann, außer zu hoffen, dass sie sich totläuft. Ich wollte gerade Feierabend machen und schauen, ob ich Marlin doch noch erreiche, aber ich schätze, der macht heute tatsächlich ›den Collum‹, wie Leslie es etwas uncharmant formuliert hat.«

»Marlin und Betty sind in Edinburgh. Warum, weiß ich nicht, aber sie waren bei meinem Großonkel Angus in der Kanzlei, als er einen Herzinfarkt bekommen hat. Ich schätze, alle sind bei ihm in der Klinik. Vermutlich kannst du ihn deshalb nicht erreichen. Heather und George sind auch nach Edinburgh gefahren.«

»Oh. Das ist furchtbar«, entgegnete er bestürzt. »Ich hoffe, er erholt sich schnell wieder. Und ich hoffe, dass der Grund für den Infarkt …«

»Keiner weiß, was der Grund ist«, sagte Harriet schnell, die ahnte, wie er den Satz hatte beenden wollen. Einfach, weil sie genau denselben Gedanken auch gehabt hatte.

»Oh Mann«, murmelte er und wirkte plötzlich ziemlich erschöpft. »Es tut mir jedenfalls wahnsinnig leid. Aber das erklärt wenigstens Marlins Abwesenheit. Ehe ich mir überlege, wie es bei der Öffentlichkeitsarbeit weitergehen soll, würde ich aber auf jeden Fall erst mit ihm sprechen. Ich schätze mal, er ist richtig sauer auf mich. Auch wenn ich für die Anschuldigungen gegen ihn nichts kann, wird er nicht glücklich sein, ausgerechnet mit mir in Sippenhaft zu sitzen.«

»Ich fürchte, dazu kann ich nichts Aufmunterndes sagen, aber vielleicht hilft das hier ein bisschen.« Sie zog das säuberlich zusammengefaltete und in Seidenpapier eingewickelte Stoffmuster aus ihrer Tasche und reichte es ihm.

»Was ist das?« Er schlug das Seidenpapier auseinander und nahm das Webstück heraus.

»Das ist der Kirkby-Tartan«, erwiderte sie mit gleichen Teilen Stolz und Unsicherheit in der Stimme. »Oder zumindest ein erster Entwurf. Aber wenn dir das Muster nicht gefällt, kann ich noch ein paar andere Designs machen, ich dachte nur, dass …«

»Es ist phänomenal!« Das Strahlen war in sein Gesicht zurückgekehrt. »Ein absolut wundervolles Muster und trotz der vielen Farben total harmonisch. Genau wie Kirkby selbst.«

»So empfinde ich es auch.«

»Und das hast du in den letzten Tagen einfach so gewebt?«

»Das habe ich letzte Nacht gewebt. Gestern kam der historische Webstuhl an, und ich musste ihn gleich ausprobieren. Das Design habe ich vor einer Woche entwickelt – nach meinem unrühmlichen Abgang.«

»Wenn der für so viel Kreativität gesorgt hat, dann hat es sich ja gelohnt«, erwiderte er mit einem schiefen Lächeln.

»Das Timing war schon sehr fragwürdig, aber mit dem Ergebnis bin ich zufrieden.« In Harriet breitete sich ein warmes Gefühl von Zufriedenheit und Stolz aus, das zusammen mit dem anderen warmen Gefühl von Liebe und Zugehörigkeit die üble Mischung aus Scham und Unsicherheit verdrängte. Nun stahl sich sogar ein Lächeln auf ihre Lippen. »Was hast du heute noch vor?«, wollte sie wissen.

»Ich würde dir gerne etwas zeigen und dir dann von meinen letzten Tagen erzählen«, fing er an und rieb wieder über seinen Mehrtagebart. »Rasieren wäre auch nicht schlecht, und etwas essen. Allerdings war ich seit Samstag nicht mehr zu Hause und hab dort nichts, was ich dir anbieten könnte.«

»In den Pub möchte ich heute eher nicht gehen«, sagte sie. Zu frisch waren die Erinnerungen an ihren letzten Besuch dort. »Aber Molly hat eine Lasagne gemacht, die wir entweder holen oder direkt im Herrenhaus essen können. Aber bitte glaub nicht, dass du mir eine Erklärung schuldig bist. Du wirst deine Gründe gehabt haben, und mehr muss ich nicht wissen.«

»Ich hatte meine Gründe, und ich fürchte, du wirst sie dir anhören müssen. Ich habe nämlich das dringende Bedürfnis, dir alles zu erzählen. Auch wenn es keine besonders fröhliche und auch keine lange Geschichte ist.« Er sah kurz auf die Uhr und deutete dann zu seinem Besprechungstisch. »Weißt du, was, das kann ich dir auch gleich hier und jetzt erzählen, dann können wir entscheiden, was genau wir mit dem restlichen Abend anfangen, und müssen uns nicht mehr damit belasten.« Er nahm ihr den Mantel ab, aus dem sie sich nun schälte, und schob ihr wie ein vollendeter Gentleman den Stuhl zurecht.

Harriet nahm wortlos Platz, weil sie merkte, dass Collum sich ein paar Dinge von der Seele reden musste, und sie nahm sich vor, ihm einfach nur zuzuhören und erst einmal nichts zu kommentieren.

»Als ich am Samstag ins Auto gestiegen bin, hatte ich eigentlich vor, direkt zu meinen Eltern zu fahren und mit ihnen über Catriona und ihr destruktives Schweigegelübde zu sprechen. Anschließend wollte ich noch Craig und Cassidy besuchen – doch irgendwie konnte ich nicht anhalten. Ich bin erst an Spean Bridge und dann an Glasgow vorbeigefahren, ohne anzuhalten, und auch nach Edinburgh hat mich nichts gezogen. Stattdessen bin ich einfach weitergefahren, bis ich schließlich spätabends irgendwo in einem Dorf in der Nähe von Hexham in Northumberland gelandet bin. Dort habe ich mich für eine Nacht in einem Pub eingemietet – mit dem festen Vorsatz, am nächsten Tag mit meiner Familie zu sprechen. Doch auch am Sonntag konnte ich mich nicht dazu aufraffen. Stattdessen saß ich die meiste Zeit in dem wirklich freudlosen kleinen Raum und habe nachgedacht. Tagelang nur mit mir allein zu sein – ohne echten Kontakt zur Außenwelt –, war einigermaßen herausfordernd. Mein Handy hatte ich ganz bewusst ausgeschaltet, weil ich mich nicht von den anderen Dingen ablenken lassen wollte, die sonst mein Leben ausmachen. Hast du das mal gemacht? Tagelang ohne Internet und Telefon? Das war ziemlich seltsam, aber nach einiger Zeit auf merkwürdige Weise auch ganz schön. Und ich hatte dadurch wirklich Gelegenheit, über alles nachzudenken – und mir genau zu überlegen, wie ich meiner Familie zukünftig begegnen möchte.«

Harriet ließ Collum nicht aus den Augen und versuchte, in den kleinsten Regungen seiner Mimik weitere Anhaltspunkte zu finden. Er wirkte vergleichsweise entspannt und hatte ein kleines, wenn auch trauriges Lächeln auf den Lippen. Bedeutete das, dass es nicht so gut gelaufen war?

»Mir wurden im Laufe der Zeit zwei Dinge klar«, sprach er weiter. »Erstens, dass meine Geschwister genauso Opfer sind wie ich – auch wenn sie es womöglich nicht so empfunden haben – und deshalb keine ungefilterte Wutrede von mir verdient haben. Zweitens, dass ich mir eine gute Strategie ausdenken musste, da ich zwar am liebsten alle gleichzeitig mit dem neuen, oder besser gesagt: dem wahren Collum konfrontieren, aber eigentlich nur mit meinen Eltern persönlich sprechen wollte. Also habe ich Abzüge von Catrionas Fotos machen lassen, die mir meine Großmutter gegeben hatte. Drei Sets Bilder habe ich nachmachen lassen und daraus drei Fotoalben erstellt. Je eins habe ich gestern zusammen mit einem Brief an meine Geschwister geschickt, das andere habe ich heute früh zu meinen Eltern mitgenommen.«

»Du hast heute deine Eltern gesehen?«, rief Harriet, ehe sie es verhindern konnte.

»Ja, habe ich – und es war nicht schön. Es war sogar noch schlimmer, als ich befürchtet habe, denn zu halbherzigen Rechtfertigungen kamen auch noch ganz üble Anschuldigungen von meinem Vater hinzu, auf die ich mir überhaupt keinen Reim machen konnte. Bis ich dann später die Zeitung entdeckt habe.«

»Das tut mir so leid«, sagte sie und griff nach seiner Hand, doch er zuckte nur mit den Schultern.

»Muss es nicht. Es war extrem unwahrscheinlich, dass sie nach zweiunddreißig Jahren plötzlich Einsicht zeigen würden oder am Ende sogar Reue. Wenn man so lange mit einer Lüge lebt, wird die Wahrheit vermutlich als Bedrohung empfunden. Aber letztlich ist mir das egal, denn damit haben sie ja vor allem auch ihre eigenen Existenzen vergiftet. Ich habe gesagt, was zu sagen war, und ich habe auch meinen Geschwistern klargemacht, dass wir nicht drei, sondern vier sind. Sollten sich Craig und Cassidy dazu entschließen, mit mir darüber zu sprechen, würde mich das freuen, aber ich habe gemerkt, dass meine eigentliche Familie woanders ist. Hier in Kirkby. Dass ich diese Familie aber auch nicht immer gut behandelt habe.«

»Wieso denkst du das?«

»Weil ich nicht offen war. Weil niemand etwas von meiner Familiengeschichte wusste und weil ich mit diesem Geheimnis nicht wirklich in der Lage war, gute Beziehungen einzugehen. Und damit meine ich nicht nur romantische Beziehungen, die es für mich schon sehr lange nicht mehr gab, sondern vor allem auch freundschaftliche. Aber das werde ich ändern. Und das habe ich dir zu verdanken.«

»Mir?«

»Nachdem ich dir letzte Woche alles erzählt habe, war der Flaschengeist sozusagen ausgebrochen, und ich konnte ihn nicht mehr einfangen. Besser gesagt wollte ich es auch nicht. Dafür bin ich wahnsinnig dankbar.«

»Auch wenn ich sehr ungeschickt darauf reagiert habe?«

»Hast du ja gar nicht. Das kam erst später, als ich von der Schicksalsfrau angefangen habe«, erinnerte er sie und hatte inzwischen tatsächlich ein schelmisches Grinsen im Gesicht.

»Autsch.«

»Mach dir keine Gedanken, ich hätte dich nicht so überfordern dürfen. Das ist mir bei meiner Pub-Klausur auch bewusst geworden. Aber ich war in diesem Moment so überwältigt von meinen Gefühlen, dass ich einfach damit rausgeplatzt bin. Dabei war ich wohl vor allem unfassbar erleichtert, diese tonnenschwere Last, die ich immer mit mir herumgeschleppt habe, losgeworden zu sein. In der Rückschau war meine Seele mein ganzes Leben lang mit einem Senkblei beschwert, das verhindert hat, dass ich richtig frei und glücklich sein kann. Doch die Schnur ist jetzt durchgeschnitten.«

»Das klingt wirklich toll«, sagte sie nachdenklich und versuchte, die gesammelten neuen Erkenntnisse für sich einzusortieren. »Ich freu mich wahnsinnig für dich und bin froh, dass ich unwissentlich und unabsichtlich den Flaschengeist befreit habe. Aber an den äußeren Umständen hat sich doch gar nichts geändert. Deine Eltern sind nach wie vor ignorant, es ist fraglich, wie sich das Verhältnis zu deinen Geschwistern entwickelt, und zu allem Überfluss hast du jetzt auch noch einen ausgewachsenen Skandal an der Backe, der schlimmstenfalls richtig übel ausgehen könnte.«

»Aber genau das ist doch der Punkt: Die äußeren Umstände sind nicht entscheidend, denn daran kann ich nichts ändern – egal, wie sehr ich es mir wünschen würde. Aber in mir drin sieht es jetzt ganz anders aus. Ich kann endlich trauern. Um Catriona und vielleicht auch um meine ganze Familie, aber dieser Schmerz wird heilen. Er kann *mich* nicht mehr zerstören. Und was den Skandal betrifft?« Er sah gedankenversunken aus dem dunklen Fenster. »Das ist eine echt unangenehme Geschichte, und ich will es nicht kleinreden, weil es tatsächlich vieles von dem ruinieren könnte, was mir wichtig ist. Aber ganz ehrlich: Ich war schon immer ein Kämpfer und werde auch das überstehen.«

• • •

Collum war selbst überrascht und fragte sich, woher er plötzlich diese Zuversicht nahm. Nein, es war eher schon eine Gewissheit. Er würde es überleben, menschlich und als Bürgermeister. Und Kirkby ebenso. Er hatte keine Ahnung, was dafür nötig war, doch er wusste, dass er es schaffen konnte. Vor allem jetzt, da er nicht mehr allein war. Harriet hatte ihm gesagt, dass sie ihn auch liebte, und er hatte keinen Grund, daran zu zweifeln.

»Ich bin gestern von Northumberland aus nur bis Fort William gefahren und habe dort wieder in einem Pub übernachtet. Heute Morgen habe ich da etwas erlebt, das glaubst du nicht, wenn ich es dir nur erzähle.«

»Ich glaube inzwischen fast alles, was du mir erzählst«, entgegnete sie.

»Das ehrt mich, aber in diesem Fall ist es besser, wenn ich es dir zeige. Komm mit.« Er stand auf, half ihr in den Mantel und zog sich selbst seine Jacke an. Dann steckte er sein Handy ein, das erstaunlicherweise nicht mehr geklingelt hatte, seit Harriet aufgetaucht war.

Hand in Hand liefen sie durch das dunkle, ruhige Rathaus, jenes Gebäude in Kirkby, das für ihn genauso Heimat war wie sein eigenes Häuschen und in dem er sich blind zurechtfinden würde. Nein, daraus würde er sich nicht kampflos vertreiben lassen. »Bist du mit dem Auto da?«, fragte er, als sie auf den Dorfplatz traten.

»Nein, ich bin vorhin zu Fuß gelaufen«, antwortete sie. »Irgendwie hatte ich auf eine Mitfahrgelegenheit gehofft.«

»Jederzeit. Dann lass uns mal zu … ähm … Thelma und Louise fahren.« Fast hätte er sich verplappert und schon »zu Harry fahren« gesagt. Er hatte das mit Shona nicht besprochen, aber er hoffte, dass es okay war, wenn er noch heute Abend mit Harriet zum Stall käme.

»Die sind bei Shona untergebracht, oder?«, fragte sie und schien seinen kleinen Lapsus nicht bemerkt zu haben.

»Genau, und ich hoffe, sie erinnern sich noch an mich. Ich habe nämlich vor, sie so schnell wie möglich wieder zu mir zu holen.« Sie stiegen ins Auto und fuhren die kurze Strecke bis zur Destillerie. Dort war der Parkplatz gut besetzt, und die Fenster des Tastingraums waren hell erleuchtet, offensichtlich hatte Shona heute eine Veranstaltung. Doch das war egal, er wollte ja in den Stall und parkte daher direkt vor der ehemaligen Malzscheune.

»Ich bin gespannt auf die beiden«, sagte Harriet. »Und auf die Alpakas, die sind so niedlich.«

»Das sind sie«, murmelte Collum und öffnete die Stalltür. Ein Bewegungsmelder ließ das Licht angehen, glücklicherweise eine sanfte Beleuchtung, die die Tiere nicht irritierte. Ein Blick zum großen Laufstall bewies, dass Harry sich schon in die Herde eingegliedert hatte. Sein hellblondes Fell stach eindeutig hervor. Doch zunächst lotste Collum Harriet zu der danebenliegenden Box, die das Ferienquartier seiner Hühnermädels war.

»Schau mal, wie sie schlafen«, raunte Harriet verzückt und deutete auf die Heuraufe, die als Nachtquartier für die beiden Seidenhühner diente. Thelma und Louise hatten ihre Köpfe unter die Flügel gesteckt und schienen sie nicht zu bemerken.

»Und wie hübsch sie geworden sind. Die Mauser ist geschafft«, stellte Collum lächelnd fest. »Lassen wir sie schlafen. Ich werde sie dann morgen oder spätestens am Wochenende abholen. Aber das ist nicht das, was ich dir zeigen wollte.«

»Das habe ich mir schon gedacht, denn die Hühner haben ja wohl kaum etwas mit deinem Morgen in Fort William zu tun, oder? Können wir vorher noch ein bisschen mit den Alpakas kuscheln?« Sie schielte sehnsüchtig zum Laufstall, wo die kleine Herde am Heu zupfte und eine unglaubliche Behaglichkeit und Ruhe ausstrahlte.

»Unbedingt. Genau genommen ist das sogar mein Hauptprogrammpunkt.«

Sie schaute ihn verständnislos an.

»Ich weiß ja nicht, wie gut du Shonas Herde schon kennst, aber siehst du das cremefarbene Tier?« Er schnalzte leise mit der Zunge, um die Aufmerksamkeit der Alpakas zu erregen, und deutete dann auf seine Neuanschaffung. »Darf ich vorstellen? Das ist Harry – und er gehört dir.«

»Was?« Harriets überraschter Aufschrei glich eher einem Quieken, und rasch schlug sie sich die Hand vor den Mund, um die Alpakas nicht zu erschrecken. Doch die neugierigen Tiere kamen nun allesamt an die halbhohe Absperrung des Laufstalls – auch Harry.

Harriet näherte sich vorsichtig, aber Shonas Herde war Menschen gewohnt und sehr zutraulich. Harry blieb stehen und betrachtete seine neue Besitzerin aus seinen großen, dunklen Augen. Sie hob die Hand und streichelte sachte seinen Hals, was ihm sichtlich gefiel. »Er gehört wirklich mir?«, fragte sie nach einer Weile mit leicht zitternder Stimme.

Collum berichtete in wenigen Sätzen von dem absurden Morgen mit den beiden Bauern und von seinem spontanen Entschluss, Harry für sie zu kaufen. »Ich dachte, der Name ist ein Zeichen, und außerdem hat er die gleiche Haarfarbe wie du. Wie hätte ich ihn nicht kaufen können? Gefällt er dir?«

»Machst du Witze? Er ist wundervoll! Bis eben war mir zwar nicht klar, wie sehr ich mir immer ein Alpaka gewünscht habe, aber jetzt, wo er da ist … Mann, das hört sich blöd an, aber es ist das beste Geschenk, das ich jemals bekommen habe.« Nun vergrub sie mit einem glücklichen

Lächeln ihr Gesicht im weichen Fell ihres brandneuen Vierbeiners.

Collum wäre es zwar lieber gewesen, wenn sie sich so an ihn gekuschelt hätte, doch er freute sich, sie so glücklich zu sehen. »Ich habe gelernt, dass seine Fellfarbe besonders begehrt ist und sich perfekt zum Färben eignet. Vielleicht wirst du ja mal einen schönen Stoff aus seiner Wolle herstellen?«

»Collum McDonald, hat dir schon mal jemand gesagt, dass du ein durch und durch wundervoller Mann bist?« Harriet löste sich von Harry und schmiegte sich nun an ihn. »Ich weiß nicht, womit ich so ein tolles Geschenk verdient habe, aber ich freue mich wahnsinnig. Vielen Dank.« Über ihren betörenden Duft hatte sich ein Hauch Alpaka gelegt, aber das machte sie fast noch reizvoller.

»Und du bist die wundervollste Frau der Welt«, erwiderte er und zog ihr einen Heuhalm aus dem Haar, den ihr Haustier dort hinterlassen hatte. Dann legte er seine Hand an ihre Wange. »Ich meine das ganz ernst und hoffe, dass es dich nicht mehr überfordert. Ich liebe dich, und ich bin mir sicher, dass du die einzig richtige Frau für mich bist. Ich wünsche mir nichts mehr, als dass du genauso empfindest, aber wenn du noch Zweifel hast oder etwas Zeit brauchst, werde ich warten. Nur werde ich nie wieder meine Gefühle unterdrücken.«

»Ich liebe dich auch«, entgegnete sie mit leicht unsicherer Stimme, aber festem Blick. »Und ich bin mir sicher, dass ich deinen Instinkten vertrauen kann. Wenn du überzeugt bist, dass das mit uns richtig ist, werde ich keine

Sekunde länger daran zweifeln.« Dann stellte sie sich auf die Zehenspitzen, umfasste mit ihren Händen sein Gesicht und küsste ihn. Und dieser Kuss ließ sogar seine innere Stimme verstummen, die ihn in Jons Tonfall vor »zu viel, zu schnell« warnen wollte. Es war perfekt, wie es war.

GUT IN SCHUSS

FÜHLTE SICH SO VOLLKOMMENE GLÜCKSELIGKEIT AN? Harriet räkelte sich im Halbschlaf in ihrem Bett und kuschelte sich instinktiv enger an den Mann, der seinen Arm besitzergreifend um sie gelegt hatte, aber noch selig schlummerte. Kein Wunder nach den schlafarmen und aufreibenden letzten Tagen – und der letzten Nacht. Nach dem Kuss im Alpakastall waren sie ohne weiteres Aufheben nach Monroe Manor gefahren und direkt in Harriets Zimmer gelandet.

Sie bekam glühende Ohren, wenn sie daran dachte, was in den folgenden Stunden passiert war. Nachdem es zwischen ihr und Collum ja schon viele peinliche und unbeholfene Szenen gegeben hatte, war sie sich nicht sicher gewesen, wie sie im Bett harmonieren würden. Doch jede Sorge in dieser Richtung war vollkommen unbegründet gewesen. Sie hatte noch nie einen Mann erlebt, der so im Hier und Jetzt und bei ihr gewesen war wie Collum, der aufmerksam und großzügig war und sich auch nicht scheute, ihr zu zeigen, was ihm gefiel. Allein beim Gedanken daran begann ihre Mitte wieder verheißungsvoll zu pochen.

Gegen ihren Po drückte sich plötzlich etwas Hartes. Vorsichtig drehte sie sich um, denn Collum schien immer noch zu schlafen. Sie konnte es aber nicht lassen, ihre

Hand zärtlich über seine Brust und seinen Bauch fahren zu lassen. Als sie tiefer glitt und seine stattliche Morgenlatte umfasste, öffnete er abrupt die Augen. »Ist das ein Traum?«, krächzte er verschlafen.

»Nein«, hauchte sie und küsste ihn – und sorgte dann für das beste Aufwachen seit Langem.

»Guten Morgen«, sprach er schließlich in ihr Haar, als sich sein schwerer Atem wieder so weit beruhigt hatte, dass er reden konnte.

»Dir auch«, antwortete sie leise und lauschte dem raschen Herzschlag in seiner Brust, der ihrem eigenen in nichts nachstand. Tief atmete sie seinen Geruch ein. Die Duftmischung aus schlafwarmer Haut und Sex war absolut unwiderstehlich. Sie konnte immer noch nicht glauben, dass sie jemals Zweifel gehabt hatte. Diesen Mann würde sie nie wieder gehen lassen können.

»Dir ist schon klar, dass ich dich nie wieder gehen lassen werde?«, sprach er prompt ihre Gedanken aus.

»Das trifft sich gut, denn ich will dich auch nie wieder gehen lassen.« Sie küsste ihn auf die Brust und schloss für ein paar Augenblicke die Augen. Das hier war richtig und gut, und am liebsten hätte sie diesen Kokon aus Zärtlichkeit und Lust nie wieder verlassen. Doch blöderweise forderten nun andere menschliche Bedürfnisse ihren Tribut. »Ich muss aufs Klo«, resignierte sie schließlich und richtete sich etwas auf. »Außerdem sterbe ich fast vor Hunger. Und eine Dusche wäre vielleicht auch nicht schlecht.«

»Ja, ja und ja«, bestätigte Collum grinsend. »Und dann sollte ich ins Rathaus und überprüfen, ob ich noch einen

Job habe oder ob über Nacht weitere Katastrophen geschehen sind.«

»Es wird alles gut sein, und wenn doch nicht, dann werden wir gemeinsam dafür sorgen, dass es wieder gut wird!«, sagte sie mit fester Stimme.

»Das werden wir.« Er zog sie noch einmal an sich und küsste sie. »Und das ist das beste Geschenk überhaupt.«

»Besser als die letzte Nacht oder das vor fünf Minuten?« Sie hob spöttisch eine Braue.

»Das gehört doch alles zusammen – dass wir ein Team sein können, in allen Lebenslagen. So etwas habe ich tatsächlich noch nie erlebt, und du glaubst gar nicht, was für ein gutes Gefühl das ist.«

»Ich hab so eine Ahnung.« Sie erwiderte seinen Kuss und befreite sich dann seufzend aus seiner Umarmung. »Ich muss nur leider wirklich.«

»Soll ich mich heimlich aus dem Haus schleichen?«, fragte er. »Nicht dass Hamish und Molly einen Schock kriegen. Oder deine Tante und dein Onkel, falls die doch noch nachts nach Hause gekommen sind.«

»Wie ich die alle einschätze, werden sie eher applaudieren.« Sie lachte. »Aber im Ernst – hier wird nicht geschlichen. Es gibt schließlich nichts, wofür wir uns schämen müssten, und außerdem können sie sich gleich mal daran gewöhnen.«

Der erwartete Applaus blieb zwar aus, als Collum und sie frisch geduscht nach unten kamen und in die Küche spähten, doch Molly zwinkerte ihr verschwörerisch zu.

»Ich hab das Auto des Bürgermeisters im Hof gesehen und war so frei, ein Frühstück im Wintergarten herzurichten«, verkündete die Köchin vergnügt. »Rührei, Spiegelei, Omelett? Mit Speck, Pilzen, Gemüse, Käse oder pur?«, wollte sie dann noch von den beiden wissen.

»Ich hätte gern ein Rührei mit Käse«, bat Harriet und schaute dann Collum an.

»Für mich bitte zwei Spiegeleier mit Speck, aber nur, wenn es keine Mühe macht.« Er klang tatsächlich etwas verlegen.

»Das macht natürlich keine Mühe«, entgegnete Molly kopfschüttelnd.

»Ähm … gibt es vielleicht auch eine aktuelle Zeitung?«, erkundigte sich Collum.

»Drei unterschiedliche liegen bereits auf dem Frühstückstisch, aber jetzt raus hier. Die Eier kommen gleich.« Mit diesen Worten scheuchte Molly die beiden aus der Küche.

Harriet nahm Collums Hand. »Egal, was in den Zeitungen steht, es wird nichts ändern«, sagte sie und sah ihn beschwörend an. »Wir schaffen das.«

»Du hast recht.« Ein kleines Grinsen stahl sich auf seine Lippen. »Ich wollte ja eigentlich vorschlagen, dass wir zukünftig mehr Zeit bei mir verbringen, von wegen Privatsphäre und so, aber Eierspeisen nach Wunsch zum Frühstück …«

»Mir kam es anfangs auch total dekadent vor, aber man gewöhnt sich erschreckend schnell daran.« Sie drückte ihm einen Kuss auf die Wange. »Und wenn Thelma und Louise mit dem Eierlegen anfangen …« Sie waren im Wintergarten angekommen und setzten sich an den liebevoll gedeckten Tisch.

Collum blickte sich lächelnd um. »Ich glaube, ich werde deinen Onkel fragen, ob die Hühner und ich hier einziehen dürfen.«

»Vermutlich hätte er nichts dagegen. Heather und er freuen sich immer über Gesellschaft. Ich hoffe, dass sich Onkel Angus schnell erholt, aber ich schätze, er wird zukünftig mehr hier sein als in Edinburgh.«

»Ich bin gespannt, wie er seine Nachfolge in der Kanzlei geregelt hat«, sagte Collum. »Und ob er es überhaupt in Erwägung zieht, aufzuhören. Bisher hielt er sich ja für unersetzlich.«

»Wir werden sehen.« Harriet goss Collum und sich Tee ein, nahm sich einen noch warmen Scone und bestrich ihn mit Clotted Cream. »Sollen wir mal einen Blick in die Zeitungen wagen?«

Es war deutlich zu erkennen, dass er darauf eigentlich keine Lust hatte, und Harriet merkte, wie er sich innerlich wappnete, als er nach dem Zeitungsstapel griff. Die schottische Ausgabe von *The Times* erwähnte Kirkby mit keiner Silbe, doch das hatten sie auch nicht ernsthaft erwartet. Auch in *The Scotsman* stand nichts über einen Skandal – weder in Bezug auf Collum und Kirkby noch auf Marlin. *The Press and Journal* hatte er gestern ein Interview gegeben, und tatsächlich hatten sie daraus einen vergleichsweise freundlichen Artikel gemacht, der die Geschehnisse einigermaßen sachlich einordnete. Außerdem stand die Geschichte weit hinten im Regionalteil.

Collum seufzte erleichtert und nickte Hamish dankbar zu, als der Butler die Eierspeisen servierte.

»Den *Daily Express* und *The Daily Record* haben wir leider nicht, und ich war auch noch nicht im Dorf, um sie zu kaufen«, erklärte Hamish mit einem Seitenblick auf die Zeitungen. Das waren mit die schlimmsten Boulevardblätter, und sie hatten den »Skandal« erst zu einem gemacht.

»Die besorge ich mir auf dem Weg zum Rathaus«, entgegnete Collum. »Aber ich bin schon wahnsinnig froh und dankbar, dass die seriösen Blätter nach wie vor nichts berichten und sich *The Press and Journal* auf meine Erklärung eingelassen hat.«

Harriet drückte seine Hand. »Ich finde, das ist ein gutes Zeichen«, sagte sie lächelnd. »Und jetzt guten Appetit.«

Schweigend aßen sie ihr Frühstück – jeder in seine eigenen Gedanken versunken. »Soll ich nachher mit ins Rathaus kommen?«, bot sie an, als sie schließlich satt war. »Also zur moralischen Unterstützung oder so?«

»Das ist lieb, aber ich denke, das kriege ich schon allein hin. Außerdem will ich deine Arbeitsmoral nicht korrumpieren. Vergiss nicht, du bist jetzt Unternehmerin und solltest dich um deine Firma kümmern.« Er grinste verschmitzt. »Aber ich habe eine Challenge für dich: Morgen in einer Woche findet die traditionelle Party in Islas Restaurant statt, die das Ende ihrer Winterpause einläutet und bei der sie die aufregendsten Häppchen serviert. Dieses Jahr dürften die indisch inspiriert sein. Zu diesem Fest würde ich gerne einen Kirkby-Kilt tragen. Denkst du, ich kann diesen Auftrag bei dir und Ainslee platzieren?«

»Herausforderung angenommen!«, entgegnete sie strahlend.

»Ich ruf dich heute Nachmittag an, wenn ich absehen kann, wie sich die Lage entwickelt. Vielleicht können wir Thelma und Louise abholen und vorher mit Harry einen kleinen Spaziergang machen. Was meinst du?«

»Das klingt toll. Und was machen wir danach?«

»Ich denke, da fällt uns etwas ein.« Collum zog sie in seine Arme und küsste sie zum Abschied. »Hab einen guten Tag, Schicksalsfrau.«

»Du auch, Traummann!«

»Wir haben einen ersten offiziellen Auftrag«, sagte Harriet, als sie wenige Minuten später die Weberei betrat, wo sie von Jules enthusiastisch und schwanzwedelnd begrüßt wurde. »Aber jetzt erzähl mal, wie war deine erste Nacht im neuen Zuhause?«

»Sehr nett und gemütlich. Kristie hat für uns gekocht, und wir haben lange gequatscht. Es gibt hier in Kirkby ja sogar Yogakurse und einen Chor.« Ainslees Augen strahlten.

»Ja, davon habe ich auch schon gehört. Ist beides nicht so mein Ding, scheint aber sehr beliebt zu sein.«

»Yoga ist wirklich toll, und gesungen habe ich schon immer gern. Vielleicht probiere ich das mal aus.«

»Klar, warum nicht? Und es ist gut, wenn sich wenigstens eine von uns ins Gemeinschaftsleben stürzt.«

»So wie deine Augen strahlen und deine Wangen leuchten, hast du aber auch einen recht erfreulichen Abend gehabt«, bemerkte Ainslee lächelnd.

»Oh ja. Ich kann dir gar nicht sagen, wie erfreulich der Abend war. Und die Nacht und der Morgen.«

»Keine Details, sonst werde ich eifersüchtig. Hat sich das Drama also gelegt?«

»Das ist noch nicht ganz sicher.« Harriet seufzte. »Aber wir haben beschlossen, dass wir das gemeinsam durchstehen, egal was passiert.«

»Das finde ich wirklich schön.« Ainslees Lächeln wurde wehmütig, und Harriet dachte an die wenigen Dinge, die sie aus dem Leben ihrer Geschäftspartnerin wusste. Glück in der Liebe war da eher nicht vorgekommen.

»Ich bin auch sehr glücklich und hoffe, dass alles gut wird. Aber nun zu unserem ersten Auftrag. Morgen in einer Woche findet in *The Scottish Thistle* die Dorfparty des Restaurants statt, und Collum würde da gerne einen neuen Kilt mit dem Kirkby-Tartan anziehen. Kriegen wir das hin? Ich meine, kriegst du das hin? So ein Kilt ist ja schon ein bisschen aufwendig.«

»Das sollte kein Problem sein. Wenn wir den Webstuhl gleich wieder anwerfen, haben wir heute Abend genug Stoff für mehrere Kilts oder andere Kleidungsstücke. Und einen Kilt nähe ich im Schlaf.«

»Im Schlaf?« Harriet hob eine Braue.

»Natürlich nicht wirklich, aber das ist kein großes Problem. Ich weiß nicht, wie viele Kilts ich in meinem Leben schon genäht habe. Jedenfalls kriege ich das auf jeden Fall hin. Sonst habe ich ja noch keine Schneideraufträge, von daher passt es perfekt. Und wenn wir den brandneuen Kirkby-Tartan schon bei dieser Dorfparty im lebensechten Einsatz präsentieren können, ist das doch die ideale Werbung für uns.«

»So sehe ich das auch. Dann machen wir uns jetzt mal besser an die Arbeit. Ich bin gespannt, ob ich mit dem Webstuhl genauso zurechtkomme wie du.«

• • •

»Guten Morgen«, rief Collum vergnügt, als er im Rathaus an Leslies Büro vorbeikam. Er hatte zwar immer noch keinen Blick auf die beiden Boulevardzeitungen geworfen, aber er hatte das Gefühl, dass er alle Probleme lösen konnte. Egal wie hart die Knüppel sein würden, die ihm das Schicksal oder die Medien zwischen die Füße warfen.

»Du hast ja eine gute Laune«, stellte Leslie fest, wirkte jedoch ebenfalls viel entspannter als gestern noch. »Liegt es an den Zeitungsberichten – oder vielmehr an deren Fehlen –, oder hab ich was verpasst?« Leslie hatte sämtliche Tageszeitungen gekauft, derer sie hatte habhaft werden können. Ganz oben auf dem Stapel lag *The Daily Record*, die Zeitung, die gestern mit Collums Foto auf dem Titel aufgemacht hatte. Heute konnte er das Gesicht eines bekannten Fußballers erkennen, der sich mit seiner Noch-Ehefrau einen scheußlichen Rosenkrieg lieferte.

»Sag bloß, die Revolverblätter haben auch nichts geschrieben?«, sagte er verblüfft. Nicht dass er enttäuscht war, aber doch mehr als verwundert. Er war sich sicher gewesen, dass die Redaktionen den vermeintlichen Skandal noch ein paar Tage lang breittreten würden, ehe sie ihn und Kirkby wieder in die Normalität entließen.

Leslie schüttelte den Kopf. »Keine Silbe.«

»Auch nicht über Marlin?« Das war fast seine größere Sorge, denn diese Anschuldigungen wogen beinahe noch schwerer und wurden gegen ein erheblich dünnhäutigeres »Opfer« erhoben.

»Auch nicht.«

»Erstaunlich …«, murmelte er und runzelte die Stirn.

»Was irritiert dich daran? Freu dich doch, dass der Spuk vorbei ist. Ich bin jedenfalls sehr erleichtert.« Sie lächelte zufrieden.

»*Wenn* er denn vorbei ist …« Collum kratzte sich am Kinn. »Das finde ich gerade viel zu einfach.«

»Jetzt mal den Teufel nicht an die Wand«, schimpfte sie mit ihm. »Vielleicht ist ihnen aufgegangen, dass wir doch nicht so spannend sind und dass Ehe-Schlammschlachten von irgendwelchen Sportlern besser für die Auflage sind.«

»Vielleicht«, gab er zu, doch ganz konnte er es nicht glauben. Dass man ihn so leicht vom Haken ließ, war fast verdächtiger als die Hetzjagd der letzten Tage.

»Wenn deine gute Laune also nicht von der fehlenden Berichterstattung herrührt, woher denn dann?« Nun funkelten Leslies Augen neugierig.

»Ich bin verliebt«, erwiderte er schlicht. »Und es beruht auf Gegenseitigkeit!« Er merkte, dass sich wieder ein glückliches Lächeln auf seinem Gesicht breitmachte, ohne dass er es hätte verhindern können. Nicht, dass er es verhindern wollte. Ganz im Gegenteil. Am liebsten hätte er sein Glück laut in die ganze Welt hinausgeschrien.

»Hat Harriet dein Werben also erhört? Oder war es eher ein Weben?« Leslie grinste frech.

»Sie hat auf ihr Herz gehört, das war alles.« Collum sparte sich die Frage, woher Leslie so genau wusste, wer seine Herzensfrau war. Soweit er sich erinnerte, hatte er sie nie erwähnt. Aber das hier war Kirkby – da wusste man natürlich über alles und jeden Bescheid, vor allem, wenn man im Rathaus oder im Pub arbeitete. Oder von der Kanzel predigte – Collum war sich sicher, dass auch Pfarrer McTavish über alles im Bilde war.

»Dann ist sie eine sehr kluge Frau«, entgegnete Leslie warmherzig. »Ich freu mich für dich. Für euch. Von ganzem Herzen.«

»Danke dir. Das bedeutet mir wirklich viel. Und natürlich hast du recht gehabt mit deiner Behauptung neulich, dass ich dringend etwas für mein Herz und meine Seele tun müsste.«

»Es ist immer schlau, auf Frauen zu hören, die deine Mutter sein könnten, junger Mann.« Sie zwinkerte ihm zu.

»Du bist viel zu jung, um meine Mutter zu sein. Und viel zu … interessiert an mir. Dafür bin ich dir übrigens auch dankbar. Dass du dich aufrichtig für mich und mein

Leben interessierst und möchtest, dass es mir gut geht. Das kenne ich in der Form von meinen richtigen Eltern nicht.« Er schluckte. »Ich hab ja gestern versprochen, dir die ganze Geschichte zu erzählen. Wenn du sie also hören willst?«

»Das musst du nicht«, beschwichtigte sie ihn. »Es geht mich im Grunde auch gar nichts an. Ich war gestern einfach nur sauer und einigermaßen verzweifelt. Daher habe ich dich so angeblafft.«

»Das war dein gutes Recht, und ich will dir gern alles sagen. Du hast es verdient, mich besser zu kennen. Oder vielmehr vollständig zu kennen. Du warst immer da für mich und hast mich mit offenen Armen aufgenommen. Ich habe das eben ernst gemeint, dass du in den wenigen Jahren, seit wir uns kennen und zusammenarbeiten, mehr eine Mutter für mich geworden bist als meine eigene.«

»Das ehrt mich sehr, aber eigentlich habe ich nichts Besonderes gemacht. Ich habe dich einfach so behandelt wie jeden anderen hier.« Seine Worte schienen sie sehr zu rühren, denn sie kämpfte sichtlich um Fassung.

»Wenn mir schon ein normaler Umgang so bemerkenswert vorkommt, dann kannst du dir vielleicht vorstellen, wie viel bei mir im Argen liegt. Auch wenn bestimmt Dutzende Mails und Anrufe auf uns warten, würde ich mir jetzt gerne die Zeit nehmen und endlich so offen zu dir sein, wie ich es dir schuldig bin.« Damit zog er sich einen Besucherstuhl an ihren Schreibtisch und erzählte seine Geschichte.

Nach Harriet und Jon war Leslie nun die dritte Person, die davon erfuhr, und Collum stellte fest, dass es ihm von

Mal zu Mal leichter fiel, von seiner Kindheit und Jugend zu berichten. Von der Kälte seiner Eltern ihm gegenüber, von der vollkommen verqueren Familiendynamik und seinem über Jahrzehnte etablierten Gefühl, nicht richtig und nicht liebenswert zu sein. Und je häufiger er darüber sprach und den lange weggepackten Schmerz vor anderen offenbarte, desto leichter wurde er. Zumindest für ihn selbst – für seine Zuhörer schien es recht qualvoll zu sein, denn die sonst immer so pragmatische Leslie hatte nun tatsächlich Tränen in den Augen.

»Du armer Schatz«, schniefte sie mit leicht erstickter Stimme. »Das ist so schrecklich, ich weiß gar nicht, wie du das so lange aushalten konntest.«

»Ich weiß es auch nicht, aber ich bin froh, dass es jetzt vorbei ist. Keine Ahnung, ob ich jemals wieder Kontakt zu meinen Eltern haben werde – oder zu meinen Geschwistern –, aber ich habe mich von der Last befreit. Es tut immer noch weh, und das wird es womöglich immer tun, aber es beherrscht mich nicht mehr.«

»Das ist gut. Das ist wirklich sehr gut«, sagte sie und tätschelte seine Hand. Dann schnäuzte sie sich und sprach aufgeräumter weiter. »Du hast hier in Kirkby eine Familie, die dich schätzt und liebt. Trotzdem hoffe ich, dass wenigstens deine Geschwister auf dich zukommen werden.«

Collum zuckte mit den Achseln. »Ich erwarte nichts, aber ich gebe zu, dass ich mich auch freuen würde. Aber jetzt sollte ich mich wirklich an die Arbeit machen«, meinte er und stand dann auf. »Danke fürs Zuhören.«

In seinem Büro fuhr er den Computer hoch und checkte seine Mails. Es lagen tatsächlich etliche vor, aber längst nicht so kontroverse wie gestern. Auch ein paar Journalisten hatten geschrieben – einige mit sachlichen Fragen zum geplanten »Kirkby Clan Gathering«, andere baten sogar schon um ein offizielles Presse-Kit für diese Veranstaltung. Kein einziger bedrängte ihn zu dem Skandal. Dafür gab es etliche weitere Anmeldungen und Interessenten. Nicht nur für das Starterfeld der Highland Games, sondern auch für das Rahmenprogramm. Es hatte sogar eine Wahrsagerin angefragt, die an zahlreichen Historienspielen teilnahm und deren Zelt sich angeblich größter Beliebtheit erfreute. Verrückt. Sein innerer Bürgermeister jubelte begeistert, doch ein anderer Teil von ihm fand es schon recht merkwürdig.

Der Vormittag verging wie im Flug. Sarah rief an und erkundigte sich, ob man in Kirkby nicht eventuell auch einen Campingplatz für die Festival-Besucher einrichten wollte. Offenbar hatte sie bereits diesbezügliche Anfragen bekommen und sogar schon mit der Nachbargemeinde Kiltarlity gesprochen, die jedes Jahr das Belladrum Tartan Heart Festival ausrichtete und versiert war bei derartiger Infrastruktur. Ein weiterer Punkt, den er auf seine stetig länger werdende To-do-Liste setzte und die im Geiste das »Kirkby Clan Gathering« immer größer und attraktiver werden ließ. Doch das war nichts, was er sofort beschließen konnte und wollte, und schon gar nicht allein. Dafür würde er in den nächsten Tagen zu einer außerordentlichen Gemeinderatssitzung einladen und auch all jene Einwohner persönlich dazubitten, die direkt oder indirekt mit dem Event befasst sein würden. Also im Grunde alle.

Mittags ging er in den Pub, um eine Kleinigkeit zu essen und vor allem die Stimmung im Ort zu testen. Es gab ein paar gutmütig-freche Kommentare, aber die meisten Leute, die er traf, versicherten ihm, dass sie keine Silbe von dem glaubten, was in den Zeitungen stand, dass sie sich auf die Highland Games freuten und gerne bereit waren, sich dafür zu engagieren. Shona und Kendrick kamen ebenfalls zum Mittagessen vorbei und berichteten, dass Harry seine erste Nacht gut überstanden hatte und schon in die Herde integriert war.

»Wann wirst du uns erzählen, warum du ihn gekauft hast?«, wollte Shona wissen, und ihr bohrend-prüfender Blick erinnerte ihn stark an die Augen ihres Vaters Marlin, von dem man immer noch nichts gehört oder gesehen hatte. Zumindest nicht, soweit Collum wusste.

»Es ist eine ziemlich abgedrehte Geschichte«, fing er an und berichtete dann von dem bizarren Morgen im Gastraum des Pubs in Fort William.

Kendricks Augen wurden dabei immer größer, und er schüttelte ungläubig den Kopf. »Ich habe ja schon viele seltsame Geschichten darüber gehört, wie Menschen zu Tieren gekommen sind.« Er schaute vielsagend zu Shona, die ihre Alpakaherde auch eher unkonventionell bekommen hatte. »Aber deine schlägt wirklich alles.«

»Was soll ich sagen? Am Ende hat es sich einfach richtig angefühlt.«

»Aber was um alles in der Welt willst du mit einem Alpaka?«, bohrte Shona nach. »Versteh mich nicht falsch, Harry darf gerne unbegrenzt bleiben. Ich hab mir seine Papiere angesehen und bin ziemlich angetan. Vermutlich könnte er sehr hübsche Fohlen mit meinen Mädels zeugen, aber …«

Collum hob die Hand. »Ich hab ihn nicht für mich gekauft, sondern für Harriet.«

Kendrick starrte ihn verständnislos an, doch Shona ging sichtbar ein Licht auf.

»Ooooh …«, machte sie gedehnt und grinste dann. »Das ist ja mal ein originelles Brautpfand. Und? Hat's funktioniert?« Sie fixierte ihn mit zusammengekniffenen Augen. »Ha! Du musst gar nichts sagen. Ich seh's dir an der Nasenspitze an. Herzlichen Glückwunsch.«

»Danke.« Collum konnte nicht anders, als dümmlich verliebt zu grinsen.

»Ich verstehe es zwar immer noch nicht so ganz«, mischte sich nun wieder Kendrick ein, »aber offenbar gibt es Grund zum Gratulieren.«

»Danke, das ist nett von euch.«

»Das erklärt jedoch nicht, was du in den Tagen zwischen dem Hühnertransfer in meinen Stall und dem Erwerb des wolligen Womanizers getrieben hast«, nahm Shona die eigentliche Fährte wieder auf.

»Ich weiß.« Collum überlegte, ob er die Geschichte an diesem Tag noch einmal erzählen wollte, zumal er Shona und Kendrick zwar mochte und schätzte, aber nicht übermäßig eng mit ihnen war. Andererseits galt das – mit

Ausnahme von Jon, Leslie und Colleen – für alle Einwohner Kirkbys, und er hatte sich ja vorgenommen, diesen Zustand zu ändern. Also holte er tief Luft und sprach sich die letzten Tage ein weiteres Mal von der Seele.

»Wow«, sagte Shona und wirkte tatsächlich etwas erschüttert. »Damit hätte ich jetzt nicht gerechnet. Was für ein Elend. Es tut mir wahnsinnig leid.«

»Mir auch«, pflichtete Kendrick seiner Frau bei. »Ich meine, Familien sind immer kompliziert und häufig schwierig, und wer wie ich im Glashaus sitzt, sollte es tunlichst vermeiden, mit Steinen zu werfen, aber das? Puh, das ist wirklich Hardcore, Mann. Du hast meinen allergrößten Respekt dafür, wie du mit so einem Hintergrund so viele Jahre lang so gut funktionieren konntest. Mir ist das bei erheblich kleineren Problemen viel schlechter gelungen.«

»Man kann Probleme nicht gegeneinander aufrechnen«, entgegnete Collum. »Außerdem hat es sich nicht gut angefühlt. Ja, ich habe funktioniert, aber viel mehr war es auch nicht. Doch das will ich in Zukunft ändern.«

»Ich finde das sehr mutig und tapfer«, erklärte Shona und sah ihn mit eindeutiger Bewunderung im Blick an. »Und ich hoffe, dass du deinen Frieden mit der Situation machen kannst.«

»Danke, das hoffe ich auch, und eure Reaktion macht mir Mut.« Das war die Wahrheit und gleichzeitig unfassbar überraschend. So viel Zuspruch und aufrichtige Anteilnahme wie in den letzten Stunden hatte er noch nie erlebt.

Buchstäblich an Leib und Seele gestärkt, kehrte er ins Rathaus zurück, nur um dort auf Marlin und Betty zu treffen, die ihn mit undurchdringlichen Mienen musterten und ihn spontan an zwei Racheengel erinnerten.

Er nickte ihnen zu und bot ihnen stumm Plätze an seinem Besprechungstisch an, wusste aber nicht, wie er das Gespräch beginnen sollte. Das war ihm auch noch nie passiert.

Glücklicherweise unterbrach gleich darauf Leslie die unheilige Stille und servierte Kaffee und Kekse. Seine Besucher bedankten sich bei ihr, doch ihm gegenüber schwiegen sie weiterhin beharrlich.

»Ich hab das von Angus gehört«, fing er schließlich an und war froh, dass er sich nicht so beklommen anhörte, wie er sich fühlte. »Ich hoffe, er erholt sich schnell und vollständig von seinem Herzanfall.«

»Es war ein großes Glück, dass wir bei ihm waren, als es passiert ist«, erklärte Betty. »Der Rettungswagen war innerhalb weniger Minuten da, und er wurde gleich optimal versorgt. Ich habe vorhin noch mal mit George telefoniert, der mir sagte, dass sein Vater spätestens morgen von der Intensivstation auf die Normalstation verlegt und vermutlich Ende nächster Woche in die Reha entlassen wird.«

»Das ist gut.« Collum fühlte sich tatsächlich erleichtert. Er mochte den alten Angus, auch wenn er sich nur selten in Kirkby blicken ließ und das Dorfgeschehen häufig mit milder Ironie kommentierte. Sein Vater Malcolm war einst ebenfalls Bürgermeister gewesen, und irgendwie empfand Collum das als verbindendes Element. »Warum wart ihr eigentlich in Edinburgh?«, fragte er schließlich, als ihm die nächste Gesprächspause wieder viel zu lang vorkam.

Marlins Pokerface war undurchschaubar, doch in seinen graublauen Augen flackerte es leicht.

»Nicht, dass mich das irgendetwas angeht«, fügte Collum daher rasch hinzu und trank einen Schluck Kaffee.

»Wir haben eine Vereinbarung darüber aufsetzen lassen, wie in unserem zukünftigen Zusammenleben die Rechte und Pflichten aussehen könnten und wie es …«, begann Betty, doch Marlin hob energisch die Hand.

»Das geht ihn wirklich nichts an«, sagte er barsch.

»Mag sein, aber es ist ja auch kein Geheimnis«, entgegnete sie. »Da wir uns einig sind, dass wir nicht heiraten wollen, müssen solche Dinge eben auf anderen Wegen festgelegt werden.«

»*Du* willst nicht heiraten«, knurrte Marlin. »Einigkeit ist das nicht zwangsläufig.«

»Und dein Verhalten bestätigt meine Entscheidung immer wieder aufs Neue«, erwiderte sie. »Aber das müssen wir jetzt und hier nicht diskutieren. Das ist nicht der Grund, warum wir gekommen sind.«

Collum wagte nicht zu fragen, was genau denn der Grund war, sondern sah die beiden nur aufmerksam an, doch nun schwiegen sie wieder eisern.

»Es tut mir unglaublich leid, dass du in diese unselige Geschichte mit hineingezogen wurdest«, sagte er, als er Marlins stechenden Blick nicht länger aushielt. »Ich habe nicht die leiseste Ahnung, wie die Reporter auf derart abstruse Anschuldigungen kommen konnten, aber ich hoffe, du glaubst mir, dass ich nichts dazu beigetragen habe.«

»Du hast aber auch nichts dazu beigetragen, diese Anschuldigungen zu entkräften«, zischte Marlin ihn an. »Wie du überhaupt wie vom Erdboden verschwunden warst, während in der Gemeinde, die dir angeblich so am Herzen liegt, das Chaos ausbrach. Das von dir verursachte Chaos, möchte ich betonen.«

Collum fühlte sich fast erleichtert, weil Marlin nun endlich Tacheles sprach. Mit der offen wütenden Version seines Gegenübers kam er deutlich besser zurecht als mit dem drohenden Racheengel von vorhin. »Ja, das war wirklich richtig blöd von mir, aber glaub mir bitte, dass ich es nicht absichtlich getan habe. Ich hatte nicht damit gerechnet, so lange weg zu sein.«

»Schon gar nicht hättest du letzten Freitag diese Mails rausschicken dürfen, ohne vorher noch einmal mit Heather und George zu sprechen. Und ohne meine Kinder zu fragen, ob sie wirklich bereit sind, Sachpreise für die Gewinner zur Verfügung zu stellen«, grollte Marlin weiter.

»Da hast du recht – vor allem was die Sachpreise betrifft, auch wenn ich die nur angedeutet und nicht konkret in Aussicht gestellt habe. Das war aber definitiv unprofessionell von mir. Und auch wenn ich mir mit Heather und George im Grundsatz längst einig war, hätte ich sie tatsächlich vor allen anderen über meinen Terminvorschlag in Kenntnis setzen müssen.« Collum hob beide Hände. »Das war eine dumme Entscheidung von mir, was deine

Familie betrifft. Und es tut mir sehr leid, dass ich mich zu diesem Schnellschuss habe hinreißen lassen. Für Kirkby jedoch war es eine gute Entscheidung, denn ja, diese Gemeinde liegt mir tatsächlich sehr am Herzen. Dass es bei anderen Gemeinden zu Eifersüchteleien und unfairen Anschuldigungen kommen könnte, hatte ich nicht auf dem Schirm. Vielleicht, weil mir selbst ein solches Verhalten völlig fremd ist. Das war naiv von mir, und glaub mir, diese Lektion habe ich gelernt.«

»Aber trotzdem verstehe ich nicht, wie du einfach tagelang verschwinden konntest, unmittelbar nachdem du ein derartiges Event angestoßen hast, das neben Eifersüchteleien, wie du es nennst, auch sonst große Resonanz hervorrufen würde. Damit jedenfalls musst du gerechnet haben.« Betty war viel ruhiger und gelassener als Marlin, doch ihre Worte trafen Collum fast noch mehr. Vor allem, weil sie absolut der Wahrheit entsprachen.

»Natürlich habe ich mit einer großen Resonanz gerechnet – und sogar darauf gehofft. Aber ich bin davon ausgegangen, dass es erst am Montag oder Dienstag so richtig losgeht. Zumal die Website ja erst am Montag online war …« Er rieb sich mit einer etwas erschöpften Geste über das Gesicht und fühlte plötzlich die Müdigkeit, die ihm seit Tagen in den Knochen steckte und die während der letzten Stunden von Euphorie verdeckt worden war. »Ich habe die ganze Geschichte am Freitag mit aller Macht vorangetrieben, damit ich am Wochenende meinen Kopf für eine Familienangelegenheit frei hätte. Zumindest war das der Plan. Ich war mir absolut sicher, dass ich spätestens Sonntagabend zurück sein würde und am Montag wieder ganz normal arbeiten könnte. Das war leider eine krasse Fehleinschätzung.« Er seufzte und straffte dann die Schultern. »Ich will euch gerne erzählen, was genau der Grund für mein Verhalten war. Nicht als Rechtfertigung, sondern als Erklärung.« Und dann berichtete er zum dritten Mal an diesem Tag von seiner Familie.

Betty wirkte bestürzt, doch Marlins Miene blieb versteinert. Schließlich meinte er: »Es tut mir wirklich sehr leid, was geschehen ist, aber ich bin mir sicher, dass deine Eltern …«

»Wenn du jetzt sagst, dass du glaubst, seine Eltern hätten diese verheerende Entscheidung getroffen, um ihn und seine Geschwister zu schützen, dann verlasse ich auf der Stelle schreiend das Büro, und du siehst mich nie wieder!«, unterbrach Betty ihren Lebensgefährten harsch und erdolchte ihn buchstäblich mit Blicken.

Collum wusste natürlich, worauf sie anspielte, schließlich war Marlin selbst über Jahrzehnte hinweg ein Meister darin gewesen, nicht nur seiner Familie eine falsche Realität vorzuspielen. Außer seinen Geschwistern, seiner verstorbenen Ehefrau und seinem besten Freund, Pfarrer McTavish, hatte seinerzeit niemand von seiner Popstar-Karriere gewusst. Der Fan-Welt wiederum hatte er seinen Tod vorgegaukelt. Herausgekommen war das alles erst vor wenigen Monaten, doch immerhin hatte Marlin dann die Größe besessen, echte Reue zu zeigen. Nach einiger Zeit jedenfalls. Ob es bei Collums Eltern auch irgendwann einmal so weit sein würde?

Marlin schloss die Augen, und Collum sah, wie er hart schluckte und mit den Kiefern mahlte. Offenbar hatte er genau das sagen wollen, was Betty vermutet hatte. »Du hast recht, für ein derartiges Verhalten gibt es keine Entschuldigung«, antwortete er, ließ dabei aber offen, ob er Collums Eltern oder sich selbst meinte. Was vermutlich auch egal war. »Ich bin voller Mitgefühl für dich«, wandte er sich dann direkt an Collum. »Bitte glaub mir das. Dieser Schmerz muss unerträglich sein, und es tut mir unendlich leid, dass du darunter dein ganzes bisheriges Leben lang leiden musstest. Ich bin mir nur absolut sicher, dass es für deine Eltern genauso höllisch sein muss.«

Betty sog scharf Luft ein, äußerte sich aber nicht.

»Danke, Marlin«, erwiderte Collum. »Der Unterschied zwischen meiner Hölle und der meiner Eltern ist nur, dass sie freiwillig dorthin gegangen sind, während meine Geschwister und ich keine Wahl hatten.« Er holte tief Luft. »Und das ist auch der Unterschied zu deiner Geschichte. Du warst weitgehend allein in deiner Hölle, während deine Kinder unbelastet aufgewachsen sind. Dass sie sauer auf dich waren und sich irgendwie betrogen gefühlt haben, als es schließlich rauskam, ist verständlich, aber das war nur für einen kurzen Moment so – und sie haben sich ja alle wieder beruhigt. In meiner Familie ist es leider anders.« Er räusperte sich. »Das war also der Grund, warum ich tagelang nicht erreichbar war und Kirkby ins Chaos gestürzt habe. Das ist bestimmt sehr unprofessionell von mir gewesen, und es tut mir aufrichtig leid, aber für mich persönlich waren diese Tage wichtig.«

»Kann ich gut verstehen«, sagte Betty und griff nach seiner Hand.

»Außerdem scheinen wir mehr Glück als Verstand zu haben«, fuhr er etwas munterer fort. »Das Medieninteresse ist ja augenscheinlich schlagartig abgeebbt. Ich kann mir zwar nicht erklären, wie das geschehen konnte, aber vielleicht sollten wir einfach dankbar dafür sein?«

»Ich kann dir erklären, wie es dazu kam.« Bettys blaue Augen funkelten nun wieder recht vergnügt. »Das war der andere Grund für unseren Trip nach Edinburgh. In Angus' Kanzlei gibt es zwei sehr versierte und scharfe Medienanwälte, und außerdem habe ich selbst noch den ein oder anderen nützlichen Kontakt, und so haben wir nicht nur Marlins Ansehen rasch aus dem Schmutz gezogen, sondern auch dich und Kirkby gerettet.«

»Du kannst den Mund jetzt wieder zumachen, so attraktiv ist das nicht«, sagte Marlin zu Collum, der verblüfft in Schockstarre verharrte. »Und auch wenn ich oft genug fragwürdig finde, was du hier treibst, weiß ich doch, dass du wirklich immer nur das Beste für Kirkby im Sinn hast. Es gibt viele schlechte Menschen und korrupte Politiker hier im Land und auf der ganzen Welt. Du bist keiner davon.« Mit diesen Worten stand er auf und reichte Collum die Hand. »Gemeinsam werden wir der Presse und der Welt zeigen, was Zusammenhalt ist und wie man aus dem Nichts das beste Clan Gathering aller Zeiten aus dem Boden stampft.« Damit ließ er den völlig verdutzten Collum stehen und verließ das Büro.

»Was? Ich verstehe nicht …«, stammelte er, an Betty gewandt, doch die zuckte nur mit den Schultern.

»Du hast den Meister gehört.« Sie zwinkerte ihm zu und schickte sich an, Marlin zu folgen. »Ich freu mich übrigens sehr für dich und Harriet«, rief sie noch über die Schulter und schloss dann die Tür.

»Heilige Scheiße«, murmelte Collum, vollkommen geplättet. Mit vielem hatte er gerechnet, aber sicher nicht mit diesem Ausgang. Er nahm an, dass er Marlin mit seiner Geschichte ein wenig die Freude an dem Katz-und-Maus-Spiel verdorben hatte, das er zweifellos hatte durchziehen wollen. Doch er rechnete es dem alten Fuchs hoch an, dass er elegant die Kurve gekriegt hatte und offensichtlich felsenfest und sicher auf seiner Seite stand.

• • •

»Bist du sicher, dass du zu dir nach Hause möchtest? Wir hätten Monroe Manor das ganze Wochenende für uns«, sagte Harriet, als sie Hand in Hand mit Collum einen Feldweg entlangspazierte, mit Harry am Führstrick. Es wurde bereits dämmrig und hatte leicht zu schneien begonnen. »Heather und George bleiben auf jeden Fall übers Wochenende in Edinburgh, um in Angus' Nähe zu sein.«

»Das klingt verdammt verführerisch, aber ich würde wirklich gerne mal wieder nach Hause. Ich war seit letzten Samstag nicht dort und muss endlich Wäsche waschen und ähnlich schnöde Dinge angehen. Und ich würde gerne meine Hühner heimholen. Aber wenn du lieber wieder im Herrenhaus sein möchtest, komme ich später nach.« Er drückte ihre Hand.

»Nein, ich bin gern bei dir«, versicherte sie ihm rasch. »Und Molly hat mir einen großen Proviantkorb aufgedrängt, damit wir nicht verhungern. Was außer Lasagne drin ist, weiß ich nicht, aber ich schätze, es wird uns an nichts fehlen.« Sie wandte sich ihm zu und drückte ihm einen kleinen Kuss auf den Mund. Es war wundervoll, wie sich alles fügte, und sie war erleichtert, dass der Kirkby-Skandal beinahe im Keim erstickt worden war. »Weißt du, wer vorhin noch in der Weberei war?«

Collum schüttelte den Kopf.

»Marlin. Er wollte sehen, wie es läuft, und war so begeistert von unserem Kirkby-Tartan, dass er ebenfalls einen Kilt bestellt hat. Ainslee wird sich jetzt die Finger blutig nähen, damit sie bis nächsten Samstag nicht nur deinen, sondern auch seinen fertig hat. Aber ich werde ihr helfen. Kann ja nicht schaden, wenn ich auch lerne, wie es geht.«

»Marlin ist wirklich ein besonderer Mann«, sagte er. »Eigensinnig, schwierig, aber ein echter Pfeiler von Kirkby. Wenn ihr zwei Kilts nicht schafft, möchte ich, dass er den Vorzug bekommt.«

»Wir kriegen das hin, aber danke für die noble Geste.« Sie lächelte.

»Das ist nicht nobel, das ist egoistisch, denn es wäre mir erheblich lieber, wenn du das Wochenende mit mir verbringst, statt mit Ainslee Kilts zu nähen.« Er zog sie an sich und küsste sie auf eine Art, die sehr deutlich machte, wie sehr er sich auf das Wochenende zu zweit freute.

Harriet kicherte. »Ich denke, das lässt sich einrichten. Sollen wir den jungen Mann hier vielleicht zurück in seinen Stall bringen, die Hühner einpacken und zu dir fahren?«, schlug sie vor. »Damit wir das Maximum aus dem Wochenende rausholen?«

»Ich dachte schon, du fragst nie.«

Drei Stunden später saßen sie in Jogginghosen, Wollsocken und Pullovern auf dem Sofa in Collums Wohnzimmer und diskutierten die Filmauswahl. Sie hatten Harry zurück zu seiner neuen Herde gebracht, Thelma und Louise nach Hause geholt und den ersten Hunger gestillt – erst im Bett und dann mit Mollys Lasagne. Nun wollten sie sich noch einen Film ansehen, konnten sich aber nicht einigen. Collum hatte weder auf einen Superhelden-Film Lust noch auf eine romantische Komödie, und Harriet machte sich nichts aus Horrorfilmen, Thrillern und Klassikern. »Auch wenn es ein bisschen nervig ist, irgendwie beruhigt es mich, dass wir nicht bei jedem Aspekt des Lebens kompatibel sind«, bemerkte sie lachend. »Vielleicht können wir uns auf eine Serie einigen?«

»Denkst du, das wird leichter?« Collum stöhnte gespielt dramatisch auf. »Dass du so einen üblen Geschmack hast, überrascht mich wirklich.«

»Hey!« Sie packte ein Sofakissen und wollte es ihm gerade an den Kopf werfen, als es an der Tür klingelte. »Huch, wer ist das denn? Erwartest du noch Besuch?«, fragte sie überrascht und ließ das Kissen sinken.

»Eigentlich nicht«, sagte er. »Doch ich sollte wohl besser mal nachsehen.« Damit stand er auf und verließ das Wohnzimmer.

Das waren wohl die Nachteile, wenn man den Bürgermeister datete, der immer für seine Schäfchen da sein wollte. Harriet kuschelte sich unter die Decke, zappte ein wenig durch das Filmangebot und achtete zunächst nicht wirklich auf das Gespräch im Flur. Doch irgendwann erschien es ihr seltsam, dass es so lange dauerte. Sie schaltete den Fernseher aus und lauschte. Verstehen konnte sie nichts von dem, was geredet wurde, aber es hörte sich sehr emotional an. Die frühere Harriet hätte sich rausgehalten, doch die neue hatte ihrem Freund versprochen, ihm bei allem beizustehen. Egal, was kam. Also stand sie auf und trat in den Flur. Dort erblickte sie Collum, der eine rotblonde Frau im Arm hielt, die ihr Gesicht offenbar weinend gegen seine Brust drückte. Die Eifersucht kam schnell und mit einem stechenden Schmerz, aber ehe sie sich festsetzen konnte, fiel ihr Blick auf einen weiteren Mann, der danebenstand, ebenfalls rotblonde Haare hatte und Collum verdammt ähnlich sah. Waren das …?

Ihr musste ein Geräusch entwischt sein, denn nun schaute sie der fremde Mann an, und Collum drehte sich zu ihr um. »Harriet? Darf ich dir meine Geschwister Cassidy und Craig vorstellen?«, sagte er mit rauer Stimme, und auch in seinen Augen standen Tränen.

DER STOFF, AUS DEM DIE TRÄUME SIND

EINE WOCHE SPÄTER

»Dir ist schon klar, dass das nicht stilecht ist«, sagte Harriet mit gespieltem Tadel zu Collum, als sie ihm half, den brandneuen Kilt anzuprobieren. Er war in der Weberei aufgetaucht, um das erste Auftragswerk der *Kirkby Tartan Mill* in Empfang zu nehmen. Marlin hatte seinen Schottenrock bereits am Vormittag abgeholt. Ainslee und sie hatten es tatsächlich geschafft, die beiden Stücke rechtzeitig fertig zu machen, und Harriet hatte sich selbst auch noch etwas genäht, aber das war ein Geheimnis. Das würden Collum und die anderen erst morgen zu Gesicht bekommen.

»Ich werde nicht auf meine Unterhose verzichten«, entgegnete Collum lachend. »Wer weiß, wer hier am Ende noch reinplatzt?«

»Ausgesprochen schade.« Harriet schloss die Schnalle und ließ ihre Hand wie zufällig über die Front gleiten. »Vielleicht hast du später weniger Scheu, dein Höschen auszuziehen?«

»Höschen? Ich geb dir gleich Höschen!« Collum packte sie an beiden Oberarmen und schob sie kopfschüttelnd etwas zur Seite, um im Spiegel sein neues Gewand zu bewundern.

Harriet war sehr stolz auf ihr Werk. Sie hatte es weitgehend selbst genäht, mit einigen hilfreichen Tipps von Ainslee. Die Falten waren akkurat gelegt und betonten das Muster auf raffinierte Weise. Im Moment trug er wieder seinen blauen Lieblingspullover, den sie ihm gestrickt hatte, und auch der passte hervorragend zum Kilt, doch sie war sich sicher, dass er morgen bei der Restaurantparty mit weißem Hemd, einem Sporran und Kniestrümpfen noch besser aussehen würde.

»Restaurantparty« war übrigens der falsche Begriff. Es hatten sich so viele Gäste angekündigt, dass Isla beschlossen hatte, die Feier in die Aula der alten Schule zu verlegen und eine formidable Dorf-Fete daraus zu machen. Harriet war sehr gespannt darauf, denn sie hatte schon viel von den legendären Festen gehört und freute sich auf ihre Premiere – und die gleich an der Seite des Bürgermeisters.

»Gefällst du dir?«, erkundigte sie sich, als er den Blick anscheinend nicht von seinem Spiegelbild losreißen konnte.

»*Du* gefällst mir«, betonte er und drehte sich zu ihr um. »Es war wirklich schön, zu beobachten, wie stolz und glücklich du mich eben angesehen hast. Ich weiß, das galt vorwiegend dem prachtvollen Kilt, aber ein Mann darf ja wohl träumen.«

»Mein glücklicher Blick gilt dem prachtvollen Mann – egal welche Kleidung er gerade trägt. Und auch wenn er überhaupt keine trägt, was mir momentan sehr gefallen würde.« Sie schmiegte sich an ihn und küsste ihn kurz, aber voller Leidenschaft. »Ich habe mir gerade ausgemalt, wie es werden wird, wenn wir beide morgen gemeinsam zur Party kommen.«

»Da werde ich auf jeden Fall der stolzeste Mann in Kirkby sein«, sagte er und küsste sie. »Aber bis dahin muss ich noch einiges erledigen – und du ja leider auch.« Er seufzte.

»Vorfreude und so …«, zog sie ihn auf. »Dafür wird's dann morgen umso schöner.«

»Wenn morgen unsere Hochzeit wäre, fände ich diese unnatürliche Trennung ja in Ordnung, aber so?«, beklagte er sich.

»Du schaffst das. Bist ja schließlich schon ein großer Bürgermeister mit wichtigen Aufgaben. Aber ehe du gehst, muss ich dir noch etwas zeigen.« Sie löste sich aus seiner Umarmung und trat zu ihrem Schreibtisch. »Komm mal her«, bat sie ihn, während sie an ihrem Computer die brandneue Website der *Kirkby Tartan Mill* aufrief. »Wie findest du die Seite? Ich bin wirklich ganz zufrieden damit.«

Er sah ihr über die Schulter, während sie sich durch die Seite scrollte, die aus vielen schönen Bildern und wenigen, aber informativen Textstellen bestand. »Das hier ist der Bereich für die Händleranfragen«, erklärte sie und klickte auf eine Unterseite, auf der aufgelistet war, welche Arten von Stoffen sie herstellen konnten. »Wir haben tatsächlich schon ein paar Anfragen bekommen – nicht nur von meinem Dad und dem Stoffhaus in Inverness. Unser Konzept scheint sehr gefragt zu sein.«

»Ich habe nichts anderes erwartet«, entgegnete er. »Und die Seite ist wirklich toll geworden – genau wie das Logo.«

Sie lächelte geschmeichelt, obwohl das Signet sehr simpel war und vorwiegend aus dem Namensschriftzug bestand – und einem kleinen gezeichneten Alpaka, das eine Schleife im Kirkby-Tartan um den Hals trug. »Unsere Visitenkarten sind heute auch aus der Druckerei gekommen.« Sie reichte ihm ihre Karte. »Falls du mal nicht weißt, wie du mich erreichen kannst.«

»Ich hoffe, das werde ich immer wissen. Idealerweise, weil du nie weit weg von mir sein wirst«, raunte er ihr ins Ohr, ohne auf den kleinen Scherz einzugehen. »Ich kann mir ein Leben ohne dich nicht mehr vorstellen.«

»Das musst du auch nicht, denn ich habe nicht vor, zu verschwinden.« Sie wand sich aus ihrem Schreibtischstuhl und umarmte ihn ein letztes Mal, ehe sie ihn resolut von sich wegschob. »Aber jetzt zieh dich um und kümmere dich um deinen Termin. Ich muss mich gleich um eine kapriziöse Braut kümmern.«

»Das hab ich gehört«, erklang eine Stimme von der Tür her, und Harriet fuhr herum.

»Lila? Ihr seid schon da?« Mit wenigen Sätzen sprang sie zu ihrer Zwillingsschwester und umarmte sie herzlich. »Ich freu mich so sehr!«

»Ich mich auch. Aber nur fürs Protokoll – ich bin *keine* kapriziöse Braut!«

»Hallo, Lila, schön, dich mal wiederzusehen«, sagte Collum, der näher getreten war und offenbar unschlüssig war, ob er sie zur Begrüßung umarmen oder ihr die Hand schütteln sollte.

»Ebenso.« Sie nahm ihm die Entscheidung ab und gab ihm ein freundschaftliches Küsschen auf jede Wange. »Ich kann es immer noch nicht fassen, dass du dir meine Schwester geschnappt hast.«

»Warum?«, fragten Harriet und Collum wie aus einem Mund.

Lila stutzte. »Stimmt, das war ein blöder Spruch. Ihr beide seid nämlich ein wirklich süßes Paar. Schicker Rock übrigens.«

»Das ist kein schicker Rock, das ist der erste Kilt im Kirkby-Tartan, und ich habe ihn selbst genäht«, korrigierte Harriet ihre Schwester. »Und wenn du weiter so frech bist, dann werde ich mir für dein Hochzeitskleid ein paar … Besonderheiten … ausdenken.«

»Immer diese leeren Drohungen …«

»Ich verabschiede mich jetzt«, mischte sich Collum ein. »Habt noch einen schönen Abend und bis morgen.«

»Willst du etwa so gehen?« Harriet deutete auf seinen Kilt.

»Ich werde auf keinen Fall vor zwei Harper-Frauen blankziehen, das ist mir zu gefährlich.«

»Ich kann nicht für meine Schwester sprechen, aber von mir droht keine Gefahr«, wehrte Lila lachend ab und wedelte mit ihrem prächtigen Verlobungsring vor Collums und Harriets Nasen herum.

»Geh nach nebenan und zieh dich um. Ich finde nämlich, dass der Kilt erst morgen seinen großen Auftritt haben sollte.«

»Ihr seid wirklich süß zusammen«, sagte Lila erneut, als Collum schließlich endgültig verschwunden war. »Aber jetzt bin ich gespannt auf deine Entwürfe für mein Kleid und …«

»… und die Überraschung für Collum! Morgen muss alles perfekt sein.« Und dann weihte Harriet ihre Schwester in ihren Plan ein.

Der Abend vor einer Woche hatte mit dem Auftauchen von Collums Geschwistern eine ungeplante Wendung genommen. Harriet hatte der Familie eigentlich Raum für sich selbst geben wollen und angeboten, nach Hause zu fahren, damit sich die drei in Ruhe aussprechen konnten. Doch davon hatte keiner etwas wissen wollen. So hatten sie sich keinen Film angesehen, sondern stundenlang über die McDonald'sche Familiensituation philosophiert. Cassidy und Craig hatten Collums Päckchen mit den Fotoalben und Briefen bereits am Vortag erhalten und waren beide geschockt gewesen. Cassidy, weil sie tatsächlich fast nichts von der toten älteren Schwester wusste, deren Rolle sie praktisch übernommen hatte, und Craig, weil er als guter Sohn seiner Eltern die Lüge derart verinnerlicht hatte, dass auch er Catriona vollkommen verdrängt hatte. Collums Worte und vor allem die Fotos der Schwester hatten bei beiden wie eine emotionale Schleusenöffnung gewirkt. Cassidy hatte Craig angerufen, und gemeinsam hatten sie überlegt, was sie nun tun sollten. Weitermachen wie bisher war jedenfalls keine Option, und daher hatten sie sich ziemlich spontan dazu entschlossen, zu Collum zu fahren – ohne vorher mit ihren Eltern darüber zu sprechen. Es war der erste Besuch der beiden in Kirkby gewesen – etwas, wofür sie sich nun genauso schämten wie für ihr sonstiges Verhalten ihrem Bruder gegenüber.

Harriet hatte mit den dreien mitgeweint, aber sie war sich sicher, dass sie es schaffen konnten, ein besseres Verhältnis zueinander aufzubauen. Sie selbst fand Cassidy und Craig nämlich sehr sympathisch und erkannte viele Ähnlichkeiten zwischen den dreien, die weit über Äußerlichkeiten hinausgingen. Vermutlich musste auch Collum einige lang etablierte Vorurteile loswerden, doch das würde er hinbekommen. Sie jedenfalls freute sich darauf, die beiden und ihre Familien bald besser kennenzulernen. Collum hatte sie nämlich zur Restaurantparty eingeladen, und sie hatten versprochen, mit ihren Partnern und Kindern dabei zu sein. Craig und Cassidy hatten große Augen gemacht, als sie das Datum gehört hatten, nach einem warnenden Blick von Collum jedoch nichts gesagt. Allerdings hatte Cassidy Harriet beim Abschied verraten, dass das Collums Geburtstag war.

Inzwischen hatte sie herausgefunden, dass Collum um seinen Ehrentag immer ein großes Geheimnis gemacht hatte, und keiner hatte gewusst, warum und wann der Tag war. Sie konnte es sich nur so erklären, dass sein Geburtstag untrennbar mit dem seiner toten Zwillingsschwester verknüpft war und deshalb zu schmerzhaft, als dass er daran erinnert werden wollte. Doch das würde sich mit sofortiger Wirkung ändern.

• • •

Collum überlegte in seinem Schlafzimmer gerade noch, ob er eine Krawatte oder eine Fliege zu seinem Hemd tragen sollte, als es an der Tür klingelte. Das musste Harriet sein, die versprochen hatte, ihn zur Party abzuholen. »Warum habe ich ihr eigentlich noch keinen Schlüssel gegeben?«, fragte er sich selbst und eilte dann rasch eine Etage tiefer und zur Haustür. Tatsächlich, da stand sie, mit einem strahlenden Lächeln auf ihrem süßen Gesicht.

»Gott, ich hab dich so sehr vermisst«, entfuhr es ihm, obwohl es nicht einmal vierundzwanzig Stunden her war, dass sie sich in der Weberei zuletzt gesehen hatten.

»Ich dich auch.« Sie ging auf die Zehenspitzen, um ihn zu küssen, und da fiel ihm auf, dass bestrumpfte Beine unter ihrem Mantelsaum hervorlugten.

»Hast du etwa einen Rock an?«, fragte er in den Kuss hinein. Er hatte sie bisher immer nur in Hosen angetroffen. Ohne die innige Umarmung zu lösen, manövrierte er sie ins Haus und gab der Tür einen Tritt, dass sie lautstark zufiel.

»Gleiches Recht für alle«, sagte sie und öffnete ihren Mantel. Darunter kam ein ziemlich kurzer Faltenrock im Kirkby-Tartan zum Vorschein, den sie mit einer schmal geschnittenen weißen Bluse kombiniert hatte. Eigentlich fast ein Schulmädchen-Look, aber an ihr unfassbar sexy.

So sexy, dass er auf der Stelle hart wurde, was sie natürlich bemerkte, da er seinen Sporran noch nicht angelegt hatte. »Gefällt es dir?«, fragte sie mit einem kecken Augenaufschlag.

Diese Frage verlangte nach einer sofortigen Antwort.

Er entschloss sich schließlich, auf Halsbekleidung zu verzichten, und ließ den Hemdkragen offen. Seine Hände zitterten ohnehin noch von dem heißen Quickie am Türrahmen, und Harriet schien es kaum anders zu gehen. Sie würden zur spät zur Party kommen, doch das war ihm inzwischen völlig egal. Denn auch wenn Harriet es nicht wusste, wenn es keiner wusste – heute war der beste Geburtstag seit sehr langer Zeit. Und Harriets glänzende Augen und ihre geröteten Wangen waren das beste Geschenk. Sie zupfte ihre Bluse zurecht und strich die Falten ihres Rockes glatt, dann stellte sie sich neben ihn vor den Spiegel und schlang einen Arm um seine Taille. »Bereit für das nächste Abenteuer?«, fragte sie.

»Mit meiner First Lady an meiner Seite bin ich für alles bereit.«

Als sie kurz darauf die alte Schule betraten, war die Party in vollem Gang. Marlin und Lennox hatten sich bereit erklärt, mit ein paar Musikerkollegen einige Songs zu spielen, und so wurde bereits ausgelassen getanzt. Im hinteren Bereich des Saals war wie immer die Bar aufgebaut, die Jon und sein Pubteam am Laufen hielten, während daneben Isla und ihre Küchencrew den Gästen die Köstlichkeiten des Buffets erklärten. Gefühlt war wieder einmal ganz Kirkby auf den Beinen – beziehungsweise auf den Stühlen, denn an einem Tisch saß Angus Stewart mit seinem Urenkel im Arm, daneben die Großmutter seines Schwiegerenkels, die das bunte Treiben gestenreich kommentierte. Heathers und Georges Tochter Robin hatte sich nämlich dazu entschlossen, Angus' Position in der Familienkanzlei zu übernehmen, und war mit Ehemann, Kindern und Schwiegeromi vor drei Tagen aus San Francisco angereist.

Collum sah sich weiter um. Auf der Tanzfläche knutschten Lila und Cameron sowie Shona und Kendrick, während Hailey, Kristie und Ainslee solo flotte Sohlen aufs Parkett legten. Und dann erspähte er Craig und Cassidy, die tatsächlich mit ihren besseren Hälften und ihren Kindern nach Kirkby gekommen waren. Sie standen etwas abseits und schienen sich ein bisschen wie Eindringlinge zu fühlen. Er wollte zu ihnen gehen, doch Harriet hielt ihn an der Hand fest.

»Gleich«, sagte sie und wirkte plötzlich nervös.

»Ich will doch nur …«, begann er, aber dann wurde es im Raum plötzlich dunkel, und die Musik auf der Bühne verklang abrupt. »Was ist denn …?«

»Deine Überraschung«, raunte sie ihm ins Ohr, und im nächsten Moment ging ein einzelnes Spotlicht über der Bühne wieder an und beleuchtete Marlin, der hinter dem Mikrofon stand und nun die Stimme erhob.

»Liebe Freundinnen und Freunde, wir feiern heute nicht nur das Ende der viel zu langen Winterpause von Islas Restaurant, sondern auch den Ehrentag eines ganz besonderen Mannes – und seiner Zwillingsschwester. Herzlichen Glückwunsch, Collum und Catriona!« Dann begannen er und die Band, »Happy Birthday« zu spielen, und der ganze Saal stimmte mit ein.

Collum wusste nicht, wie ihm geschah – erst recht nicht, als jetzt auch noch der Vorhang hinter der Bühne aufging und ein Banner freigab, mit einem überdimensional vergrößerten Bild von ihm und Catriona an ihrem dritten Geburtstag. Darüber stand in großen Buchstaben: »Ab heute für immer auch in unseren Herzen – Happy Birthday, Collum und Catriona!«

Dutzende Menschen strömten zu ihm, umarmten ihn und gratulierten ihm, doch er bekam wegen der Tränen, die er nicht mehr zurückhalten konnte, kaum mit, wer was zu ihm sagte. Er spürte jedoch die aufrichtige Freundschaft, die dahinterstand. Dann hatten sich Cassidy und Craig bis zu ihm vorgearbeitet und nahmen ihn nacheinander in den Arm.

»Ich freu mich für dich, weil du eine viel bessere Familie gefunden hast, als wir es jemals waren«, erklärte Craig mit brüchiger Stimme. »Aber vielleicht können wir zukünftig ein aktiver Teil davon sein.«

»Das würde ich mir sehr wünschen«, entgegnete Collum und wandte sich dann Cassidy zu, die ebenfalls mit den Tränen kämpfte.

»Ich hoffe, du bist mir nicht böse, weil ich Harriet deinen Geburtstag verraten habe. Euren Geburtstag«, verbesserte sie sich rasch. »Und ich hoffe, dass er ab sofort jedes Jahr angemessen gefeiert wird.«

»Dafür werde ich sorgen«, versprach Harriet, die die ganze Zeit in seiner unmittelbaren Nähe geblieben war. »Ich glaube, das ist mein Job als Schicksalsfrau.«

– E N D E –

FIGURENREGISTER

Menschen:

Harriet Harper: 27, klein und zart, kurze hellblonde Haare und klare blaue Augen. Hat in ihrem jungen Alter schon eine ausgewachsene Sinnkrise und verlässt London, ihren Job und ihren Freund. Von Kirkby erhofft sie sich einen Geistesblitz, ähnlich wie ihre Zwillingsschwester Lila anderthalb Jahre zuvor einen hatte. Auf Monroe Manor, dem Wohnsitz ihrer entfernten Verwandten, trifft sie prompt eine Entscheidung, die ihr ganzes Leben verändern wird.

Collum McDonald: 35, rotblonder, blauäugiger Naturbursche und Bürgermeister aus Leidenschaft. Während beruflich alles bestens für ihn läuft, hapert es in seinem Privatleben an allen Ecken und Enden. Die Suche nach der passenden First Lady für Kirkby gestaltet sich kompliziert – weniger wegen der Frauen als wegen ihm selbst. Die geplanten Highland Games bringen jedoch einiges ins Rollen.

Leslie Turner: patente Gemeindesekretärin, Collums rechte Hand und mütterliche Freundin.

Angus Stewart: Harriets Großonkel (Bruder ihrer Großmutter), außerdem Chef des Stewart-Clans und der internationalen Anwaltskanzlei Stewart & Sons. Trotz seines fortgeschrittenen Alters hat er noch alle Zügel in der Hand.

George Stewart: Angus' Sohn und Ehemann von Heather. Kümmert sich voller Leidenschaft um Monroe Manor und freut sich auf die Highland Games, die wieder etwas Leben in die Bude bringen werden.

Heather Stewart: Georges Ehefrau und jüngere Schwester von Marlin Fraser. Steht Harriet wie eine echte Tante zur Seite und unterstützt sie, wo sie nur kann.

Hamish und Molly Grant: Butler und Köchin auf Monroe Manor – weder verwandt noch verschwägert mit Jon Grant. Die Namensgleichheit ist lediglich der Schusseligkeit der Autorin geschuldet.

Betty Murray: Thriller-Autorin mit beeindruckender Karriere und noch besseren Nerven – die sie als Lebensgefährtin von Marlin Fraser auch braucht.

Marlin Fraser: Familienoberhaupt des Fraser-Clans in Kirkby und heimlicher Dorf-König. Außerdem Ex-Popstar, Teilzeit-Hufschmied und Vollzeit-Nemesis von Collum.

Colleen Murray: Kirkbys Event-Managerin, gerade aber in Elternzeit. Schwiegertochter in spe von Marlin.

Paul Starling: Historiker aus Inverness, der sich erst noch an seine Rolle als Marlins »neuer Sohn« gewöhnen muss.

Ainslee Ferguson: Schneiderin und Harriets Geschäftspartnerin in der *Kirkby Tartan Mill.*

Kristie Fraser: Betreiberin der *Old Bakery* und leidenschaftliche Highland-Tänzerin mit Ambitionen für eine eigene Tanzschule.

Hailey Fraser: Pferdeflüsterin, die sich mit ihrem Vater Rupert um das lokale Zentrum für Reitsport und Pferdetherapie kümmert.

Michael Cunningham: Teilzeit-Biobauer und Maître d' im Sternerestaurant *The Scottish Thistle.*

Ainslee MacAlpine: Züchtet Highland-Rinder und lebt mit ihrer Tochter Willow und Michael Cunningham zusammen.

Shona Fraser McIntosh: Marlins jüngste Tochter, Alpaka-Mutti und Chef-Schnapsdrossel der *Golden Alpaca Distillery.*

Kendrick McIntosh: Tierarzt und Shonas brandneuer Ehemann.

Anna Campbell: Landärztin mit großem Herzen.

Jon Grant: Wirt von *The Wise Pelican* und Collums bester Freund. Meldet sich häufig aus seinem Indien-Urlaub.

Isla Fraser: Doppelt prämierte Sterneköchin von *The Scottish Thistle*, nutzt ihre Winterpause in Indien für kulinarische Weiterbildung.

Lila Harper: Harriets Zwillingsschwester, Journalistin und Verlobte von Cameron Sinclair.

Cameron Sinclair: erfolgreicher Springreiter, dessen Paradepferd Artemis immer noch Elternzeit in Kirkby genießt.

Kevin – alias Kilt-Kevin: gut aussehender Kellner in *The Wise Pelican*.

Ella: Mitarbeiterin in der *Old Bakery*.

Tiere:

Thelma und Louise: junge Seidenhühner, die Harriet vor einem grausamen Tod rettet und Collum überantwortet.

Jules: rotbrauner Königspudel, Ainslees Begleiter.

Petunia: Alpakastute mit buchstäblich umwerfender Ausstrahlung.

Harry: cremefarbener Alpakahengst, der zum unpassendsten Zeitpunkt Collums Weg kreuzt.

CRANACHAN

FRÜHER HAT MAN MIT CRANACHAN DIE ERNTEZEIT in Schottland gefeiert – mit frischen Himbeeren im Juni. Daher war Collum als Traditionalist auch ein wenig verwundert, dass das Dessert beim Pubbesuch in Inverness im Januar serviert wurde. Für den Geschmack der Leckerei ist es aber nur wenig ausschlaggebend, ob man frische oder tiefgekühlte Früchte verwendet, insofern darf man sich diese Köstlichkeit getrost das ganze Jahr über schmecken lassen. Das Rezept ist supereinfach und macht trotzdem richtig was her.

ZUTATEN (FÜR 4 PERSONEN):

Ca. 300 g Himbeeren (frisch oder TK)
Ca. 250 ml Sahne
Ca. 3 EL Haferflocken
Ca. 2 EL Whisky
Ca. 3 EL Honig
Ggf. Puderzucker zum Süßen des Pürees

Die Mengenangaben sind nur Richtlinien und können ganz nach Geschmack und Vorlieben in die eine oder andere Richtung angepasst werden.

ZUBEREITUNG:

Haferflocken in einer Pfanne bei niedriger Hitze unter Rühren, aber ohne Fett leicht anrösten, bis sie duften und »crunchy« sind.

Honig und Whisky miteinander verrühren.

Die Sahne steif schlagen und die Honig-Whisky-Mischung sowie gut die Hälfte der gerösteten Haferflocken unterrühren.

Die Himbeeren nach Geschmack entweder ganz lassen, leicht andrücken oder pürieren. Wer mag, süßt mit etwas Puderzucker nach.

Himbeeren und Sahne abwechselnd in vier hohe Dessert- oder Trinkgläser schichten. Die oberste Schicht sollte Sahne sein.

Gläser etwa eine Stunde lang kühl stellen (notfalls reichen auch ein paar Minuten).

Vor dem Servieren mit den restlichen Haferflocken bestreuen und nach Wunsch mit jeweils einer Himbeere und einem Minzblättchen garnieren.

Guten Appetit!

TARTAN, TWEED UND TEXTILE REDEWENDUNGEN

ANGESICHTS DES VERGLEICHSWEISE RAUEN KLIMAS in Schottland ist es kein Wunder, dass man es in den Highlands zu einiger Meisterschaft darin gebracht hat, wetterbeständige, widerstandsfähige und warme Materialien für Kleidung herzustellen. Spontan fallen in diesem Kontext fast jedem die Begriffe »Tartan« und »Tweed« ein.

»Tweed« ist die Bezeichnung für eine besondere Webart. Hierzulande nennt man sie Köperbindung oder Twill. Es ist eine von drei sogenannten »Grundbindungsarten« für gewebte Stoffe, zu erkennen am schräg verlaufenden Grat. Häufig assoziieren wir mit Tweed den »Harris Tweed«, das ist jedoch eine Markenbezeichnung für die feinen handgewebten Stoffe von der äußeren Hebrideninsel Harris. Streng genommen ist selbst Denim, also Jeansstoff, eine Art Tweed.

Tartans hingegen sind die typischen Karomuster, die man in Schottland wirklich überall sieht. Sie können, müssen aber nicht als Tweed gewebt werden. Tartan ist also zunächst lediglich ein Stück gewebter Stoff, der aus farbigen Streifen besteht, angeordnet in sogenannten »setts«, die schließlich das typische Muster ergeben.

Tartans gibt es in schier unendlichen Variationen. Die meisten Clans haben nicht nur einen, sondern mehrere Tartans in Gebrauch: unter anderem »ancient« (= alt – meist mit Naturfarben gefärbt und dadurch etwas sanfter in der Farbgebung), »modern« (= zeitgenössisch – oft werden chemische Farben verwendet, um sattere Töne zu erzielen), »dress« (= Ausgehen – sozusagen die Smoking- und Frackvariante unter den Tartans, dabei wird die Basisfarbe durch Weiß ersetzt) und »hunting« (=Jagd – die Outdoorvariante, um optisch mit der Natur zu verschmelzen).

Innerhalb großer Clans gibt es wiederum Familien-Tartans, die sich ebenfalls unterscheiden. Außerdem lassen sich auch Firmen, Sportvereine und andere Gemeinschaften gern einen spezifischen Tartan designen. So gesehen dürfte die Auftragslage für Harriet und Ainslee in der nächsten Zeit gesichert sein.

Für diesen Roman habe ich mir den Spaß erlaubt, den Kapitelüberschriften eine textile Note zu geben – passt ja auch gut zur Geschichte. Ich muss allerdings gestehen, dass ich trotz ausdauernder Recherche immer noch nicht ganz begriffen habe, wie Weben tatsächlich funktioniert. Schuss und Kette, Grate, Schiffchen, Anzetteln, mit dem Strich und dagegen – das alles ist eine aufregende, geheimnisvolle Welt für sich. Ein uraltes Handwerk und hochmoderne Technologie zugleich. Ich habe allergrößten Respekt vor Menschen wie Harriet und Ainslee, die sich heute noch der traditionellen Handwerkskunst verpflichtet fühlen und es mit vergleichsweise simplen Hilfsmitteln (ich habe mehrere Anleitungen zum Selbstbau eines Webstuhls entdeckt) schaffen, derart wundervolle Materialien herzustellen. Und es juckt mich in den Fingern, demnächst einen Webkurs zu belegen – auch wenn ich meine Hände womöglich besser zum Schreiben verwenden sollte.

DANKE

LIEBE LESERIN,

mein erster und größter Dank gebührt DIR! Du hast mir eindeutig und unzweifelhaft klargemacht, dass du mit Kirkby noch nicht fertig bist. Vier Bände »Highland Hope« sind einfach nicht genug. Und es stimmt ja, es gibt noch eine Menge zu erzählen, denn Kirkby ist ein ganz besonderer Ort. Dieser erste Band von »Highland Happiness« ist also dir gewidmet.

Ich danke meiner Agentin Eva, die mich ermutigt hat, mit »Highland Happiness« weiterzumachen, und meiner Grafikdesignerin Sabine Albrecht, die für die zweite »Kirkby-Staffel« so zauberhafte Outfits designt hat.

Ohne die Kolleginnen in meiner WhatsApp-Schreibgruppe wäre ich zweifellos nicht so zügig durchgekommen mit Collums und Harriets Geschichte. Ich bin so froh, dass es euch gibt und wir nicht nur übers Schreiben reden, sondern uns über Strategien austauschen, tote Hunde beweinen, über durchgedrehte Welpen lachen und überhaupt in (fast) jeder Lebenslage füreinander da sind. Ähnliches gilt auch für die WritingSassenachs – eine weitere Autorinnen-Gruppe, die es seit Anfang 2021 gibt und mit der wir die Lesewelt gemeinsam etwas bunter und häufig auch schottischer gestalten wollen. Ihr seid toll!

Danke an meinen Podcast-Partner Christian, der mich alle vierzehn Tage an den Tresen unseres Literarischen Saloons zerrt und mich dazu zwingt, auch mal über andere Dinge nachzudenken (und zu sprechen) als nur über meine Manuskripte.

Ein ganz besonderer Dank geht an Gundel alias Lilly, die mich bei unseren regelmäßigen Frühstücks- oder Kaffeetreffs weit in andere (Genre-)Welten entführt und mich auch sonst gerne aus meiner Komfortzone lockt.

Tausend Dank meinem genialen Adlerauge Julia. Sie hat mich inzwischen durch die meisten Bücher und sämtliche Pseudonyme begleitet und lässt mir keinen Unsinn durchgehen – weder inhaltlich noch orthografisch. Kein Roman mehr ohne dich, Julia! Ich mein's ernst!

Meine Lieben – die zweibeinigen genau wie die vierbeinigen, die blutsverwandten ebenso wie die Herzensfamilie – stehen hier zwar an letzter Stelle, aber ansonsten immer an Nummer eins. Ohne euch wäre alles sinnlos. Danke für alles.

Charlotte

PS: Hier folgt meine übliche Versicherung, dass ich natürlich auch all jenen von ganzem Herzen danke, die ich oben mal wieder vergessen habe. Es ist wie mit dem Figurenregister von Kirkby – es werden einfach immer mehr. Ihr seid die Besten!

Noch ein PS: Sollte dieser Roman dein Erstkontakt mit mir sein, dann freue ich mich, dass du bis hierher durchgehalten hast. Das stimmt mich auch milde optimistisch, dass du Spaß mit der Geschichte und mit mir hattest. Besuche mich doch auf meiner Website www.carinmueller.de (so heiße ich, wenn ich keinen Kilt trage). Da erfährst du alles über mich, meine Bücher, meine diversen Pseudonyme und meine vielen Abenteuer. Und zögere nicht, mir zu schreiben, denn ich liebe es, von dir zu hören und zu lesen.

CHARLOTTE McGREGOR

HIGHLAND *Happiness*

DIE TÖPFEREI VON KIRKBY

Band 2

LESEPROBE

AUF TÖNERNEN FÜSSEN

»RUHIG, MEINE KLEINE«, wisperte Hailey in die graue Mähne ihrer Stute Airgead, doch der bemüht sanfte Tonfall täuschte weder ihr Pferd noch sie selbst.

»Wenn du in dieser Stimmung bist, solltest du lieber gehen, sonst gibt es hier ein Blutbad«, knurrte ihr Onkel Marlin, der sich am rechten Hinterhuf der mächtigen Schimmelstute abmühte.

Airy, wie Hailey ihr Pferd liebevoll nannte, war für ein Clydesdale erstaunlich feinnervig und temperamentvoll – und sie hasste es, wenn der Hufschmied kam.

»Meine Stimmung wäre besser, wenn meine Familie nicht so unkooperativ wäre«, maulte Hailey zurück.

»Sind wir wieder bei deinem Lieblingsthema?«, mischte sich ihr Vater Rupert ein, der in die Schmiedescheune gekommen war und nun beruhigend eine Hand auf die Kruppe der nervösen Stute legte, die sich dabei sichtlich entspannte.

»Du meinst, bei meinem größten Albtraum?« Hailey verschränkte die Arme vor der Brust und funkelte Vater und Onkel an. »Ich hätte echt nicht gedacht, dass ihr mich alle derart hängen lasst. Es ist doch schließlich die perfekte Werbung für unsere Zucht.«

Marlin grunzte, doch Hailey konnte nicht sagen, ob das der Anstrengung geschuldet war, das alte Eisen vom Huf zu entfernen, oder als Kommentar zu ihrer letzten Aussage gemeint war. Im Grunde war es auch egal. Die Diskussionen drehten sich seit Tagen, ach was, seit Wochen nur noch im Kreis.

»Das redest du dir wenigstens ein«, brummte Rupert. »Mal abgesehen davon, dass ich keinen Werbeeffekt erkennen kann, wenn du mit unseren Tieren eine Zirkusshow lieferst, kannst du nicht erwarten, dass sich die ganze Familie Zeit dafür nimmt.«

»Es ist keine Zirkusshow, sondern eine Demonstration der vielseitigen Fähigkeiten und Einsatzmöglichkeiten von Clydesdale-Pferden«, erwiderte Hailey. Dieser Satz hatte Bürgermeister Collum McDonald vor ein paar Wochen davon überzeugt, dass es eine tolle Idee war, mit dem anstehenden »Kirkby Clan Gathering« auch Reiterspiele anzukündigen. Sie plante, die gut ausgebildeten Tiere aus der Familienzucht als engagierte Sportkameraden im Dressurviereck und bei einem Querfeldein-Jagdrennen zu präsentieren. Außerdem wollte sie demonstrieren, wie man sie früher für die Wald- und Feldarbeit genutzt hatte, und einen regelmäßigen Kutschentransfer von Kirkbys Marktplatz zum Veranstaltungsgelände bei Monroe Manor anbieten. Das Highlight jedoch sollten spektakuläre Kampfszenen hoch zu Ross sein: verwegene Highlander und Highlanderinnen, traditionell gewandet, die sich vom Pferderücken aus Schwertkämpfe lieferten. Szenen, wie man sie in Filmen sah oder gelegentlich bei

Mittelalterspielen. Sie wusste, dass das in der Regel gut trainierte Stunt- und Showtruppen waren, die von Aufführung zu Aufführung tingelten, aber sie war sich sicher, dass sie ein solches Spektakel auch selbst inszenieren konnte. Jedenfalls dann, wenn sie Mitstreiter fand, die mit ähnlich viel Engagement daran arbeiteten wie sie selbst.

Doch genau daran scheiterte es. Während sich für die Dressurvorführung und das Jagdrennen sofort genügend Reiterinnen und Reiter gemeldet hatten und auch die Landarbeit und die Kutschfahrten in trockenen Tüchern waren, fand sich praktisch niemand für die Kampfszenen. Sie hatte dabei fest auf ihre Familie gezählt, in der es etliche sehr gute und einige sehr unerschrockene Reiterinnen und Reiter gab. Aber sie hatte fast nur Absagen kassiert. Bei ihrer Cousine Isla konnte sie es ja noch verstehen, denn die hatte schlicht keine Zeit für das Training, weil sie gefühlt Tag und Nacht in ihrer Restaurantküche stand. Aber dass ihre eigene Schwester Kristie, ihr Cousin Alex und vor allem ihr Onkel und ihr Vater abgelehnt hatten, traf sie schwer. Lediglich Alex' dreizehnjähriger Sohn Aidan hatte ernsthaftes Interesse gezeigt, nur war der – obwohl ein fantastischer Reiter – eindeutig zu jung. Ihren Cousin Lennox hatte sie beinahe überredet, und Adley MacAlpine war grundsätzlich ebenfalls bereit, aber beide waren längst keine so erfahrenen Pferdemenschen, wie sie es sich gewünscht hätte.

»Schwertkämpfe auf Pferden sind alberne Shows«, beharrte ihr Vater. »Und ich kann nicht erkennen, wie die dem Ansehen der Rasse nützlich sein sollen.«

Airgead wieherte schrill, vermutlich eine Reaktion auf Marlins energisches Raspeln an ihrem Huf.

»Siehst du, selbst Airy findet deinen Kommentar kurzsichtig«, behauptete Hailey jedoch und klopfte ihrem Pferd sachte den Hals. »Natürlich sind Schwertkämpfe kein Alltag, doch man kann dabei sehr schön zeigen, wie nervenstark und zuverlässig die Tiere sind.«

Ihr Vater lachte leise. »Genau. Vor allem, wenn du dabei Airgead einsetzt.«

»Wenn es drauf ankommt, hat sie Nerven wie Drahtseile.« Hailey unterdrückte nur mit Mühe ein Augenrollen. »Es bleibt aber dabei, dass ich mindestens noch einen vierten Mann brauche. Lennox und Adley sind …« Sie redete nicht weiter, als sie den Blickwechsel zwischen Vater und Onkel mitbekam, der Bände sprach. »Ehrlich, ihr seid nicht hilfreich!«

»Wir sind realistisch.« Marlin war inzwischen bei Airgeads linkem Hinterbein angelangt, was der Stute genauso wenig gefiel wie die Arbeit an ihren drei anderen Füßen.

Hailey versuchte es mit einer anderen Taktik. »Onkel Marlin, du wärst wirklich meine erste Wahl. Kaum einer in Kirkby reitet so gut wie du, und im Kilt mit einem Schwert in der Hand wärst du eine einzigartige Erscheinung. Das wäre absolut großartig.« Das war etwas übertrieben, denn ihr Onkel, der tatsächlich ein sehr guter Reiter war, hatte leider nicht die Heldenstatur, die ihr für einen tapferen Krieger vorschwebte, sondern war vergleichsweise schmal und sehnig gebaut. Das galt blöderweise auch für seinen jüngsten Sohn Lennox. Um auf einem der riesigen Clydesdales gut auszusehen, brauchte man eigentlich etwas mehr Format. Alex wäre einfach perfekt dafür und mit seinen flammend roten Haaren auch eine wahre Traumbesetzung.

»Schmeicheleien funktionieren nicht, meine Liebe«, entgegnete Marlin erwartungsgemäß. »Und ich mach mich bestimmt nicht zum Gespött.«

»Niemand würde dich verspotten, vielmehr würden dich alle anbeten«, versuchte Hailey es noch einmal, obwohl ihr klar war, dass sie auf völlig verlorenem Posten stand. »Alternativ könntest du mehr im Bed & Breakfast arbeiten, damit Alex etwas Extrazeit zum Trainieren hätte.«

»Alex heiratet in einem Monat, der hat gerade für gar nichts anderes Zeit«, gab Marlin zurück, ächzend, weil sich das Hufeisen nicht lösen wollte. »Zumal Colleen jetzt stundenweise wieder arbeiten geht und er auch noch auf die kleine Roya aufpassen muss.«

»Er heiratet im Mai – die Highland Games sind im August. Da wäre also immer noch reichlich Zeit.«

»Aber nach der Hochzeit ist Hauptsaison, und du weißt ja, dass er und Jon die alte Scheune neben der Schule umbauen, damit Kirkby noch zehn weitere Hotelzimmer zur Verfügung hat.«

»Ich weiß, ich weiß …« Hailey seufzte. »Aber es ist ja nicht so, als würden Alex und Jon beim Umbau persönlich Hand anlegen. Ich hab's begriffen: Meine eigene Familie lässt mich hängen. Ich hoffe, ihr könnt damit leben.«

»Niemand lässt dich hängen, wir unterstützen dich, wo es geht. Aber wir haben alle Jobs, um die wir uns kümmern müssen, und schlicht nicht die Zeit, die für ein sinnvolles Training nötig wäre«, mischte sich wieder ihr Vater ein.

Das genau war die Crux an der Sache. Auch Hailey selbst hatte reichlich zu tun. Sie trainierte die Gastpferde, die zur Therapie bei ihnen im Stall waren, bildete den eigenen Nachwuchs aus und gab Reitunterricht. Trotzdem wollte sie es schaffen, das Showprogramm auf die Beine zu stellen. Das hatte sie Collum zugesagt, und es wäre ihr peinlich, wenn sie einen Rückzieher machen müsste. Außerdem wollte sie es unbedingt machen, weil es auch eine tolle Herausforderung für sie als Ausbilderin war. Mit dieser Erfahrung im Rücken hätte sie in der Zukunft noch ganz andere Möglichkeiten. »Vielleicht sollte ich irgendwo eine Annonce aufgeben: ›Suche attraktiven und versierten Reiter mit reichlich Tagesfreizeit!‹«

»Das wäre eine Möglichkeit.« Marlin lachte. »Oder du fragst einfach Sean. Auf den treffen eigentlich all diese Attribute zu.«

»Sean?« Hailey sah ihren Onkel verblüfft an. Dann hellte sich ihr Gesicht merklich auf. »Das ist eine brillante Idee! Warum bin ich da selbst noch nicht drauf gekommen?«

»Das wirst du dir nur selbst beantworten können«, sagte Marlin. »Aber jetzt wäre ich dir wirklich dankbar, wenn du die Klappe halten oder noch besser den Abflug machen könntest, damit ich in Ruhe dein Pferd neu beschlagen kann.«

»Bin schon weg!«, kündigte sie an und kraulte Airgead noch einmal kurz den Hals. »Sei ein braves Mädchen, Airy.« Dann verließ sie den Schmiedeschuppen und ging zum großen Hauptstall, in dem auch Seans Pferd Edna stand. Vielleicht hatte sie Glück, und er war gerade da. Ansonsten könnte sie ihm an Ednas Box eine Nachricht hinterlassen.

Sie musste über ihre eigenen Gedanken lachen, denn sie könnte ihn natürlich auch einfach anrufen. Oder in seiner Werkstatt besuchen. Aber irgendwie käme ihr das falsch vor. Sean Gordon lebte seit vier oder fünf Jahren in Kirkby und hatte kurz nach seiner Ankunft die damals dreieinhalbjährige Edna von Haileys Vater gekauft und sie selbst ausgebildet. Er war fast jeden Tag im Stall und bewegte das Tier auf dem Reitplatz oder ritt aus. Trotzdem hatte Hailey praktisch keinen Kontakt zu ihm. Und das galt nicht nur für sie, sondern fast für das ganze Dorf. Sean als Eigenbrötler zu bezeichnen wäre vermutlich die Untertreibung des Jahrhunderts. Erst seit letztem Herbst taute er etwas auf – seit er Lennox die alte Remise auf seinem Hof als Übungsraum vermietet hatte. Seitdem war er sogar zweimal bei Dorffesten gewesen: einmal im Herbst und vor ein paar Wochen bei der traditionellen Saisonauftaktparty von Islas Restaurant. Mit ihm gesprochen hatte sie aber bei keinem der beiden Events, und auch sonst hatte sie noch nicht viel mit ihm geredet.

Als sie in den Stall ging, stand Edna Heu fressend in ihrer Box und hatte eine leichte Decke übergeworfen. Hailey schlüpfte hinein und fasste unter die Decke. Die Stute war leicht verschwitzt – und hatte die heutige Trainingseinheit mutmaßlich schon hinter sich. »Mist«, murmelte sie. »Dann brauch ich wohl einen anderen Plan.«

Sie tätschelte kurz den Hals des Tieres und zog dann ihr Handy aus der Jackentasche. Seans Nummer stand in ihrem Adressbuch, zusammen mit denen aller anderen Pferdebesitzer, die ihre Tiere hier im Stall eingestellt hatten. Allerdings hatte sie bisher noch nie mit ihm telefoniert oder Textnachrichten ausgetauscht. Ob es wohl okay war, wenn sie ihm jetzt einfach schrieb?

Suche attraktiven und versierten Reiter mit reichlich Tagesfreizeit! Der Satz, den sie vorher so flapsig formuliert hatte, kam ihr wieder in den Sinn. Sie kicherte leise. *Das* sollte sie wohl lieber nicht schreiben. Er würde es zweifellos falsch verstehen, wie eine kurze Textnachricht überhaupt viel Platz für Missverständnisse bot. Nein, es war sicher besser, wenn sie persönlich mit ihm sprach und ihn fragte, ob er buchstäblich ihr Retter in der Not werden wollte.

Hailey überlegte, ob sie gleich zu ihm fahren sollte, doch dann meldete ihr Handy eine Terminerinnerung. In einer halben Stunde hatte sie ein Erstgespräch mit einem neuen Kunden, der zwei gerettete Tierschutz-Pferde vorstellen und Hailey um ihren Rat bitten wollte. Und auch für den restlichen Tag drängten sich die Verpflichtungen. Vielleicht würde sie heute Abend Zeit haben, bei Sean vorbeizuschauen. Oder sie setzte erst einmal Lennox auf ihn an? Ja, das war eine erstklassige Idee.

• • •

Das leise Surren der Töpferscheibe, der erdige Geruch des frischen, feuchten Tons und seine elastische Kühle verfehlten auch diesmal nicht ihre beruhigende Wirkung auf

Sean. Er schloss die Augen und ließ seine Finger in tausendfach wiederholten Bewegungen über den Tonblock gleiten. Formte erst einen langen, schmalen Kegel, drückte ihn wieder zusammen und wiederholte das Prozedere einige Male, bis seine Hände anfingen, dem Klumpen eine neue Form zu geben. Sean liebte diese Arbeit. Konnte nicht genug davon bekommen, wie sein Körper beinahe ohne bewussten Entschluss seine Arbeit verrichtete und aus einem uralten Werkstoff etwas ganz Neues formte.

Sein Atem wurde ruhiger, sein Herzschlag verlangsamte sich, und er hatte das Gefühl, immer mehr eins zu werden mit dem Ton. Und während er damit verschmolz, kamen seine Gedanken zum Stillstand. Töpfern war für ihn tatsächlich so etwas wie Meditation – oder eine lebenslange Therapie. Vermutlich hatte ihm die Arbeit mit Ton einst das Leben gerettet, in seinen düstersten Momenten als Teenager. In dem Internat, das er besucht hatte, hatte ihn eine engagierte Kunstlehrerin zu einer freiwilligen Projektarbeit mit Ton überredet. Instinktiv hatte die Frau wohl geahnt, dass dieses Material seine geschredderte Seele kitten konnte. Für dieses Engagement würde er ihr bis ans Ende seiner Tage dankbar sein.

Sean war nach so vielen Jahren immer noch fasziniert davon, welche Magie Ton auf ihn ausübte, und von der Vielseitigkeit dieses Werkstoffs. Und er war dankbar, dass die Arbeit damit für ein weiches finanzielles Polster sorgte. Jene Kunstlehrerin, die ihn zum ersten Mal an einer Töpferscheibe hatte arbeiten lassen, hatte ihm auch geraten, sich nach seinem Schulabschluss am Londoner

Central Saint Martins College für einen Platz in der Keramikklasse zu bewerben. Dort hatte er alles ausprobieren können und mit den unterschiedlichsten Materialien experimentiert. Während des Studiums stand vor allem das Thema Aufbaukeramik im Vordergrund, und er hatte das Gefühl gehabt, seine inneren Dämonen in seine Skulpturen bannen zu können. Düstere, abstrakte Wesen, die ihm bereits im zweiten Studienjahr einen lukrativen Vertrag mit einer Galerie eingebracht hatten. Damit hatte er so viel Geld verdient, dass er sein restliches Studium und sein WG-Zimmer allein finanzieren konnte und nicht mehr auf die widerwillige Unterstützung seiner Eltern angewiesen war, die ohnehin keinerlei Verständnis für seinen Berufswunsch hatten.

Der buchstäblich manifestierte Schmerz hatte ihn von seiner Familie unabhängig gemacht. Zunächst finanziell, im Laufe der Jahre auch emotional. Er fühlte sich immer weniger gefangen von der elterlichen Missbilligung und der permanenten Geringschätzung, denn wenn er mit Ton arbeitete, wurde sein Kopf jedes Mal verlässlich leer, und er musste nicht mehr nachdenken.

Nach dem Studium hatte er ein paar Jahre in einer Art Kreativkommune gelebt und gearbeitet. Eine unglaublich intensive und inspirierende Zeit, die seiner Kunst und seiner Ausdrucksform eine neue Note verliehen hatte – und ihm blöderweise noch mehr Schmerz eingebracht hatte. Allerdings auch reichlich Ruhm und Geld. So viel von Letzterem, dass er sich vor gut vier Jahren diesen alten Hof hier in Kirkby hatte kaufen können, wo er sich eine Werkstatt ganz nach seinen eigenen Vorstellungen eingerichtet hatte. Hier hatte er seine Leidenschaft für die Drehscheibe entdeckt – und für Gebrauchskeramik. Schüsseln, Teller, Becher, Schalen, Vasen waren nun sein täglich Brot, und er musste lachen, wenn er an den entsetzten Ausdruck eines ehemaligen Kommilitonen dachte, als sie sich vor zwei Jahren bei einer Ausstellungseröffnung darüber unterhalten hatten. Geschirr ging in den Augen des anderen gar nicht und kam einem Verrat an der Kunst gleich.

Sean sah das ganz anders. Ihm bereitete es eine unbändige Freude, Nützliches herzustellen, Dinge, die geschätzt und gebraucht wurden. Und es stand schließlich nirgends geschrieben, dass diese Dinge simpel und langweilig sein mussten. Aus einer Espressotasse ein atemberaubendes Unikat zu schaffen, das trotzdem alltagstauglich war, fand er inzwischen fast befriedigender als seine Skulpturen. Die er natürlich immer noch machte, wenn auch längst nicht mehr in der gleichen großen Stückzahl wie früher. Das hatte den erfreulichen Nebeneffekt, dass seine Stücke inzwischen als Raritäten galten und noch mehr Geld brachten als die frühen Werke.

Auch mit der Gebrauchskeramik ließ sich gut verdienen. Angefangen hatte es mit dem Geschirr für das lokale Sternerestaurant *The Scottish Thistle*, bei dem er mit ganz subtilen Elementen gearbeitet hatte. Die Teller sollten schließlich nicht mit den kulinarischen Kreationen konkurrieren, sondern ihnen vielmehr eine perfekte Bühne bieten. Isla Fraser hatte sehr klare Vorstellungen gehabt, war aber genauso offen für seine Ideen gewesen, und gemeinsam hatten sie eine exklusive Kollektion entworfen, auf die sie beide stolz waren. Gerade hatte sie ein weiteres Dutzend der Dessert-Etageren nachgeordert und außerdem wegen Prototypen für kleine Schälchen angefragt, die sie für irgendeine neue Kreation nutzen wollte.

Im Moment ließ er aber einfach seine Hände arbeiten. Vielleicht kam am Ende etwas Brauchbares dabei heraus, vielleicht auch nicht, aber das war ganz gleichgültig.

»Mau«, meldete sich Elvis und strich ihm um die Beine. Der riesige Stubentiger hatte sich ein ganzes Weilchen nicht mehr bei ihm blicken lassen. Er war nicht Seans Katze, sondern gehörte Landärztin Anna. Doch der grau getigerte Maine-Coon-Kater ging gern eigene Wege, hatte ihn im letzten Sommer bei seinen Streifzügen entdeckt und besuchte ihn seitdem regelmäßig.

»Na, Elvis, du warst ja schon länger nicht mehr hier. Hast du einen großzügigeren Gastgeber gefunden?«, fragte er den Kater und stellte sein Töpferrad aus. Auf der Scheibe lag eine große Schale mit einem interessanten Wellenmuster am Rand. Er grinste, denn er hatte nicht die geringste Ahnung, wie seine Finger das fertiggebracht hatten.

»Mau!« Elvis' Maunzen klang nun dringender.

»Versteh schon, du bist kurz vorm Verhungern, weil dir dein böses Frauchen nie etwas zu essen gibt.« Sean stand auf, trat zum großen Waschbecken in seiner Werkstatt, das eher einem Viehtrog glich, und wusch sich die Hände. Dann kramte er im Regal nach dem Trockenfutter, das er extra für Elvis besorgt und in eine Metalldose umgefüllt hatte. Weniger aus ästhetischen Gründen, als um das schlaue Tier davon abzuhalten, sich an der Pappschachtel selbst zu bedienen. Die Dose stand nun zwischen den Behältnissen mit seinen Glasuren, und bislang hatte Elvis noch nicht kapiert, wo die Leckerlis drin waren. Viele waren auch nicht mehr da, aber für einen kleinen Snack reichte es wohl. Meinte Sean jedenfalls, doch Elvis sah ihn aus seinen Bernsteinaugen konsterniert an.

»Sorry, mehr habe ich nicht«, murmelte er und notierte Katzenfutter auf seiner mentalen Einkaufsliste. Lange würde er den Trip zum Supermarkt in Inverness ohnehin nicht mehr aufschieben können, auch wenn er wenig so sehr hasste wie Einkaufen.

Während der Kater die kläglichen Reste verknusperte, ging Sean zurück zu seiner Scheibe und sah sich die Wellenschale noch einmal genauer an. Die war wirklich nicht schlecht und konnte vielleicht als Obstschale verwendet werden oder mit einer schönen Glasur auch einfach nur als Deko-Objekt. Er nahm seinen Schneidedraht und löste die Schale von der Scheibe. Anschließend stellte er sie vorsichtig ins Trocknungsregal, wo schon einige andere Prototypen warteten, die er in den letzten Tagen angefertigt hatte.

Das war sein tägliches Ritual. Ehe er mit seiner eigentlichen Arbeit begann, ließ er eine halbe Stunde lang seine Finger intuitiv mit dem Ton spielen. Die Hälfte dieser »Werke« verwarf er direkt wieder, der Rest landete im Regal. Jetzt wollte er sich um die Schüsselchen für Isla kümmern, doch nun signalisierte sein Handy einen Videoanruf von seiner Schwester Philippa. Das war ungewöhnlich, denn normalerweise sprachen sie immer sonntags miteinander, aber gestern war Pippa den ganzen Tag beschäftigt gewesen.

»Himmel, bei dir herrscht ja schon wieder abscheulich gutes Wetter«, sagte er statt einer Begrüßung und musste lächeln, als er das strahlende Gesicht seiner älteren Schwester sah, die seit einem Jahr auf den Scilly-Inseln lebte und als Botanikerin im *Tresco Abbey Garden* arbeitete.

»Du hingegen pflegst deine vornehme Künstlerblässe«, entgegnete sie grinsend. »Warst du heute schon mal draußen, oder knetest du schon wieder seit den frühen Morgenstunden im Ton herum?«

»Ich war schon zwei Stunden reiten, hatte also mutmaßlich mehr Bewegung als du«, behauptete Sean und merkte, wie sich gute Laune in ihm breitmachte. Der freundschaftliche Schlagabtausch mit Pippa war recht neu, genau wie der mit seinem Bruder Dominic, der auf Vancouver Island lebte. Sie hatten sich alle erst vor einem guten Jahr wiedergefunden – als ihre jüngste Schwester Frances ums Leben gekommen war. Das hatte zum endgültigen Bruch mit ihren Eltern geführt, aber erstaunlicherweise zu einem recht engen Kontakt unter den Geschwistern, auch wenn sie räumlich sehr weit voneinander entfernt lebten.

»Ich stelle mir vor, wie du im schottischen Morgengrauen allein auf deinem tapferen Ross durch den Nebel reitest«, sagte sie und schüttelte sich.

»So neblig war es heute gar nicht, aber sonst hast du recht. Es war herrlich.«

»Wenn du meinst.« Philippa schien ihm nicht recht glauben zu können. Oder zu wollen.

Sean zuckte mit den Schultern. »Es kann nicht jeder im Paradies leben. Wobei für mich die schottischen Highlands ziemlich paradiesisch sind. Aber jetzt erzähl, wie war dein Tag gestern?«

In den nächsten Minuten berichtete Pippa, wie sie mit einigen Mitgliedern der königlichen Familie durch den Park geschlendert war und ihnen die neuen Pflanzen gezeigt hatte. Die Scilly-Inseln gehörten seit Jahrhunderten dem jeweiligen Herzog von Cornwall. So gesehen war Prinz William irgendwie Philippas Chef, und sie hatte schon einige Kurzbesuche der Royals erlebt. Inzwischen berichtete sie reichlich abgeklärt darüber, und ihr persönliches Highlight war dann auch etwas anderes gewesen, nämlich der zweite Platz beim inoffiziellen Saisonauftaktrennen mit ihrem Gig-Boot-Team.

»Warum inoffiziell?«, erkundigte er sich.

»Weil die Rennsaison offiziell im Mai losgeht und wir erst seit Kurzem wieder trainieren. Genau genommen waren wir erst zweimal im Wasser. Aber gestern haben wir uns mit zwei anderen Teams verabredet und sind ein kleines Rennen gefahren. Und da haben wir den zweiten Platz gemacht.«

Sean hob eine Braue und wollte etwas erwidern, doch sie fuchtelte mit ihrer Hand vor der Kamera.

»Sag nichts!«, verlangte sie. »Ich will keine Kommentare darüber hören, dass ein zweiter Platz bei drei Teams keine so große Leistung ist. Uns macht es Mut – und du weißt, wie mies wir letztes Jahr waren.«

»Ich wollte nichts anderes sagen«, behauptete er. »Und sonst? Alles okay bei euch? Wie geht's meinem Lieblingsneffen?«

Rufus, der vierjährige Sohn seiner verstorbenen Schwester Frances, lebte mit Philippa auf den Scilly-Inseln und war inzwischen von Pippa und ihrem Mann Harry adoptiert worden.

»Dem geht's blendend«, entgegnete sie, und ihr triumphierendes Grinsen wich einem weichen, mütterlichen Lächeln. »Auch wenn ich mich täglich frage, wer wen zu mehr Unsinn anstachelt – Hund oder Kind.«

Diese Geschichten kannte Sean schon. Er hatte Pippa und Harry im letzten Winter einen jungen Airedale Terrier namens Scotty geschenkt. Das Tier war jetzt sechs Monate alt und offenbar ein Quell von Freude, unbändiger Energie und zerstörerischer Kreativität. »Will ich wissen, was er diesmal angestellt hat?«, erkundigte er sich vorsichtig. »Also der Hund. Auf Rufus lasse ich nichts kommen.«

»Glaub mir, das willst du ganz sicher nicht wissen. Wobei ich dir eigentlich eine Rechnung für den entstandenen Schaden zuschicken müsste. Schließlich hast du uns diesen Teufelsbraten untergeschoben.« Sie verdrehte gespielt dramatisch die Augen. »Vorgestern hat er mein frisch angesätes Kräuterbeet umgegraben und letzten Mittwoch das Handy meiner Nachbarin erst gestohlen, dann genüsslich angenagt und schließlich vergraben. Es hat allerdings noch gelebt, als wir es gefunden haben. Harry wollte es zurückbringen, doch Scotty ist derart wild an ihm hochgesprungen, dass er das Handy fallen gelassen hat. Es ist unterm Koppelzaun durch in den Tierauslauf geschlittert, und Esel Alfie ist freundlicherweise draufgetreten und hat ihm den Rest gegeben.«

»Auweia. Das hört sich anstrengend an«, gab Sean zu. Andererseits war es mit so einem temperamentvollen Störenfried sicher auch ganz lustig. Sein Blick fiel auf Elvis, der auf das Regal mit den Glasuren geklettert war und offensichtlich nicht wahrhaben wollte, dass sich dort keine weiteren Leckereien verbargen. Sean musste zugeben, dass er die Besuche des Tigers sehr genoss und sich sogar dann freute, wenn sich das Biest an seinen frischen Keramiken verging, was mehr als einmal vorgekommen war. »Vielleicht brauch ich auch einen jungen Hund.« Ihm wurde erst klar, dass er den letzten Satz laut ausgesprochen haben musste, als ihn Philippa mit verblüffter Miene anstarrte. Er räusperte sich. »Ähm, ich hab wohl laut gedacht.«

»Sehr interessante Gedanken, mein Lieber. Sehr interessant.« Pippa hob eine Braue, und das Lächeln kehrte auf ihr Gesicht zurück. Allerdings hatte es nun eine Note angenommen, die ihn irritierte.

»Hier haben fast alle Leute einen Hund«, sagte er betont lässig. »Außerdem wohne ich sehr abgelegen und einsam, und mein Galerist hat …« Er klappte den Mund zu, als er Pippas heftiges Kopfschütteln sah. Sie hatte ja recht. Er sollte aufhören, sich in albernen Ausreden zu verlieren.

»Ich finde das sehr spannend«, fuhr sie fort. »Ein Hund bedeutet automatisch mehr Geselligkeit, und das zeigt mir, dass du endlich bereit bist für etwas mehr … nun ja, Sozialleben.« Ihre Augen glitzerten triumphierend. Seit Monaten lag sie Sean in den Ohren, dass er seine Eigenbrötler-Existenz aufgeben und sich endlich wie ein normal sozialisierter Mensch benehmen möge.

»Du hast wohl noch nie etwas von einem einsamen Wolf gehört«, erwiderte er ein wenig harsch. Dabei hatte sie vollkommen recht mit ihrer Annahme. Er war wirklich gern allein, aber ein bisschen mehr menschliche Gesellschaft würde ihn auch nicht umbringen. Seit Lennox die Remise gemietet hatte, ging es diesbezüglich aber ohnehin bergauf. Auch wenn das nicht das war, was Pippa meinte.

»Also, wenn du einen einsamen Wolf möchtest, solltest du vielleicht von einem Airedale Terrier Abstand nehmen«, entgegnete sie jedoch nur trocken. »Und ich bin auch nicht hier, um dir zu sagen, wie du dein Leben führen sollst. Das kannst nur du allein entscheiden. Ich kann dir nur erzählen, dass sich mein Leben deutlich zum Besseren gewandt hat, als ich neue Menschen und vor allem neue Lieben zugelassen habe.«

Sean schluckte und presste dann abwehrend die Lippen aufeinander, doch Pippa war noch nicht ganz fertig mit ihrer Ansage.

»Bei Dominic läuft es doch ganz genauso – und der war von uns allen der hoffnungsloseste Fall«, sprach sie weiter. »Jetzt lebt er mit einer Frau, zwei Kindern und einem Hund zusammen und entwickelt Computerprogramme, um die Sprache der Wale zu entschlüsseln.«

»Ich weiß«, antwortete Sean, als Pippa eine Pause machte und offensichtlich eine Reaktion erwartete. »Ich weiß aber auch, dass jeder seinen eigenen Weg gehen muss. Außerdem bin ich viel jünger als Nicky und du. Ich hab also noch Zeit, meinen Weg zu finden. Und bis dahin bin ich in meiner schottischen Einsamkeit ganz zufrieden. Zumal sie längst nicht so einsam ist, wie ihr offensichtlich glaubt. Außerdem habe ich mich tatsächlich breitschlagen lassen, einen Töpferkurs zu geben. Bisher hat den eine Kindergärtnerin gemacht, aber Anna hat mir und Lennox klargemacht, dass es gut für die Dorfgemeinschaft wäre, wenn wir uns auch ein bisschen engagieren würden.«

»Anna?«

»Das ist unsere Ärztin und die Freundin von Lennox«, erklärte Sean.

»Scheint eine kluge Frau zu sein. Ich konnte mir auch nicht vorstellen, wie wichtig und erfüllend es ist, sich in einer kleinen Gemeinde zu engagieren. Du wirst sehen, es wird dir guttun.«

»Ich werde berichten«, versprach er. »Aber jetzt muss ich ein bisschen arbeiten und nachher noch nach Inverness zum Einkaufen fahren. Mach's gut, Pippa, und grüß mir deine Jungs.«

»Mach's besser!« Sie schickte ihm noch einen Luftkuss und beendete dann die Videoverbindung.

Du wirst sehen, es wird dir guttun! Diese Worte hallten noch ein Weilchen in Sean nach. Pippa hatte damit zweifellos recht, und vielleicht wurde es tatsächlich langsam Zeit, sein Eremitendasein zu beenden.

»Mau.« Elvis sprang mit einem großen Satz vom Regal, wo er vergeblich nach Nachschub gesucht hatte, und verließ unter Protest und mit buschig aufgestelltem Schwanz die Werkstatt.

»Ich geh heute noch einkaufen!«, rief ihm Sean hinterher. Dann nahm er sich einen frischen Klumpen Ton und begann mit seiner Arbeit.

ALLE KIRKBY-GESCHICHTEN AUF EINEN BLICK

SÄMTLICHE KIRKBY-GESCHICHTEN können für sich allein und unabhängig voneinander gelesen werden – doch wer kann das schon wollen? Den größten Spaß hat man sicherlich, wenn man sie in der richtigen Reihenfolge genießt:

Weihnachten in Kirkby:
Diese zuckersüße Kurzgeschichte spielt genau ein Jahr vor »Highland Hope – Ein Bed & Breakfast für Kirkby«. Es gibt sie kostenlos exklusiv auf meiner Website:
https://carinmueller.de/weihnachten-in-kirkby

Ein Sommer in Kirkby:
Dieser Kurzroman spielt wenige Monate vor »Highland Hope – Ein Bed & Breakfast für Kirkby«. Du bekommst ihn kostenlos in allen E-Book-Shops und auf meiner Website:
https://carinmueller.de/ein-sommer-in-kirkby

Lila Harper hat eine Mission: Um einen besseren Job als ihr Volontariat bei der Reitsportzeitschrift »Horse &

Hound« zu ergattern, reist sie zu entfernten Verwandten nach Kirkby. Ein Artikel über das schillernde Herrenhaus Monroe Manor soll ihr Karrieresprungbrett werden.

Profireiter Cameron Sinclair wollte nie wieder nach Kirkby zurückkehren, doch sein wertvolles Springpferd Artemis verweigert auf einmal jede Zusammenarbeit. Jetzt kann nur noch sein alter Mentor, der Pferdeflüsterer Rupert Fraser helfen.

Doch dann kommt alles anders: Exzentrische Dorfbewohner, eine wütende Exfreundin, Mister Spock und ein mythisches Wasserpferd in Loch Leary können nicht verhindern, dass zwischen Lila und Cameron die Funken sprühen und die Liebe einschlägt.

Highland Hope – Ein Bed & Breakfast für Kirkby:
Band 1 der ersten Kirkby-Staffel gibt es als Taschenbuch und E-Book überall im Buchhandel.

Im »Cosy Thistle« findet Colleen mehr als nur ein Zimmer …

Colleen Murray hat nichts zu verlieren, als sie Boston hinter sich lässt, um auf Wunsch ihres verstorbenen Vaters ein paar Monate in seiner schottischen Heimat Kirkby zu verbringen. Die Schönheit der Highlands und den eigenwilligen Charme der Dorfbewohner nimmt sie anfangs kaum wahr. Doch dann trifft sie Alex Fraser, den Besitzer des romantischen Bed & Breakfast.

Der alleinerziehende Vater ist nicht nur genau ihr Typ, sondern teilt auch ihre Leidenschaft fürs Reiten. Wird Colleen die Reise zu ihren Wurzeln dabei helfen, endlich ihren Platz im Leben zu finden? Das Glück scheint jedenfalls zum Greifen nahe. Bis Alex' Vergangenheit ihn einzuholen und alles zu zerstören droht …

Highland Hope – Ein Pub für Kirkby:
Band 2 der ersten Kirkby-Staffel ist als Taschenbuch und E-Book überall im Buchhandel erhältlich.

Liebe geht durch den Magen … besonders, wenn man Essen so liebt wie Isla!

Isla Fraser ist leidenschaftliche Sterneköchin. Als der Gernegroß Rodney Swinton in der Nähe von Kirkby ein angesagtes Bistro eröffnet, muss sie um ihr Restaurant fürchten. Denn Rodney hat eine Rechnung mit ihr offen. Dann gerät sie auch noch mit dem eigentlich sehr charmanten Jon Grant aneinander, der den Pub des Örtchens zu neuem Leben erwecken möchte.

Da Jon mit seiner Neufundländerhündin Polly ins Bed & Breakfast von Islas Bruder zieht, können sich die beiden unmöglich aus dem Weg gehen … und fühlen sich bald unwiderstehlich zueinander hingezogen. Aber Jon ist ein alter Bekannter von Rodney und Isla muss sich fragen, auf wessen Seite er wirklich steht.

Highland Hope – Eine Destillerie für Kirkby:
Band 3 der ersten Kirkby-Staffel gibt es als Taschenbuch und E-Book überall im Buchhandel.

Shona liebt ihre Whisky-Brennerei ebenso wie ihr Alpaka. Als sie den Tierarzt Kendrick trifft, wird die Liebe hochprozentig!

Shona ist das Küken der Familie Fraser. Das einst wilde Party-Girl hat die stillgelegte Destillerie von Kirkby modernisiert und gerade ihren ersten eigenen Whisky abgefüllt. Bei all dem Trubel bemerkt sie nicht, dass ihr Alpaka Nessie zu tief ins Glas schaut und ausgerechnet dem Tierarzt Kendrick McIntosh vors Auto taumelt.

Dieser ist empört. Doch nachdem der erste Zorn verraucht ist, stellen die beiden fest, dass sie noch mehr verbindet als die Liebe zu den Tieren und zum Highland Dance. Durch ein tragisches Unglück lernen sie sich auf einmal von einer ganz neuen Seite kennen. Und auch Shonas Whisky erweist sich als wahrer Liebestrank …

Highland Hope – Eine Bäckerei für Kirkby:
Band 4 der ersten Kirkby-Staffel findest du als Taschenbuch und E-Book überall im Buchhandel.

Annabel bringt das Herz von Lennox zum Klingen … und gemeinsam verwirklichen sie ihre Träume

Die Landärztin Annabel Campbell hätte nie gedacht, dass sie sich so in das malerische Kirkby verlieben würde. Auch ihr Maine-Coon-Kater genießt die täglichen Besuche in der *Old Bakery*, in der Kristie das beste Shortbread von ganz Schottland backt. Hier trifft die optimistische Annabel auch immer wieder auf den rätselhaften Lennox Fraser.

Dieser fühlt sich als das schwarze Schaf der Familie. Insbesondere Vater Marlin ist strikt gegen Lennox' Karriere als Musiker. Als Waise weiß Annabel wie es ist, sich alleine durchzukämpfen. Die beiden scheinen perfekt füreinander. Doch ein lang gehütetes Familiengeheimnis kann nicht länger verheimlicht werden und stellt alles auf den Kopf …

Die Glückskuh von Kirkby:
Dieser Kurzroman spielt zeitgleich mit dem Ende von »Eine Destillerie für Kirkby« und dem Anfang von »Eine Bäckerei für Kirkby« – ohne aber irgendwas von den Inhalten zu spoilern. Diese Geschichte gibt es derzeit als E-Book exklusiv für die Abonnent*innen meiner »Letters from Kirkby« (https://carinmueller.de/kirkby-letters) und als Hörbuch überall im Handel.

Wer an dieser Quelle seine wahre Liebe küsst, bleibt für immer mit ihr zusammen …

Zwanzig Jahre nach dem ersten Kuss kehrt Adley MacAlpine nach Kirkby zurück und begegnet prompt Michael Cunningham, dem sie mit süßen vierzehn an der geheimnisvollen Waldquelle ewige Liebe geschworen hat. Nur um kurz darauf mit ihren Eltern nach Neuseeland auszuwandern.

Zwei Jahrzehnte später ist alles anders. Beide sind erwachsen, das Leben hat für Erfahrungen und Narben gesorgt und Adley eine kleine Tochter geschenkt. Nun ist sie mit Willow in ihre alte Heimat zurückgekehrt, um den Bauernhof ihres verstorbenen Großvaters zu verkaufen – doch da ist Michael, und die Anziehungskraft zwischen ihnen flackert erneut machtvoll auf.

Kann es nach so langer Zeit eine zweite Chance geben?

Highland Happiness – Geschichten aus Kirkby:
Der Sammelband mit allen »Extras« außerhalb von »Highland Hope« und »Highland Happiness« gibt es als E-Book und Taschenbuch überall im Handel.

Sehnsucht nach den schottischen Highlands?

Im Highland Dörfchen Kirkby ist immer reichlich los: Begleite in der Kurzgeschichte »Weihnachten in Kirkby« Fotografin Luci und Anwalt Ian zu einem romantischen Weihnachtsfest auf Monroe Manor. Sei in der Novelle »Ein Sommer in Kirkby« hautnah mit dabei, wie sich die ambitionierte Modejournalistin Lila in den Skandal-Profireiter Cameron verliebt. Und erfahre im Kurzroman »Die Glückskuh von Kirkby«, ob Cowgirl Adley und Bio-Bauer Michael nach zwanzig Jahren noch eine zweite Chance haben.

Außerdem: Rezepte, Anekdoten und eine exklusive Preview auf ein kriminelles Kirkby-Abenteuer.

Für alle Fans von »Highland Hope« und Highland Happiness« und all jene, die es werden wollen. Die Geschichten sind spoilerfrei und in sich abgeschlossen.

Highland Happiness – Die Weberei von Kirkby:
Band 1 der zweiten Kirkby-Staffel erscheint im Januar 2023 als Taschenbuch und E-Book und ist dann überall im Buchhandel erhältlich. Ein Hörbuch folgt ebenfalls.

Kann man Glück und Liebe in einem Stoff verweben?

Harriet Harper wagt den Sprung in eine ungewisse Selbstständigkeit. Die Textildesignerin verlässt Londons schnelllebige Modebranche und gründet in Kirkby eine Weberei, um nachhaltige, stilvolle Stoffe herzustellen – und ein paar persönliche Wunden zu flicken.

Die kühne Idee stößt vor allem bei Bürgermeister Collum McDonald auf Begeisterung. Er träumt laut von einem eigenen Dorf-Tartan und heimlich von der zauberhaften Harriet als First Lady von Kirkby. Doch so glücklich sein Händchen für den Ort ist, in Liebesdingen ist er erschütternd hilflos.

Gut, dass die Seidenhühner Thelma und Louise noch ein Wörtchen mitzugackern haben …

Highland Happiness – Die Töpferei von Kirkby:
Band 2 der zweiten Kirkby-Staffel bekommst du ab April 2023 als Taschenbuch und E-Book überall im Buchhandel – und kurz darauf auch zum Hören.

Wenn die Liebe auf tönernen Füßen steht …

Hailey Fraser hält die Zügel in der Hand. Mit ihrem Vater managt sie das Reittrainingscenter in Kirkby und hat Pferde und Reiter voll im Griff – genauso wie ihre Männergeschichten. Bis auf Sean Gordon. Der berühmte Keramikmeister lebt zwar schon mehrere Jahre im Ort, doch niemand kennt den zurückgezogenen Künstler wirklich.

Bei Vorbereitungen für die anstehenden Highland Games kommen sich die beiden näher und entdecken unter Schutzschichten aus Ton und Draufgängertum erstaunliche Ähnlichkeiten. Und eine überraschende Verbindung, die alles zu ruinieren droht. Mit einem Mal steht nicht nur ihr gemeinsames Glück auf der Kippe, sondern auch das von Haileys Schwester Kristie.

Muss sich Hailey zwischen ihrer Schwester und der Liebe entscheiden?

Highland Happiness – Das Herrenhaus von Kirkby:
Band 3 der zweiten Kirkby-Staffel gibt es ab Juli 2023 als Taschenbuch und E-Book überall im Buchhandel – und zum Lauschen in allen Shops.

Wer bin ich wirklich?

Ainslee Ferguson ist es gewohnt, in viele Rollen zu schlüpfen. Als Darstellerin auf Historienmärkten bessert sie ihr bescheidenes Schneiderinnen-Einkommen auf. Erst in der Kirkby Tartan Mill auf Monroe Manor findet sie langsam zu sich – und zu Paul Starling, dessen Pudeldame Ivy sich in Ainslees Rüden Jules verknallt.

Paul ist oft in Kirkby, um seinen leiblichen Vater und seine Halbgeschwister kennenzulernen. Doch dann soll der smarte Historiker Gerüchten um die Besitzverhältnisse von Monroe Manor nachgehen und findet heraus, dass Ainslee womöglich die wahre Erbin ist – eine Erkenntnis, die im Dorf für allerlei Schockreaktionen sorgt.

Manchmal braucht es ein Erdbeben, um die Dinge geradezurücken …

Und danach? Das wird man sehen!

Wenn du nicht genug von Kirkby und seinen schrulligen Bewohnern bekommen kannst, dann schreib mir doch eine Mail an kirkby@charlottemcgregor.de. Ich freue mich immer riesig über Post von meinen Leser*innen.

Deine Charlotte

WER IST CHARLOTTE McGREGOR?

»MIT SEHNSUCHTSORTEN KENNT SICH Charlotte McGregor aus. Schon in frühester Kindheit fühlte sie sich zu Städten und Ländern hingezogen, die sie nur aus Büchern oder Filmen kannte. Kein Wunder, dass sie aus ihrem Fernweh einen Beruf gemacht hat. Die Journalistin schrieb jahrelang Reiseberichte für Zeitungen und Magazine, ehe sie ihre Lieblingsorte auch in Romanen verewigte. Derzeit schlägt ihr Herz für Schottland, wo sie regelmäßig mit ihrem Mann durch Städte, Dörfer und die Highlands streift und sich voller Enthusiasmus auf Whisky, Haggis und Kilts stürzt.«

Mehr: www.charlottemcgregor.de

So lautet die offizielle Vita in meinen »Highland Hope«-Romanen. Das ist auch alles richtig – und doch nur die halbe Wahrheit. Denn ich bin inzwischen Viele, eine regelrechte Autorinnen-WG, was daran liegt, dass ich mich nur ungern in festgefertigte Schablonen pressen lasse. Mich interessieren einfach so viele unterschiedliche Themen. Also hier eine etwas detailliertere Selbstbeschreibung:

Es gibt Menschen, die sind werteorientiert, ich bezeichne mich gerne als »worteorientiert«, denn dem geschriebenen Wort gehört seit früher Kindheit meine ganze Aufmerksamkeit. Buchstaben, Worte, Wörter und Texte üben bis heute eine magische Faszination auf mich aus, denn die Wucht, die dieses vergleichsweise bescheidene Werkzeug aus sechsundzwanzig Lettern und einigen Satzzeichen ausüben kann, ist beträchtlich.

Meine große Leidenschaft gehört dem belletristischen Schreiben. Mein erster Roman ist 2009 unter meinem Klarnamen Carin Müller bei Goldmann erschienen. Seitdem folgten mehr als zwei Dutzend weitere Titel bei Publikumsverlagen und in Eigenregie als Selfpublisher. Die wenigsten davon unter meinem richtigen Namen, denn eine Sache habe ich inzwischen auch gelernt: Leser lieben Schubladen und die will ich auch bedienen.

Für den etwas unkonventionelleren Blick über den Tellerrand habe ich meine Website und meinen Blog. Dort veröffentliche ich jeden Montag einen neuen Artikel zu einem Thema, das mir gerade unter den Nägeln brennt. Ich würde mich sehr freuen, wenn du mal einen Blick darauf wirfst. Außerdem gibt es auf meiner Seite alles über mich, meine Bücher und meinen Podcast zu erfahren. www.carinmueller.de

Wenn du es noch nicht getan hast, lade ich dich herzlich dazu ein, meine Leser-Post https://carinmueller.de/

newsletter/leser-post zu abonnieren. Dort informiere ich regelmäßig (zurzeit etwa einmal pro Monat) über alles, was sich gerade bei mir tut und empfehle außerdem tolle Bücher von KollegInnen.

Ich freue mich auch über regen Austausch mit meinen Lesern. Du findest mich auf allen sozialen Medien und kannst mir aber gerne auch eine Mail schreiben. Ich beantworte jede Anfrage: post@carinmueller.de

Alles Liebe,

Deine Carin aka Charlotte[2]

PS: Auf den nächsten Seiten findest du einen kleinen Überblick über meine bisherigen Veröffentlichungen.

MEINE BÜCHER

Veröffentlichungen als Charlotte McGregor:

»Ein Sommer in Kirkby« – 2020, SP
»Highland Hope – Ein Bed & Breakfast für Kirkby« – 2021, Heyne Verlag
»Highland Hope – Ein Pub für Kirkby«, 2021 – Heyne Verlag
»Highland Hope – Eine Destillerie für Kirkby« – 2021, Heyne Verlag
»Highland Hope – Eine Bäckerei für Kirkby« – 2022, Heyne Verlag
»Island Dreams – Der Garten am Meer« – 2022, Heyne Verlag
»Die Glückskuh von Kirkby« – 2022, SP
»Highland Happiness – Geschichten aus Kirkby« – 2022, SP
»Highland Happiness – Die Weberei von Kirkby« – 2023, SP
»Highland Happiness – Die Töpferei von Kirkby« – 2023, SP
»Highland Happiness – Das Herrenhaus von Kirkby« – 2023, SP

Veröffentlichungen als Charlotte Taylor:

Die Reihe »Hot Chocolate« – 18 Titel, ab 2015, Bastei Lübbe
»San Francisco Millionaires Club – Ian« – 2017, SP
»San Francisco Millionaires Club – Derek« – 2017, SP
»Robin – High in the Sky« – 2018, SP
»San Francisco Millionaires Club – Dan« – 2019, SP
»San Francisco Millionaires Club – Sammelband: Ian, Derek, Alistair, Dan« – 2020, SP
»Lebe, als gäbe es kein Morgen« – 2020, SP
»Lausche den Klängen deiner Seele« – 2021, SP
»Wandere auf unerforschten Pfaden« – 2021, SP
»L.A. Roommates 1 – Prickelnde Nächte und heiße Flirts« (Wiederveröffentlichung Teil 1 der »Hot Chocolate«-Geschichten) – 2022, Bastei Lübbe
»L.A. Roommates 2 – Wilde Herzen und süße Verführung« (Wiederveröffentlichung Teil 2 der »Hot Chocolate«-Geschichten) – 2022, Bastei Lübbe

Veröffentlichungen als Carin Müller:

»Mopsküsse« – 2009, Goldmann
»High Heels & Hundekuchen« – 2012, Goldmann
»Gefühlte Wahrheit – 2014, SP
»Hundstage« – 2014, SP
»Problemzonen« – 2015, SP
»Tage zwischen Ebbe und Flut« – 2016, Droemer Knaur

»Hugo's Affairs – Wie war das mit den zauberhaften Anfängen?« – 2022, SP (Wiederveröffentlichung von »Mopsküsse«)
»Hugo's Affairs – Wenn es nicht gut ist, ist es nicht das Ende!« – 2022, SP (Wiederveröffentlichung von »High Heels und Hundekuchen«)

Veröffentlichungen als Nirac Rellum:

»Außenmission auf Kaipas V« – 2015, SP
»Ferien auf Tarkanus X« – 2017, SP

Einen kompletten Überblick über meine Romane – inklusive Cover und Klappentexte findest du auch hier in meinem Katalog. https://carinmueller.de/buecher